El fantasma de la noche

TERCIOPELO

El fantasma de la noche

Sherrilyn Kenyon
y Dianna Love

Traducción de Scheherezade Surià

TERCIOPELO

Título original: *Phantom in the Night*

Primera edición: marzo de 2011

Marquès de l'Argentera, 17. Pral.
08003 Barcelona
info@terciopelo.net
www.terciopelo.net

blackprint
A CPI COMPANY

Impreso por Black Print CPI Ibérica, S.L.
Energía 11-27
08850 Gavá (Barcelona)

ISBN: 978-84-92617-81-4
Depósito legal: B. 4.103-2011

Se lo dedicamos a nuestros maravillosos maridos
—Ken (de Sherrilyn) y Karl (de Dianna)—
porque son unos héroes de verdad y,
además, nos dieron sustento.

Prólogo

«Un sitio extremadamente peligroso en el que quedarse sin tierra.»

El hedor espantoso en ese túnel excavado a mano ahogaba la respiración del sargento Nathan Drake. Odiaba las cuevas.

Sólo había una entrada… y una única salida.

Levantó una mano para indicarle a su compañero de equipo, el capitán Vic Stoner, que le seguía a unos cuatro metros, que se detuviera. Como era habitual en esas operaciones especiales, Nathan encabezaba la expedición y Stoner le cubría las espaldas.

Esta cueva era más prometedora que cualquier otro sitio que hubieran investigado en los últimos once meses peinando la selva Chapare de Bolivia. Había multitud de cajas de armas, abiertas y sin abrir, apiladas junto a lanzamisiles de mano y granadas suficientes para dejar una aldea hecha pedazos. Eran los ingredientes necesarios para un cuarto de juegos para terroristas pero no bastaban para designarlo amenaza de Nivel 5 —o arma biológica—, que era para lo que el equipo de Nathan había sido enviado a inspeccionar. Este alijo debía de pertenecer a un grupo de rebeldes descontentos con la política sudamericana o bien a un narcotraficante.

En ese caso, Nathan estaba dispuesto a largarse de allí lo antes posible y regresar a la base. Pero había algo que le preocupaba.

¿Qué maldito cabrón de mierda había traído a mujeres a ese sitio para torturarlas y asesinarlas?

Hasta el momento habían encontrado ocho esqueletos, en posturas obscenas y rodeados de charcos de sangre seca, en los túneles oscuros y lúgubres que habían registrado.

Todo eran callejones sin salida.

Y no habían encontrado nada que relacionara estos asesinatos espantosos con las muertes en una pequeña aldea a unos sesenta y cinco kilómetros al este de allí. Hombres, mujeres y niños; habían destruido el pueblo entero sin dejar marca de ningún arma en los cadáveres. Los forenses que acudieron de varias naciones aliadas concluyeron que las muertes no eran resultado de una guerra biológica sino de un virus mortal de origen desconocido. Un virus que desaparecía sin dejar huellas residuales, algo que parecía la definición exacta de guerra biológica.

Ese incidente sin explicación había causado incomodidad entre los departamentos de seguridad nacional de varios países. Y motivó esta operación encubierta.

Incluso ahora Nathan seguía viendo a las víctimas que habían encontrado hacía tres semanas en la aldea: la piel grisácea agrietada y sangre en los cadáveres que yacían retorcidos en la agonía previa a la muerte. La mirada atormentada de los niños, perdida en una confusión desesperada, y las marcas de las uñas clavadas en la piel.

El recuerdo de por qué juró defender y proteger a la población.

Y por qué estaba atrapado en el fondo de esa maldita cueva.

Nathan se dio la vuelta para estudiar la única ruta de salida, teñida de verde a través de sus monóculos plegables de visión nocturna PVS-14.

Stoner estaba listo, con la M-4 del ejército equipada con un silenciador marca Knight Armament. Su ametralladora corta parecía un juguete en comparación con el chaleco táctico militar cargado de municiones que le cubría el musculoso torso. Según decía Stoner, tres años de trabajo en una plataforma de perforación submarina antes de alistarse habían trasformado lo que hasta entonces había sido un cuerpo escuálido. Ahora mismo era de todo menos invisible, con una piel morena que contrastaba con su sonrisa blanca de donjuán cuando hacía uso de ella. Nathan y Stoner eran tan parecidos en cuanto a tamaño, que quien no les conociera no sabría distinguirlos cuando iban vestidos de camuflaje.

Incluso en cuanto al lenguaje corporal.

La postura informal de Stoner mentía descaradamente porque ese hombre no estaba nada relajado cuando se hallaba en una misión.

Nathan levantó la barbilla; un gesto que significaba: «¿Listos?».

Stoner señaló la salida con la cabeza. Era su señal para: «Todo despejado: vámonos».

Nathan pasó por su lado en silencio, atento a cualquier cambio en ese estrecho pasaje que podía abarcar de lado a lado con sólo extender los brazos. La oscuridad afinaba sus sentidos. Como objetivo, proteger a los miembros de su equipo estaba por encima de todo. Más que un trabajo, consideraba que desde su posición en el ejército podía influir y, al mismo tiempo, ayudar a su madre y a su hermano enviando dinero. No necesitaba mucho para vivir; le bastaba con lo que llevara en la mochila durante una misión. Su familia, en casa, y el equipo con el que luchaba eran lo único que le importaba.

«La avaricia es tu peor enemigo, hijo. Centra tus energías en lo que importa de verdad, en la gente que quieres». Su padre le había dejado ese legado antes de morir, cuando Nathan apenas tenía ocho años. Igual que su progenitor, creía firmemente en eso.

Dio con el pie contra algo que hizo un clic.

«Mierda». Nathan se quedó inmóvil y contuvo la respiración. Ya habían examinado el suelo en busca de cables. No deberían haber pasado éste por alto. La sangre se agolpaba en sus oídos. Los atroces segundos pasaban lentamente mientras esperaba salir volando en pedazos. Se quedó de pie, firme. Resistiría lo más fuerte de la explosión si así podía salvar a Stoner.

El sudor se le deslizaba por debajo de la gorra de camuflaje hacia la espalda...

No pasó nada. Si hubiera accionado una bomba trampa, ahora mismo ya estaría muerto. Tragó saliva, cogió aire, viciado por el hedor de la carne putrefacta, y bajó la vista hacia el suelo. No había tropezado con un cable, sino con los huesos podridos de un pie que conectaba con una pierna a su derecha.

En la oscuridad vio los retales de piel seca adheridos a un esqueleto tumbado sobre un montón medio desmoronado. Como los otros cadáveres que encontraron en la cueva. ¿Un asesino en serie? Eran adultos jóvenes con una delicada estructura ósea y parcialmente vestidos… si es que llevaban ropa. Había algunos vestidos hechos jirones desperdigados por ahí, algunos se usaban como trapos.

Eran muchachas. Todas con el pelo largo y negro, como su madre solía llevarlo hacía mucho tiempo. Había perdido el hilo cuando un rayo láser verde bailó sobre la pierna fracturada del esqueleto.

Levantó la vista. Stoner le miró con el ojo que no le cubría el monóculo y se llevó dos dedos a los ojos para decirle que sólo estaban allí para observar.

Nathan no había olvidado esa directriz. Al equipo de cuatro hombres le habían dado unas órdenes específicas. Esta era una misión de reconocimiento y de recogida de información, nada más. ¿El objetivo? Determinar la validez de los informes que hablaban de maniobras terroristas en la zona.

Bajo ninguna circunstancia debían entrar en conflicto.

En otras palabras: «No matéis a nadie. No dejéis ADN. Completad la tarea sin ser detectados. Mover el culo hasta casa y llegad intactos». Mensaje recibido.

Asintió a Stoner y, con cuidado, se dirigió hasta la cámara del alijo de armas que había entre donde se encontraban ellos y el punto de salida de la gruta. Cuando llegaron a un espacio abierto, Stoner se adelantó y dejó el arma colgando de la cuerda sujeta a su chaleco para dejar libres las manos. Extrajo una cámara en forma de bolígrafo, que también llevaba integrado un cartucho de tinta, y empezó a fotografiarlo todo.

Cubriendo las espaldas de Stoner, Nathan estudió ese espacio y aguzó el oído por si alguien se acercaba. Pulaski y Duran estaban fuera vigilando la entrada, pero permanecían escondidos y sólo actuarían en caso de que fuera necesario.

Nathan examinó cada centímetro de la galería, de unos nueve metros de diámetro y de casi dos metros de altura, ya que podía estar de pie sin miedo a golpearse la cabeza. Había una caja grande a un lado de la sala con unas cuerdas clavadas en las dos esquinas, que estaban tiradas despreocupadamente en el suelo sucio.

Sintió una sensación de peligro que le puso tenso el cuello. Con todas esas armas ahí almacenadas, ¿dónde estaba el vigilante? Nadie dejaría este arsenal sin vigilancia.

A menos que fuera alguien extremadamente engreído o muy estúpido.

Miró hacia la izquierda, donde el cuerpo menos putrefacto estaba apoyado de una forma obscena en una pared: era una muerte reciente. Tenía las piernas muy separadas, un brazo doblado en un ángulo antinatural y le quedaba la piel suficiente para ver lo grotesco de su tortura.

Su ira fue en aumento y esa visión le puso enfermo. Agarró el arma con más fuerza. ¿Es que todos estos cadáveres no eran más que mujeres desafortunadas en el lugar equivocado en el momento más inoportuno? ¿Prostitutas? Daba lo mismo. Eran las hermanas, esposas e incluso madres de alguien; ninguna mujer merecía que la violaran, torturaran y asesinaran. Quienquiera que hubiera hecho esto merecía un buen castigo.

—Tres tangos se dirigen a la cueva —oyó Nathan por el auricular.

El grito desgarrado de una mujer le llegó a los oídos antes de que el ruido de las botas sobre la gravilla hiciera eco en la entrada de la cueva.

Stoner llevaba unos auriculares idénticos. En un instante se colocó junto a Nathan, con la cámara guardada y el arma en ristre. Ya no había nada informal en su postura.

Nathan le hizo una seña a Stoner que quería decir: «Muévete hacia la izquierda del túnel, cerca del túnel sin salida y yo iré a la derecha». Se fundieron en la cavidad oscura y desaparecieron de la vista. La piel le hormigueaba en señal de peligro.

Los cabrones se les acercaron caminando despreocupadamente; desde luego, desconocían el concepto de sigilo. Unas escuetas voces masculinas discutían chapurreando en español.

Nathan entendió lo suficiente para saber que discutían sobre a quién le tocaba primero y que no querían que muriera antes de que los dos tuvieran su oportunidad. Los lastimeros sollozos de la mujer se intercalaban con súplicas de piedad. La cueva se llenó de un terror inmundo cuando los hombres entraron a la zona destinada al almacenamiento de armas.

Nathan sujetó la suya más fuerte aún. Tuvo que contener las ganas de poner a esos dos en órbita.

«Solamente observa. No te entrometas.» Con el dedo acarició el gatillo.

Roñosos y de piel oscura, los dos hombres emergieron de la abertura con botas de agua y chalecos tácticos. El primero no le llegaba a Nathan al hombro. Farfullaba insultos entre caladas e iluminó el camino con su linterna para que su secuaz pudiera ver. El más alto de los dos llevaba un rifle Galil automático y apuntaba a la mujer —tango número tres— que arrastraba por el pelo. Tenía que ser el líder de esa pareja de desviados pero éste tenía el músculo suficiente para que enzarzarse en una pelea valiera la pena.

Las piedrecitas salían volando por las patadas que daba la muchacha. No debía de tener veinte años siquiera. Era hermosa, salvo por los feos moratones que tenía en el rostro y los brazos. Le sangraban el labio y la nariz. Luchaba contra aquel gorila con todas las fuerzas que le permitía su pequeño cuerpo.

Nathan se subió el monóculo hasta la frente y miró a Stoner, que también había levantado el suyo y movió un dedo para decirle que estaban en sintonía. Esa confianza ciega era algo que Nathan sólo había compartido con su hermano hasta que conoció a Stoner.

La mujer chillaba con tanta fuerza que hacía temblar a los muertos de miedo y, de nuevo, atrajo la atención de Nathan hacia ella. Se le hizo un nudo en el estómago.

Con el arma a un lado, el matón principal tumbó a la chica en el suelo y le ató los brazos sobre la cabeza con las cuerdas clavadas en la caja. El bajito había tirado el cigarrillo e intentaba sujetarle las piernas que ella movía sin cesar.

Tenían que hacer algo en silencio. Nathan dejó que le colgara el arma del mosquetón en el chaleco, pero a poca distancia para poder usarla si era menester.

—Date prisa. ¡No voy a estar toda la vida esperando! —le farfulló gritando el pequeñajo al líder. Le apartó una pierna con la bota y se metió la mano dentro de los pantalones, empezando la tortura sin esperar a su secuaz.

El líder cayó de rodillas entre las extremidades arañadas y ensangrentadas de la mujer. Le apartó tanto las piernas que ella se sacudía y gritaba de dolor. Sus plegarias desgarraban el silencio, suplicando una intervención divina. Su atacante se bajó los pantalones todo lo que dieron de sí y se agarró el pene, sacudiéndoselo en la cara.

—Ahora sabrás lo que es un hombre de verdad —se jactó, y luego se sacó un cuchillo afilado de una funda de piel que colgaba del cinturón—. Pero primero tendrás que suplicarme.

Nathan se movió tan silenciosamente como una sombra mortal.

La mujer gemía tan fuerte que los dos hombres no hubieran oído acercarse ni a un batallón entero. Sin ser visto, se les acercó por la espalda, le tapó la boca al bajito y le partió el cuello de un movimiento, luego dejó en el suelo el cuerpo inmóvil. Se dejó llevar por sus inmensas ganas de castigarlos, le cubrió la boca al líder y le echó la cabeza atrás con fuerza.

—Quéee… —Por un acto reflejo, el tango sacó el cuchillo.

Nathan lo agarró por la muñeca. El horror de lo que le iba a suceder al violador se reflejó en su cara de cerdo un segundo antes de que le clavara la afilada hoja en el pulmón. El líquido caliente le chorreó por la mano y el aire se llenó de ese olor metálico a sangre fresca. Los gritos histéricos de la muchacha medio desnuda se mezclaron con la imagen de los cadáveres en descomposición, esparcidos por la cueva como si fueran basura, y su rabia aumentó. Ese maldito cabrón no merecía morir tan fácilmente. Nathan retorció el cuchillo y notó el metal rozando sus costillas.

¿Y qué era una imagen horrorosa más en este surtido de pesadillas?

Un ruido gutural salió de los pulmones del hombre antes de dar una sacudida y luego dejó de forcejear. Con el último aliento expelió sus fluidos corporales. Nathan se deshizo del cadáver, tiró del cuchillo y lo usó para cortar las cuerdas que ataban a la chica.

Había aplacado al fin su sentido de la justicia. Era una pequeña victoria; ninguna otra mujer sufriría y moriría por la sucia lujuria de ese hombre.

Debía irse ahora mientras ella seguía en pleno estado de conmoción.

Pero no podía dejarla así igual que no podía dejar que la violaran y asesinaran.

Stoner apareció a su lado.

Nathan le habló a la muchacha en español, haciéndola callar con tacto y diciéndole que estaba a salvo, que podía irse a casa.

Al final se calló y se le quedó mirando como si fuera a la vez ángel y demonio.

—No se lo contaremos a nadie —le dijo.

Sus ojos asustados asimilaban todo lo que la rodeaba y luego le miró a la cara, que seguía pintada con pintura de camuflaje. Su mirada aterrada se posó en la mano que le chorreaba de sangre. Empezó a sacudir la cabeza, gimoteando y echándose hacia atrás.

—Vete. No digas nada. No vayas a ningún sitio sola. —Cuando le tendió la mano para ayudarla, ella retrocedió y se puso de pie con dificultad. Stoner encendió la linterna incorporada en su arma y le iluminó el camino para salir de la cueva.

No necesitó que le dijeran nada más. Nathan la siguió hacia fuera pero había desaparecido entre el espeso follaje más rápido que un conejo al ver un lobo hambriento.

Cuando Pulanski y Duran salieron de sus posiciones ocultas, Nathan se pasó el pulgar por el cuello para contarles a los otros dos lo que les había pasado a los tangos. Entonces les indicó en silencio a los demás que le siguieran y tomó la delantera de nuevo. Stoner tenía ya un buen montón de fotos y quedarse más tiempo por ahí a esas alturas sería una mala idea. La excursión había sido una pifia, salvo por haber liberado a esa mujer.

La luz de la luna se derramaba a través de los árboles y les iluminaba la vuelta al campamento. Nathan tragó bocanadas enteras de aire fresco para limpiar los residuos de muerte de los pulmones; estaba tremendamente aliviado por salir de ese sepulcro impío. Marcó el ritmo durante los cinco kilómetros siguientes. Los del equipo le seguían tan callados como fantasmas hasta alcanzar su base temporal, que estaba escondida.

Pensar qué hubiera pasado de haber tomado y ejecutado una decisión diferente era desperdiciar energía. Lo que estaba hecho, hecho estaba. Pero a Nathan le costaba acallar esa voz en su interior que le acusaba de poner en peligro la seguridad de su equipo por una sola persona. De buena gana los hubiera enviado de vuelta al campamento para ocuparse de los tangos solo de haber existido otra manera de hacerlo.

¡Como si Stoner y los otros dos le hubieran escuchado!

—Por mí, lo que ha sucedido está bien —dijo Stoner en cuento entraron al claro.

Nathan se dio la vuelta y miró a sus tres compañeros. Después de todo este tiempo, el apoyo incondicional de Stoner seguía sorprendiéndole y haciéndole sentir humilde, pero ¿y los demás? Esperó que condenaran sus actos, dispuesto a aceptar su deber.

—Sips —dijo Duran con su ronca voz tejana—. En casa hubiéramos cortado en filetes a ese cabronazo, empezando por las pelotas y terminando por los cojones.

Pulaski hizo una mueca.

—Oye, D, odio tener que decírtelo, pero son lo mismo.

—No, de la manera como lo hacemos nosotros no. Mira, coges la parrilla…

—No más historias de parrillas —dijeron Stoner y Nathan a la vez.

Nathan nunca había estado en Tejas y, viendo las cosas horrorosas que Duran decía que asaban, tampoco tenía ganas de ir. Las comidas que había oído le recordaban demasiado al estofado de carne que su abuela cocinaba en vida.

La regla número uno era: nunca preguntar a la abuela lo que le había echado al estofado. Sobre todo antes de comerlo.

Se dio cuenta de que los compañeros le estaban dando el visto bueno a lo que había ocurrido y ninguno diría nada de los asesinatos cuando se marcharan. Les debía esa unión que le manifestaban y deseó saber decirles lo mucho que significaba su apoyo. Pero en cuestión de hablar de sentimientos, era un hombre simple.

—Gracias.

Duran se dirigió a Pulaski y Stoner.

—Yo me voy. —Lo que significaba que iba a conectar los cables y alambres de disparo y asegurar su sección alrededor del campamento—. Podríamos dejar que Drake se ocupara de las labores de cocina hoy. —Sonrió y se alejó.

Pulaski gruñó y se fue en dirección contraria.

Stoner no se movió.

—¿Qué te preocupa?

Nathan se quitó los auriculares y se rascó la cabeza.

—Mi obligación es no poneros en peligro.

—¿En peligro? ¡Joder! Pero si nos alistamos voluntariamente. —Stoner sonrió—. ¿Sabes? Esto me recuerda aquella vez en Manila…

—Dejemos Manila en Manila… —Su tono era algo hosco; las pesadillas debían permanecer en la oscuridad.

Stoner asintió.

—Bien, como quieras. Pero si la gente supiera a lo que tenemos que hacer frente y lo que has tenido que hacer en estas operaciones, tendrías el pecho lleno de medallas.

Como si las insignias significaran algo para él. No vestirían ni darían de comer a su familia.

—No quiero medallas. Quiero…

Nathan dudó. ¿Qué quería? ¿Que le devolvieran los papeles del realistamiento? Ni siquiera eso. Quería quedarse en el ejército, con quien se había comprometido hasta que se terminara el servicio. Pero ahora esa decisión se le antojaba egoísta porque su compromiso con el ejército significaba estar lejos de casa un par de años más mientras su madre le necesitaba más que nunca.

Maldita sea.

—Ya lo arreglaremos. —Los tranquilos ojos marrones de Stoner reflejaban empatía. Él estuvo a su lado cuando llegó esa llamada de Nueva Orleans unas pocas horas antes de que el avión despegara.

Recogió un montón de ramas de palmera y las dejó a un lado, maldiciéndose a sí mismo por milésima vez. Pensó que este plan era seguro, la mejor manera de ayudar a su madre y a su hermano. Terminar otro periodo de servicio para que su hermano entrara en una buena universidad mientras él utilizaba su certificado del ejército para estudiar. De esa manera, ambos podrían ocuparse de mamá.

Fue demasiado ambicioso al querer ser más que un simple mecánico toda la vida. Al querer un futuro donde poder cuidar a una esposa y tener familia y no estar obligado a vivir de nómina a nómina. Esa vida había sido buena para su padre…

Pero Nathan quería más para las personas a las que amaba. Su madre merecía seguridad y tranquilidad, una vida más fácil. Y él siempre soñó con ayudar a Jamie a entrar en la universidad.

Ahora mismo le daría vueltas a la llave inglesa de buena gana con tal de estar en casa un solo día.

Si todo fuera tan sencillo. Había jurado lealtad a su equipo y sería responsable de esos hombres aunque pudieran arreglárselas sin él. También eran sus hermanos. Juró cubrirles las espaldas; el mismo juramento que compartía con su hermano.

—No sé qué decirte para que te sientas mejor. —Stoner no se había movido de su lado; era más tozudo que una mula. Su tono sosegado no se quebrantaba casi nunca. Nathan envidiaba que le corriera freón por las venas incluso en las peores situaciones y se preguntó de dónde lo sacaba… seguro que podría descongelar la tundra ártica—. Es una jodienda que no te enteraras de que tu madre estaba enferma hasta después de realistarte. Mi tía tuvo cáncer de ovarios y le ganó la batalla. Sigue vivita y coleando.

Nathan le escuchó, pero su madre era su madre, y no la tía de otra persona. Era una gran diferencia. Le prometió a su padre el día que lo enterraron que cuidaría de ella. Ahora su madre le necesitaba y ni siquiera estaba en el mismo país.

Con un nudo en el estómago, empezó a descubrir el equipo de campamento que habían escondido bajo unas ramas que habían cortado y amontonado previamente. ¿Cómo diantres iba a pasar los próximos dos años y no estar en Nueva Orleans para ayudar a su madre a luchar por su vida?

Stoner carraspeó, tan tenaz como impertérrito.

—Ejem… No estará sola, Nathan. Tu hermano…

—…es un imbécil de cuidado, a pesar de su coeficiente intelectual. —Nathan lanzó un montón de hojas de palmera—. ¿Cómo puede alguien tan brillante tener tan poco sentido común?

—De acuerdo, es una especie de profesor despistado…

—El despiste no te mete en problemas. —Levantó una mano para que Stoner no siguiera defendiendo a su hermano—. No lo entiendes. Jamie era introvertido en el instituto y le costaba hacer amigos, sobre todo con los chicos que pensaban que era un sabelotodo porque sobresalía en las clases. Así que cuando dos gilipollas acudieron a él para que les arreglara un coche, pensó que se lo estaban pidiendo como amigos. Él nunca se preguntó porqué la bobina de encendido estaba manipulada; estaba contento porque podría demostrar que era más que un lumbrera.

Nathan levantó las hamacas y las dejó a un lado; luego empezó a desempaquetar las comidas preparadas mientras seguía hablando.

—Le arrestaron por ayudar y ser cómplice de ladrones de coches. Mamá y yo tardamos tres días en poder sacarle.

—Cometió un error, Nate.

—Ya lo sé. —Se arrepintió de gruñirle a Stoner en cuanto le salieron las palabras. Se secó el sudor sucio del bigote y deseó que fuera tan fácil limpiar también ese recuerdo que le hacía estar tan pendiente de su hermano para protegerle—. Tras sacarle de la cárcel estuvo meses sin hablar. Nadie le hizo daño allí dentro, pero se encerró en sí mismo. Incluso pasó de mí un tiempo. Cuando conseguí que se abriera un poco, era una persona diferente. Había cambiado. Estaba decidido a demostrar que no era tonto. Verle intentar ser alguien distinto es mucho peor que antes. Cada vez que me doy la vuelta, le han enredado en algún plan de esos para hacerse rico rápidamente que se va a pique a los dos días. El fracaso le saca de sus casillas. Y yo le digo que busque un trabajo decente, que pronto conseguiremos que entre en la universidad.

—Hará lo que es debido para ayudar a tu madre.

—Sí… no. —Sacudió la cabeza—. Ese es el problema. Creo que se lleva algo entre manos y me lo está ocultando.

—¿Algo como qué?

—Ojalá lo supiera. Sólo tengo la sensación de que quiere demostrar que puede arreglárselas sin mí. No sé… Quizá es un trabajo nuevo y no quiere decírmelo hasta que funcione, pero mamá no podrá mejorar si también tiene que preocuparse de él.

—Quizá te sorprenda y sienta la cabeza ahora que ella le necesita.

Nathan tiró del pañuelo que llevaba en el cuello y se secó la frente con él. Se metió la tela empapada dentro de la cinturilla de los pantalones y miró a Stoner.

—Jamie es un hombre decente, pero no tiene ni idea del mundo real. Si no hubiera sido tan cabezón cuando me llamó la última vez, hubiera averiguado lo que le sucedía y hubiera podido hacer algún plan para los dos. Pero en su lugar, me enfadé como un idiota y le grité por dejar que la aseguradora le dijera que algunas de las medicinas de mamá no las cubría el seguro. —Mamá le había asegurado a Nathan que estaba bien y trató de parecer convincente, pero sabía que estaba aterrada.

¿Cuándo iba a aprender a no dejar que su rabia hablara por él?

—Date un respiro, hombre. Recibiste esa llamada mientras hacías las maletas para este operativo. No tuviste mucho tiempo para reaccionar.

—No es excusa para una falta de disciplina. —Las palabras de su padre le resonaban en la cabeza. Había esperado más de su hijo mayor—. No soy civil. No debería estallar. Tendría que haberme calmado y hablado con Jamie cuando tuve la oportunidad, antes de terminar en algún lugar desde donde no pueda llamarle. Es mi trabajo asegurarme de que ambos estarán bien mientras yo estoy fuera… o si muero.

—Sí, claro —resopló Stoner—. O eres demasiado malvado para matar o esa maldita moneda tuya tiene magia negra. No olvides que me prometiste que será mía cuando estires la pata. Te juro que tienes más vidas que un gato y una de ellas ya te la salvó ese pedazo de metal. Es una lástima que vaya contra las normas llevar esa cosa contigo. Podríamos usar algo de magia de vez en cuando.

Stoner intentaba ayudarle porque era el oficial de grado superior y un buen hombre. No pretendía echarle una palada de culpabilidad encima cuando le mencionó esa moneda. Era del tamaño de un dólar de plata, estaba hecha de latón y llevaba grabado el logotipo de la Tropa de Asalto. Y tenía una abolladura donde una bala pasó rozando la pieza de metal que le salvó la vida. No tenía valor monetario; era un recordatorio de la promesa que le había hecho a su padre.

La mayoría de las personas llevaba fotos encima. Él llevaba una moneda.

—Como ya te dije, es tuya el día que me vaya al otro mundo. —Nathan quería cambiar el tema de su familia y de él mismo. No podía hacer nada acerca de Jamie y mamá hasta que regresara a la base y diera parte. Para eso aún quedaban como mínimo diez días—. Terminaré de deshacer los petates y dejaré listas las hamacas.

Stoner cambió de lado el arma y suspiró.

—Ya se te ocurrirá qué hacer. Nunca te he visto derrotado por nada o por nadie. —Luego miró el reloj y añadió—: Ya tenemos bastante con confirmar que no pasa nada por aquí salvo sadismo. Llamaré para la extracción de mañana. —Y desapareció en la selva.

Nathan preparó el austero campamento antes de sacar el teléfono por satélite de su escondrijo debajo de un tronco en el suelo. Se apoyó en un árbol, lo encendió y comprobó los mensajes recibidos. Dos de la base y uno marcado como reenviado. Sonrió. El trato que había hecho con su colega de comunicaciones le era muy útil ahora. En su última mano de póquer, Nathan había ganado más de lo que su amigo en el departamento de comunicaciones podía pagarle, así que hicieron un trato: reenviarle un mensaje desde su casa cada vez que recibiera uno, sin importar en qué parte del planeta estuviera en ese momento.

Dejó que el arma le colgara sobre el pecho y con una mano accedió al mensaje mientras se rascaba la cabeza con la otra. El pelo lleno de arena se le quedó de punta; lo llevaba más largo de lo permitido en el ejército aunque era aceptable para los equipos clandestinos de inteligencia, que sólo respondían ante las Fuerzas Especiales de la sede. No eran meramente unos equipos entrenados; eran los más preparados del ejército.

Cuando apareció el mensaje, se le encogió el estómago de miedo:

«Nate: Mamá empieza la quimio esta semana. De momento todo va bien. Cuídate. *Laissez les bons temps rouler*. J.»

Laissez les bons temps rouler. Dejad que los buenos momentos duren.

Nathan se quedó helado al releer esa frase, con el corazón palpitando con fuerza al entender el verdadero significado detrás del código de la infancia entre Jamie y él.

El día que Nathan se enfrentó a cuatro chicos de una banda que trataban de partirle la cara a su hermano, Jamie empezó a gritarles que no sobrevivirían a la paliza. Nathan le dijo tranquilamente que se apartara. Cuando los cuatro chicos se acercaron, Nathan sonrió y les dijo: «*Laissez les bons temps rouler*». Les dio una buena paliza y los envió a casa con mamá, llorando como una nena a la que le han roto una muñeca. Después, esa frase se convirtió en un código entre ambos cuando Jamie se había metido en un buen apuro.

Nathan buscó una unidad de encriptado de contrabando que

había obtenido de una empresa en Bahrain y la enchufó a un puerto del teléfono por satélite. Siendo realista, la Agencia de Seguridad Nacional podía escuchar la llamada, pero la probabilidad era remota puesto que este equipo no estaba fabricado en Estados Unidos. Marcó el número de móvil de Jamie y recibió contestación al segundo tono.

—¿Hola? —La voz baja y asustada de su hermano le advirtió que iba a escuchar malas noticias.

—Soy yo.

—Nate, tengo un problema. Un problema muy gordo.

Nathan empezó a regañarle pero se contuvo antes de soltar toda la rabia. ¿Cuánto dinero haría falta para arreglarlo esta vez? ¿Acaso Jamie no se daba cuenta de que necesitaban cada penique que pudieran ahorrar para su madre?

—¿Qué has hecho? —preguntó él con la voz tensa. Un tono más relajado era demasiado esperar.

—Nada, te lo juro. Me tendieron una trampa. Los de Marseaux me metieron en una redada, pero yo no tenía nada que ver. Te lo juro, yo…

—¡Jamie! —No podía ser Marseaux, el jefe del clan criminal más importante de Nueva Orleans. Apoyó la cabeza en el tronco del árbol, puso la mano sobre el arma y cerró los ojos por primera vez en dos días—. ¿Qué cojones…?

—Acudí a uno de esos prestamistas usureros pero no sabía que pertenecían a la red de Marseaux. Necesitábamos dinero. Vi un anuncio y pensé en pedir un préstamo hasta que pudiéramos encontrar una solución mejor. Lo siento, Nate, pero tú no estabas. Intentaba arreglarlo. Quería que mamá y tú os sintierais orgullosos.

—¿Y qué sucedió?

—Terminé en medio de una redada. Antes de tener la oportunidad de hablar con un abogado, la gente de Marseaux ya estaba haciendo tratos y señalándome con el dedo.

Esto no podía estar pasando.

—¡Esto es increíble, joder! ¿Y cómo pinta el tema?

—Ahora mismo estamos en juicio porque el cabrón del fiscal del distrito lo ha tramitado por la vía rápida. Me han asignado un abogado de oficio que no puede ser más inútil. Me dice quc no puedo ganar, que me van a condenar pase lo que pase.

—La voz de Jamie se apagó con sus últimas palabras—. Yo sólo fui a buscar dinero para mamá.

—No le eches la culpa al cáncer de mamá. Si usaras la cabeza de vez en cuando y no confiaras en cualquiera que te ofrece dinero rápido, no te joderían vivo. Cada mes envío bastante dinero para los dos. —Nathan se levantó de un salto y golpeó el suelo—. Podría haber enviado más.

—No lo entiendes, Nate —gritó su hermano—. No estás aquí. El ayuntamiento ha declarado esta zona en ruina y tenemos que mudarnos. Van a derribar las casas. Mamá recibió algo de dinero del Estado pero no lo suficiente para encontrar un lugar decente. Supuse que si consiguiera más dinero, podríamos mudarnos y establecernos en algún sitio antes de que empezara a empeorar. Nunca sé cuándo vamos a tener noticias tuyas, joder.

Nathan no se lo podía creer. Había estado guardando dinero en caso de que hubiera alguna emergencia en casa y ya se lo habría enviado de no ser porque temía que Jamie despilfarrara sus ahorros en algún chanchullo.

Esto era una emergencia de todas todas, pero dudaba de que el dinero que tenía le salvara el culo a Jamie. Cada latido del corazón era como un toque de difuntos; un aviso de las consecuencias directas que le esperaban a su familia. ¿Qué carajo iba a hacer para mantenerlos a salvo ahora?

¿Quién estaría con su madre mientras pasaba por ese infierno?

—Me van a enchironar, Nate. Puede que sean dos años —susurró—. ¿Qué voy a hacer? ¿Qué haremos con mamá?

Nathan se cubrió los ojos con la mano, pero eso no borraba las terribles imágenes que le pasaban por la cabeza. Su hermano quedaría comatoso de por vida si es que sobrevivía a la cárcel, cosa que dudaba seriamente. Su madre no podría aguantar la quimio sin ayuda. Su familia era despreciable y nunca había movido ni un solo dedo por ella o por sus hijos. Y por parte de padre no tenían familia.

El pulso le latía con fuerza con cada nueva preocupación. Rezaba por un milagro, pero vio que tendría que crearlo él mismo o su madre y su hermano sufrirían. Una por falta de tratamiento y el otro por falta de sentido común.

Apoyó la cabeza en el árbol, pensando, buscando una idea

mejor que la que se le había ocurrido inmediatamente. Pero la asquerosa verdad era que no tenía elección. Aceptó lo que tenía que hacer por su familia.

Era una mierda pero la vida era así.

—Escúchame. —Respiró hondo antes de proseguir. La decisión estaba tomada—. Si consigo sacarte de la cárcel, tienes que prometerme que te mantendrás alejado de cualquiera que huela siquiera a sinvergüenza, criminal o algo por el estilo.

—El abogado dice que no puedo ganar, que…

—Me importa una mierda lo que diga. Te sacaré de ésta, pero tienes que prometerme que usarás la cabeza y buscarás un trabajo de verdad, nada de tratos o chorradas. Cuida a mamá por mí. Prométemelo.

—Juro que lo haré, ya lo sabes. Haría lo que fuera por ti y por mamá. ¿Crees de verdad que puedes arreglarlo? —El alivio de su hermano se hizo patente al otro lado de la línea—. Sólo tengo una semana antes de que el abogado diga que el juicio ha terminado. Haré lo que me digas… sólo dime qué tengo que hacer, Nate.

«Encuentra la manera de volver atrás en el tiempo para que pueda enviarte el dinero antes de que acudas al prestamista de Marseaux.»

Pero recurrir a eso era como perder los nervios y nada de eso solucionaría el embrollo en el que estaba metido Jamie.

—Quédate quieto hasta que te llame mañana. No le digas a nadie que has hablado conmigo, ni siquiera a mamá. ¿De acuerdo?

—Sí, ¿pero qué vas a hacer?

—Te lo diré mañana… —Se frotó los ojos, asqueado por lo que tendría que hacer—. Ahora tengo que irme, pero haré todo lo posible para evitar que vayas a la cárcel, así que será mejor que cumplas tu parte del trato ahora mismo.

—Lo haré. —Se quedó callado un momento y suspiró—. Gracias, Nate. Lo siento mucho. Sólo quería cuidar de mamá y ya sabes que no tomo drogas.

Nathan suspiró profundamente.

—Lo sé, tío. Saldremos de ésta. —Su hermano no tomaba más que aspirinas o una cerveza desde aquella primera vez que bebió tanto y se pasó el día siguiente vomitando hasta la primera papilla. Nathan terminó la llamada y se quedó mirando el cielo estrellado. Las palabras de su padre le resonaban al oído desde que él le enseñara la moneda después de que a Jamie le apalearan en la escuela.

—Necesito que me hagas una promesa, hijo. —La voz de su padre era tensa, como si odiara pasarle esa carga a un niño.

Nathan asintió y su padre continuó:

—La promesa de un hombre vale más que todo el dinero del mundo. Nunca rompas las tuyas.

Cuando Nathan volvió a asentir, su padre le enseñó la moneda de sus días en las Fuerzas Especiales.

—Quiero que la tengas tú, pero conlleva unas responsabilidades. Tu hermano nunca va a ser tan fuerte o avispado como tú, así que quiero que me prometas que siempre cuidarás de él.

—Lo haré, papá, ya lo sabes, Jamie y yo para siempre. —Nathan levantó la mano con la palma hacia arriba para aceptar la moneda que había guardado como un tesoro. Eso fue un mes antes de que su padre, un corredor de ARCA, se matara en una espantosa colisión. A los ocho años, Nathan nunca se imaginó lo que ahora tenía que hacer para cumplir la promesa que le hizo a su padre.

Para cumplir la promesa que le hizo también a su hermano.

Se levantó y se alejó del árbol, desenchufó la unidad de encriptado y la guardó. Entonces, pidió el punto de extracción predeterminado para el viernes. Cuando terminó, dejó el teléfono sobre la hamaca de Stoner, en el suelo y aún doblada. Cuando Nathan dejó su macuto bien cerrado, se sacó del cinturón una bolsita verde del tamaño de una baraja de cartas que contenía una luz estroboscópica de emergencia. Desató la bolsita y abrió un bolsillito secreto y extrajo la moneda que siempre llevaba encima.

La misión había terminado y su equipo saldría mañana.

Nathan miró la moneda una vez más y luego la puso sobre el petate, tal como prometió que haría cuando se fuera al otro barrio. Stoner entendería ese mensaje tan simple.

Por lo que se refería al resto del mundo, Nathan estaba muerto.

Dio dos pasos y desapareció en la noche.

Capítulo uno

Nueva Orleans, Louisiana, dos años más tarde

Terri Mitchell volvía a examinar al hombre desnudo que yacía ante ella. El pelo negro y liso caía alrededor de aquel suave rostro juvenil. Se había afeitado hacía poco. Esos labios cincelados eran perfectos y muy apetecibles, como si fueran obra de un maestro escultor.

¿Cuántas mujeres habrían disfrutado ese cuerpo y esos labios? ¿A cuántas les habría dado placer esa boca cautivadora? ¿Y por qué debería importarle? Terri contuvo su interés femenino. Era una profesional y no debería tener en cuenta cosas como la vida social de ese tipo o su cuerpo esbelto y musculoso, pero la verdad era que los hombres no solían venir en un envoltorio como ese. Y lo único que había visto hasta el momento era su torso, ya que la sábana de algodón le cubría la mitad inferior.

Con ayuda del bolígrafo, levantó la tela blanca para ver si había algo más que pudiera averiguar si inspeccionaba más allá del agujero de bala en la frente.

No mucho, a menos que quisiera añadir «bien dotado» a sus notas. Qué desperdicio de hombre.

Seguramente no era el martes de carnaval que este tío esperaba cuando se levantó por la mañana.

—Me gustan las mechas, esa imagen más rubia. ¿Es nuevo? —Esa voz de barítono, como de locutor de radio, que le hablaba por detrás pertenecía a un hombre al que no pensaba volver a ver. Al menos, no por el momento.

Terri apartó el bolígrafo. La sábana cayó en su sitio, sobre el torso tonificado del cadáver. Se dio la vuelta y vio al agente especial de la DEA, Robert Brady, y se maldijo entre dientes por haberla sorprendido comiéndose a ese hombre con los ojos.

—Hola, Brady.

—Me alegro de verte, Terri. Estás muy bien con esa carne de más en los huesos.

—¿Es eso una forma educada de decir que he engordado?

—Antes solía preocuparle no caber en un vestido de una talla que no tuviera un tres como primer dígito. Ya no. Sobrevivir a un ataque al corazón casi mortal puso en orden sus prioridades y preocuparse por la báscula era cosa del pasado. Ojalá pudiera olvidar otras cosas tan fácilmente.

Como el rostro engreído de Brady.

—Te he dicho que estás bien. ¿Es que no sabes aceptar un cumplido?

Quizá si viniera de otra persona, pero a Brady le gustaban las mujeres delgadas, pechugonas y de piernas largas. Con su metro setenta nunca entró en la categoría de piernas largas y no había nada en su armario que hubiera sido diseñado para un cuerpo esbelto. Asumió que cuando salían juntos Brady hizo una concesión por su pecho. La mayoría de los hombres de su vida llegaban a la ridícula conclusión de que unos pechos grandes significaban que era un polvo fácil. Los hombres tenían unas directrices tan sencillas que a veces les envidiaba... bueno, casi.

Salieron unas cuantas veces pero tuvo el sentido común de no acostarse con él. Terri esbozó una sonrisa.

—Gracias por el cumplido.

—¿Qué hacías? —Señaló el cadáver con la cabeza.

—Creo que eso es obvio, incluso para ti. —Le guiñó un ojo para suavizar la puñalada—. Estoy examinando el cadáver de un hombre. —Quizá podían mantener una conversación cordial si él no traía a colación el pasado.

—El balazo lo tiene en la frente no en la polla.

Ella le lanzó una mirada divertida.

—Si no examinara el cadáver entero, puede que me perdiera algo significativo. —Sobre todo porque hacía mucho tiempo que no veía a un hombre desnudo. ¿Quién sabe? Algo podría haber cambiado.

—Necesitas echar un polvo. —El traje azul marino arrugado hacía horas que había perdido lustre. El pelo castaño y despeinado no había cambiado; seguía siendo atractivo, aunque se acabara de levantarse de la cama y se hubiera peinado los mechones rizados con los dedos. Qué injusto. Los hombres no sólo se salían con la suya al no peinarse sino que incluso hacían que estuviera de moda.

Sin palabras para encontrar una réplica mordaz, arqueó una ceja.

—¿Qué? —le espetó.

Ella suspiró, cansada, y le fulminó con la mirada.

—¿Por qué lo de echar un polvo es la respuesta de un hombre para todo?

Brady se encogió de hombros.

—Quizá porque en cuanto follamos, se solucionan la mayoría de nuestros problemas. —Le lanzó una sonrisa luminosa que trataba de agotar su resistencia.

Lo que debería ser fácil ya que nunca había estado en la primera página del librito negro de nadie.

Terri no estaba en el mercado del matrimonio, pero tampoco estaba dispuesta a acostarse con un hombre por quien no sintiera nada, lo que significaba que la primera evaluación que hizo de su humor era probablemente correcta.

Había que cambiar de tema antes de que…

—¿Por qué no me has devuelto las llamadas? —Su rostro perdió todo el humor y arruinó cualquier posibilidad de evitar esa conversación.

Era mejor terminar con eso cuanto antes.

—Te devolví la primera llamada y te dejé un mensaje de voz diciéndote que estaría fuera un tiempo.

—¿Un tiempo? —Se apartó del quicio de la puerta y se irguió—. La mayoría de personas consideran que eso son unas semanas, no tres meses. —Un hombre de casi dos metros inclinándose sobre ella tendría que ser intimidante después del ataque, pero no ahora.

Después de salir del hospital, y de la DEA, se había pasado innumerables horas con un entrenador personal para igualar terreno con hombres peligrosos. No quería volver a sentirse débil o indefensa.

—Tuve que pasar por una fuerte rehabilitación… —empezó Terri.

—Ya lo sé, ¿pero por qué me lo ocultaste?

—¿Ocultártelo? —¿Estaba loco, era insensible o simplemente distraído? Gruñó entre dientes y dejó el sujetapapeles sobre el cadáver, luego hizo una mueca al pensar en la falta de respeto que le había mostrado al difunto.

¿Qué le ocurría para que los tipos atractivos le minaran la confianza?

—Hay muy pocas clínicas de rehabilitación en Nueva Orleans desde el Katrina, ¿o no te has dado cuenta?

—Ese no es el motivo por el cual te distanciaste. La agencia habría…

—¿Qué? —Apretó el bolígrafo que tenía en el puño y luego se cruzó de brazos para esconder las manos—. La DEA me dio la espalda y me dejó colgada.

—Eso no es cierto. Tú tomaste la decisión final.

—Sí, claro. Dimití yo, tienes razón. —Empezó a abrir y cerrar el bolígrafo y luego paró. Lo último que quería era enseñarle cómo perdía el control—. Me suspendieron y empezaron una investigación mientras seguía entubada en el hospital. Perdóname si estoy un poco… irascible.

Brady dio dos pasos atrás, con las manos en los bolsillos, se detuvo y le miró con la cabeza agachada.

—¿Qué esperabas que hicieran?

—Esperaba que… —Se le hizo un nudo en la garganta. El dolor y la humillación le envolvían los recuerdos que empañaban sus pensamientos cada día—. Esperaba que me creyeran y me apoyaran. No que me culparan de la muerte de Conroy o sospecharan que trabajara con Marseaux. —Malditos todos. ¿Quién podría pensar que había matado a su compañero y colaboraba con ese gusano de Marseaux?

—La DEA no ha emprendido ninguna acción contra ti.

—Todavía no.

—Cierto, pero en dos semanas tomarán la última decisión y cerraran el caso.

—O me imputarán el crimen. —Trabajaba contra reloj para demostrar su inocencia y encontrar al asesino de Conroy. Los de Asuntos Internos de la DEA también se apresuraban para culparla y procesarla.

—Si te mantienes alejada de los problemas todo irá bien.

Terri soltó una carcajada. Brady tendría que decírselo directamente: «Que no te pillen con ningún criminal».

Para él era fácil decirlo. Ella necesitaba contactos, relacionarse con nuevos informadores y eso significaba asociarse con criminales. Aunque no era tarea fácil dado que se sabía que su soplón había muerto después de que a ella y a su compañero Conroy les tendieran una emboscada. A su mejor contacto en el caso Marseaux le habían encontrado asesinado al día siguiente.

En cuanto se levantó tras la operación, Terri no tardó en darse cuenta de que las preguntas que le hacía la DEA eran con intención de interrogarla; no se trataba de simple información. Había depositado su confianza en ellos y la habían jodido.

Nunca más. Mientras estaba en rehabilitación la había contratado el BAD (Bureau of American Defense), el Departamento de Defensa de los Estados Unidos, y ahora trabajaba para la agencia multijurisdiccional secreta que protegía a los ciudadanos estadounidenses dondequiera que se encontraran. La DEA no sabía que el BAD existía. Otro motivo más por el que se alistó.

Dos semanas. Terri se apartó un rizo errante que le caía por la frente. Tendría suerte si encontraba a un criminal que quisiera volver a hablar con ella.

—Guárdate ese consejo. Nunca me he metido en líos. —Terri misma hizo una mueca al oírse esa voz regañona. No le debía nada a la DEA, pero sí se lo debía a Brady por disparar al tío que intentó apuñalarla con un cuchillo de carnicero de treinta centímetros. Buscando en su interior la calma que le habían enseñado en autodefensa, respiró hondo.

—La agencia no quiso que volviera y, si hubieran querido, me hubieran relegado a un trabajo de oficina. Hubiera sido mejor que anunciaran en el tablón que no soy de fiar en este campo.

Lo más importante, no podía limpiar su nombre o averiguar quién les había tendido la trampa a Conroy y a ella mientras estuviera sentada detrás de una mesa contestando al teléfono. Firmar con el BAD le dio la oportunidad de seguir luchando.

Brady tuvo la decencia de parecer incómodo. Paseó la mirada por la habitación antes de murmurar:

—En este momento esto no viene al caso. —Entonces se

centró en ella de nuevo—. ¿Tienes planes para el martes de carnaval? ¿Quieres venir a tomar algo luego?

Hacía tiempo que no le pedían cita para salir, así que en parte era halagador, pero no era un camino que tuviera ganas de volver a recorrer. Sobre todo, no con él.

—Ahora mismo no. Estoy bastante ajetreada.

»… demostrando mi inocencia e intentando condenar a un horrible asesino, ya sabes, lo típico que puede preocuparle a una mujer que se enfrenta a años de cárcel.

Él arqueó las cejas al oír esa mentira porque conocía la verdad que se escondía tras sus palabras, pero no siguió insistiendo.

—¿Aún no sabes lo que quieres, verdad?

Esa pulla la puso tensa. Después de tres copas de vino, al final de un largo día hacía cuatro meses, le había soltado algunos de sus pensamientos más personales. Pero eso no fue bastante humillante, no señor, tenía que terminar contándole que no sabía lo que quería de la vida.

Él lo aprovechó como una invitación para ayudarla a averiguarlo.

Eso sí fue un momento de debilidad. Trató de olvidarlo.

—Bueno, averiguar qué quieres de la vida es averiguar también lo que no quieres. Ciñámonos al trabajo, ¿de acuerdo? ¿Qué haces por aquí? Esta no es tu zona habitual. —Terri cogió la carpeta sujetapapeles.

—Estoy en un caso. —Miró al difunto—. ¿Qué te interesa a ti del cadáver?

Ella se relajó. Brady había venido por la víctima y no únicamente para verla. Quizá pudieran mantener esto a un nivel profesional al fin y al cabo.

—Lo encontraron hacia el mediodía en una zona que he estado investigando.

Los ojos de Brady se abrieron un poco más.

—¿En qué estás trabajando?

—No puedo hablar de esto contigo igual que tú tampoco puedes hablarme de tu caso.

La curiosidad le ardía en la mirada.

—¿Y dónde has estado? ¿Para quién trabajas?

Pensó en la respuesta y decidió que lo mejor era ceñirse a la tapadera que le había dado el BAD.

—Soy consultora en el Departamento de Policía de Nueva Orleans.

—Ah… sí, me lo habían comentado.

Terri no mordió el anzuelo para seguir explicándole. Jugó a la defensiva obligándole a él a seguir la conversación si quería que ella continuara hablando.

Carraspeó.

—Tengo un colega en la policía que dice que corre el rumor de que trabajas para una agencia privada. ¿Cuál?

Ella puso los ojos en blanco.

—Y también descuartizo pollos a medianoche para ofrecerlos en sacrificio a los dioses de la santería. Soy consultora, así de sencillo. Nada nuevo. —Recobró la confianza en sí misma y se la sirvió con un tono aburrido—. ¿Qué puedes decirme del cadáver?

Brady miró el cuerpo y luego a ella. Estaba claro que intentaba ganar tiempo para decidir qué podía compartir, si es que iba a compartir algo. Dudaba que le ofreciera nada de utilidad.

—El tío se llama Nathan Drake. Traficaba con drogas y trató de pegársela a la familia equivocada.

A ella le saltaron todas las alarmas. ¿Por qué compartía eso cuando el solo concepto iba contra su propia naturaleza?

—¿Cómo lo sabes?

—Era nuestro soplón dentro de una familia del crimen organizado. Drake se volvió codicioso y quiso abarcar demasiado. Recibió lo que se merecía. —Brady le clavó una mirada penetrante—. Por eso no puedes fiarte de estos tipos.

Terri enrojeció al oír esa censura tan inesperada por su parte. Había pagado el precio por fiarse de un soplón, un criminal, que se la había jugado. No hacía falta que se lo recordara, pero insultarle ahora no haría más que bloquear ese caudal de información.

Sufrió en silencio y le instó a que siguiera.

—Gracias por el nombre. Comprobaré el expediente de antecedentes penales cuando vuelva a la oficina.

—Ahórrate los esfuerzos. No tiene ficha.

Eso sí que la sorprendía.

—¿Estás seguro?

—Sí. Su hermano, Jamie, está cumpliendo condena por traficar con drogas; en teoría saldrá el mes que viene. Encontramos a Nathan cuando enterraba a su madre hace unas semanas y alguien de nuestra unidad le confundió con Jamie.

—¿Tanto se parecen?

Brady se lamió los labios y luego añadió:

—Bastante. Indagamos un poco y averiguamos que Jamie seguía en prisión y que Nathan constaba como desaparecido en acción de guerra por el ejército desde hacía dos años... más o menos el mismo tiempo que hacía que su hermano fue encarcelado. No tardó mucho en saberse que se había ausentado sin permiso para regresar a casa y cuidar de su madre enferma.

Eso tenía sentido. También lo sentía en el alma por el pobre hombre que yacía en la camilla. Era una lástima hacer algo tan noble y acabar así.

—¿Y qué hizo Nathan por ti?

Brady se encogió de hombros y paseó la mirada por la habitación como si calculara cuánto más iba a contarle.

¿O le estaba ocultando la verdad?

Dio dos pasos más antes de hablar.

—Nathan recibió un entrenamiento especial en el ejército. Le abordamos y le dijimos que no diríamos al ejército que le habíamos localizado si trabajaba como agente secreto y nos ayudaba a capturar al jefe de la familia. Aceptó, consiguió trabajo en una compañía naviera, un gran frente para el contrabando.

En otras palabras, Brady había encontrado al pobre primo en un momento muy bajo y lo había coaccionado para que trabajara para la DEA.

Terri intentó pensar desde un punto de vista profesional y mantener a raya sus emociones, pero este tipo había muerto básicamente porque le chantajearon para que ayudara a los federales.

—Le jodisteis.

—No exactamente. —Brady apartó la vista al hablar, señal de que escondía algo—. Teníamos muy buena información. Nathan trapicheaba con las drogas, pero no al mismo nivel que su hermano Jamie. No le pedimos que hiciera nada en lo que no estuviera ya metido.

Terri aceptó esa información con una buena dosis de escepticismo. Había trabajado con Brady lo suficiente para saber que o bien omitía la verdad o la estaba tergiversando.

Él se cruzó de brazos.

—Le dimos a Nathan información sobre los personajes clave de la familia que nos interesaban y le preguntamos si creía que se podría infiltrar.

—Como si pudiera escoger.

—Todo el mundo puede escoger, Terri. —Su tono tenía más peso que el tema que debatían. No había olvidado su sutil rechazo, ni tampoco lo había encontrado sutil, a decir verdad.

Esta vez fue ella quien apartó la mirada.

—Como tú digas.

Sorprendentemente, Brady siguió hablando.

—Nathan dijo que conocía a la familia através de lo que su hermano le había contado. Que estaba dispuesto a entrar si con ello sacaba a su hermano de la cárcel antes y limpiaba su expediente militar. Acepté. Si nos hubiera conseguido lo que necesitábamos para este viernes, hubiera sacado a su hermano el fin de semana, salvo cuestiones de disciplina. Así que él mismo se jodió.

Ella frunció el ceño.

—¿Cuánto lleva su hermano a la sombra?

—Unos dos años.

—¿Entonces por qué tantas prisas para sacarle en un par de semanas?

Brady agachó un poco la vista pero dijo, indiferente:

—Quizá porque su madre estaba a punto de morir. O sólo quería que algo en su triste vida pareciera noble. ¿Quién sabe?

Terri lo pensó. También contempló otra posibilidad, como que quizá este cadáver no tenía nada que ver con su investigación en el puerto. Sólo era una coincidencia que el cuerpo estuviera en las proximidades en el momento equivocado.

Pensó de nuevo en las palabras de Brady.

—¿De verdad podías sacarle de la cárcel o era un farol? —¿Había jugado limpio en este juego con Drake?

—Está previsto que Jamie salga dentro de un mes. El celador dice que es un reo ejemplar. No hubiera sido difícil hacer un trato para soltarle antes, siempre y cuando el celador no se opusiera. Pero este tío, Drake, resultó ser un punto muerto —no pretendo hacer broma— en nuestra investigación. —Brady sonrió. Por una vez, no era apuesto ni atractivo, era simplemente molesto y arrogante.

—Eres tan gracioso. —Se abstuvo de sacudir la cabeza y llamarle imbécil. Sería malgastar sus esfuerzos ya que era un gilipollas rematado. Se dio la vuelta hacia el difunto—. Tengo que volver al trabajo…

—Ya has terminado. Él forma parte de nuestra investigación. —Hizo demasiado hincapié en lo de «nuestra»—. Aquí no hay nada para el Departamento de Policía de Nueva Orleans. El fiambre nos pertenece. Si tienen preguntas, diles que se pongan en contacto conmigo, pero de momento las manos fuera. Haré que recojan a Drake mañana.

Terri se incorporó para mirarle. ¿Qué era tan importante para darle tanto bombo al cadáver de una mula? Tenía un trabajo que hacer. Si lograba establecer por qué esto no encajaba con su investigación, dejaría que Brady hiciera la suya.

¿Cuánto más compartiría con ella?

—¿Qué familia de la droga estaba conectada con la empresa para la que trabajaba Drake?

El pecho del investigador subía y bajaba lentamente, retrasándose… y despertando su interés.

—El grupo Marseaux.

Ella asintió.

—De acuerdo, esto aclara su identidad y simplifica mi lista de cosas por comprobar. Ya llevo bastante tiempo sin tener que involucrarme con la DEA. —Se llevó la carpeta al pecho y sonrió, ofreciéndole una muestra de su aprecio. El colega «infiltrado» de Brady en la policía de Nueva Orleans no tenía modo de saber que el BAD la había enviado de forma clandestina para que averiguara si la familia Marseaux suministraba armas a organizaciones terroristas.

Por otro lado, el BAD no sabía que había aprovechado la ocasión para seguir involucrada porque tenía su propia misión: dar con la persona que les había tendido la emboscada a ella y a Conroy. Volaba en solitario y pensaba seguir así.

Cualquier conexión con la familia Marseaux era su prioridad número uno.

El cadáver frío de Nathan Drake no era más que el tema candente.

El celador McLaughlin colgó el teléfono; no creía la mala suerte que podían llegar a tener algunas personas. Dado a lo que se dedicaba, no es que tuviera el corazón de oro pero cuando decidió hacer carrera en el sistema penal quería hacer algo más que vigilar a los presos. Cuántos más reos pudiera rehabilitar para soltar, mejor para todo el mundo, ya que gran parte de la población en la cárcel iba a vivir entre los inocentes en algún momento. Rehabilitarlos era la única esperanza para la sociedad.

El preso que salía hoy era un candidato perfecto para integrarse en la sociedad sin grandes problemas.

Hasta ahora, maldita sea. Ya no importaba. En este punto McLaughlin no podía cambiar en lo que tanto había trabajado para ayudarle. Sobre todo, dado que creía sinceramente que este convicto no reincidiría ni sería una amenaza para nadie.

Al menos eso es lo que pensaba hasta esa llamada. Ahora...

Sí, Jamie Drake probablemente regresaría y esta vez para una estancia mucho más larga.

El intercomunicador que había en su escritorio zumbó y pulsó el botón.

—¿Sí?

—Drake está listo para salir, señor.

McLaughlin soltó un suspiro de resignación.

—Ahora mismo voy. —Preparándose para lo que tenía que contarle a este pobre diablo, se levantó y salió de la oficina para soltar al convicto.

Cuando llegó hasta Drake, los guardas llevaban a ese tipo fornido esposado y con grilletes en los pies. Un último recordatorio de dónde había permanecido durante los últimos dos años y que, además, sería un escarnio más dada la noticia que debía darle.

La vida ya era lo bastante dura para Drake pero iba a empeorar dentro de unos minutos. Seguir humillándole ahora mismo era sencillamente peligroso. McLaughlin señaló al oficial que estaba a su lado con la barbilla.

—Quítale las esposas y los grilletes.

El oficial pestañeó, incrédulo, ante esa orden tan poco ortodoxa y luego hizo lo que le mandó. McLaughlin escudriñó a este futuro ex presidiario en busca de alguna señal de agradecimiento pero no encontró nada en sus pétreas facciones.

Claro que cualquier otra reacción le hubiera sorprendido.

—Te acompañaré hasta la carretera. —El celador se giró hacia otro de los guardas, que le abrió la puerta.

—¿Por qué? —El deje de recelo era patente en su voz, así como el de amenaza que advertía a todos los que trataban de evitar que se marchara. Había cumplido su condena y sabía que debían dejarle marchar.

McLaughlin no quería entretenerle igual que tampoco quería ser el portador de malas noticias, pero algunos días era una jodienda ser el mandamás.

—Quiero hablar contigo un momento.

—En cuanto venga mi hermano, habré terminado con ese sitio —dijo lanzándole una mirada fría—, y contigo.

En ese momento, al oír esas palabras, McLaughlin se acordó de que hicieron falta cinco guardas corpulentos para separar a Drake de otro reo que le había atacado.

Y los guardas no habían salido ilesos.

Asintió en dirección a un guarda armado que entendió que la señal significaba que le siguiera a la calle.

Cuando Drake cogió la bolsa con sus escasas pertenencias, ésta contenía también algo de dinero y una muda que McLaughlin le había guardado al entrar. Una señal de debilidad y respeto poco habitual, que ningún otro reo se había ganado de él durante todos los años de celador.

Drake agachó la cabeza y salió por la puerta que daba al exterior.

McLaughlin siguió al que había sido un interno ejemplar. Drake nunca le había levantado la mano a nadie que no le hubiera atacado primero. Desafortunadamente, la última vez que se defendió el año pasado acabó con una cicatriz irregular de veinte centímetros en el pecho y otros tres meses añadidos a su condena.

Pero el preso que había intentado matarle con una silla seguía en el hospital.

Drake redujo la marcha mientras andaba entre las imponentes alambradas hacia la verja coronada con alambre de púas.

Dos compañeros del hombre que había enviado al hospital empezaron a soltarle obscenidades que Drake parecía ignorar hasta que uno gritó:

—Qué lástima que tu madre muriera antes de salir. Me hubiera gustado echarle un buen polvo.

Unas nubes de tormenta retumbaron en el cielo, amortiguando el resto del escarnio.

Él no aflojó el ritmo ni se dio la vuelta para mirar a esos dos que le insultaban cuando les sacó el dedo.

Eso era lo que le preocupaba a McLaughlin. Este tío no había dicho ni una palabra desde que supo que había muerto su madre. Ese dedo era la máxima prueba de emoción que le había visto en dos años.

Cuando Drake cruzó la verja, se le hundieron un poco los hombros, lo justo para que el celador pensara que este cabrón de hielo sentía alivio al fin por ser liberado.

—Tengo algo que comunicarte —empezó McLaughlin.

Sus ojos azul grisáceos y helados le miraron. El viento racheado le soltó algunos mechones de la coleta apretada que llevaba.

—¿Qué?

Esa palabra estaba empapada de más amenaza que una banda entera de vigilantes armados. Se había enfrentado a muchos criminales en su vida, pero el implacable control de Drake y esos ojos grises sin vida le erizaron el vello de los brazos cuando se cruzaron sus miradas.

Sería mejor que dejara de perder el tiempo.

Dio un paso atrás —por su propio bien— antes de volver a hablar.

—Acaban de llamar. Tu hermano no vendrá a recogerte.

Drake entrecerró un poco los ojos, lo justo para hacer que su mirada «muerte a todo aquel que me dé malas noticias» fuera más intensa.

—¿Qué ha hecho ahora?

McLaughlin apartó la vista.

—Ha llamado mi amigo Percy Philips. Por cierto, Percy será tu agente de la condicional. Tienes información sobre él en el macuto. Ponte en contacto con él antes del fin de semana como muy tarde. Tiene trabajo para ti en un taller. —El celador esperaba que la idea de tener trabajo suavizara la noticia que dudaba en darle. Le pidió a Percy que no dijera nada de la salida de Drake para darle un respiro antes de enfrentarse a la sociedad.

—No te he pedido ayuda.

—Cierto, pero te irá bien y te lo debo por arreglar mi viejo Roadrunner cuando todos me dijeron que comprara un motor nuevo. Ese coche vale muchísimo más ahora que las piezas originales funcionan.

—Volvamos con mi hermano.

McLaughlin suspiró. No podía retrasar más lo inevitable.

—Percy habló con un colega suyo en el Departamento de Policía de Nueva Orleans…

Drake se relajó y soltó un suspiro.

—Sacaré a Nathan de la cárcel en cuanto llegue a casa. —Se dio la vuelta y miró la única carretera que llevaba a la civilización en esta parte de Louisiana—. ¿A cuánto está Nueva Orleans?

—A unos ochenta kilómetros. Pero tu hermano no está en la cárcel, Jamie. Está… muerto.

Nathan Drake tomó aire y aceptó ese golpe tan duro como si hubiera sido asestado con una barra de hierro en la boca del estómago. No. Su hermano no podía estar muerto. No después de haberle suplantado en el juicio, tras pasar dos años en este infierno y haber convencido a todo el mundo, desde abogados al jurado y a este celador, que él era Jamie por un motivo.

Para proteger a su hermano.

Jamie había muerto. Nathan no podía conjugar esas dos palabras juntas. Se dio la vuelta; el odio le hervía por todo lo que le rodeaba.

Detrás del celador oyó que amartillaban un rifle.

McLaughlin levantó una mano; una orden silenciosa para que el guarda se retirara.

—¿Cómo…? —Nathan carraspeó después de esa primera palabra entrecortada—. ¿Cómo murió?

—No estamos seguros…

Esa pequeña esquirla de emoción que Nathan había mostrado se disipó tras una máscara de furia que había hecho retroceder a otros prisioneros peligrosos.

—No me mientas.

McLaughlin suspiró.

—Percy dice que la policía le contó que a tu hermano le habían encontrado muerto de un disparo en el puerto. Creen que el tiroteo estaba relacionado con las drogas. Creen que… —Vaciló, ocultando algo—. Tu hermano traficaba con drogas.

Hijos de puta mentirosos. Jamie no había tomado nada más fuerte que la aspirina. Drogas. Un hombre controlaba el setenta por ciento de las drogas en Nueva Orleans: Marseaux, el mismo gilipollas que había obligado a Nathan a tomar la única salida hacía dos años: renunciar a todo para ocupar el lugar de Jamie en una celda.

—Mira, Drake, sé que es una mierda, sobre todo porque erais… gemelos. Tengo un par de nietos gemelos, así que entiendo lo unidos que estabais, pero no eches a perder esta oportunidad. No puedes cambiar el pasado. Sé que te trataron injustamente por esos meses extra, pero el abogado del tío que te atacó estaba bien relacionado. Hice todo lo que pude para sacarte a tiempo para enterrar a tu madre o no hubieras salido un mes antes de lo debido. Desafortunadamente, nadie se movió deprisa en el gobierno para que pudieras haber estado en el funeral. Sé que ahora mismo no te hace sentir bien, pero vuelves a ser un hombre libre, así que no metas la pata. No quiero volverte a ver antes de que archiven todo el papeleo.

Estalló un rayo que iluminó el cielo. El celador echó la cabeza atrás para evaluar los nubarrones.

—Parece que esta noche de carnaval va a ser algo húmeda.

Que le jodieran al tiempo. Nathan se dio la vuelta y echó a andar hacia la estación de autobuses. Se detuvo pero no se giró. McLaughlin le había tratado bien. Intentó hacerle salir antes. Nathan detestaba a todo el mundo del departamento de seguridad por no acabar con Marseaux pero le debía al celador algo por intentar al menos que saliera a tiempo antes de que muriera su madre.

—Gracias.

—¿Quieres el nombre del tipo que tiene trabajo para ti?

—No.

—Entonces entierra a tu hermano y no te metas en líos —le advirtió.

—Puede que haga algo de eso. De cualquier modo, no volverás a verme por aquí. Te doy mi palabra.

Alguien pagaría por asesinar a Jamie.
También daba su palabra por eso.

Terri arrugó la nariz por el ambiente cargado provocado por las más de cuarenta personas que trabajaban demasiado cerca para su gusto. Apuró otra taza de café, o el equivalente más cercano que servían en esta comisaría satélite no muy lejos de la jefatura de policía de Broad Street. Nueva Orleans seguía luchando por recuperarse del Katrina y del elemento criminal que había cuadruplicado la necesidad de un departamento de seguridad. Esta comisaría se había creado ante todo para controlar el exceso de asesinatos y de narcotráfico.

Se colgó el asa del bolso al hombro y se dirigió hacia el coche. Sintió un dolor punzante en el muslo derecho que la dejó sin respiración. La pierna le estaba haciendo saber que durante los últimos días había estado demasiadas horas de pie. Desafortunadamente, eso no iba a cambiar.

—¡Hola Mitchell! —Sammy se levantó de su silla desde el otro extremo de la sala. El agente novato que le habían asignado como ayudante en la investigación de Marseaux blandió un papel y la llamó otra vez. El ruido de las conversaciones que se mezclaban se llevó sus palabras.

Cambió de rumbo, procurando andar con suavidad. Andar sin esa cojera no sería tan difícil si no tuviera que navegar entre mesas atestadas y gente apiñada en las zonas abiertas. Y si no llevara esa falda… pero a veces una mujer con falda aún hacía que los hombres bajaran la guardia. Usaba cualquier arma a su disposición para conseguir lo que quería: atrapar al cabronazo que les tendió una trampa a ella y a Conroy.

—…otra rubia perdida. Empezaba a preguntarme si es que se pierden —dijo un detective al pasar por su lado.

Terri aflojó el paso para mirarle a los ojos y entrecerrarlos para enviarle un mensaje del tipo «eres un imbécil». El detective adoptó un aire más serio pero aún así la miró como diciéndole que para él era una más del grupo de rubias tontas. Hombres.

Sammy esperó, recostado en su sillón. Tenía el pelo rubio oscuro cortado a la última, una sonrisa Profident en un rostro afeitado recientemente y una personalidad muy agradable.

—¿Qué tienes?

—La dirección de Nathan Drake y un poco de información acerca de él.

—Genial. —Cogió el papel que le ofrecía, que tenía unas notas escritas en mayúsculas y con buena letra, e hizo el amago de irse.

—Por cierto, el cadáver ha desaparecido.

Terri se dio la vuelta.

—¿Qué?

—Se suponía que alguien de la DEA iba a recogerlo esta tarde para el juez de instrucción, pero cuando llegaron al depósito de cadáveres el cajón estaba vacío. Todo el mundo está que trina. Tony es el del turno de noche y me ha dicho que lleva una hora peleándose con los de la DEA.

Ella había visto el cadáver en el depósito a última hora de ayer, hacía menos de veinticuatro horas. Nathan Drake estaba como una piedra así que estaba segura de que no había salido andando, ni…

No, se reprobó a sí misma por pensar siquiera que se hubiera levantado solo. Esto no era una novela de Anne Rice. Podía ser Nueva Orleans pero los muertos no salían a pasear.

Entonces, ¿quién quería el cadáver? ¿Y por qué era tan importante para la DEA?

—¿Qué hay de las cámaras de seguridad exteriores?

—No hay nada en ninguna. Hubo un pequeño salto en el tiempo anoche de unos cuatro segundos tan sólo, pero tienen tres cámaras cubriendo la entrada desde que aquel hombre perdió la chaveta hará cosa de dos meses. Nadie puede pasar sin ser descubierto con esas tres cámaras ocultas y tan sólo cuatro segundos… a menos que sea un fantasma. —Sammy sonrió otra vez y arqueó las cejas—. Claro, esto es Nueva Orleaaaaans, hogar de vampiros y demonios.

—Sí, claro. Ciñámonos a la realidad. Dudo que un fantasma robara el cadáver. Gracias por las direcciones y la información.

Se fue, tratando de no hacer muecas de dolor a cada paso. Cuando llegó a su Mini Cooper, había cambiado de idea. No iría a casa a cambiarse. Si Brady y los demás de la DEA estaban ocupados en el depósito buscando el cadáver, era la mejor ocasión de fisgonear en casa de Drake.

Empezó a teclear la dirección en el GPS y parpadeó sorprendida al darse cuenta de dónde se ubicaba. La casa estaba cerca de la suya en el barrio francés, aunqué la de Drake estaba en Rampart Street; que no era la zona más segura precisamente.

Bajó las ventanillas y salió del aparcamiento que estaba lleno de vehículos camuflados y coches patrulla.

El frío viento de febrero, empapado de los olores de los restaurantes cercanos, le abanicaba el pelo y la piel. La cocina cajún era la marca de la casa en la mayoría del país, pero los nacidos en Louisiana sabían que la cocina de este estado era mucho más que estofado y cangrejo hervido. Le gustaba ver cómo volvían los negocios y la ciudad se reconstruía, pero las hileras enteras de ventanas rotas y entabladas demostraban que aún había mucho que hacer para que la ciudad recuperara su antigua gloria.

Cuando pasó por delante de su casa, que compartía con su abuela, Terri hizo una nota mental: tendría que pasar más tiempo en casa durante el día. Trabajaba por la noche por decisión propia y su abuela era autosuficiente pero eso no impedía que se preocupara por su única familia.

Cuando llegó a su destino, pasó la casa de largo y aparcó al final de la calle, en la curva. Apagó las luces y estudió el vecindario. Era una noche tranquila de jueves. Probablemente la mayoría estaría durmiendo la mona tras un agitado martes de carnaval. Se quitó los pendientes, cogió el paquete de herramientas para los allanamientos de morada, que cabía perfectamente en el bolsillo interior de su pequeño bolso.

El mismo sitio donde guardaba su SIG P229 de 9 mm. No había manera de esconderla debajo del traje negro que llevaba.

Tiró del cuello del suéter color turquesa y se le hizo un poco grande el escote. Daba igual. El tiempo volaba. Una mirada rápida al retrovisor confirmó que el color del pintalabios había desaparecido y el maquillaje se había apagado. Bien. La mayoría de personas creerían que era una oficinista o una dependienta al final de un largo día de trabajo. Cogió un par de guantes de plástico de la caja que llevaba en el asiento trasero en caso de tener que irrumpir en inesperadas escenas del crimen.

Unos tejanos y un jersey hubieran sido lo mejor para el allanamiento, pero era inútil considerarlo teniendo en cuenta lo ocupado que estaba Brady buscando el cadáver de Drake. Podía aparecer en cualquier momento en busca de pistas acerca de lo que le había pasado al difunto.

Al menos ella empezaría por aquí si fuera él.

Se cambió los zapatos de salón que había llevado todo el día por zapatillas de deporte que escondía bajo el asiento trasero. Correr siempre mejoraba las posibilidades de no acabar atrapada… o cortada en pedacitos.

No tenía muchas ganas de correr y no quería forzar la pierna mala, pero no estaba de más ir preparada para todo. Se pasó la correa del bolso por encima de la cabeza y del hombro y la aseguró en el pecho. Hacía tiempo que no usaba las herramientas para allanar. Ahora que trabajaba para el BAD podía adaptar las normas como quisiera sin sentirse culpable. Era lo justo.

A la DEA no le importó tampoco manipularlas para ir en su contra. Había sido idiota por confiar en ellos sólo porque eran policías.

Pero tampoco iba a dejarle pasar nada al BAD. Por lo que había visto hasta el momento, los agentes que conocía no parecían haber llegado a través de los canales normales del gobierno.

De hecho, la mayoría le había hecho saltar la alarma de su detector especial de criminales.

¿Pero quién era ella para juzgarles? Podía enfrentarse a la prisión muy pronto.

Cerró el coche con llave y se mantuvo entre las sombras proyectadas por la luna llena, subió por la acera y pasó por delante de un par de casas hasta llegar a la contigua a la de Drake.

La música flotaba por el patio del vecino y se mezclaba con el delicioso olor a barbacoa. Se le hizo la boca agua. La comida del patio olía mejor que cualquier cosa que ella hubiera preparado en la cocina de la abuela.

Se abrió una puerta con un chirrido al otro lado de la calle y salió un anciano con un chaquetón gris y un chucho peludo atado a una correa.

Cuando llegó a la calle y tomó la dirección contraria a la suya, Terri corrió hacia el pasaje de hormigón de la casa de Drake.

La pared de madera azul tan bien cuidada hacía palidecer los exteriores más toscos de las casas vecinas. No parecía haber daños evidentes por el paso del Katrina en casa de Drake. Las contraventanas negras estaban echadas sobre las ventanas y no faltaban lamas. Como el resto de las casas de la calle, era estrecha, con un enrejado blanco alrededor de los aleros. Esa pintoresca vivienda era como salida de un cuento de hadas. Todo parecía ordenado, salvo algo de suciedad y escombros amontonados sobre un trozo de descuidado césped.

Se detuvo ante la puerta de madera situada en un lateral de la casa para impedir que los extraños aparcaran en el camino de entrada. Un candado sencillo y barato mantenía la cadena unida a través de una estructura de madera desvencijada. Empujó la puerta un poquito y miró.

Del pequeño patio no salió al ataque ningún perro.

Probablemente, Nathan Drake se había ocupado de la casa mientras su madre vivía aquí, pero no durante las últimas semanas ya que el césped estaba lleno de malas hierbas. La única información que encontró Terri además de las notas de Sammy era la esquela según la cual Lydia Drake había sucumbido al cáncer. No había muchos más detalles.

Sintió una punzada de compasión por la pérdida, pero nada excusaba que trabajara para un narco. Y su hermano estaba en la cárcel. Menuda decepción para su madre.

Al menos habían tenido a su madre más tiempo que Terri. Se acostó un día en casa de una amiga en el norte de Louisiana pensando que la vida a los quince era una mierda porque aún no podía sacarse el carnet de conducir, y se despertó en una pesadilla de verdad. Habían disparado a su madre por la noche y murió antes de que llegara al hospital.

Un perro ladró a lo lejos y le despertó el sentido común. Tenía que ir deprisa o Brady podía sorprenderla. Joder, por las pintas de la gente del barrio, incluso podían atracarla si se entretenía mucho más. Con los guantes puestos, Terri entró hasta el porche sin vida sumido en las sombras y tiró del pomo para empezar.

La puerta se abrió.

Se le puso el vello del brazo de punta. «¿Entro o no entro?»

Miró alrededor para asegurarse de que no había nadie cerca, abrió el bolso e introdujo la mano para tocar la 9 milímetros. Se libró del miedo y entró; estaba preparada. La casa estaba en silencio y a oscuras. La sensación era de vacío.

Una vez dentro, usó una linternita de LED que llevaba en el llavero para examinar rápidamente el interior. Había entrado por una pequeña sala de estar y fue hacia la cocina, que olía a limpio. La encimera estaba impecable pero los cajones estaban medio abiertos. Había una nota enganchada en la nevera que inspiraba vida.

Dobló un poco las piernas y apretó los dientes por el dolor punzante del muslo derecho. Acercó la luz para leer la nota escrita con muy buena letra: «Si no logro hacerlo antes de mañana A.M., *laissez les bons temps rouler*».

El cadáver fue encontrado ayer sobre el mediodía. ¿Qué no hizo Nathan Drake o con quién no pudo reunirse?

Se le puso la carne de gallina. ¿Sabía que era posible que no volviera a casa?

De ser así, ¿para quién había dejado la nota? ¿Quién más tenía llaves de la casa?

Le dio otra punzada de dolor en el interior de la pierna. Se incorporó y estiró el músculo para aliviar el dolor. De la cocina fue hasta el pasillo que llevaba a la sala de estar, donde también estaban abiertos los cajones de las mesas.

No parecía que Brady hubiera revuelto la casa. La DEA solía ser más cuidadosa en sus registros secretos. Eso planteaba la pregunta: ¿Y por qué no?

Dio tres pasos más y se detuvo al llegar a un dormitorio. Unas cortinas de encaje con volantes colgaban por encima de una cómoda con figuritas de cristal sobre mantelitos de adorno. Una botella de colonia White Shoulders compartía espacio con las figuras. Una lamparilla situada en la parte inferior de la pared proyectaba una luz suave, un destello de vida incongruente en una casa que no tenía inquilinos vivos, según las notas de Sammy. La colcha de ganchillo sobre una cama prístina indicaba que era la habitación de una mujer. ¿De la madre de Nathan, Lydia Drake?

No había ningún cajón abierto. De hecho, no había nada fuera de lugar.

Terri fue hasta la puerta siguiente; quería registrar la otra habitación en la pequeña casa. Un rápido vistazo le sugirió que alguien había estado allá y la austera decoración indicaba la mano de un hombre.

¿La habitación de Nathan?

La luz de la luna se filtraba entre las lamas de las persianas. Apagó la linterna y entró de puntillas. Cuando se le ajustó la vista a la oscuridad, lo primero que vio fue un cajón abierto en una mesita donde habían revuelto unos papeles y los habían amontonado encima del escritorio.

Terri alargó el brazo para cogerlos.

De la penumbra, alguien de manos grandes la agarró por detrás.

Sólo le vino a la mente una cosa: «Mierda».

Capítulo dos

El intruso había subestimado la fuerza necesaria para sujetarla, pero le puso el bolso a la espalda, fuera de su alcance.

Terri hizo una maniobra en dos movimientos. Derecha. Izquierda. Con los brazos libres, se dio la vuelta rápidamente, intentando adivinar dónde estaba su cabeza. Toda ella se tambaleó cuando le propinó un codazo en la mandíbula.

La cabeza se le echó hacia atrás con un crujido desagradable. Él imprecó en alto, retrocedió pero rápidamente recuperó el equilibrio y le bloqueó la salida.

Mierda. Éste sería duro de pelar. Y no podía coger el arma sin bajar la guardia.

No distinguía su rostro en la oscuridad, pero no tuvo problemas en percibir su tamaño. La luz de la luna proyectaba sombras alrededor de una enorme silueta.

Barajó las opciones rápidamente. Había derribado a su instructor que pesaba más de noventa kilos, y que no era ningún debilucho. Sin embargo, no era tan grande como este elemento.

El hombre sacudió la cabeza y se quedó muy quieto, mirándola.

La sangre le bombeaba con fuerza en el pecho. Se lamió los labios, con la esperanza de que la carga de adrenalina le diera cierta ventaja.

Pasara lo que pasara, se lo haría pagar.

—Eres una cosita sorprendente.

La incredulidad por sus palabras le alimentó el ego hasta que captó el tono de rabia subyacente.

—No, soy una cosita peligrosa. —Colocó bien los pies y

fintó hacia su derecha. Su engaño consiguió descolocarle. Apretó los dientes ante el dolor inevitable, dio un paso y cargó el peso sobre la pierna herida.

Entonces levantó rápidamente la rodilla izquierda. Craso error. El cabrón la sujetó por la ingle con ambas manos más rápido de lo que había visto nunca.

Perdió el equilibrio y empezó a saltar para no tocar con la pierna derecha en el suelo pero el dolor seguía punzándole.

Terri contuvo la respiración. El dolor candente que notaba en el muslo hizo que pensara dos veces volver a atacarle.

Y que le costara la poca ventaja que acababa de ganar.

Tan veloz como un latigazo, la cogió por el brazo y le hizo dar la vuelta hacia su pecho. La envolvió como con unas esposas gigantes, inmovilizándola.

«¡Mierda!»

Forcejeó pero supo que la había derrotado. Esto era lo malo de no querer trabajar con un compañero otra vez.

—¿Qué quieres? —preguntó ella, con un tono que respaldaba la furia que sentía. Se le aceleró el pulso. Volvió a forcejear. El pánico no la ayudaría pero el miedo de volver a ser una víctima después de que la apuñalaran se escondía bajo la superficie, bajo una fina capa de seguridad.

Él no dijo nada. El pecho se le expandía con cada respiración, pero ella tampoco había sido un desafío para él. Nadie podía dejar sin aliento a un tipo con sus reflejos. De hecho, le había parado los pies sin despeinarla, algo que requería esfuerzo.

La esperanza brotó en su corazón. Quizá no la mataría.

Quizá era tan sólo un ladrón.

—¿Has encontrado algo interesante aquí? —preguntó ella, pinchándole para confirmar su presencia.

Seguía sin responder. Era como si fuera una estatua.

Tenía que tranquilizarse y pensar. La tranquilidad era igual a control. El bolso aún estaba intacto y se había desplazado hasta la cadera, pero seguiría fuera de su alcance mientras él la tuviera sujeta. Miró alrededor en busca de un arma o algo que pudiera usar como tal.

Le llamaron la atención unos papeles en el cajón abierto. ¿Por qué revolver en los cajones de esta casa? ¿Qué escondía la gente de valor en los cajones?

Joyas, dinero en efectivo, talonarios, tarjetas de crédito…

La posibilidad de que fuera un ladrón empezaba a sonar bastante plausible. Quizá leía las esquelas, sabía cómo encontrar las casas y escogía las que parecían contener gangas fáciles. Quiso darse un bofetón por no haberse tomado más en serio que la puerta no tuviera la llave echada.

—Supongo que habrás registrado esto muy a fondo. —Intentó girar la cabeza. No podría hasta que él abandonara esa postura intimidatoria.

Conocía esa táctica de silencio, dejar que la otra persona parloteara. Ningún problema. Le seguiría el juego si eso le daba alguna oportunidad para salir de ésta.

Inspiró profundamente y sintió que volvía a coger las riendas, aunque se hallara en una postura algo comprometida. La mejor opción sería convencerle de que ella también había venido a dar un golpe.

—Oye, tío, no sabía que íbamos a por la misma casa. Culpa mía. Si me dejas ir, te dejaré el terreno libre. —Intentó flexionar los brazos pero daría más resultado hacerlo contra un árbol. Este tío debía de pasarse la vida en el gimnasio.

Le cayó un mechón rizado delante de los ojos. Lo sopló para apartarlo y esperó a que él diera el siguiente paso. A poder ser, uno que no fuera agresivo.

—¿Qué haces aquí? —dijo con una voz baja y tan fría como un témpano de hielo.

Terri no se dejaría intimidar. Se notó las palmas mojadas, pero a todo el mundo le sudaban las manos, incluso a los agentes secretos. Se las había visto con criminales peligrosos cuando estaba en la DEA.

—Lo mismo que tú, buscando algo para empeñar. —Rezó para estar en lo cierto. Él no actuaba como si tomara *crack*, así que quizá registraba la casa en busca de dinero en efectivo, tarjetas de crédito o joyas. Un ladrón avispado no querría añadir la agresión a los otros cargos que le imputarían si le detuvieran.

Una idea tranquilizadora… si él era realmente listo, claro.

—Ya. —Hizo un sonido que parecía una mezcla entre burla y un gruñido.

¿Qué? No creía que fuera capaz de allanar una casa; sólo tuvo suerte al encontrarse la puerta ya abierta. Si él supiera…

Podía forzar una cerradura más rápido de lo que él podía estornudar. Que se lo preguntara al juez que la condenó a un año en el correccional cuando tenía dieciséis años.

—Oye, que yo me meto en cualquier lado —replicó ella con sorna—. Y si yo hubiera entrado primero, no hubiera dejado esa puerta sin echar la llave. ¿Y tú qué quieres? ¿Joyas? —Le seguía el juego y dejaba que fuera hablando aunque parecía que le cobraran por cada palabra que decía. En algún momento bajaría la guardia.

—Aquí no hay nada que empeñar —dijo él.

Exactamente lo que ella pensaba. Un ladrón. Tampoco intentó desnudarla. Si actuaba con serenidad quizá lograra salir indemne de ésta.

Desafortunadamente, no sabía estar serena así que lo mejor que podía esperarse de su repertorio interpretativo era simpatía.

—¿Qué quieres tú? —La brusquedad de su pregunta la hizo saltar.

Terri apretó los puños para evitar saltarle a la yugular.

—Nada, la verdad. Quería dar un golpe rápido y seguir adelante. Ya te he dicho que este sitio es todo tuyo. Tienes razón, no hay nada con lo que pueda ganar ni un duro.

—¿Has salido de un trabajo de oficina y te has calzado unas zapatillas de deporte para entrar en una casa que ni siquiera habías estudiado antes?

El tono burlón de su pregunta la insultaba, pero empezaba a sentirse mejor por el hecho de salir de este embrollo del que no quería que se enteraran ni Brady ni ninguna otra persona en el departamento de policía. Si este tipo hubiera sido un chalado, probablemente ya le hubiera hecho daño o le hubiera dicho cosas horribles.

—De acuerdo, reconozco que se me da fatal entrar en las casas. —No era cierto, pero quizá se apiadara de una novata—. Y sí, es evidente que no hace mucho que me dedico a esto. Puede que lo deje después de hoy. ¿Puedo irme… por favor? —Sonrió, haciéndose la rubia tonta.

—Todavía no. Me debes algo por haberme pisado el terreno.

Terri dejó de sonreír y contuvo la respiración; estaba sopesando lo que le había querido decir. Unas imágenes le vinieron a la cabeza y se le hizo un nudo en la garganta. ¿Cómo podría volver a fiarse de su instinto acerca de un criminal si había juzgado mal a este tipo desde un principio?

—¿Qué... Qué más quieres? —Apretó los dientes tras esas palabras nerviosas y tragó saliva para eliminar ese nudo de miedo que le subía por la garganta. El corazón le palpitaba tan fuerte que él debía de notarlo en el antebrazo, que le cruzaba por encima del pecho.

—Tranquila. Yo nunca le haría daño a una mujer.

Terri hubiera hecho caso omiso de no ser por el profundo tono insultante que se escondía tras sus palabras. Él la soltó un poco, como si quisiera demostrarle lo que le había dicho disminuyendo su sensación de amenaza.

¿O acaso era ella misma quien quería convencerse que podía con la situación? A decir verdad, él no había movido ni un músculo ni había dado ningún paso hacia ella.

No la había forzado tampoco. Ella se sintió algo mejor, pero no lo suficiente para darle más margen del que ya le había dado.

¿Qué pasaba con este tratamiento silencioso?

—De acuerdo, entonces ¿qué quieres? —le espetó Terri.

Él cambió de postura.

Ella se puso tensa cuando se le acercó hasta que su cálido aliento le acarició la piel. ¿Pedía ayuda a gritos arriesgándose a una reacción violenta o debía quedarse quieta y tener paciencia?

Mientras la cabeza le daba vueltas, inspiró profundamente. Entonces él exhaló lentamente mientras le susurraba:

—Hueles bien. Muy bien.

¿Eso era todo?

Olerla debería de asustarla y de hecho lo hacía hasta cierto punto. Pero por algún motivo sus palabras la llenaban de una soledad enorme. Él no le había puesto la mano encima salvo para evitar que le atacara. Si le permitía esta concesión, ¿la soltaría?

—Dudo que me encuentres muy atractiva. —Primero intentaría evitar que quisiera más—. Hace unas veinte horas que estoy levantada y no creo demasiado en los anuncios de los desodorantes. Seguro que podrías encontrar una mujer mejor para oler, quizá una que lleve un perfume más caro que «*eau* de ducha».

Él inspiró otra vez, despacio, como si lo saboreara y susurró:

—No, hueles natural, real. Hueles como debe oler una mujer. Bien. —Su voz ronca añadida al hecho de olerla tenía un cierto atractivo erótico, y la perturbaba profundamente. Le acarició el pelo con la nariz y ella se quedó inmóvil. El movimiento los acercó. Las hormonas empezaban a revolucionarse.

Y si eso no era una reacción estúpida ante un extraño que la tenía cautiva, no sabía qué otra cosa podía ser.

Brady tenía razón. Si un ladrón era capaz de despertar ese interés sexual en ella, entonces era evidente que necesitaba echar un polvo. Por muy malo que sonara en su cabeza ahora mismo, estaba bastante cachonda. ¿Acaso el ataque de hace tres meses le había trastocado las emociones hasta el punto de necesitar estar en peligro para excitarse? Con el bagaje emocional que llevaba después de esa noche, esperaba que no.

Pesadillas de cuchillos, gritos y sangre.

Aquella noche estaba segura de que iba a morir.

El terror de luchar contra un hombre corpulento y armado con un cuchillo afilado hervía en su interior. Cerró los ojos ante esas imágenes y el sonido de su propia voz gritando cuando le apuñaló la pierna, sacó el cuchillo y se oyó el ruido del desgarro.

—Estás temblando. —El criminal que la sujetaba soltó una palabrota en cajún y se apartó de ella sin soltarla.

Maldito fuera por desatar la vulnerabilidad que ella había desterrado para poder enfrentarse al mundo de nuevo y vivir como una mujer normal.

—No te haré daño —repitió, irritado.

Ella no oía nada salvo los latidos de su corazón.

El pecho se levantaba y se hundía más rápido con cada respiración. Sus palabras de consuelo no le decían nada. El último criminal en el que había confiado la llevó hasta una emboscada mortal.

—Voy a soltarte. Márchate de aquí y no vuelvas. —Ya no había deje de humor en su voz. Parecía tan frío y despiadado como la primera vez que había hablado.

Terri iba a decirle que se alegraba de salir de ahí, pero la soltó tan deprisa que ella se quedó plantada un segundo, tratando de orientarse.

Cogió el bolso y sacó el arma. Se dio la vuelta hacia la

puerta, examinando el pasillo con detenimiento. Estaba vacío en ambas direcciones.

No había tiempo que perder con esa oportunidad que le había dado. Cruzó la casa corriendo, feliz por poder salir de allí.

Cuando pasó por la cocina echó un vistazo a la nevera en un acto reflejo para ver la nota una vez más.

El papelito amarillo ya no estaba.

—¿Qué narices…?

¿Por qué un ladrón cogería esa nota?

—Márchate y no vuelvas —le susurró una voz fantasmagórica desde el pasillo, a su espalda, a modo de advertencia sobrenatural.

Corrió hacia la puerta delantera y salió al exterior como alma que lleva el diablo, bajando las escaleras del porche y cruzando la calle antes de acordarse de que debía respirar.

¿Quién era ese tipo? No tenía ni idea, pero una cosa estaba clara. No era un ladrón ni por asomo.

Desde dentro de la casa de su madre, Nathan vio a la mujer correr por el jardín delantero hacia el otro lado de la calle. La luz de la luna brillaba sobre su bonita silueta.

Allanando la casa. ¿Y qué más? ¡Con esa pinta!

Era alguna especie de agente de la ley. Se decantaba por federal, si no fuera por esa táctica rápida de fingir ser criminal. Esperaba mucha menos creatividad y más pose de federal.

Y que tuviera un compañero, claro. ¿Qué narices hacía ahí sola, entrando en una casa en este barrio? ¿No se daba cuenta de lo imprudente que era eso?

Nathan le echó otro vistazo antes de desaparecer entre las sombras. Olía como un día de primavera cuando las flores empezaban a abrirse. No se parecía a nada que hubiera olido en los últimos dos años.

Era algo que quería sentir a su lado, en la cama, por la noche. El cuerpo volvía a despertarse, duro y apremiante, algo que aún le mosqueaba más.

Era la primera mujer que se encontraba fuera y pensó que iba a violarla. Si ya era malo ser ex presidiario y desertor, ahora había llegado al nivel de escoria.

Genial. Simplemente genial. Lo único que le haría aún más ruin sería darle una patada a un cachorro.

Nathan frunció el ceño pensando en ella y en sí mismo. Ahora no tenía tiempo para mujeres. Calentarse y preocuparse por una tipa relacionada con la ley y el orden le demostraba que ya no le quedaba sangre en las venas.

Levantó la nota que había despegado de la nevera.

Ella la había leído al entrar. En un primer momento pensó que sólo curioseaba, pero al salir se detuvo para mirar el papelito de nuevo. ¿Por qué le importaría la nota de Jamie? La nota que le había dejado ayer cuando seguía vivo. Veinticuatro horas antes y podría haberle salvado.

Una oleada de rabia disipó la niebla que le embotaba los sentidos. Necesitaba información y estaba seguro de que esa mujer que acababa de irse sabía algo.

Capítulo tres

—¿A qué se debe el retraso?

Duff mantuvo la calma, pero responder ante este cabildero engreído le sacaba de quicio.

—Las aduanas de Nueva Orleans han retenido un montón de contenedores. Me han dicho que ya debería ser posible acceder al paquete, que ya había salido de aduanas, así que el retraso no es cosa mía.

—Mira, tío, tenemos una gran oportunidad con esto, los dos. Una que quizá no vuelva a presentarse. En un par de días lo quiero todo en su sitio. Este jueves no es una fecha muy flexible. Además tampoco es que pueda renegociarlo.

Muy poca gente entendía tan bien la importancia de la puntualidad como Duff, desde luego no este australiano relamido y malcriado que se ganaba la vida utilizando sus influencias con hombres poderosos. Lo único que le preocupaba a Parker era ganar un voto en el Senado para su cliente Zolono Pharmaceuticals, una de las empresas más importantes del mundo… que quería ser la más importante. Poca cosa en comparación con lo que Duff tenía en sus manos.

—Soy consciente de tu programación. —Duff se detuvo antes de dejar caer su próxima bomba—. Por eso necesitamos refuerzos… el plan B. —Miró el monitor de la mesa que tenía cerca. La toma de vídeo de la oficina de Parker en D.C. era mucho más que una videollamada, ya que la persona al otro lado de la línea sabía que la estaban observando.

Parker estuvo andando desde que respondió la llamada de Duff. Se detuvo frente a la ventana con los brazos cruzados.

Con el Bluetooth enganchado en la oreja, miraba distraídamente la avenida que se extendía más allá del monumento a Washington en Capitol Hill. Duff conocía bien las vistas. Había examinado a conciencia la oficina entera cuando instaló la cámara secreta. Parker no disfrutaría de esa vida tan lujosa mucho más si no aceptaba el trato con la empresa farmacéutica. Y para eso necesitaba a Duff porque la única arma de Parker era su encanto.

Duff miró el reloj. El tiempo no esperaba a nadie.

—Tengo que ponerme en marcha.

—A mí nunca me gustó el plan B. Ya lo hablamos. Marseaux se pondrá como loco si le tocas el envío.

—Marseaux le dijo a todo el mundo que a estas alturas tendríamos el contenedor aquí, que podía pasar su cargamento de drogas por aduanas sin problemas. Ha metido la pata, ¿qué quieres que te diga? —No era exactamente culpa de Marseaux, pero el barón de la droga debía favores y esa pérdida compensaría otra deuda.

—Tienes parte de razón, pero tampoco conoce el motivo detrás del cargamento de droga, ¿no? —Un ligero deje de inseguridad asomó a la voz de Parker, que solía estar cargada de confianza.

—Sabe lo que tiene que saber. Tu llamada. Sólo hace falta que me lo digas y yo me pondré en contacto con mi gente para que empiecen. —Como si Parker tuviera elección. Duff toqueteó el móvil. Ojalá tuviera el Bluetooth, pero los *fratelli* no los permitían en las reuniones.

Duff miró la elegante habitación de hotel donde su superior, Fra Bacchus, estaba sentado en una butaca de cuero carmesí, esperando pacientemente a que terminara la llamada.

Y observaba cada uno de sus movimientos.

—Cuando la policía de Nueva Orleans se involucre, tendrás a Marseaux en la puerta —le recordó Parker.

—Ya sé cómo ocuparme de Marseaux. —Le echó un vistazo al monitor.

Parker se peinaba con dedos inquietos y andaba de un extremo a otro de su gran oficina. Hasta hacía dos años, era la envidia de los cabilderos de Capitol Hill, el hombre de poder, hasta que empezaron a salir mal un trato después de otro. Su toque de oro se había convertido en latón y pronto acabaría siendo una mierda si no le daba a Zolono Pharmaceuticals los votos que necesitaban para aprobar una oferta de adquisición de una empresa mediana en apuros; un monopolio, por mucho que lo pintara de otro modo.

Duff frunció el ceño cuando Parker cogió un documento que tenía sobre la mesa y se esforzó por relajarse antes de hablar.

—Por cierto, Duff, mis contactos en Nueva Orleans me han dicho que la policía trabaja con una asesora que antes era miembro de la DEA. Esta mujer se encarga de las operaciones de droga más prominentes de la ciudad, y se centra sobre todo en Marseaux.

—No será un problema. Y, si lo es, ya me encargaré yo de ella. —Duff toqueteó el enfoque del monitor y agrandó la pantalla hasta que vio el documento que Parker tenía en la mano. Mitchell, Terri. Suspiró profundamente y mantuvo el control. Tenía que hacerlo. Vivía siempre vigilado.

—Pero ¿y si...?

—No te preocupes. —Le había dado a ese payaso más margen del que merecía—. ¿Y si el mundo terminara mañana? ¿Y si consiguieras mojar? Esos «y si» me aburren. Déjame hacer mi trabajo. El producto llegará a su sitio tal y como prometimos. Aún tenemos tiempo para entregar el suero a mi gente. Pero no puedo dárselo hasta que esté seguro de que tenemos todos los antídotos y que el suero funciona de verdad. Tendrás que asegurarme que está listo el pago para dar el siguiente paso.

—El pago se hará como se estableció. —Parker dejó el documento en la mesa y frunció el ceño—. Supongo que podemos pasar al plan B y esperar que podamos soportar las consecuencias de Marseaux. Sólo que... tendríamos que limitar las muertes, aunque sea por un buen motivo.

—¿Tienes un arrebato de conciencia? No pensé que eso ocurriera en tu trabajo.

—A pesar de lo que puedas pensar, los que trabajan en grupos de presión juegan un papel muy importante. Si consigo los votos que Zolono necesita, podrán comprarle una posible vacuna contra el cáncer de mama a una empresa sin los recursos para hacerla realidad. Podrían cambiar el futuro de las mujeres en este mundo.

—Joder, eres muy bueno. Me gusta como pasas por alto que el voto en el Senado y su adquisición hostil convertirá a Zolono en una empresa internacional que dejará atrás a toda la competencia en cuanto la vacuna se haga conocidísima. Ese amigo tuyo, el director general, mata a miles para salvar a millones. Genial.

Sin comentarios.

Duff miró el monitor donde Parker apretaba los dientes y amenazaba con el puño a un adversario invisible. Algunas personas simplemente no podían soportar la presión.

—No nos dejes con el culo al aire. Seguiremos adelante como planeamos y el director de Zolono nunca conocerá su papel en todo esto.

Le dio un giro rápido a un botón y la cámara enfocó el rostro de Parker. Tenía la frente empapada de sudor. Pero el gilipollas estiraba el cuello, un intento de relajarse, y al hablar pareció que lo tenía todo bien controlado.

—Eso espero, ya que viniste muy recomendado para una operación discreta. Y no quiero que Marseaux venga a D.C.

Discreta. Vaya manera de describir una operación secreta para la ejecución masiva.

—Anton Marseaux es un hombre de negocios. No le gustará nada de lo que pase, pero lo entenderá. No sabe nada de ti, así que no te preocupes. ¿Entendido? —le dijo, imitándole—. Tu producto estará en su sitio el fin de semana, a tiempo para el martes. Ten el dinero listo.

—Eso es muy justo, pero el fin de semana estará bien. Tengo una reunión con el cliente el viernes. Después, tendré el dinero preparado para la transferencia.

—Una cosa más, Parker. No le pidas a tu gente que me vigile porque me cabrea y no es un movimiento muy inteligente por tu parte. —Duff le echó un vistazo al monitor y vio a Parker tirar del cuello de su camisa azul claro. Las bolsas de los ojos habían convertido la cara de este hombre de treinta y dos años en una de la mediana edad.

—De acuerdo. Mantenme informado.

Parker colgó y luego quitó los documentos y bolígrafos de la mesa. Estaba furioso. Duff pulsó un botón y terminó la transmisión.

Cerró el teléfono móvil y se volvió hacia Fra Bacchus. Su

superior, bajo pero peligroso, estaba recostado en el sofá, como si la última planta de uno de los hoteles de cinco estrellas más lujosos de Nueva Orleans fuera su casa. Como un águila posada en su nido, en lo alto del mundo. Las canas le invadían el pelo castaño y corto. Tenía un ojo algo caído, como si pareciera que no entendía lo que le decían, algo completamente alejado de la realidad puesto que era un genio.

—Parker está fisgoneando en Nueva Orleans —le informó Duff.

—No encontrará más que cualquier otra persona mediocre que meta las narices por aquí. Al fin y al cabo eso es lo que es: mediocre. —Fra repiqueteaba con los delgados dedos de una mano sobre sus rodillas cubiertas por la túnica. Manos que habían castigado a Duff hasta que demostró ser un general entregado a la causa. Reprimió un escalofrío al recordar lo fuertes e invasivos que podían ser esos dedos.

—Por supuesto, Su Eminencia. —Duff cruzó la habitación para volverle a llenar la copa—. Tendré que… eliminar a esa tal Mitchell.

Fra dejó de repiquetear. Duff contuvo la respiración. ¿Tan transparente había sido eso?

—Ya te haré saber si eso es necesario.

Duff asintió y dejó que los pulmones soltaran todo el tenso aliento. Nada de muertes innecesarias. Cometer una era una infracción grave que los *fratelli* trataban de prevenir con unas medidas dolorosas.

—¿Todo está en su sitio?

—Sí, Su Eminencia. Le he dado el chivatazo de las drogas a un soplón de Nueva Orleans que ya debe de estar contando el fajo de billetes que le habrá dado un detective de la policía.

Dentro de pocas horas, la policía estaría encima de los contenedores metálicos del astillero, en busca de drogas que encontrarían junto al lugar donde habían encontrado el cadáver de Drake.

Eso atraería la atención de esa puta de Mitchell.

Bien. Duff sonrió para sus adentros. Le gustaban las rubias. Era su tono favorito de miedo.

—Muy bien. Puedes irte, Duff.

Cuando éste llegó a la puerta, Fra le llamó.

—¿Sí, señor?

—Por favor, no me decepciones. Ya sabes lo mucho que lo aborrezco.

Él se contuvo antes de soltar un improperio. El Fra siempre usaba esas palabras exactas antes de negociar los «procedimientos de castigo», tal como se llamaban. A Duff le sudaban las manos al recordarse atado a una pared con los brazos y piernas extendidos.

—No, señor, no le decepcionaré.

«Antes me cortaría yo mismo el cuello».

Nathan terminó de cerrar los cajones de la casa. Jamie no le hubiera dejado una nota en ningún sitio tan obvio. Sin embargo, no podía arriesgarse a no comprobarlo. Tenía los músculos de la garganta tan agarrotados que casi no podía respirar. Primero mamá, ahora Jamie. Le había fallado a todo el mundo.

Tendría que haberse dejado dar esa paliza en prisión para que le hubieran dejado salir dos meses antes.

De haberlo hecho, Jamie seguiría vivo.

Maldita sea. Tendría que haber hecho muchas cosas, pero cuestionarse las decisiones a posteriori no servía de nada. Podía asumir la muerte de su madre hasta cierto punto, pero no la de Jamie. Alguien pagaría por mezclar a su hermano con la familia Marseaux. Sabía que ese hijo de puta había vendido a Jamie de alguna manera. La nota que le había dejado en la nevera decía: «Si no logro hacerlo antes de mañana A.M….». Jamie sabía que tenía que estar en la cárcel por la tarde; ellos habían usado ese mismo código de iniciales (A.M. – P.M.) durante el juicio en referencia a Marseaux. No culparía a Jamie sólo porque alguien le hubiera engañado. Por muy negado que fuera, no era tan estúpido. Alguien lo encontró cuando estaba vulnerable y herido tras la muerte de su madre.

Hizo una mueca de dolor al pensar en su hermano, que no estaba ahí para saludarle, al pensar en su hermano muerto en el suelo como basura.

Su dolor se transformó en ira. El cabrón que disparó a su hermano había cometido un grave error y lo pagaría por duplicado. En sangre y en sus propias carnes.

Examinó la habitación donde se filtraba la luz de la luna. ¿Dónde estaba el escondrijo de Jamie en esta casa? De críos, cuando jugaban, Nathan encontró el alijo secreto de posesiones de Jamie cuando él escogió el mismo lugar para esconder su botín. Después de eso, ambos compartieron cualquier escondite ya que el uno nunca le quitaría las cosas al otro.

Conociendo a su hermano, el nuevo lugar secreto de Jamie estaría bien escondido.

Miró el reloj: las once y veinte. No tenía tiempo. Tenía aún media hora en coche y no quería llegar tarde.

Después de cerrar con llave las puertas delantera y trasera, fue al garaje, donde vio dos vehículos, uno al lado del otro. Un Chevrolet Lumina de hacía seis años que había sido de un tono rojo brillante ahora estaba deslucido. Más bien parecía un caramelo gastado.

El segundo coche estaba oculto debajo de una funda de gamuza beis. Al instante reconoció la forma y supo qué era, por mucho que su mente le negara esa posibilidad. Se le cortó la respiración al tiempo que le invadía la ilusión.

Se acercó a la funda con reverencia para poder tocarlo de nuevo. Hundió los dedos en la suave gamuza, que era como acariciar el más delicado de los terciopelos. Sólo la piel de una mujer era más suave, pero tampoco mucho más.

Era tan suave como la piel de la mujer que acababa de tocar… y no volvería a hacerlo, desafortunadamente. «Olvídate de la mujer.» Nathan cambió ese pensamiento tan frustrante por otro más entrañable.

No terminaba de creer que su hermano lo hubiera guardado…

Un AMC Javelin del 72. Aunque su padre le decía que nunca codiciara un bien, este coche lo era todo para él. Al apartar la funda, un inmenso placer llenó el vacío de su alma maltratada cuando vio la pintura negra brillante. Incluso en la penumbra, su nena brillaba y le llamaba como si fuera su amante. No había parte de este coche que no hubiera tenido en la mano en algún momento u otro.

Ni una sola pieza que no hubiera acariciado cuando lo restauró por completo.

Con la respiración aún entrecortada, terminó de quitar la

funda que lo cubría y dejó al descubierto la turbina reluciente que sobresalía casi treinta centímetros por encima del capó. A diferencia de los tubos laterales, que pidió en negro mate, esta era la única parte del coche que resaltaba sobre el negro. Y cuando pisó el acelerador, la máquina retumbó como un trueno. Era un sonido tan profundo que lo sentía hasta en los huesos.

Ese sonido de fuerza; la sensación única de un potencial crudo y desenfrenado.

Con una línea limpia y perfecta y un chasis construido para la velocidad, este era el coche que su padre se compró de adolescente pero para el que nunca tuvo el dinero para restaurar.

Nathan le dijo a Jamie que lo vendiera por el dinero que pudiera conseguir. Gracias a Dios, por una vez Jamie no le había escuchado; los ojos le empezaban a escocer. Su hermano sabía lo mucho que significaba el coche para él y había salvado ese trozo de su antigua vida para él.

Con la mirada borrosa, Nathan examinó ese garaje desconocido hasta que encontró un armario metálico junto a un banco de trabajo. Sin dudarlo ni un momento, pasó la mano por el último estante hasta que encontró una llave colgada de un llavero de piel.

Jamie y él siempre dejaban las llaves del coche donde pudieran encontrarlas fácilmente. Rebuscando en los cajones de la caja de herramientas, localizó un rollo de alambre suficientemente largo para usarlo a modo de esposas. Al otro extremo del banco, vio cuatro trapos doblados. Los cogió todos. De vuelta al Javelin, abrió las puertas del Chevrolet e introdujo la cabeza para coger el mando de la puerta del garaje.

La colonia White Shoulders le invadía el olfato. Era la favorita de su madre. Él y Jamie nunca olvidaban comprársela en su cumpleaños después de morir su padre. Un dolor y un sentimiento de culpa inimaginables le punzó el corazón al recordar el pasado. Anhelaba ver su bello rostro lleno de vida y oír su voz cantarina una vez más.

Le diría que la amaba y que sentía mucho no haber podido mantener a Jamie a salvo. Dos años infernales en prisión no eran nada en comparación con regresar a una casa vacía y saber que todo lo que le importaba de verdad había desaparecido. Había renunciado a su libertad, a su carrera.

Jamie había renunciado a su vida.

La rabia se abría paso entre las heridas y el dolor para recordarle por qué estaba ahí y qué tenía que hacer.

Tragó saliva y cogió el mando de plástico del garaje de la visera del coche. La venganza era un verdadero infierno y él era el demonio que se disponía a cobrar la factura.

Cerró el coche de un portazo y se subió al Javelin.

Le dio una vuelta a la llave y su nena se encendió sin dudarlo. Jamie era un mecánico muy bueno. Había mantenido la batería cargada y el motor en buen estado. Los silenciadores producían un ronroneo tan depredador como una pantera negra acosando a su presa, como si él fuera el dueño de la noche y de todo lo que se cruzaba en su camino. La vibración que notaba en el asiento le aceleraba el corazón.

Presionó el botón y la persiana del garaje se elevó.

El motor aceleró con suavidad. Le vibró el pulso con la sensación de libertad y fuerza que ahora estaba en sus manos. Metió la primera y salió a la calle despacito, cerrando la puerta a su paso. Al llegar a la manzana siguiente, el motor ya estaba caliente, el aceite lubricaba las válvulas y la carretera estaba despejada.

Nathan pisó el acelerador y soltó el embrague, dejando la marca del neumático en unos cuatrocientos metros mientras su nena chirriaba con fuerza. Una sensación adolescente, sí, pero no le importaba un comino en aquel momento. Finalmente volvía a estar al mando. Su vida era suya. No había celadores ni nadie que le dijera qué tenía que hacer y cuándo. Nadie le gritaba órdenes ni le insultaba.

Era la hora de arruinar la vida de ciertas personas igual que ellas se la habían arruinado a él y a Jamie.

Recorrió las calles de Nueva Orleans: Aparcó en una calle desierta que conectaba con un laberinto de callejones en el distrito de los almacenes. Después de cerrar el coche, anduvo entre los edificios que estaban tan cerca los unos de los otros que incluso una rata sentiría claustrofobia. A las dos manzanas salió junto a un contenedor de basura que apestaba a comida en descomposición. Era el mejor lugar para esperar puesto que el olor disuadiría a los otros.

La comida descompuesta no era nada en comparación con

las cosas que había visto en el ejército o en la cárcel. Pocos olores se parecerían tanto a los de aquella cueva en Sudamérica.

No era un recuerdo que quisiera revivir, pero regresó al oír la noticia de que un poblado en India había sido exterminado misteriosamente esa semana. Esas muertes eran demasiado parecidas a las de la aldea sudamericana de hacía dos años.

La misma pauta de muerte, incluso por lo que respectaba a los cadáveres grotescos.

En las noticias no decían nada de guerra biológica, pero tuvo mucho tiempo para pensar en aquellos sudamericanos erradicados por un virus desconocido que no había aparecido en ningún otro lugar. Hasta la fecha, ya que por lo que decían las noticias, una aldea entera había sido erradicada en el Congo a causa de un virus misterioso unos diez meses atrás.

Demasiadas coincidencias. Los servicios de inteligencia y el ejército seguramente pensaban en una guerra biológica. Deberían…

Nathan se contuvo. Tenía que dejar de intentar solucionar los problemas del mundo. ¿Es que no tenía bastante ya con los suyos? Con suerte, tendría unos cinco días antes de plantearse desaparecer de manera definitiva.

El ronroneo de un motor grande se acercaba en la distancia. Nathan se introdujo aún más en la rendija entre el vertedero y la pared, y esperó.

Un Hummer entró y se detuvo justo donde había aparcado aquella misma mañana. Algunas sabandijas eran animales de costumbres y Bennie Larriot era una. Igual que hacía cinco años, sólo que en esta ocasión venía con ruedas nuevas. Como era de esperar, ni Bennie ni su chófer se habían armado. Como era abogado —uno de los tantos de Marseaux—, no se arriesgaba a que le pillaran con un arma en el coche.

Nathan no dudaba de que llevara un arma escondida en el coche igual que dudaba de que pudiera encontrarla fácilmente.

Entrecerró los ojos y cobró ánimo para la batalla que le esperaba. Tenía preparados los alambres y un trapo metidos dentro de la cinturilla, en la espalda.

El chófer salió, examinó la zona y dictaminó que no había peligro, tan indiferente como antes. Ningún guardaespaldas sería mejor que uno tan vago como ése. El chófer dio la vuelta para abrir la puerta del pasajero.

Nathan dio el primer paso en cuanto el conductor le dio la espalda. Salió de la oscuridad y le golpeó en la cabeza para aturdirle, luego le dio una patada por detrás de las rodillas. En menos de tres segundos había derribado ciento diez kilos de guardaespaldas. Su cabeza rebotó contra el suelo, rematándolo.

La expresión azorada de Bennie duró los mismos tres segundos que tardó en sacar una navaja automática.

Nathan fue más rápido. Le cogió el brazo y se lo dobló por la espalda. Cuando el cerdo abrió la boca para gritar, le metió el trapo en la boca y le dio un golpe en la cabeza, lo suficientemente fuerte para dejarle KO. Cargó a Bennie en los asientos traseros, le ató de manos y pies con el alambre, le cogió las llaves al chófer, que seguía inconsciente, y se llevó el Hummer.

Pensaba averiguar cómo Jamie había acabado enredado en los planes de Marseaux. ¿Quién le había metido en eso? La policía de Nueva Orleans y la DEA nunca habían podido trincar a Marseaux. Si Nathan destapaba algo ayudaría a enchironar al barón de la droga, así que le enviaría las pruebas a alguien.

Eso si es que quedaba algo de Marseaux que poder encarcelar cuando Nathan hubiera acabado con él.

Zigzagueó entre las calles donde la gente de medianoche podía llenar sus fantasías con sexo fácil y drogas. Aparcó el Hummer junto a *Le Morte Noir* (la Muerte Negra), el apodo que Jamie y él le habían puesto al Javelin tras un paseo nocturno cazando ranas.

Apartó ese pensamiento junto con la crudeza que le siguió, descargó a Bennie y llevó el Hummer a un kilómetro y medio de distancia de lo que quedaba de Ninth Ward, donde había crecido.

Los talleres de desguace del barrio no se lo podrían creer cuando sus rastreadores callejeros encontraran esta presa fácil al aire libre. En veinticuatro horas lo tendrían desmontado… e incluso en menos.

Nathan se subió a su coche y lo arrancó. Condujo por una ruta tortuosa hasta llegar a su guarida, que había preparado hasta el milímetro. Era el último lugar que inspeccionarían. Aparcó detrás de la imprenta, abandonada tras la estela del Katrina.

Después de morir su padre, su madre estuvo trabajando allí para conseguir algo que llevarles a la boca y ropa con que vestirles. Jamie y él corrían como locos en ese mismo aparcamiento al salir de la escuela, esperando a que ella terminara el turno para poder irse a casa a comer sopa aguada.

Consiguió sacar a Bennie del coche, no sin dificultad, gruñendo por su peso titánico. ¿Y qué si le golpeaba la cabeza unas cuantas veces? Un dolor de cabeza sería la menor de sus preocupaciones esa noche.

Tardó varios minutos en meter a Bennie dentro del destartalado bloque de cemento y arrastrarle hasta la sala adecuada, que ya tenía preparada para las próximas dos horas. Colgar al cabronazo por las muñecas no fue tan sencillo, pero consiguió tenerle exactamente donde quería tras media hora de sudores.

Lo dejó ahí colgado unos minutos, babeando, mientras Nathan ultimaba los detalles de su sorpresa. Cogió un destornillador para sacar los tornillos que sujetaban las pequeñas tablas de madera bajo los pies de Bennie. El artilugio en sí sería de un metro y medio en diagonal. Espacio suficiente para montar el espectáculo.

El murmullo y el rasgueo enloquecido de las ratas en busca de comida y libertad interrumpieron la paz. Dada la cantidad de ratas que también habían morado en su casa, ese sonido era casi reconfortante para Nathan.

Inspeccionó el exterior para asegurarse de que no había nadie cerca. Los propietarios lo habían construido lejos del centro de la ciudad para ahorrar dinero. Ahora él agradecía ese acierto en la previsión. Volvió a la esquina que había limpiado para su maniobra y se sentó en un taburete hecho polvo.

Después de Bennie, el siguiente en la lista era Thibadeux *FinMan* Finney, un soplón retrasado, con vínculos con cualquier clan organizado que pagara sus servicios. Conseguía seguir con vida gracias a una banda de matones a los que pagaba con droga. Pensaba que podían mantenerle a salvo.

Pero no podía hacer nada ni recurrir a nadie que tuviera al diablo a raya cuando le llegara la hora. A FinMan le quedaban muy pocas horas de paz.

Entonces el diablo derribaría su puerta a golpes.

Por ahora, Bennie ya había dormido lo suficiente.

Cogió un cántaro de agua fría que tenía a los pies y le mojó la cara. Bennie volvió en sí, escupiendo y tosiendo, y se apartó el pelo mojado de los ojos. El agua le resbalaba por la barbilla y caía encima de los tablones de madera contrachapada, a unos ocho centímetros de los pies, que tenía colgando. Una tela metálica con unos pequeños agujeros rodeaba a Bennie en un diámetro de un metro cincuenta y a un metro ochenta por encima del suelo.

Bennie aún llevaba puestos los calzoncillos porque Nathan no quería más información de ese cuerpo flácido de la que ya tenía. Sobre todo con ese barrigón que le caía como una madalena por encima de su papel.

—¿Qué cojones es esto? ¿Qué quieres? —Bennie le increpaba sin cesar. Se movía de un lado a otro y eso hacía que el alambre en las muñecas se le clavara en la piel.

La única luz que provenía de la sala le daba a Bennie en los ojos. Nathan no se quitó la capucha de la sudadera y se acercó, pero no lo bastante para que Bennie reconociera a alguien de su pasado.

Nathan esbozó una sonrisa de desprecio, listo para actuar.

—¡Bennie! —Esperó a que se callara y luego añadió—: He oído eso de los chicos sin hogar que acogiste. Estás hecho un santo, ¿eh? Aunque apuesto a que dejaron de pensarlo después de violarles. He intentado copiar el modo en que los atabas cuando los dejabas solos. ¿Lo he hecho bien?

—Que te jodan, hijo de puta. Eres hombre muerto —le advirtió Bennie, pero le tembló la voz al soltar esa fantasmada. Entrecerró los ojos por la luz.

Las gotas de sudor le resbalaban por la cara.

—Fiambre. ¿Trabajas con esa puta de la DEA? No tuve nada que ver con Drake.

¿Podía ser de la DEA esa artista que allanó la casa de su abuela?

—¿Qué puta de la DEA?

—No me jodas. Como si no lo supieras. Todo el mundo la conoce. Le ha estado tocando las pelotas a todo el mundo con lo de Drake. ¿Qué? ¿Ya te ha meneado el culo en la cara? ¿Lo has probado? Si no, tú te lo pierdes. He oído que te lo presta a cambio de información. —Tenía las fosas nasales muy abiertas mientras forcejeaba aún más con las ataduras—. Mataré a esa puta y a ti también, si no me sueltas.

Ese pedazo de mierda merecía una terapia a base de plomo… lástima que no tuviera un arma.

Era su día de suerte.

Nunca le gustó dispararle a nadie, pero tenía la sensación de que ese sentimiento cambiaría cuando encontrara al asesino de Jamie. Se incorporó, se quitó la capucha y dio un paso al frente para que la luz le iluminara el rostro.

Bennie se quedó boquiabierto. Sus ojos pequeños y brillantes se volvieron como dos peniques negros.

—No estás muerto —susurró—. Los tíos del puerto que te encontraron dijeron que tenías un balazo en la cabeza. Que estabas más tieso que la mojama.

El ruido frenético de las ratas arañando el suelo llegó en pleno aturdimiento por la rabia ciega que sentía y que apenas podía controlar. Bennie miró inmediatamente hacia el lugar donde se originaba el ruido: el suelo de madera bajo sus pies.

Una fina placa de madera que era un doble fondo debajo de ese pequeño recinto en el que estaba encerrado.

—¿Qué… qué es eso? —tartamudeó él, ya no tan engreído.

Pronto lo averiguaría.

—¿Quién envió al tirador? ¿Quién me quería muerto?

Bennie tembló. El vientre se hinchaba y se deshinchaba con cada respiración.

—No… no lo sé.

—Sé que sabes algo. —Nathan se agachó e introdujo los dedos en los agujeros que había cortado antes para poder levantar los tablones.

Bennie abrió unos ojos como platos y se echó a llorar.

Hacía dos años, Jamie investigó a todos los que estaban en la nómina de Marseaux mientras Nathan ocupaba su lugar durante el juicio. Lo que a Jamie le faltaba en la calle, lo compensó con una investigación extraordinaria y una habilidad con el ordenador que destaparon un jugoso cotilleo acerca de este cabrón.

Bennie temía a las ratas mucho más que a la muerte.

El suelo del recinto cerrado se movía con las ratas callejeras que lo atestaban; hambrientas y muy agresivas. Sin la tapa, empezaron a morderse y a encaramarse las unas sobre las otras, dando saltos.

—Déjame salir. —Bennie se movía de un lado a otro y sacudía las piernas con fuerza.

Mala idea. Eso aún animó más a las ratas.

—No hasta que terminemos de hablar. Tengo mucho queso y ningún sitio al que ir hasta que me cuentes lo que quiero saber. —Nathan sujetó el queso por donde le colgaban las piernas.

Una de las ratas más pequeñas saltó y le rozó el pie derecho. Bennie gritó como una niña y subió las piernas más arriba; algo increíble de ver dado el contorno de su barriga, a lo muñeco Michelin.

—Marseaux… tuvo que ser él.

Nathan siguió esperando pero Bennie no soltó prenda. Tentó a las ratas con el queso y las hizo cabrear antes de volver a levantarlo y atarle la cuerdecita en los boxers.

El preso chilló y levantó más los pies.

—Grita todo lo que quieras. Nadie puede oírte.

—Ya… ya te lo he dicho. ¡Ayúdame!

—¿Que te ayude? ¿Igual que ayudaste a esos pobres sin techo que sólo querían un techo bajo el que dormir y comer? —Nathan se estremeció de las ganas de hacerle pagar al pedófilo por hacerle daño a niños indefensos.

La muerte no limpiaría su cuenta, pero una dosis de terror sería una buena entrada.

Cuando Bennie ya no pudo sostener en alto los pies, una rata saltó y le hincó las uñas en el dedo gordo del pie.

—Eso es lo único que… ¡¡¡Ay!!! —aulló, con los ojos y la nariz llenos de agua.

Otras tres ratas se abalanzaron y dos consiguieron agarrarse a él. Le salía sangre del pie.

Bennie volvió a chillar.

Mientras el señor Michelin ejercitaba los pulmones y forcejeaba por andar en el aire, Nathan barajó las opciones que tenía en cuanto terminara con él. Pescó una tarjeta de visita del bolsillo del pecho de su chaqueta y puso la cara impresa bajo la luz.

TERRI MITCHELL. ASESORA DE LA POLICÍA. No ponía nada de la DEA, claro que los agentes secretos no solían hacer publicidad. La tarjeta tenía una fotografía, que no le hacía justicia, y un número de móvil.

Un montón de información para indagar lo que esta mujer sabía acerca de la muerte de Jamie.

Nathan guardó la tarjeta. Bennie musitaba algo de muertos que andaban.

—¿Dónde encontraron mi cadáver esos tíos? ¿En qué astillero?

Capítulo cuatro

—Voy de camino, Sammy. ¿Cómo está el contenedor del muelle? —Terri abrió una carpeta mientras se dirigía a la oficina. Con toda esa gente que salía de trabajar de la ciudad, las carreteras estaban atestadas y casi hubiera llegado antes a la comisaría de haber ido andando desde casa de su abuela.

—La Policía de Nueva Orleans y la DEA se han peleado por la jurisdicción y el derecho a la posesión de las pruebas, pero por una vez hemos ganado la batalla. El capitán Philborn ha pedido que un tráiler recoja el contenedor. Ahora mismo viene de camino a nuestro patio vigilado. Tengo una nota para ti… en algún sitio. —Le siguió el ruido del papeleo y de sus murmullos.

—No me sorprende que el capitán se haya salido con la suya. Es bastante persuasivo. —Terri se cambió a un carril más rápido.

—Qué bien que nos den un respiro de vez en cuando, pero nos lo hemos ganado porque el chivatazo nos lo dio un contacto que pertenece a uno de nuestros agentes. Maldita sea… ¿dónde está el mensaje? —Más ruido de papeles.

—Es obvio que el caso le pertenece a la Policía de Nueva Orleans —convino ella, que no se sentía nada culpable por su papel en todo esto.

Después de la llamada de Sammy esa mañana para ponerla al corriente de la redada antidroga en el muelle, llamó al jefe del BAD, Joe Q. Public —sí, ese era su nombre y si alguien se atrevía a mofarse no tardaba mucho en arrepentirse— para que la ayudara. Joe tenía un amigo en la DEA que le debía un favor así que la disputa se zanjó muy pronto. Había tenido tiempo para llevar a la abuela al médico, comer algo y ponerse el serio traje gris. Esta vez era un traje pantalón en lugar de falda.

Joe logró quitarle a la DEA el contenedor con unas maniobras ágiles para que la policía pudiera echarle un vistazo antes. Quería que primero lo inspeccionara un agente del BAD y ella quería ser la escogida. Necesitaba intentarlo la primera para ver qué más había dentro aparte de las drogas.

¿Sería el cargamento que Conroy quería comentarle la noche que les tendieron la trampa? ¿El que tenía algo más que un alijo de cocaína, algo mortal? Si Conroy estuviera vivo, hubiera conocido a la mujer que le contó aquella extraña historia de conspiración que tenía que ver con un material secreto transportado en uno de los cargamentos de droga de Marseaux.

Había algo que la cabreaba. ¿Por qué el soplón había esperado tanto antes de llamar para contarle a la policía lo de la droga? ¿Por qué ahora?

—Aquí está. —Con un aire triunfante, Sammy leyó el nombre de Brady y su número de teléfono.

—¿Ha llamado alguien más? —Se ocuparía de Brady a su debido tiempo. Quizá quería hablar del cadáver... o de ir de copas. Esperaba que no.

—Esta mañana llamó alguien preguntando por ti.

—¿Sí? ¿Quién?

—No lo dijo. Me pasaron la llamada. Este tío quería saber si estabas con la Policía de Nueva Orleans. Le dije que eras asesora y entonces me preguntó que qué tipo de asesoría hacías. Le respondí que no podía darle esa información.

—Bien. Quizá era alguien con el que hablé por lo del cadáver en el muelle, lo que me recuerda... ¿La DEA ha encontrado ya el cuerpo? —Pisó el freno y se quejó por la lentitud del tráfico. Odiaba el tráfico pero le encantaba la ciudad. Y mejor, porque no se quería apartar de su abuela, que llevaba viviendo en el barrio francés mucho antes de que fuera *chic* tener un apartamento ahí.

—No, aún no se sabe nada del cadáver. Y ese tipo que llamó preguntando por ti, no creo que fuera nadie a quien entrevistaste.

—¿Por qué no? —Levantó el vaso de café y le dio un sorbo.

—Pues porque me preguntó si asesorabas sobre allanamientos.

Terri escupió el café en el volante y se maldijo. Suerte que sólo le había echado un traguito. Dejó el vaso de papel en el soporte y cogió un pañuelo con el que se secó la pernera del pantalón.

—¿Estás bien?

«No.» Se limpió las manos y el volante y luego protestó por las manchas que llevaba en la ropa.

—Sí, estoy bien. Alguien me ha cerrado el paso y me he tirado el café encima. Ese tío parece un lunático. No le hagas ni caso. Estaré ahí en un momento.

Colgó el teléfono y se pasó la mano por la frente. ¿Cómo la había encontrado ese criminal? ¿Y quién era en realidad? ¿Cómo supo dar con ella en comisaría?

No se comportaba como un ladrón común. Empezaba a parecer un acosador. O alguien de otra agencia.

Y empezaba a hartarse.

Dejó el coche en el aparcamiento reservado para la gente eventual de la comisaría y se dirigió hacia el edificio de dos plantas, todo lo deprisa que le permitía la pierna. Los músculos se le agarrotaban cuando llevaba sentada más de quince minutos y le dolían a rabiar cuando los estiraba.

Cuando llegó a su mesa, se sentó en la silla despacio e hizo una mueca cuando llegó a ese punto en el que al doblar la pierna se le revolvía el estómago del dolor.

Sonó el teléfono antes de tener las manos libres. Como fuera ese ladrón de la casa de Drake, le iba a... ¿Qué?

No lo sabía pero en cuanto lo supiera, se iba a enterar. Cogió el auricular y respondió rápidamente:

—Terri Mitchell.

—Soy Sammy.

Estiró el cuello para mirar a la gente que había entre su mesa y la de Sammy, que sonreía y movía la mano.

—¿Qué necesitas, ricura?

—Una visita viene para aquí.

—¿Quién?

Pero supo la respuesta antes de que Sammy dijera:

—Josie Silversteen de la oficina de la DEA.

La mujer estaba saliendo del ascensor en ese mismo momento y se acercaba a Terri con pasos decididos. De metro setenta y cinco incluso sin los zapatos de tacón con los que andaba a zancadas, su traje de rayas azul marino y rojo se ajustaba perfectamente a su cuerpo tonificado. Tenía el aire de una víbora con un hacha que afilar.

Se detuvo frente a la mesa de Terri y la fulminó con la mirada.

—¿Me quieres decir lo que ha pasado con el cadáver de Drake? —La melena castaña le cayó sobre los hombros cuando se inclinó hacia delante y limpió la silla de madera para las visitas con grandes aspavientos.

Terri parpadeó, tratando de recobrar la compostura. ¿Qué hacía aquí aquel engendro de Satanás? ¿Por qué la reina de las víboras bajaba del trono a visitar a los mortales?

Josie chasqueó los dedos en el aire cuando se sentó en la silla. Milagrosamente, no se le desgarró esa falda tan ceñida que llevaba.

—Mitchell, ¿estás aquí o qué?

Terri parpadeó un par de veces y reprimió la mirada que de verdad quería lanzarle a Josie.

—Aquí estoy.

La mujer hizo ese ruido que Terri tanto odiaba. El que sonaba como el chasquido del vapor al salir del pitorro de una tetera.

—¿Te lo tengo que repetir? —le dijo con un marcado acento de Jersey—. ¿Qué pasa? ¿No me sigues? A ver, usaré palabras sencillas para que no vuelvas a perderte, ¿*capisce*?

Terri hizo una mueca al oír ese sarcasmo que cada día conseguía hacerle infeliz a un ciento diez por cien en la DEA. Josie empezó a hacer campaña para conseguir su puesto el primer día que Terri pasó en el hospital después del incidente.

Y, maldita sea, al final consiguió el trabajo.

Silversteen sabía poner ese falso acento callejero, pero provenía de una familia adinerada de Nueva Jersey. ¿Por qué no se quedó en ese lujo en lugar de ser un grano en el culo de Terri?

—De acuerdo, esta vez te lo repetiré despacito…

Terri se la quedó mirando.

—Esto no es el depósito de cadáveres. ¿Qué? ¿Te has perdido? —dijo imitando su acento—. Si has llegado a un punto muerto con el cadáver, es tu problema, no el mío. Perdona por el juego de palabras. —Terri repiqueteó con los dedos en la mesa, ansiosa por terminar con esa reunión imprevista.

—Muy graciosa. El asesinato de Drake pertenece a nuestra jurisdicción. —Josie se apuntó al pecho con el dedo índice de uña granate. Algún policía nos ha hecho una jugarreta.

—¿Por qué tendría que hacerlo? —Terri le dio un golpe a un montón de papeles y se inclinó hacia delante—. Mira, tengo prisa y no me interesa la desaparición de tu cadáver. ¿Por qué no llamas a Dolly Parton, Jane Fonda y a Pamela Anderson y formáis un pelotón de búsqueda hacia los lavabos del hospital y dejas de malgastar mi tiempo?

Josie miró la manicura perfecta que llevaba.

—Fuiste la última en ver el cadáver. De hecho, Brady me dijo que lo mirabas con lascivia. A mí nunca me ha ido la necrofilia, pero supongo que a una coja le es difícil follar.

A Terri se le encendió el rostro de vergüenza. Rica, hermosa y buena en su trabajo, Josie pulsaba directamente los botones que destruían la confianza femenina en las otras mujeres y nunca desaprovechaba la oportunidad de explotar un punto débil. Terri se aferró al borde de la mesa para mantener los dedos ocupados para no usar nada que la rodeara como arma.

—Ay, perdona —susurró ella en un tono falso y se llevó la mano al inmenso pecho. ¿Cómo podía estar tan delgada con esos melones?—. Culpa mía. No tendría que mencionarte lo de la pierna. ¿Y cómo llevas la rehabilitación? Me sorprende que hayas vuelto a investigar después de… ya sabes, la metedura de pata.

—Yo no metí la pata.

—Eso díselo a la viuda de Conroy.

Eso le hirió en lo más vivo y tuvo que frenarse mucho para no abalanzarse encima de ella y arrancarle la melena. Los nudillos se le pusieron blancos de la fuerza que hacía para no moverlos.

—Si eso es lo único que querías decirme, ya sabes dónde está la puerta. ¿O te enseño cómo llegar a la calle, con el culo por delante?

Josie alzó sus delicadas cejas y ladeó un poco la cabeza para mirarla de una forma que transmitía que no la consideraba amenaza alguna. Craso error. Terri podía derribarla en menos de lo que cantaba un gallo.

—No, eso no es todo. Hablar conmigo te interesa.

—¿Por qué?

—Por si lo has olvidado... lo sé, es un verdadero problema para las rubias, sigues bajo investigación. Negarte a trabajar con la DEA podría considerarse una actitud hostil.

El instinto más callejero de Terri entró en ebullición, y quiso estallar y enseñarle a esta víbora lo hostil que era en realidad.

—No lo he olvidado y no he sido hostil. —Aún—. Así que volvamos al tema…

—Este es el tema —dijo en un arrullo—. Ahora llevo la investigación sobre ti y Conroy.

—¿A qué te refieres con Conroy? Está muerto, por el amor de Dios.

—La investigación se ha movido en otra dirección de la que no estoy autorizada a hablar. Sabemos que alguien compartía información de la DEA con Marseaux. Ahora mismo las pruebas apuntan a uno de los dos. Si es Conroy, la pobre Sally no recibirá prestación alguna. —Hizo un mohín como si estuviera preocupada—. Sin embargo, si eres tú… —Sonrió, entusiasmada de verdad—. Tendrás las mismas prestaciones que las demás reclusas. Entonces, ¿quieres a de buenas o tengo que buscar las respuestas en otro sitio?

Asombrada por el descaro de esa amenaza, Terri no terminaba de creerse lo dispuesta que estaba a hundirla. Que sospecharan que Conroy y ella hubieran trabajado para Marseaux era un disparate, pero que le negaran a su viuda las prestaciones era el insulto final.

Sally tenía problemas de hígado y de espalda. La única posibilidad que tenía era si Josie usaba todo el peso de la ley para acabar con Terri primero.

Por muchas ganas que tuviera de sacársela de encima, tenía que ser lista para ganar. Eso quería decir tenerla cerca mientras buscaba la manera de limpiar su nombre y el de Conroy.

—¿Por qué me has metido en esta investigación? —preguntó Terri.

Josie arqueó las cejas a modo de sorpresa.

—Buena pregunta. Se ve que al final tienes cerebro y todo. Sé que piensas que voy a por ti, pero la verdad es que no todo gira a tu alrededor. Encontraré la filtración de la agencia y el cadáver desaparecido de Drake. Si quieres un trato justo en esta investigación, no trabajes contra mí.

—No soy tan ingenua para creer que trabajar juntas tiene algo que ver con un trato justo y no con cuantos peldaños de la escalera de la DEA puedes subir con esa falda de ramera que llevas. ¿Qué quieres saber? —le preguntó con el mismo entusiasmo de una telefonista.

Josie llegó a fruncir el ceño lo máximo que Terri le había visto pero se detuvo a medio camino, antes de arrugar su frente perfecta.

—¿Sabes algo de un tipo llamado FinMan?

Sí, pero no quería compartir más información con Josie ya que FinMan era una de las comadrejas de Marseaux.

—He oído su nombre por ahí.

—Es un contacto con el que he estado tratando. Le vende a todo el mundo pero sobre todo a los narcotraficantes. Me llamó esta mañana bastante conmocionado, algo que dice mucho para ser un hombre con ese trabajo. Dijo que a eso de las dos recibió la visita de un hombre que le colgó por los tobillos para hacerle hablar.

—A mí no me suena tan mal. —Terri sonrió para sus adentros; al menos el cabrón recibía su propia medicina. Había oído más de lo que quería recordar sobre el lado más pervertido de FinMan y cómo había herido a varias prostitutas. Merecía que le colgaran desnudo, y peor.

—Pues lo sería si fueras un hombre, colgado boca abajo, desnudo, te pusieras nervioso y te mearas encima. En ese momento la gravedad no está de tu parte.

—Qué asco. Ahórrate esa información para cuando estés en el lavabo de los hombres… actualizando la información sobre tus contactos.

Josie se inclinó hacia delante y le lanzó una mirada divertida.

—¿Sabes, Mitchell? No eras tan lista cuando trabajabas en la agencia.

—¿No? —Terri copió sus movimientos y apoyó ambas manos en los reposabrazos de la silla—. Pensé que era bastante gracioso cada vez que te eclipsaba disparando y cerraba más casos que nadie en mi departamento. Ahora que ya no tengo que apuñalar a mis compañeros por la espalda, mi sentido del humor no ha hecho más que mejorar. —Probablemente no era aconsejable provocar a una cobra, pero Josie sospecharía de ella si se volvía simpática de repente.

—Atrapaste a muchos objetivos de papel, pero fallaste a lo grande en tu última misión. —Cruzó las piernas y se le acercó, apoyando los brazos sobre las rodillas. Bajó un poco la voz—. Una cosa es matar un objetivo de práctica y otra eliminar una amenaza. Yo nunca hubiera permitido que le dispararan a mi compañero por la espalda.

A Terri se le encogía el corazón cada vez que le recordaban aquella noche y la muerte de Conroy. Ojalá recordara todos los detalles, pero la habían golpeado por detrás y se despertó con un loco encima blandiendo un cuchillo. Tenía que vivir con sus errores y esas pesadillas, pero ya no tenía por qué tragar con la porquería de Josie.

—Lo que tú digas. Ya te he contado lo que sé. Si no tienes nada más que decir, Silversteen, he terminado.

—Aunque me gustaría pasar mi tiempo investigando a alguien mejor cualificado que tú, sé poner un caso por delante de las diferencias personales. Incluso si eso significa husmear entre tu mierda para encontrar el cuerpo desaparecido y cerrar la investigación. Pero si tú no sabes priorizar el trabajo o quieres que llegue a una conclusión yo sola, dímelo.

Terri repiqueteó con el bolígrafo sobre un montón de informes. Tenía que averiguar qué quería y luego seguir adelante.

—De acuerdo. He oído hablar de FinMan por aquí. Se ve que tiene un par de guardaespaldas a tiempo completo. ¿Qué tiene que ver FinMan con el cadáver desaparecido?

—Son más de un par, y este hombre fantasma los eliminó a todos sin ser visto salvo a uno que estaba fuera de la ciudad, y llegó hasta FinMan.

Terri dejó de mover la mano.

—¿Qué quieres decir con lo de hombre fantasma?

—Eso es lo que intento decirte, rubita. Me dijo que el muerto del depósito de cadáveres había ido a por él. Que le colgó y le amenazó con cortarle los huevos, dejar que se desangrara poco a poco y que nunca pudiera volver a empalmarse.

¿El muerto estaba vivo? No, no era ni remotamente posible.

—Entiendo que eso le aterrorizara, pero dudo que las prostitutas locales hicieran una colecta para un implante. ¿Quién cree que es el tío?

Josie resopló.

—Eres lenta de verdad... Una vez más, FinMan me dijo que era el muerto.

Terri apartó el brazo.

—Eso es imposible. ¿Qué dice Brady?

—Que le jodan a Brady. Trabaja para otro departamento y si él no comparte información, ¿por qué debería hacerlo yo? Mi jefe quiere que encontremos el cadáver lo antes posible. Pienso matar dos pájaros de un tiro ya que en la mayoría de sitios que visito en busca de información sobre ti y Conroy puede que sepan algo del cadáver. Así que si oyes algo del muerto, llámame primero. ¿Lo captas? De hecho, y es un consejo, no le vuelvas a dar tanta confianza a Brady.

Terri no tenía intención de hacerse amiguita de nadie, y menos aún de Brady, ¿pero qué se creía esta imbécil para decirle con quién tenía que hablar o no?

—¿Me estás amenazando? —Terri se levantó de la silla despacio. Mantenía un aire de tranquilidad aunque tenía ganas de aplastar a esta bruja.

—No, no confundas eso con algo tan simple como una amenaza. —Josie se incorporó y la miró por encima del hombro—. Como compartas con Brady algo de lo que te he dicho, te prometo que vendré a buscarte. Eres un blanco fácil ahora que ya no eres una agente del Estado, y eres la primera en mi lista. Usa la cabeza por una vez. No te metas en mi camino.

—No te preocupes, siempre y cuando tú no te metas en el mío —le espetó ella.

—Ayyyy, qué preocupada estoy. ¿Me darás una patada en el culo con la única pierna buena?

«No, pero puede que te saque los ojos y juegue a las canicas con ellos.»

—Buena suerte con lo del cadáver de Drake. Al menos no tendrá problemas para empalmarse contigo. —Intentó retener esas palabras antes de que se le escaparan, pero como siempre su temperamento fue más rápido que su cerebro.

Conroy fue uno de los pocos agentes que no intentaron ligar con Josie en su primer año. A ella le daba igual que estuviera felizmente casado. Josie lo encontró un día de mal humor, bebiendo solo en un garito de mala muerte mientras su mujer estaba fuera de la ciudad. Ella puso toda la carne en el asador para hacerle caer. Él le dijo que no. Cuando le llamó picha floja, él sonrió y le dijo que sólo tenía problemas de erección con putas.

Josie cogió el bolso; su rostro era una máscara de calma.

—Disfruta de la libertad mientras puedas. *Tic tac*. —Salió de las oficinas con los aires majestuosos de una reina.

Terri le hizo una mueca infantil por la espalda.

La sala se quedó en silencio. Miró alrededor y vio que un par de tipos la miraban, así que ella les lanzó otra mirada para hacerles callar y se dejó caer en la silla.

¡Maldita sea! A quienquiera que hubiera decidido ponerlos a todos en una sala común tendrían que castigarle con una plaga en sus partes pudendas.

El teléfono volvió a sonar. Lo cogió de golpe.

—¡Qué!

—Joder, Terri, no me muerdas.

Se relajó al oír el suave acento latino. Esa era la única voz que podía atenuar su rabia.

—Perdona, Carlos. ¿Qué tienes?

—Una colección de vinos estupenda y sábanas de seda del mejor hilo.

Terri sonrió. Carlos Delgado fue el primer agente que conoció en el BAD cuando el compañero de Joe, Tee, le enseñó las instalaciones. Carlos tenía esa media sonrisilla que significaba desde que no te tomaba en serio hasta que le gustaría desnudarte.Como mujer, inmediatamente leyó la segunda acepción, que no consiguió arrancarle más que un suspiro. Tenía el suficiente sentido común para saber que era mejor no liarse con un compañero de equipo, aunque con ello ofendiera a un dios latino.

—Me alegras el día, Carlos.

—Cualquier cosa para servirte. Y lo digo en todos los sentidos de la palabra.

Ella se echó a reír, olvidándose por un momento de su enfado.

—¿Qué pasa?

—Está claro que me va a costar mucho trabajo llevarte a cenar, pero soy un hombre paciente. Volvamos al tema. El contenedor está en el patio. Joe le ha dado papeleo a Philborn para tenerle entretenido unas dos horas, empezando desde ahora, antes de que el laboratorio criminalístico pueda examinar las huellas o borrar cualquier prueba. Necesitamos a alguien que lo registre y tome fotos de todo, no sólo de las drogas.

—Iré para allá ahora mismo.

—Espérame y te recojo. Ya estaría allí de no ser por este maldito tráfico que hay para cruzar el lago Ponchatrain.

—No necesito que nadie me acompañe. Si voy ahora será por lo menos media hora más.

—Joe y Tee accedieron a dejarte trabajar sola… hasta cierto punto. Todo el mundo lleva refuerzo alguna vez, Terri.

—¿Incluso tú?

—Cuando creo que lo necesito, sí.

—Entonces dame la misma libertad. —Bajó la voz y se dio la vuelta para que no la oyera ningún curioso—. Reconócelo, Carlos. No le dirías a ningún otro agente que esperara para ver el contenedor con este margen de tiempo. No me trates como si no supiera hacer mi trabajo.

Carlos masculló algo en español y tuvo la sensación que significaba algo así como lo mucho que le molestaban las mujeres difíciles.

—Que no tenga que arrepentirme.

—No te preocupes. —Ganar esa pequeña batalla la hizo sentir bien—. Dame la dirección y salgo pitando. —Escribió la dirección en una pequeña libreta.

—Una cosa más. Hemos recibido información algo extraña en relación a Marseaux. Aguza bien los oídos por si hay algo raro con el cadáver de Drake.

¿Cómo podía ser tan popular un cadáver?

—¿A qué te refieres? —Mantuvo la voz baja y se dio la vuelta por si había alguien en la sala que pudiera estar escuchando la conversación.

—Rodaine *el Napias* acabó en el hospital con una conmoción cerebral y algunas costillas rotas.

Eso no la sorprendía.

—Seguramente le dio el chivatazo a la persona equivocada. ¿Por qué hay que preocuparse?

—Tampoco me importaría si apareciera flotando boca abajo en el Mississippi ya que no es uno de mis contactos. Trabaja estrechamente con el clan de Marseaux, pero eso no es lo más raro. Johnny Boy también está en el hospital con un brazo roto y la rótula hecha trizas. Su historia coincide con la de Rodaine y ya sabes que esos dos se odian a muerte.

—¿Qué historia?

—Dicen que un fantasma intentó matarles.

Terri se quedó helada.

—¿Qué clase de fantasma?

—Dicen que es el espíritu de Drake que ha vuelto de la tumba. Y no te pierdas esto: se ve que va en un coche trucado. Nadie ha visto el coche pero dicen que se sabe si está cerca por el ruido de los silenciadores. Mira a ver qué encuentras sobre este Drake. Creo que era más que una mula.

Se le puso la carne de gallina y se frotó el brazo, notando cómo la embargaba una oleada de frío. ¿Qué estaba pasando?

—Pues ya son tres.

—¿Tres? ¿Lo dices en serio? ¿A quién más han atacado?

—A FinMan, el chivato favorito de todo el mundo.

—Le conozco. Trabaja para los más pudientes y se rodea de enormes trozos de carne a los que llama guardaespaldas.

Terri asintió.

—Ese mismo. Una agente de la DEA me ha dicho que a FinMan le colgaron del revés por los tobillos, desnudo, y le amenazaron con truncar su carrera de estrella del porno si no hablaba.

—¿Ah, sí? —Carlos soltó una carcajada.

—También dice que fue el muerto. ¿Qué está pasando?

—Probablemente es un buen maquillador o tiene uno, y quiere joder a esos tíos.

—Quizá, pero eso no tiene sentido. —¿Qué relacionaba a todas estas personas?

—Sí. ¿Qué quiere este tío? Nadie nos dirá qué le dijeron a Drake o quienquiera que les diera la paliza. Todos juran que no le dijeron nada. Es mejor sufrir en silencio a que Marseaux crea que se derrumbaron y lo contaron todo sobre él.

No era de extrañar. Marseaux haría algo más que amenazarles.

—A FinMan le colgaron antes de la redada antidroga, así que hay que preguntarse si le entró el pánico, descubrió el pastel y está detrás de la filtración.

Terri miró el reloj. ¿Intentaba Carlos mantenerla al teléfono hasta que llegara?

Era lo más seguro.

—Gracias por llamar. A mi ego femenino le ha ido muy bien. Tengo que irme.

—Podría hacerte otras cosas que te hicieran sentir bien.

—Lo tendré en cuenta. —Se echó a reír, haciendo caso omiso de la oferta.

Colgó, se apresuró hacia el garaje y colocó en el asiento del pasajero la gran bolsa con el instrumental de investigación. En los días de invierno el sol desaparecía demasiado temprano y dejaba el mundo oscuro y sombrío bajo un dosel de nubes.

En esta época del año, Nueva Orleans tenía siempre un aspecto espeluznante. Sin embargo, no se imaginaba viviendo en ningún otro sitio. Amaba esta ciudad, que era más que su hogar. Era parte de ella.

Cuando Terri llegó al aparcamiento enseñó su identificación y la animó mucho saber que se le permitía el acceso. Joe era tremendamente eficiente.

Se registró, recogió una llave para el cerrojo y condujo a través de los almacenes que habían donado a la ciudad con este pedazo de tierras. Coches último modelo, barcos ultrarrápidos y otros objetos ilegales confiscados ocupaban dos tercios de la extensión total.

El contenedor blanco estaba sobre un pequeño montículo; la caja de metal parecía tan fuera de lugar como un elefante blanco perdido entre esos vehículos confiscados en redadas antidroga.

Terri aparcó en una zona de gravilla. Cogió la bolsa y extrajo una linterna gigante a pilas que iluminaba un radio de tres metros. Cuando la gravilla dio paso a un polvo fino, empezó a andar suavemente para no hacerse más daño en el muslo.

¿De quién fue la idea de colocar el contenedor cuesta arriba? Tembló al notar la brisa invernal que corría por el patio y se arremolinaba en los espacios abiertos. Tendría que haber cogido la chaquetilla de lana, pero tenía demasiada prisa por llegar. Además, no debería tardar mucho en determinar si había algo del cargamento de droga que tuviera relación con la investigación secreta para el BAD.

Cuando llegó al contenedor, el candado colgaba de la puerta, ligeramente abierto. ¿Es que los de seguridad que transportaron el contenedor no se aseguraron de que el candado estuviera cerrado? Que estuviera dentro del patio vallado no quería decir que tuvieran que dejarlo así de accesible.

La puerta izquierda chirrió al abrirla y metió la cabeza dentro. Una luz que provenía de la parte trasera la dejó ciega momentáneamente.

Oyó el ruido de unos pasos corriendo hacia ella por detrás.

Se quedó inmóvil. Le dio la impresión de que el tiempo se enturbiaba y se volvía más lento, pero todo pasó en cuestión de milésimas de segundo mientras metía la mano en la bolsa para sacar su 9 mm.

Primero unos dedos la agarraron por el brazo y la arrastraron fuera del contenedor.

Una bala rebotó en la puerta, justo donde había estado su cabeza antes de que la arrastraran.

Terri se tambaleó y perdió el equilibrio cuando tropezó con un surco cubierto de hierba y raíces del suelo. Se le cayó el bolso del hombro. De camino al suelo y justo antes de que se golpeara la cabeza con algo duro, vio una silueta negra recortada en el contenedor blanco. El dolor le abrasaba el cuero cabelludo.

Se sumió en un mar oscuro rodeado de estrellas.

Nathan hizo una mueca al oír el mamporrazo que se había dado la mujer al caer al suelo. De los labios le salió un leve gemido. Maldita sea. Estaba a punto de llegar junto a ella cuando abrió la puerta. No le había dejado otro remedio que arrastrarla hacia fuera antes de que el criminal que estaba dentro del contenedor le volara la cabeza en mil pedazos.

Lo único que podía hacer por ella ahora era quedarse entre su cuerpo y la amenaza que seguramente volvería para terminar el trabajo.

Una única luz halógena sobre un poste metálico en un extremo del aparcamiento de gravilla iluminaba suavemente esa zona. Nathan no podía verle el rostro, pero esperaba que lo peor que le hubiera pasado era que le saliera un chichón.

Se pegó a la puerta cerrada de la derecha, esperando a que saliera el tirador. La boca de una pistola salió tímidamente por la obertura y entonces una sombra cruzó por la puerta abierta.

Le agarró el brazo y lo sacó hacia fuera. El tirador se dio la vuelta con soltura y le dio una patada a Nathan en el costado. Se le cortó la respiración pero le devolvió el favor con otra patada y dos golpes rápidos en el brazo con el que estaba seguro que sostenía el arma. Cuando oyó algo de metal rebotando contra un coche, tuvo una milésima de segundo para estudiar a su oponente.

Rápido, ágil e infalible. Profesional. No era un bestia o un matón de pacotilla. Este hombre se ganaba la vida haciendo daño a la gente.

En el aire se oyó el silbido de las manos y los pies que volaban. Nathan interceptó un golpe y recibió otros en la cara, pecho y brazos cada vez que hacía un movimiento equivocado.

Con tan poca luz luchaba a ciegas, pero no creía que el otro llevara gafas de visión nocturna, así que ninguno de los dos tenía ventaja.

Nathan siguió atacando, dando golpes y patadas con una velocidad de vértigo cada vez que la luz le ayudaba con un poco de claridad.

Los gemidos del esfuerzo y el ruido sordo de un golpe tras otro invadían la noche. Nathan tenía resistencia pero ese tipo tenía rapidez, algo que había perdido en la cárcel con la falta de entrenamiento más allá de las pesas.

Su mejor ofensiva era atacar con más agresividad y esperar un descanso. Le dio un buen mamporro que hizo caer al tipo hacia atrás, pero en cuanto el cabrón rozó el suelo, dio una vuelta y se fue corriendo, perdiéndose entre la oscuridad.

Nathan esperó mientras trataba de recobrar el aliento. ¿Dónde estaba ese cabrón de mierda? ¿Se habría marchado o estaría agazapado en el algún rincón, al acecho?

Un gemido a su espalda le llamó la atención. Retrocedió, atento por si captaba algún movimiento. Cuando llegó junto a Mitchell, se arrodilló y la levantó para palparle la parte de detrás de la cabeza. Era un chichón, tal como pensaba, aunque esperaba que no fuera una conmoción cerebral.

Ella inclinó la cabeza hacia él y levantó la mano hacia su pecho. Murmuró algo ininteligible. Él se quedó inmóvil, con la extraña sensación de que el simple roce le revolvía las entrañas. Hacía mucho tiempo que no le tocaba una mujer. Ella se le agarró a la camisa como si necesitara un punto de apoyo o quisiera consuelo.

Nathan la abrazó contra el pecho; sentía la necesidad de protegerla.

Alguien andaba arrastrando los pies y no estaba muy lejos.

Volvió a concentrarse rápidamente.

La levantó en brazos y entró en el contenedor. Con sus manos como únicas armas, no tenía modo de neutralizar una amenaza con una pistola y apostaba a que el agresor ya habría encontrado su arma por ahora.

Pero un profesional no cometería el error de entrar en el contenedor sin saber si Nathan iba armado o no. Tampoco se iría si lo que había ido a buscar seguía ahí dentro. Al menos, no si tenía la esperanza de recuperarlo.

En cuanto Nathan determinó que la mujer estaba bien, quiso examinar los contenidos y ver si había algo fuera de lugar.

Cambió de posición el cuerpo suave que llevaba en brazos, haciendo caso omiso del deseo de notar sus manos en su pecho, pero esta vez consciente.

«Olvídate.»

Ese no era su plan cuando siguió el contenedor desde el muelle al patio de la policía.

Tras un buen rato colgado y desnudo, FinMan le había dado el chivatazo sobre el último cargamento de droga de Marseaux en el muelle. Nathan llegó allí y se encontró a la policía examinando uno en particular. La Policía de Nueva Orleans lo mantuvo vigilado hasta que llegó un tráiler y lo trajo hasta estas instalaciones de almacenaje. Entonces se quedó vigilando la zona durante dos horas, esperando a que cayera la noche.

Cuando el crepúsculo empezó a desvanecerse y la única luz provenía de sólo un poste en todo el aparcamiento, recortó el alambre de la valla y entró.

Fue entonces cuando vio al otro intruso corriendo a hurtadillas de un extremo a otro del terreno irregular. Se contuvo y esperó a ver si podía seguirle.

Era un buen plan hasta que apareció Terri Mitchell. La reconoció en cuanto salió del coche y empezó a subir la colina. Tenía los andares más atractivos que hubiera visto nunca en una mujer, al menos que recordara, y que tardaría en olvidar. Desafortunadamente.

Tampoco olvidaría su olor y su piel suave. O su boca que pedía que la besaran. Podía robarle un beso pero no le parecía correcto, aunque ella fuera policía.

Ella se movió otra vez en sus brazos. Su cuerpo le suscitaba unos pensamientos que literalmente hacía años que no invocaba. Como que echaba muchísimo de menos pasar la noche en una cama cómoda con una mujer a la que pudiera dedicarle horas de placer.

Pero una mujer como ella seguramente quisiera algo más que un revolcón entre sábanas frías.

Más que a un hombre tan frío y muerto por dentro como él.

Mitchell volvió en sí sobresaltada y entre jadeos.

Pensó en dejarla en el suelo, pero no estaba seguro de lo que ésta haría cuando recobrara la consciencia en la oscuridad. No había mucho espacio para moverse si le entraba el pánico. Supo cuando estuvo consciente por lo rígido que se volvió su cuerpo en sus brazos.

—Bájame. —Su orden tenía un deje de incomodidad.

Nathan le bajó los pies primero y la ayudó a recobrar el equilibrio hasta que se apartó de él. Oyó cómo arrastraba los pies en el suelo de madera del contenedor, retrocediendo.

Él le dijo en voz baja:

—Estate quieta o volverás a caer.

—¿Quién eres? ¿Qué buscas aquí?

—No alces la voz. Y antes de que te hagas la *poli* mala, recuerda que te he salvado la vida ahí fuera.

—¿Y eso cómo puedo saberlo?

¿Lo decía en serio?

—A ver, usemos la lógica. Has metido la cabeza por aquí. Alguien ha intentado usarla como una diana de práctica, pero he tirado de ti antes de que te volara los sesos. Si fuera yo el tirador ya estarías muerta y no estaríamos hablando ahora mismo.

—Tú eres ese tipo —susurró, sorprendida—. El de la casa. La casa de Nathan Drake.

Capítulo cinco

—Shhh. —En cuanto habló, Nathan se preguntó porqué se había molestado. Dudaba que Mitchell cerrara la boca, sobre todo ahora que sabía que fue él al que conoció cuando entró en casa de su madre.

No diría nada más. Joder, ya había hablado más que en los últimos dos años.

—¿Qué relación tienes con Nathan Drake? ¿Sabes dónde está su cadáver?

—Sigue hablando y el tirador nos cogerá desprevenidos —le susurró. No tendría que recordárselo. ¿No trabajaba para la policía?

Reinaba tanto silencio dentro del contenedor que creyó que ella había dejado de respirar.

Terri arrastró los pies hacia atrás hasta que topó con algo que creyó que era la pared.

—Estate quieta. —No podía verla pero se quedó en silencio hasta que la oyó respirar entrecortadamente. Estaba desconcertada y que le ladrara ahora tampoco le servía de ayuda. «¡Muy bien, Drake!» ¿Acaso había olvidado cómo ser amable con una mujer? Para ser sincero, sí. No había mantenido una conversación cordial con nadie en tanto tiempo que había olvidado cómo hablar sin que pareciera una amenaza—. No te haré daño —le dijo en voz baja. Nunca le había puesto la mano encima a una mujer y no quería que se sintiera amenazada.

—De acuerdo. —Mantuvo un tono igual de bajo.

—Me acercaré para hablar. No te asustes.

—Está bien.

Respuestas cortas. Aún le tenía miedo pero no disponía de toda la noche para tranquilizarla. Ella no hizo sonido alguno mientras se le acercaba, despacio. Se puso la capucha de la sudadera y alargó la mano por encima de su cabeza para apoyarse en la pared antes de golpearse contra ella. Al rozar una superficie dura, se detuvo y se inclinó hacia delante.

—¿Qué quieres? —preguntó ella.

—Que te calmes.

—¿Por qué estás enfadado?

—No tienes tiempo para oír toda la lista. Examinaré el contenido del contenedor para ver si descubro qué ha venido a buscar. Podrías ayudarme.

No hubo respuesta. Llevaba casi dos días sin dormir pero no le quedaba mucho tiempo. En cuanto se supiera que Drake, el ex presidiario, estaba en la calle y no se reunía con su agente de la condicional, se habría acabado la historia. Tendría que esconderse. Tampoco ganaría tiempo poniéndose en contacto con él y no podía arriesgarse a que la *poli* o los de Marseaux le siguieran la pista. Eso quería decir que tendría que actuar deprisa.

Contuvo su enfado y trató de parecer paciente mientras le explicaba:

—El tío que ha intentado matarte volverá si no ha cogido lo que andaba buscando.

—Pues entonces mira lo que hay dentro. —Parecía menos nerviosa y quizá menos molesta, incluso.

—Sin ti, no. No puedo protegerte si estás entre él y yo o fuera de mi alcance.

—No hace falta que me protejas —le dijo con un deje de enfado y arrogancia.

—¿Llevas pistola? —Conocía la respuesta. Si tuviera una, ahora mismo le estaría apuntando.

Silencio.

—Yo tampoco —le dijo—. Te cogeré del brazo para saber dónde estás mientras yo me muevo por aquí.

—No.

Nathan apretó los puños. Paciencia. Al menos le hablaba, aunque seguía comportándose como si fuera a arrastrarla por los pelos.

—¿Y si tú te agarras a mí? —le preguntó, tratando de encontrar la manera de que colaborara.

No hubo respuesta.

Le molestaba que tuviera tan poca fe en un hombre que acababa de salvarle la vida. Después de dos años defendiendo su espacio personal y evitando que le tocaran, aunque fuera un simple apretón de manos de otro reo, Nathan sentía unas ganas extrañas de que la mujer le hiciera al menos esa concesión. Que reconociera que él merecía ser aceptado como un hombre decente y que no le tuviera miedo.

—Por favor, agárrate del brazo —le apremió con suavidad, y esperó. Un segundo, dos segundos, tres…

Una delicada mano chocó contra su brazo, luego la echó hacia atrás y entonces notó como unos dedos le recorrían el brazo para finalmente sujetar su muñeca, incendiando la piel allí donde la había rozado.

Hasta ese momento no se había dado cuenta de lo mucho que echaba de menos esa conexión con otra persona. Con una mujer.

Si seguía con vida cuando terminara todo, quizá intentaría encontrar a una mujer con la que poder pasar la noche. Una que entendiera que no valía la pena malgastar las energías con él, alguien que no esperara nada de un hombre emocionalmente vacío como él.

«Ponle cincuenta pavos y sería una prostituta, listo.»

Nathan volvió a centrarse y se metió la mano en el bolsillo del pantalón. Sacó una pequeña linterna de LED y la encendió para examinar el interior del contenedor. La única zona desordenada era la de unas cajas que había al fondo, junto a un generador de tubos de acero de diez centímetros. Habían cortado una parte de la que se veían las marcas dentadas. Habían usado un soplete oxiacetilénico. También habían abierto una caja de cartón, que habían dejado medio desgarrada.

Se movió con cautela para no romper ese lazo frágil que le unía a ella. Iluminando el camino por delante, la guio hasta el centro y le echó un vistazo a la puerta. Cuando llegaron a la zona donde habían abierto el paquete, se acercó para verlo mejor.

Había dos herramientas de carpintería hechas con madera

de teca: un guillame y una escuadra de madera, junto a una caja de embalaje. Unos cachivaches tallados con elegancia que ningún carpintero utilizaría en realidad.

Ella le soltó el brazo y se abrió paso para mirar pero no dijo nada.

—¿Le encuentras sentido a esto? —preguntó él.

Ella levantó la vista y le miró de reojo, pero él mantuvo la cara oculta. El leve halo de luz le iluminaba la curva de los labios. Tenía una boca muy hermosa.

—Pues no. No tengo ni idea de lo que estaba buscando aquí —musitó.

Mentía, pero no quería arriesgar lo mucho que había ganado diciéndoselo. Seguramente aquel hombre no consiguió lo que iba buscando porque esa era la única caja abierta. De haber terminado, no hubiera fallado el disparo. Hubiera asomado la cabeza, pistola en mano.

Mitchell estaba plantada sin decir ni una palabra.

—¿Llevas una radio encima? —le preguntó Nathan.

—No.

—¿No eres de la Policía de Nueva Orleans? —Le iluminó el rostro con la linterna pero no le apuntó directamente a los ojos.

—No exactamente.

—¿Dónde tienes el bolso? ¿No has traído nada para comunicarte?

—Está en el coche. No pensé que lo necesitara para registrar una caja de metal —espetó, y se apartó el pelo de los ojos, aunque parecía que esos rizos rubios no eran fáciles de dominar.

Le gustaba ese pelo desenfadado y esa actitud de resistencia a pesar de la situación. Le llamaba la atención de una manera provocativa. Que le excitara una mujer de la policía que no mostraba interés alguno por él decía mucho del tiempo que había pasado soltero.

—¿Y qué vamos a hacer? —Se había cruzado de brazos y si pudiera verle los pies, seguro que estaría dando golpecitos en el suelo—. El móvil está en la bolsa que se me cayó cuando me empujaste.

—¿Qué? Yo no te empujé. Te aparté de la línea de fuego.

—Lo que tú digas.

¿Es que no entendía lo que había hecho por ella?

—Saldré a recogerla...

—Y una mierda —farfulló.

—Lo haré a menos que quieras pasarte toda la noche aquí conmigo. —¿Lo había dicho de verdad en un tono esperanzado? «Menudo perdedor estoy hecho.»

Silencio.

Nathan suspiró. «Sí, soy un fracasado.» A estas alturas ya no le quedaba demasiado ego, con eso de ser ex presidiario y todo lo que eso conllevaba así que, ¿qué importaba ya? ¿Y qué se creía? ¿Qué querría pasar la noche con un hombre que probablemente no era más que un violador de los bajos fondos o algo por el estilo?

Sacudió la cabeza para quitarse esas ideas de encima y centrarse en lo que importaba de verdad.

—Por cómo están amontonadas estas cosas yo diría que no falta nada. Lo que significa que ese tío puede que intente volver y siga buscando. No voy armado así que no puedo luchar contra una nueve milímetros. Volveré a la puerta. —Se echó a andar, despacio, para ver si le seguía.

Ella le cogió el brazo.

Le dio un vuelco el corazón. Nathan sonrió por ese gesto, pequeño, sí, pero le hizo sentir menos presidiario y más hombre.

Al llegar a la puerta ella le dio un tirón. Cuando se dio la vuelta, se le acercó para escucharla. Tenía un olor de lo más femenino, dulce y fresco.

Le susurró:

—No salgas. Puede que te dispare.

«¿Se preocupa por mí? ¿De verdad?»

—No me disparará. —Nathan se tomó el comentario como algo positivo y se le acercó un poco más, concentrando la atención en su boca. Le gustaría averiguar si sus labios eran tan suaves como parecían.

—Eso no lo sabes —le rebatió ella.

Su suave aliento le hizo cosquillas en la nariz. Ahora sabía exactamente donde estaban sus labios.

Tentador. Muy tentador.

—Sé que no me va a disparar —le aseguró él—. En cuanto lance la bolsa adentro, pide refuerzos.

Esta vez, ella le tocó el hombro para retenerle. Él se dejó embriagar por su aroma; quería saborearla más que cualquier otra cosa durante estos últimos dos años.

—Si llamo a alguien te arrestarán —le dijo con una voz ronca que resultaba atractiva y muy apetecible. ¿O eran sólo imaginaciones suyas?

—No me verán.

Ella no dijo nada pero notó cómo se le acercaba un poco más; lo suficiente para que se le acelerara el pulso.

—¿Quién eres? —dijo, humedeciéndose los labios—. Me... me gustaría saber cómo encontrarte. —Le apretó el hombro con más fuerza.

Hacía más de dos años que no besaba a una mujer. Posiblemente no volvería a tener la oportunidad de besar a ninguna a corto plazo, o a ninguna si al final tenía que desaparecer. Se inclinó un milímetro más y... ¿qué diantre?

Nathan la estrechó entre sus brazos y la besó con una mezcla de ternura y pasión. Ella le devolvió el beso durante unos diez segundos y luego se apartó.

—¿Pero qué haces? —preguntó en una voz tensa que le cayó como un jarro de agua fría.

—Nada. —La soltó y levantó la vista. Se sentía como un niño al que han cogido con la mano dentro del bote de las galletas.

El silencio incómodo que le siguió no hizo nada para cambiar esa sensación.

Disgustado consigo mismo por esa locura transitoria, también conocida como gran estupidez, se centró en su siguiente movimiento.

«Coge la bolsa para que pueda pedir refuerzos y ahuyenta al tipo que ya ha intentado acabar con ella esta noche.»

—Espérame aquí. —Nathan se arrodilló y salió del contenedor. Se deslizó por la hierba y el polvo hasta donde ella había caído antes. Palpó con una mano y dejó la otra libre por si tenía que ponerse de pie rápidamente. A tientas palpaba el suelo y aguzó los oídos en busca de alguna vibración provocada por el movimiento. Entonces dio con la bolsa, la cogió, buscó la parte superior y fue con cuidado para no volcar el contenido. Luego regresó sigilosamente al contenedor y lanzó la bolsa por la puerta.

No era así como imaginaba que sería el primer encuentro con una mujer al salir de la prisión. En primer lugar, besarla fue una estupidez. Tuvo suerte que no puso el grito en el cielo.

Encontró un lugar desde donde poder vigilarla hasta que llegaran los refuerzos. No debería importarle. Después de todo era policía y en este momento tampoco estaba indefensa pero seguía siendo una mujer. Una que probablemente le estaba apuntando con el arma ahora mismo.

Sin embargo mentiría si dijera que no le gustaban sus agallas.

Cuando se dio la vuelta para subir la pendiente, oyó que le susurraban por detrás:

—Gracias, hombre misterioso.

Nathan parpadeó, incrédulo, y luego sonrió. «Hombre misterioso» estaba por encima de criminal.

Llevaba recorridos unos dieciocho metros cuando se encendieron los focos de la entrada. La persiana eléctrica se cerró. Unos hombres en un coche patrulla dieron una vuelta en dirección al aparcamiento de gravilla.

Cuando los dos agentes llegaron al contenedor, Nathan retrocedió lentamente, dio la vuelta hacia donde estaba el coche de Terri y abrió la puerta… no le había echado la llave. ¿Acaso pensaba que sólo porque estuviera en unas instalaciones policiales estaría seguro? Seguramente no volvería a hacerlo después de esta noche.

Nathan encontró su bolso y, sí señor, también su permiso de conducir. Memorizó la información y lo dejó todo en su sitio en menos de un minuto. Tras volver a examinar el revuelo que se había formado alrededor del contenedor, volvió por donde había entrado al complejo. En cuanto estuvo al otro lado de la valla, se metió en el Javelin, se acercó con sigilo hasta la persiana y aparcó al otro lado de la calle, frente a una promotora inmobiliaria. Con el motor en marcha y los silenciadores retumbando ligeramente, esperó.

Llegó otro coche patrulla y entró un código para abrir la persiana.

La atractiva asesora tenía la suficiente protección y bastante trabajo para tenerla entretenida un buen rato.

Nathan tenía que visitar a un par de personas, pero aún no

había terminado con Terri Mitchell. Era interesante que viviera en la misma zona que su madre.

Se alejó de allí tranquilamente hasta que estuvo lo bastante lejos para acelerar y dejar que el Javelin rugiera. ¿Quién estaba en el contenedor? ¿Qué buscaba el intruso?

Seguro que Mitchell tenía una idea. Lo único que tenía que hacer para que hablara era cogerla desprevenida. Y sin su arma.

Terri entró en su casa y cerró la puerta sin hacer ruido. El sonido inconexo de la televisión en la habitación de su abuela llegaba hasta la cocina.

Eso ya le iba bien. No estaba preparada para hablar aún.

Con el bolso y la bolsa de lona en la mano, cruzó el pasillo y pasó de puntillas por delante del dormitorio de su abuela. Al llegar a su cuarto, Terri lo dejó todo en el suelo. Se quedó ahí un momento sin creerse del todo cómo había transcurrido la noche. Se le escapó una carcajada teñida de indignación.

Nadie la creería por mucho que intentara contar la verdad. Sin embargo, seguro que sonaría mejor que la lamentable historia que se inventó en el momento en que aparecieron aquellos dos agentes.

Querían detalles, una descripción del agresor. Ella se pasó la mano por el pelo y sacudió la cabeza. ¿Una descripción? La única que tenía era la del hombre que le había salvado. Mediría un metro noventa, era irritable, peligroso, algún tipo de profesional, tenía una voz profunda y sensual, besaba muy bien…

No era lo que esperaba cuando surgió la oportunidad de registrar el contenedor. Tampoco era lo que esperaba el BAD. Joe no estaría contento, y Carlos sería aún menos comprensivo. Nunca más volvería a ceder.

Feliz de estar en casa sana y salva, se masajeó las sienes que le dolían y empezó a quitarse la ropa, que luego dejó sobre una silla. La abuela lo entendería si esta noche no bajaba a ver la televisión con ella una horita. Cuando todo lo demás fallaba, un baño caliente y una copa de vino lograban curar muchos pesares.

Le vibró el móvil, que zumbaba dentro del bolso. «¿Y ahora qué?» Lo buscó a tientas, lo encontró, se le volvió a caer dentro y gruñó cuando vio que habían ocultado la llamada.

—Mitchell.

—¿Qué ha pasado? —No era aquel Carlos vivaracho con el que había bromeado antes.

—Me las vi con alguien que ya estaba inspeccionando el contenedor y no era nadie de nuestro equipo o de la Policía de Nueva Orleans.

—¿Se te ocurre quién puede ser?

—No. Trabajaba completamente a oscuras salvo por un pequeño láser… y una pistola. —Se encogió de hombros, esperando a que Carlos se subiera por las paredes por no haber querido ir acompañada.

No lo hizo, pero le preguntó:

—¿Y cómo has salido de esa?

—He salido, eso es lo que importa.

—No, no lo es, Mitchell.

Ahora no había lugar para bromas. Se dirigía a ella como Mitchell y no Terri. Mientras suspiraba, pensó cuánto podría contarle a Carlos.

—Tuve ayuda —reconoció.

—Ya me lo suponía.

Eso la hirió en lo más vivo.

—¿Por qué? ¿Crees que no sé hacer este trabajo?

—No te me pongas feminista ahora. ¿Quieres que te trate como al resto del equipo? Pues entonces aguanta la bronca que les caería también a los demás si rechazaran trabajar con pareja. Tú eliges.

A Terri se le encendió el rostro de vergüenza. Carlos le dio lo que quería y había echado a perder la misión. Ahora le tocaba espabilarse y aceptar la responsabilidad.

—Tienes razón. Lo siento. Sí, me ayudaron y sí, de no haber sido por eso me hubieran hecho daño.

O matado.

—De acuerdo. Ahora entiendes lo que significa tener a un compañero y por qué es necesario.

Seguía sin querer un compañero, pero Carlos se había tranquilizado así que no era el momento de seguir insistiendo.

—Ponme al tanto de lo que ha pasado y de la información que has conseguido.

Le contó lo acaecido, ateniéndose a los hechos pero sin decirle lo de su ridícula reacción ante el hombre misterioso... y el beso. En aquel momento le sedujo la determinación del hombre encargado de protegerla. Se vio embargada por su fuerza, pero no de un modo amenazador. Notó que quería algo de ella y, no obstante, se sintió fascinada. Quizá era una locura, pero quería que la besara. Eso y la enajenación transitoria eran las únicas excusas disponibles. Pero no era información que compartiría con nadie del BAD, claro.

La voz de Carlos era más profunda y más relajada ahora.

—Cuéntame algo del contenido.

—Había un generador dentro de una estructura de acero. La droga estaba escondida dentro de los tubos. Había un par de cajas de embalar con cacharros insignificantes y una caja con herramientas de carpintero de esas tan bonitas que son más para colgar que para usar.

—¿Te dio la impresión de que faltara algo?

—No que yo viera. No salió con nada en las manos así que si cogió algo debía de ser lo bastante pequeño para llevarlo encima.

Técnicamente no había visto marchar al intruso, pero supuso que se lo hubiera dicho su hombre misterioso.

—¿Y qué me dices de esta ayuda que tuviste?

—No tengo ni idea de quién era ese segundo hombre o por qué estaba ahí. Se peleó con el primero, me devolvió la bolsa y se marchó. —Fue un poco parca en detalles pero se parecía bastante a la verdad.

—¿No se identifica, te ayuda, y luego se marcha? Eso no tiene ni pies ni cabeza.

Que se lo dijeran a ella.

—Oye, estoy tan desconcertada como tú.

—Quedemos mañana para hablar de esto en persona.

¿Por qué eso la hizo morirse de vergüenza, como si le dijeran a un niño que fuera a ver al director?

—Dime hora y lugar.

Carlos le dio los detalles. Colgó y se quedó pensando en lo que había dentro del contenedor. ¿Por qué el intruso rebuscó en las otras cajas si habían guardado las drogas en la estructura de acero del generador?

La policía había empleado un soplete para abrir una parte de la estructura en el muelle, eso estaba claro.

Si el intruso iba a por las drogas, ¿acaso no sabría dónde estaban escondidas?

Terminó de desvestirse, abrió el grifo del agua caliente y se metió en la ducha. El vino y las burbujas tendrían que esperar a otra noche. El agua caía sobre su cuerpo magullado, eliminando así hasta el último resquicio de cansancio.

Salió de la ducha y cogió una toalla del toallero para envolverse el pelo mojado en una especie de turbante e hizo una mueca cuando se palpó el chichón de la cabeza. No podía quejarse. Ese bulto era mejor que acabar con los sesos esparcidos por una bala, gracias a... él. ¿Pero quién era? ¿Qué era?

Eran preguntas que mañana podría contestar mejor con un poco de descanso.

Se envolvió con otra toalla, que aseguró con un pliegue a la altura del pecho mientras oía los ruidos de la casa. La televisión de la abuela seguía parloteando al final del pasillo, pero su cama la llamaba dulcemente y la tentaba para que se echara unos minutos. Después podría vestirse y hacer compañía a la abuela.

Se tumbó boca abajo sobre la colcha y se le cerraron los ojos. Bostezó y se estiró. La toalla que la cubría cedió un poco al moverse.

Una mano le cubrió la boca en el mismo instante que alguien se tumbaba encima de ella.

Capítulo seis

—Tranquila —le susurró al oído, en el momento justo para evitar un ataque de ansiedad.

Volvía a ser él.

Le dio un puñetazo a la cama.

—Quitaré la mano si prometes no gritar.

¿Gritar? No. ¿Gruñir? Sí. No obstante, le indicó con el pulgar que estaba de acuerdo, decidida a no molestar a su abuela, que esperaba no oyera nada ni acudiera a verla. Por muy mala postura que tuviera, sabía que él no le haría daño. Sin embargo, se lo estaba trabajando mucho para tocarle las narices.

Cuando apartó la mano, ella le susurró:

—¿Pero qué pasa contigo?

—Tenemos que hablar.

—¿Y no has pensado en llamar a la puerta? —le dijo en una voz tan baja como la suya.

—No es una buena idea para mí.

—¿Por qué? ¿Porque entonces sabría que cara tienes?

—Ese es un motivo.

Tenía muchas ganas de verle la cara. Ver quién le hablaba y le hacía sentir un hormigueo en la tripa.

—¿Cómo has sabido dónde vivo?

—Tendrías que cerrar el coche. Vi tu permiso de conducir.

—El único sitio donde podrías haberlo hecho es…

—…en aquel patio donde estaba el contenedor, mientras estabas ocupada explicándoles a los de azul lo que había pasado —terminó él.

¿Cómo se las había apañado para que le vieran? Empezaba a

darse cuenta de lo bien preparado que estaba este hombre. ¿Pero quién le había preparado así? ¿Una agencia secreta? ¿El ejército?

—¿Qué clase de asesoría ofreces? —Su tono se endureció como el hormigón.

A ella no le apetecía nada mantener esa conversación. ¿Creía que podía entrar tan tranquilo e interrogarla? ¿Mientras ella sólo llevaba una toalla?

—¿Quieres hablar? ¿Por qué estabas en casa de los Drake la otra noche?

—¿Qué sabes de los Drake? —repuso él.

Terri contempló la idea de darle un cabezazo pero con un chichón en la cabeza ya era suficiente. Levantó una mano para masajearse el bulto. El turbante se le aflojó así que se quitó la toalla y la lanzó sobre la cama.

—¿Cómo llevas el chichón? —Su cálido aliento le estimulaba los nervios del cuello y los hombros.

—Bien.

—Discúlpame. No me ha quedado otro remedio.

Y la había salvado arrastrándola consigo.

—No me importan unas cuantas magulladuras, teniendo en cuenta la alternativa. Muchas gracias, por cierto.

—De nada.

Seguía sujetándola pero no estaba pegado a ella para no ahogarla o intimidarla. Ya lo había sentido antes pero con este contacto tuvo claro que este tipo estaba destrozado, pero en aquel momento parecía preocupación por su bienestar, se mostraba protector. Pero lo más preocupante era cómo se sentía ella: totalmente cómoda con él encima. Respiraba entrecortadamente, excitada.

¡Por Dios! Brady tenía razón cuando le dijo que necesitaba echar un polvo. Pero no con un hombre al que no podía identificar visualmente siquiera. Un hombre al que debería temer, pero no podía.

Tenía un buen instinto de supervivencia y no lo ponía en duda. Él no la amenazó en ningún momento y procuró que entendiera sus actos. Parecía que la estuviera protegiendo como un ángel guardián enmascarado.

A pesar de todo, tenía que recuperar parte del control que él le había arrebatado.

—Si quieres hablar, tendremos que compartir. Esto no va a ser una conversación si respondes a mis preguntas con más preguntas. —No podía creer que hiciera de Christine en su versión de *El fantasma de la ópera*, como si fuera una aparición. ¡Pero si ni siquiera había visto la película! Sin embargo, él era muy intrigante y había algo casi erótico en la manera que tenía este hombre misterioso de sujetarla en la cama… y que, además, iba completamente vestido. ¿Cómo podía ser?

Entonces se dio cuenta. No le había puesto una mano encima, ni se le había insinuado, no había engaño. Lo único místico era su identidad secreta —significativa, sí—, pero no había flirteo.

—Hagamos un trato… compartiré información contigo si quieres.

Terri aguzó el oído. Durante las dos últimas semanas había estado en la calle tratando de hacer contactos, de encontrar a alguien válido como informador, pero su último soplón había padecido una muerte horrible. Nadie quería hablar con ella. Este hombre misterioso sabía cosas o no hubiera estado en casa de Drake o en el contenedor.

Lo de hoy había sido un fiasco. Si no conseguía información pronto, su valor dentro del BAD caería en picado. Tenía que mantener ese trabajo, necesitaba los recursos. Quizá si salía de este encuentro con algo de valor para la reunión con Carlos podría redimirse un poco.

—¿Entonces qué quieres hacer? —preguntó él.

¿Tenía otro tono que no fuera ese tan malhumorado?

—Acepto. —Al momento sintió vergüenza por esa respuesta sin aliento y se movió un poco para luego quedarse inmóvil de nuevo. Sentía que tenía el culo al aire. La toalla le cubría a duras penas la espalda. ¿Por qué tenía que acabar siempre en una posición comprometida con este tipo? Movió la mano pero le rozó con la muñeca.

Sintió que tiraba de la toalla y una punta le rozó el trasero. ¿Acaso sabía leerle la mente? Tenía que hacer caso omiso de la situación y encontrar la relación con este caso.

—¿Trabajabas con Nathan?

—No. ¿Qué sabes de los Drake? —quiso saber él.

¿Qué? ¿Creía de verdad que eso era compartir?

Pero uno de los dos tenía que dar el paso. Ya que él no estaba dispuesto, quizá viera en ella un gesto sincero y compartiera algo más.

—Esto es lo que sé: la madre de Nathan Drake murió de cáncer hace poco. Jamie Drake está en la cárcel por tráfico de drogas y a Nathan lo encontraron muerto en el muelle la otra noche. La última vez que le vi tenía un agujero en la frente, así que la causa de la muerte no fue difícil de conocer. ¿Y tú? ¿Cómo conoces a la familia?

Él no dijo nada. Notó cómo se le hundía y se le expandía el pecho con cada pesada respiración. No era una pregunta muy difícil. ¿A qué venía tanta duda?

Al límite de la paciencia, empezó a leerle la cartilla cuando al final dijo:

—Es personal.

Terri se detuvo cuando oyó su voz entrecortada.

—¿Conocías bien a Nathan?

—Mucho mejor que la mayoría. —Le acercó el brazo pero no la tocó.

Ella contuvo la respiración; quería ver si volvía a moverse. No lo hizo. Suspiró al darse cuenta de la dirección en la que iban sus pensamientos y se concentró en montar mentalmente las piezas de ese rompecabezas. Nada. Tanteó un poco más.

—El espíritu o el fantasma de Nathan Drake va por ahí acosando a la gente. ¿Sabes algo de eso?

Él resopló.

—¿Acosando a la gente?

—De hecho, ha estado presionando a soplones y a algunos matones de Anton Marseaux. ¿Te estás haciendo pasar por él? —Se dio la vuelta rápidamente para echarle un vistazo, pero él fue más rápido y se agachó un poco más para impedírselo.

—No. —Nathan apretó los dientes cuando ella se movió. Por motivos evidentes le gustaría despegarse un poco más de ella en lugar de presionarla. La tenía casi tan dura como una piedra al ver a esta mujer prácticamente desnuda, mojada tras salir de la ducha y con tan sólo una toalla separándolos.

Terri se quedó inmóvil cuando los cuerpos se tocaron.

Él suspiró y se preguntó cómo se había metido en este aprieto.

—No te des la vuelta y no me apretaré contra ti.

Ella asintió pero no dijo nada.

Nathan se maldijo por la posición en que se encontraban ambos. No pretendía asustarla o incomodarla pero tenía que hablar con ella cuando no pudiera zafarse de él. Volvió a levantarse un poco.

—¿Conoces a Jamie Drake? —preguntó ella.

Él se estremeció al oír hablar de Jamie en presente.

—Sí.

—¿Qué relación hay entre los dos?

—Puedo decir que somos como hermanos. —Probablemente sabía más que ella de Marseaux, lo que significaba que debería advertirle que lo dejara correr mientras le quedara un poco de cordura—. He venido para hablar de algo más que de los Drake. Tienes que dejar este caso. Después de esta noche, corres peligro.

—No puedo dejarlo.

—Claro que sí. Escoge otra misión. —Quería hacerla entrar en razón.

—¿Y puedes dejar tú lo que sea que vayas buscando?

Ni por asomo.

—No. Pero tengo… motivos de peso para seguir.

—Yo también tengo los míos.

—¿Y estarías dispuesta a morir por ellos?

Primero no contestó, pero luego le preguntó:

—¿Y tú?

—Sí.

Ella inspiró hondo antes de volver a hablar.

—No tengo pensado morir pero asumí el riesgo cuando firmé aceptando este trabajo.

Estuvo a punto de reírse de su ingenuidad; eso era mucho más fácil decirlo que hacerlo.

—No sabes a lo que te enfrentas. —Lo que podría estar aguardándote.

Nathan no estaba seguro. Cuanto más se metía en esto, mayor y más peligroso era el enredo.

—El hombre del contenedor era un profesional, no una mula ni un simple matón. No sé qué iba buscando, pero alguien ha contratado a un agente especializado para un objetivo específico. Hoy has tenido suerte. Mucha suerte. Pero como vuelvas a meterte en su camino, no fallará.

—¿Por qué te importa lo que yo haga?

—No quiero que te hagan daño. —Eso no era nada nuevo ya que no le gustaba ver sufrir a ninguna mujer, pero lo que le desconcertó fue lo mucho que quería que saliera ilesa de esto—. Esta es mi guerra, no la tuya.

—¿Y qué te hace pensar que puedes reclamar mi caso? —Dijo algo entre dientes sobre capullos arrogantes con suposiciones estúpidas. No entendió lo demás.

Nathan intentaba no fijarse en su cuello, donde yacían sus rizos mojados, y en la delicada curva de sus hombros. Eran perfectos. Sinuosos y suaves como el satén. No era una mujer palillo. No se rompería al tener sexo duro con un hombre.

Y él no resistiría mucho más si seguía pensando en sexo mientras estaba tan cerca de ese cuerpo tan tentador.

—¿Y bien? —se quejó ella, esperando una respuesta.

Tuvo que retroceder mentalmente para acordarse de su última pregunta, por qué pensaba que ese caso le pertenecía.

—¿Cuánto llevas en el caso? —preguntó él.

—Un mes.

—¿Cuál es el objetivo?

—No puedo compartir esos detalles contigo.

—A ver si lo adivino. Queréis atrapar a Marseaux. —Tenía la sensación de que era mucho más que eso, pero no se lo diría.

—Quizá.

Admiraba su terquedad teniendo en cuenta la postura en que la tenía.

—En mi caso, esta situación se remonta mucho tiempo atrás, mucho antes de que entraras tú. Mucho antes incluso de que oyeras su nombre por primera vez. Encontraré a Marseaux y le haré pagar por lo que ha hecho. Acabaras metiéndote en medio si no te echas atrás y te mantienes alejada.

«¿Acabarás metiéndote en medio?» Terri se aferró a las sábanas al pensar en esos agrios recuerdos. ¿Por qué no añadió «señorita» al final de este comentario tan condescendiente?

El dolor hizo estragos en ella al acordarse de su pobre madre, que pagó el precio más alto por meterse en medio…

Este gilipollas no podría haberla cabreado más aunque quisiera. No tenía que hacerse la simpática con él y no pensaba hacerlo.

—No hablaré más contigo mientras no estés dispuesto a hablar cara a cara. Mientras tanto, suéltame y no te vuelvas a acercar.

—Estás corriendo un gran riesgo con este caso y puede que no esté ahí para protegerte la próxima vez.

Como si necesitara su ayuda.

—Puede que me encargue de que no estés ahí la próxima vez disparándote ahora mismo si no te apartas. —Dio un par de patadas. Un día, sería ella la que estaría encima.

—No quieres dispararme.

Oyó la risa en su voz. Así no se hacía ningún favor.

—Sí, sí quiero —le dijo entre dientes.

—Te arrepentirás.

—¿Por qué?

—Porque —añadido, y bajó un poco más—… no podría hacer esto.

Ella contuvo la respiración y se preguntó qué no podría hacerle. Él no se movió durante un momento y la expectativa la estaba matando. ¿Qué esperaba?

A ella. Esperaba a ver si la había asustado. Más curiosa que nada, Terri se quedó inmóvil.

Entonces le besó en el hombro y le recorrió la piel con los labios, abrasándola allá donde le rozaba. Una mujer en su sano juicio le pediría que parara ahora mismo y se marchara, pero perdió la razón en el mismo momento en que lo conoció.

Él pasó al cuello y ella no pudo hacer otra cosa que quedarse ahí tendida, disfrutando de ese momento de puro placer. Si alguien del BAD se enterara, estaría acabada.

Sus dedos le rozaron los hombros y ella tembló. El calor la envolvía y la embargaba; quería que este hombre le hiciera algo más que acariciarle la mejilla.

Era un verdadero ladrón, robándole besos en la oscuridad y haciéndole sentir ganas de él. No había estado con un hombre desde… ya no se acordaba.

Entonces se le escapó un suspiro tembloroso. Justo en el momento en que empezaba a recuperar el sentido común para pedirle que se marchara, le susurro al oído:

—Eres tan hermosa…

En ese caso, bien podría sufrir un par de segundos más.

Le acarició el pelo y le besó el chichón de la cabeza y le dijo:

—Lo siento.

Los buenos modales estaban bien. Se disculpó por ser tan atrevido.

Y se levantó.

Terri empezó a incorporarse para darse la vuelta, pero la toalla que la envolvía se soltó y flotó hasta su trasero.

—¡Oye! —gritó. Terri alargó la mano para coger la toalla—. ¿Qué haces?

—Me aseguro de que no te muevas hasta que me haya ido. Deja el caso antes de que te hagan daño.

Nathan salió de la habitación hasta el oscuro pasillo y se puso la capucha mientras se escabullía hasta el vestíbulo. Salió de la casa antes de que ella pudiera levantarse y cubrirse con la toalla.

Y por si no fuera bastante difícil estar tumbado encima de ella, tiró demasiado fuerte de la toalla y le dejó todo el trasero al aire.

Quedarse un minuto más le hubiera matado.

Ella le había dejado que la besara. No sabía qué era lo que le había pasado para tomarse esa libertad. Ella tendría que haberle gritado y amenazado con dispararle y no… ronronear.

Estaba perdiendo la cabeza y desearla le enloquecería aún más deprisa.

Nathan se ocultó entre las sombras al pasar por delante de otra casa. Salió a la acera y echó a andar tranquilamente con las manos en los bolsillos. La gran capucha le escondía el rostro como a la Parca.

En el primer cruce, le llamó la atención un alboroto a su izquierda. Un matón le hablaba a una anciana y ésta no parecía muy contenta. Dio un paso atrás.

No era un matón, era un atracador.

Nathan se les acercó sigilosamente.

Unos golpes suaves en la puerta despertaron a Fra Bacchus de su apacible siesta en la que una discípula le había servido en una postura de lo más reverente: de rodillas. Se incorporó y se apoltronó de nuevo en su butaca.

Toc, toc, toc.

¿Quién osaba interrumpir su ágape vespertino con su copa favorita de merlot? Echaba de menos aquellos días en los que se usaba un látigo con aquellos que se atrevían a molestar a un *fra*.

Ahora sólo lo usaba por placer.

—¿Qué sucede? —espetó, atusándose el pelo con las manos.

La puerta se abrió un poco.

—¿Fra Bacchus? —preguntó Linette con una voz creada por los ángeles.

—Sí, hija. —Sonrió para sus adentros. Una mujer de veintiséis años cuya mejor cualidad era llenar una copa no era una niña, precisamente.

—El cónsul Vestavia dice que es importante que se reúna ahora con él. —Su rostro era una obra de arte italiana con esos ojos marrones oscuros, de pestañas espesas y labios carnosos; todo enmarcado con una melena larga y morena. De una descendencia romana que se remontaba a Constantino, la habían enseñado desde el primer día que debía servir a los Fratelli de il Sovrano, la Hermandad de los Soberanos, los gobernantes. Solamente las más puras eran escogidas para servir a los de su rango.

Bacchus se había encargado de su formación desde que la trajeran en secreto a los dieciocho años. Les sirvió a él y a la orden muy bien cuando hubo terminado de meterla en cintura.

—Que espere diez minutos y luego tráemelo —le dijo en un tono comprensivo, aunque lo era todo menos eso en ese momento.

Había terminado de guardar lo más comprometido de su mesa cuando Linette volvió a llamar y abrió la puerta. Él le sonrió y asintió para permitirle la entrada a su visita.

El cónsul Vestavia entró con esos andares arrogantes que hicieron que le cayera mal desde que lo conoció. Que este hombre hubiera alcanzado el nivel de cónsul demostraba la falta de intuición de los otros once *fratelli* que gobernaban las provincias de América del Norte y del Sur. Vestavia.

Vestavia había demostrado su valía una y otra vez —a los demás—, pero Bacchus no se fiaba de él.

Quizá era ese aire rebelde de su pelo despeinado, la barba poblada, los tejanos negros, la chaqueta de piel y la camiseta gris. El cliché de un gorila motero. Sus gafas ahumadas de montura de acero tampoco encajaban. Todo él le hacía saltar las alarmas, pero decírselo a los otros hermanos sería como cuestionar su capacidad para gobernar, que cuestionaba en realidad pero en silencio.

Vestavia examinó la sala; debía de buscar una cámara.

Nunca la encontraría. El cónsul le estaba insultando si creía que el equipo de vigilancia era tan fácil de localizar.

—Gracias por recibirme, Fra Bacchus. Me alegro de verle. —Vestavia se sentó en la butaca de piel de delante del escritorio.

—Y yo de verle a usted. —Bacchus se recostó en la butaca y se cruzó de brazos, introduciendo las manos dentro de las grandes mangas de la túnica. Cuando estaba en sus aposentos privados, prefería la ropa ceremonial a los trajes más estrechos. Sobre todo por el fácil acceso que tenía a la bragueta siempre que Linette estaba lo bastante cerca para excitarle y tenía que cubrirse ante los que hubiera cerca.

Vestavia se fijó en la botella de vino medio llena y la copa vacía. Entrecerró los ojos.

—Está usted sano como un roble. Entonces debe de ser cierto eso que dicen los doctores, que el vino tinto es bueno para el corazón.

—Sí, es cierto. De hecho, hace muchos años que se usa con fines médicos —repuso él. «Si creyera que pudiera quitarte la vida, te daría una caja entera.»—. Voy algo justo de tiempo, así que…

—No me gusta hablar de un tema tan desagradable pero creo que uno de sus discípulos está rompiendo las reglas y está eliminando vidas innecesarias.

—Si hubiera algún discípulo que no cumpliera las reglas lo sabría. Y sabría si se están eliminando vidas innecesarias. No ha habido muertes al azar. —Intentó reprimir su rabia, por el momento.

Vestavia sonrió; una expresión falsa que sus ojos no respaldaron.

—Ya sabe, yo iría con cuidado para no cometer el mismo error que los *Fratelli di Illuminati*: el pecado del orgullo.

Bacchus se apretó los antebrazos como si se tratase de cuellos que quisiera estrangular; las uñas se la clavaban en la piel hasta que se relajó un poco.

—Yo sí debería advertirle a usted —le dijo con palabras muy mesuradas—, que vaya con cuidado en cómo me habla, ya que pertenezco a la sexta generación de los Fratelli de il Sovrano, de las más iluminadas, y usted es tan sólo un cónsul. Aquellos que se han acercado demasiado a la luz en el pasado han acabado quemándose.

Vestavia le miraba con ojos inexpresivos. Los *fratelli* se habían equivocado al nombrarle cónsul, a un paso de convertirse en un *fra*. Pero una posición de poder alrededor de la mesa de los doce sólo estaría disponible después de una muerte. Todos los *fratelli* tenían a un general de confianza, igual que Bacchus tenía a Duff. Bacchus había convencido a otros tres *fratelli* para que votaran en contra de Vestavia, pero al final triunfó la mayoría.

—Sólo le indico algunos posibles problemas que la orden desaprobaría —añadió Vestavia.

—Ya que ha sacado el tema de las muertes innecesarias, Marseaux no está contento. Encontrar un cadáver cerca del contenedor fue muy descuidado. —Inclinó la cabeza y dejó que esa acusación tácita quedara ahí.

Eso provocó una reacción en Vestavia, que se quedó inmóvil en su butaca y luego se relajó igual de rápido.

—No lo dirá en serio, ¿verdad? Pensé que había sido usted quien ordenó aquel asesinato. Matar a Drake entra en el plan, como la muerte de todos aquellos aldeanos en India esta semana. Ya sabe, es parte del plan maestro. —Dejó caer ese argumento con la precisión de un cirujano, cortando rápidamente hasta el punto neurálgico.

—No se pase de la raya, cónsul. Usted no merece conocer el plan maestro y debería saberlo. Le recuerdo que la penalización por el delito de desobediencia es grave y dolorosa. —Bacchus sonrió al verle recibiendo una reprimenda. Aún sería mejor si él tuviera el honor de infligirle el castigo.

—Oiga, relájese, no estoy desobedeciendo a nadie. Soy uno

de los siervos más fieles de los *fratelli* y le pido perdón por el malentendido.

El tono cantarín de su respuesta le volvió a erizar el vello de los brazos a modo de recelo.

—Disculpas aceptadas, tomo debida nota. —Pero sólo porque no quería darle la satisfacción de saber que le había molestado de verdad.

—Brady se está convirtiendo en un problema —dijo Vestavia, cambiando el tema—. Igual que esa tal Mitchell, la asesora de la policía. Solía trabajar con Brady en la DEA. Creo que está con otra agencia. Tendríamos que averiguar de cuál se trata.

—Yo estoy siguiendo de cerca a Marseaux, la DEA y la Policía de Nueva Orleans. Ni Brady ni Mitchell se entrometerán en nuestros planes. —Bacchus no le diría nada acerca de las ampollas a menos que los *fratelli* le insistieran para que le incluyera. Maldito fuera Fra Diablo, el jefe de los doce, que apoyaba a Vestavia y que con su voto ganó la aprobación de su puesto como cónsul.

—¿Cómo puede estar tan seguro de que esos dos no van a entrometerse?

Tenía ganas de ordenar que le pusieran grilletes a Vestavia por su impertinencia.

—Los medios no le atañen. —Levantó la muñeca para mirar el reloj—. Desafortunadamente, tengo que prepararme para otra reunión. Váyase en paz.

Vestavia se levantó y se fue hacia la puerta. La abrió y se detuvo para mirar a Bacchus por encima del hombro.

—Volveré. —La puerta se cerró en silencio tras él.

Bacchus temblaba de rabia. Ningún miembro de los Fratelli de il Sovrano ponía en duda a un *fra* salvo un igual, y aún menos un cónsul contestón.

Cuando Vestavia se volviera prescindible, haría todo lo posible por eliminarle ya que un *fra* era el único que podía ejecutar una «muerte necesaria».

Cogió el teléfono móvil y le envió un mensaje de texto a Duff:

Averigua con qué agencia está trabajando Mitchell. Quizá sigue con la DEA y eso de la asesoría no es más que un timo.

Inmediatamente recibió un mensaje con: «A sus órdenes».

Terri se subió la toalla para cubrirse y salió de la cama rodando. Corrió hacia la puerta a sabiendas de que era perder el tiempo pero inspeccionó el pasillo de todos modos.

Se había ido. Otra vez. Ni un nombre, ni idea de quién era o de dónde había salido.

Le conoció allanando la misma casa, le besó en un contenedor a oscuras dentro del patio de la policía y no hizo nada cuando se le puso a horcajadas con sólo una toalla de por medio. ¿Y lo peor de todo? De alguna manera le gustaba ese tipo. No quería, pero ahí estaba, tan claro como el agua.

Y sin embargo estaba segura de que él era el interrogador fantasma que aterrorizaba a los contactos de Marseaux.

¿Acaso habría alguna mujer más estúpida en lo que se refería a hombres?

La televisión seguía encendida en la habitación de la abuela. Se puso unos pantalones de chándal y rebuscó en la habitación hasta encontrar una camiseta verde dos tallas más grande que sólo llevaba en casa y que rezaba: SI TIENES LA PISTOLA LO BASTANTE GRANDE, ME ENTREGARÉ DE BUENA GANA.

Se secó el pelo con la toalla y recorrió el pasillo hasta la habitación de la abuela. Era una suerte que no hubiera oído ruidos en su habitación cuando tuvo visita. A la pobre le hubiera dado un ataque al corazón si hubiera encontrado a un desconocido en casa. Tampoco es que pudiera verle, era ciega, pero eso aún la hubiera asustado más.

Dio unos golpecitos en la puerta, aguzó el oído pero sólo oyó la televisión. ¿Se había vuelto a quedar dormida? Abrió la puerta.

No estaba. El corazón le dio un vuelco. Miró alrededor y le entró el pánico cuando le vinieron las primeras ideas a la cabeza. Se le cortó la respiración.

La abuela tenía la mala costumbre de caminar por ahí de noche. De acuerdo, estaba preocupada por ella, pero también molesta.

¿Dónde había ido esta vez? Fue a la cocina donde solía dejar un par de zapatillas para sacar la basura. Cogió una linterna y salió corriendo. La última vez que desapareció se pasó horas andando por el vecindario y al final la encontró delante del televisor, quejándose de lo estúpida que parecía la gente de los *reality shows*.

Quizá no sería tan crítica si hiciera algo más que escuchar. Para ser ciega era muy autosuficiente, pero eso no quería decir que pudiera defenderse en caso de amenaza. Por eso quería que no saliera de casa después de oscurecer.

«¿Pero qué es oscuro para mí? —le replicaba siempre—. Me gusta la noche. Todo está tranquilo.»

Y también la mar de peligroso. No quería limitar su movilidad pero tampoco quería perder la única familia que tenía. De noche sucedían cosas malas. La gente sufría muertes violentas, a veces por accidente.

Una lección que ambas conocían demasiado bien.

Una vez en la calle, miró en ambas direcciones y cuando reparó en lo que sucedía a su izquierda, volvió a girar la cabeza.

Por ahí venía la abuela, y un hombre vestido con unos pantalones negros y una sudadera gris con una capucha que le ocultaba el rostro.

Terri maldijo entre dientes por haberse dejado la pistola en casa. Cogió la linterna como si fuera un arma y se fue derecha hacia su abuela.

Cuando estuvo a unos diez metros, dijo:

—Soy yo, abuela. ¿Estás bien?

—Estoy bien, cariño. Estoy dando un paseo —repuso ella como si hubiera peligro alguno en el mundo para una mujer de setenta años deambulando sola por las calles.

Terri tenía la mirada fija en el hombre, estudiándolo mientras se le acercaba lentamente. ¿Seguiría andando para acortar las distancias o tendría el sentido común de marcharse? Si no lo tenía, haría que se arrepintiera de su error cuando estuviera entre él y su abuela.

Ella seguía acercándose en su paso terriblemente lento.

—Un hombre intentó atracarme por las Ursulinas.

A Terri se le aceleró el pulso. Levantó la vista hacia el hombre que ahora empezaba a reducir la marcha, dejando que se abriera la distancia entre él y la abuela.

—Ya me ocuparé yo de este hombre, abuela. Vete a casa. En la tele están haciendo tus series favoritas.

La anciana se detuvo; se quedó ahí plantada entre Terri y la amenaza. Quería echarse a gritar.

—¿Él? Pero si no es él el atracador. Él lo ha ahuyentado. Bueno, no se si lo ha ahuyentado... puede que lo haya dejado sin sentido. He oído un golpe y un insulto y luego no se ha oído nada más.

Terri parpadeó y luego miró de su abuela al hombre, que dio otro paso atrás, y después otro.

—Hacemos una buena pareja —dijo la abuela—. Yo soy ciega y él no. —Se echó a reír y volvió a andar—. Me he cansado de oír esas noticias sobre India. Es una lástima lo de esa gente, pero supongo que tienes razón con lo de andar sola de noche. Aunque a mí me da igual, es oscuro sea la hora que sea. Lo que pasa es que se está más tranquilo, hay menos gases... —Siguió hablando mientras el hombre andaba hacia atrás hasta desaparecer en la oscuridad.

Cuando la abuela se acercó lo suficiente, Terri la cogió del brazo y la guió hacia la casa.

—...pero ese Drake siempre se ha portado bien conmigo.

—¿Qué has dicho? —Terri dio un traspiés, se detuvo y luego echó a andar otra vez.

La abuela levantó la vista, esos ojos blanquecinos que llevaba ocultos tras unas gafas de sol, y ladeó la cabeza.

—Pues que el barrio solía ser más seguro cuando Lydia Drake estaba viva. Su chico siempre se ha portado bien conmigo.

—¿Conocías a Lydia Drake? —A Terri le temblaban las manos. Echó un vistazo a la acera vacía por encima del hombro.

—Un poco. La conocí un día de paseo cuando se me cayó el bastón en la acera. Lydia lo recogió y me preguntó dónde vivía, entonces me dijo que volvía por el mismo camino que yo. A lo largo de los años nos parábamos a charlar un rato cuando pasaba por su calle. Advertí que estaba enferma porque cuando me agarraba a su brazo casi podía notarle los huesos. Uno de los vecinos me llevó al funeral cuando tú seguías en el hospital.

Terri miró hacia la oscuridad por donde había desaparecido aquel hombre.

—¿Entonces crees que era su hijo?

—Es su hijo. Después de darle ese golpe en la cabeza al atracador, que estoy segura que dejó sin sentido, me preguntó en qué calle vivía y cuando se lo dije, se ofreció a acompañarme a casa. Sólo dijo eso pero a veces le oía hablar con Lydia cuando pasaba por ahí. Esta noche le he reconocido la voz, pero sin embargo me ha parecido algo triste. Le he dicho que sentía lo de su madre. Después de eso no ha hablado mucho más, sólo «gracias», así que ya no le he dicho nada. A algunas personas les cuesta hablar de la muerte.

¿Le había dicho eso sólo para tranquilizar a su abuela o debería Terri creer que su abuela había oído la voz de un muerto que ahora era de carne y hueso? La única posibilidad era que ese hombre fuera Jamie Drake, el hermano al que no iban a soltar de la cárcel hasta dentro de un mes. Brady no iba a hacerle un favor al difunto y seguir adelante con la promesa de sacarlo después de que Nathan Drake no hubiera conseguido los resultados esperados para la DEA.

—¿Qué más recuerdas de él? —le preguntó Terri.

—Eso es todo. Eran buenos chicos. No conocía bien a Lydia pero la echo de menos. —La anciana se sorbió la nariz—. Era una mujer muy agradable.

Terri dejó de insistir para que no se pusiera triste.

—Siento lo de tu amiga. Tengo que comer con alguien mañana pero intentaré llegar pronto para poder cenar juntas.

—Mañana me voy. Myrtle y Jackie vendrán a recogerme. ¿Habías olvidado que me iba a Chicago con ellas?

—¿Mañana, de verdad? —Comprobó el calendario mentalmente y, sí, jueves era el día en que la abuela se iba de viaje con sus amigas—. Supongo que se me fue de la cabeza.

—Tienes que descansar un poco más y dejar de trabajar tanto. —La anciana se separó de su nieta en la puerta de la cocina, una vez estuvo en territorio familiar—. Esta noche haré las maletas. Mañana por la mañana saldré a pasear, como siempre, así que no sueltes a los perros si no estoy cuando te levantes.

—No lo haré. —Terri sonrió al oír ese tono malhumorado que perdonó sin pensárselo dos veces. Esta mujer la había recogido del correccional y la crió después de morir su madre. La abuela le había demostrado más amor del que cualquier niño pudiera imaginar.

Dentro de la casa, Terri examinó los cerrojos y se fue a la cama más confundida que nunca.

¿Tendría razón la abuela sobre Drake? De creérselo, entonces la había protegido y besado un fantasma. Un espíritu. Un prófugo, aunque si Jamie Drake se hubiera escapado, lo sabría. Mañana haría algunas comprobaciones.

Ese hombre parecía demasiado real para ser un producto de su imaginación o un espíritu atado al plano terrenal. Y si era sólido, eso suscitaba una pregunta aún más importante.

¿Un fantasma dejaría huellas dactilares?

Capítulo siete

La luz del sol se desplazaba entre las rendijas de las cortinas.

Nathan se despertó inmediatamente, como en los últimos dos años, atento por si había alguna amenaza. No había ninguna. Una mañana más y no había muerto durmiendo, pero tampoco se notaba más descansado que cuando lo encerraban en su celda por la noche. Quizá no volviera a descansar nunca más después de vivir de pequeñas siestas durante dos años.

Se dio la vuelta en la cama de Jamie y apoyó la cabeza sobre una mano. Era arriesgado quedarse ahí pero había inventado un sistema de alarma en el caso que alguien tratara de entrar sin avisar.

¿Como una ladrona sensual con traje y una cabeza llena de bucles dorados? Y unas curvas que sus manos ansiaban poder abrazar. Tenía un cuerpo de sexo puro envuelto en una piel sedosa.

Podría haber pasado horas recorriendo su espalda la noche anterior, para separarle las piernas delicadamente y rozar…

Mierda. ¿Pero qué era? ¿Un masoquista?

Furioso, Nathan soltó una palabrota. La tenía tan dura como el cabecero de la cama y estaba cansado de tener que aliviar ese dolor solo.

Pero sería mejor que usara el cerebro para otra cosa que no fuera fantasear sobre una mujer a la que nunca volvería a ver desnuda. Estudió la habitación por centésima vez y volvió a centrar sus pensamientos en su problema más inmediato.

Jamie siempre solía dejarle notas, de hecho, desde la escuela primaria. ¿Dónde estaría la información escondida?

¿Por qué había accedido a trabajar para Marseaux? ¿Qué le había impulsado a hacerlo? ¿Sabía que había conseguido trabajo en una naviera que era un frente para las operaciones del barón de la droga? En la última carta que recibió en prisión, Jamie le contaba que le iba bien en el taller arreglando coches y ayudando con la contabilidad. El chico era un genio.

El chico. Nathan sonrió.

Jamie solía enfadarse con él porque había nacido dos minutos después que él, pero Nathan salió del vientre de su madre hecho un viejo. Y Jamie nació con un buen coco y demasiado ingenuo para sobrevivir solo. Quizá su genialidad tenía la culpa de su incapacidad de ver cuándo había peligro o saber cuándo se la estaban jugando.

Jamie había estado siempre demasiado ocupado buscando la respuesta a alguna ecuación matemática o trabajando en un rompecabezas complicado para darse cuenta del mundo que le rodeaba. Cuando le explicó algo de coches, a Jamie se le ocurrió una idea para mejorar su rendimiento. Fue entonces cuando Nathan decidió que su hermano tenía que ir a la universidad. El mundo necesitaba a alguien con ese don que, además, fuera una persona realmente buena. Pero de una ingenuidad que daba miedo.

Jamie no fue consciente de su atractivo para las mujeres hasta que Nathan se lo dijo. Y fue él mismo quien le dio la charla que su padre tendría que haberle dado.

Estuvo con él la primera vez que una mujer le había roto el corazón. Así era Jamie, todo corazón, y deseoso de hacer lo que fuera por todo el mundo, empezando por su madre y su hermano.

Nathan se dio cuenta de que estaba estrangulando una almohada indefensa. Soltó el relleno de espuma. El mundo nunca volvería a ser lo mismo sin su madre y su hermano.

Quería venganza hasta un punto que no podía explicar, y aún menos a Terri Mitchell. No descansaría hasta que se hiciera justicia. No solía matar fuera de sus órdenes y solamente cuando la situación pedía unas medidas extremas, pero no tenía problemas a la hora de jugar tanto a juez como a jurado cuando nadie más lo hacía... o podía.

No servía de nada tratar de predecir el futuro. Tomaría las decisiones a medida que se enfrentara a sus opciones. El ejército le había enseñado a ejecutar las órdenes con una lógica fría y tranquila. Para eliminar su objetivo con la misma frialdad cuando llegara el momento.

Ahora su primera decisión era qué hacer con Terri. Se sentó y apartó las sábanas. Alto. ¿Cuándo se había convertido en «Terri» para él? ¿Cuando la besó?

Sí, ese sería el momento. Esa era la comezón que tenía que olvidar. Hablando de picores, se rascó la cabeza y la barba. No se había afeitado desde que saliera de la cárcel pero hoy era el gran día.

Suspiró por el simple placer de una ducha caliente, y solo. Una pequeña alegría que nunca más volvería a dar por sentado después de estar enjaulado con depredadores durante dos años. Le embargó el sentimiento de culpa al pensar en el hecho de que lo habían soltado antes y también en el celador que le había ayudado. Cerró el grifo y se secó con la toalla. El celador había apostado por un caballo perdedor. Nathan le había dejado claro que no quería la ayuda de nadie.

Vestido con unos vaqueros y una camiseta negra, volvió al dormitorio y pensó si podía ganar algo de tiempo y llamar al agente de la condicional. En este punto no podía hacerle daño.

Levantó el auricular y marcó el número de Nueva Orleans que el celador le había metido en la bolsa de papel.

—Percy Philips ha salido de la oficina. Por favor deje un mensaje… bip.

—Aquí Jamie Drake. —Como si eso convenciera a un agente de la condicional—. McLaughlin me dijo que me pasara mañana pero… tropecé en un bache y me torcí el tobillo, que se me ha hinchado mucho. Y tampoco es que pueda costearme un médico. Será difícil cruzar la ciudad con muletas. No tengo ningún número de teléfono que dejarle. Ya volveré a llamar.

Volvió a dejar el teléfono en su soporte. Philips quizá soltara a los perros tras él cuando no se presentara mañana pero a lo mejor esperaba hasta el lunes para hacerlo.

Iba al garaje cuando alguien llamó a la puerta. Se quedó paralizado aún a sabiendas que la mayoría de amenazas no llamaban a la puerta principal. La echaban abajo.

Apartó la cortina unos milímetros para asomarse al porche y hubiera soltado una palabrota de no ser probable que el visitante le oyera. La mujer de pelo blanco que se apoyaba en un bastón metálico era la abuela de Terri.

Volvió a llamar, esperó un minuto, se encogió de hombros y bajó tambaleándose los escalones que llevaban a la entrada. En la acera, se dio la vuelta en dirección a su casa, se detuvo y sonrió.

La anciana saludó con la mano y luego se fue.

Ya no podía quedarse aquí por la noche. No ahora que la abuela de Terri le había reconocido la voz. Estuvo tentado de preguntarle por su madre cuando le dijo: «Eres un Drake. Siento mucho lo de Lydia. La echo de menos. Era una mujer encantadora». Esas palabras le dejaron hecho polvo; le recordaron que ya nunca volvería a ver a su dulce madre.

Apartó ese pensamiento y se centró en lo más importante de la visita inesperada. Si la abuela de Terri conocía a su madre, entonces Terri sabía más de su hermano de lo que decía.

Después de dejar a Terri la noche anterior, recogió información nueva, como el rumor de que Jamie había estado hablando con departamentos de la policía.

Podía ser que ella estuviera implicada en una redada en la que Jamie terminó atrapado en medio del tiroteo. Por su bien, esperaba que no tuviera nada que ver con la muerte de Jamie. De no ser así, haría falta algo más que una toalla y un buen culo para distraerle de lo que tendría que hacerle.

Y esta vez, esa mujer no disfrutaría de su próxima visita.

Terri se despertó varias veces durante la noche; soñaba que le perseguían unos extraños y ella se lanzaba a un hombre a quien no pudo identificar pero que sabía que era él. Cada vez que se le acercaba, las sombras le engullían el rostro o se daba la vuelta.

La oscuridad la rodeaba. Estaba tumbada boca abajo en una nube esponjosa. Unos labios masculinos muy sensuales le acariciaban el cuello y luego bajaban por la espalda y por encima de su trasero. Esta vez no había toalla por medio. Flotaba en la neblina con las manos de él en la cintura, que empezaron a ofrecerle un suave masaje. Ella anhelaba más. Entonces le acarició los pechos y empezó a respirar de forma entrecortada por esa tortura exquisita.

Él siguió acariciándole la piel y luego le rozó los pezones, que se endurecieron como brotes tiernos. Bajó una mano, apenas tocando su abdomen, y la introdujo entre sus piernas para provocarla entre los delicados pliegues.

Ella se echó a temblar.

Sus dedos errantes se apartaron de ella, que se acurrucó, hecha un ovillo por las ganas. Muriéndose por que volviera, gimió.

Él se dio la vuelta y le susurró que tuviera los ojos cerrados. Si le veía, desaparecería y eso era lo último que quería. Así que le hizo caso. Él la besó, dulcemente al principio y luego con pasión, pidiéndole más.

Le acarició la cara, el cuello, los pechos, en todas partes salvo en el centro de su pasión. Ella le pasó una mano por el pelo, sorprendida por encontrarlo largo y suave. Finalmente, él bajó la mano y la acarició entre las piernas allí donde su cuerpo ansiaba que la tocara.

Arqueó la espalda, gritó y le pidió que no parara.

Se levantó un ligero viento e hizo que su nube empezara a dar vueltas a medida que él ralentizaba el ritmo y la llevaba hasta el borde del abismo. Sus manos la volvían loca con una pericia que ningún mortal podría poseer.

Ella permanecía quieta, aferrada a la nube y a punto de estallar cuando, de repente, él desapareció. Se asomó pero era demasiado tarde. Su rostro no era más que humo. Se desintegró con los brazos extendidos, tratando de agarrarla.

«¡No! No te vayas.» Su susurro se lo llevó el viento. También ella estiró los brazos para llegar hasta él, pero ya había desaparecido en un vacío negro.

Terri se despertó sobresaltada, le costaba respirar y se sentía frustrada después de ese sueño tan real. Temblaba y aún sentía su caricia invisible en la piel, como la de un fantasma. El calor se acumulaba bajo las sábanas.

Se apartó un mechón de pelo de los ojos. Si era tan bueno como en el sueño, hacer el amor con ese hombre debía de ser increíble. Pero claro, por eso se llamaban sueños… no eran reales.

Y pensar en meterse en la cama con un extraño sin rostro sería motivo suficiente para que el BAD reevaluara su salud mental.

Miró los números en su despertador digital, lo único que podía ver en la oscuridad de la habitación. La neblina se desvaneció poquito a poco.

Eran casi las once de la mañana, pero seguía siendo temprano para ella. Con las persianas bajadas y unas cortinas gruesas, la habitación estaba tan negra como para poder dormir hasta pasado el mediodía cuando lo necesitaba. Pero esta mañana no. Tenía una hora para darse una ducha fría e ir a ver a Carlos.

La abuela ya se habría ido con sus amigas.

Terri se quedó inmóvil. Esperaba que la casa estuviera en silencio, pero tembló al sentir que había alguien más en la habitación.

—No te asustes.

A estas alturas tendría que estar acostumbrada a su profunda voz, pero le dio un sobresalto igualmente.

—¿Qué demonios haces aquí otra vez?

Escudriñó en la penumbra un pequeño punto de luz que rodeaba algo que parecía ser una cabeza junto a la ventana. ¿Había dicho o hecho algo embarazoso mientras dormía?

Como si eso fuera más importante que un extraño entrara sin invitación... Un psiquiatra llenaría dos libretas con notas sobre eso.

Ya empezaba a molestarle que ese tipo apareciera cuando le viniera en gana y ni siquiera le dejara ver la cara.

—Tengo una pregunta. —Su tenue voz suavizó su irritación pero no lo suficiente para perdonarle.

—Te diré qué haremos. Te daré mi móvil para que me llames la próxima vez que tengas una y así te ahorras la molestia de allanar mi casa. Te dejará libre gran parte del día.

Oyó algo en la oscuridad que supuso fue una carcajada. O un gruñido. Sólo había un modo de asegurarse. Levantó la mano hacia la lámpara.

—No.

Terri la bajó pero la apretó en un puño.

—¿Por qué no? ¿Qué tienes que esconder?

Al principio sólo obtuvo silencio por respuesta pero luego suspiró y le contestó.

—No es de eso de lo que he venido a hablarte.

Deseaba que él pudiera verle la mirada de fastidio que le lanzaba con los ojos entrecerrados.

—¿Te has dado cuenta de que estas conversaciones son siempre unidireccionales? Y no te ofendas pero no estoy de humor; no soy muy mañanera. Ni siquiera me gusta oír el sonido de una voz humana antes de mediodía y definitivamente no antes de tomar café. Así que, ¿por qué no coges cita para cuando esté despierta y de mejor humor?

Como siempre, él hizo caso omiso.

—¿Conocías a Lydia Drake y a su hijo?

¿Lo decía en serio?

—No. ¿Hemos terminado? Tengo que ducharme y llegar a una reunión.

—¿De qué la conoce tu abuela?

Terri se apoyó en el cabecero.

—¡El de ayer eras tú! Lo sabía. La abuela me dijo que te había reconocido la voz, que eras Nathan, el hijo de Lydia Drake. La abuela nunca se equivoca con las voces. —Esperó a que le rebatiera eso.

Pero si fuera Nathan Drake, sabría si Nathan conocía o no a su abuela y si su madre…

Si era Nathan Drake… ¿de quién era el cadáver que vio en el depósito de cadáveres?

Cualquiera se marearía al tener que seguir esa historia a primera hora de la mañana.

—Soy un familiar —dijo al final—. Los chicos de la familia tenemos todos una voz parecida.

Eso tenía sentido. Quizá era un primo, un personaje más en la historia en el que nadie había pensado. Le diría a Sammy que investigara a la familia Drake.

—¿Entonces no eres Nathan?

—No importa quién sea yo.

Como no podía verla en la oscuridad, le hizo una mueca. ¿O sí podría? La había visto levantando la mano para encender la lámpara.

—Creo que trabajas para una agencia fantasma —le dijo clla—. ¿Cuál?

—¿Para quién trabajas tú?

Touché.

—Mira, hoy no puedo jugar contigo a las veinte preguntas. —Apoyó los pies en el suelo, preparada para coger la bata e ir a la ducha.

—Quiero saber qué pasó el martes de carnaval.

Ella se detuvo.

—¿La noche del tiroteo de Drake?

—Sí. Quiero averiguar quién lo mató.

—Siento decirlo así pero tengo mayores problemas que coger a quienquiera que asesinara a una mula.

—Él no traficaba con drogas.

Estaba claro que cualquiera que le discutiera era una amenaza para él. Se le erizó el vello de los brazos.

—De acuerdo, digamos que estamos de acuerdo en ese punto —ofreció con cautela—. ¿Por qué alguien lo mataría como si fuera una ejecución?

—Esa es la gran pregunta, ¿no? Marseaux es parte de la respuesta pero no sé si es el único que está metido en esto.

—¿Por qué lo dices?

—Porque Nathan Drake no hubiera ido a trabajar con Marseaux a no ser que se viera obligado.

Salió en defensa de la DEA en base a lo que le había contado Brady pero no conocía a ese tipo ni de qué manera estaba asociado a Marseaux.

—¿Entonces crees que Marseaux lo mató? —Eso era lo que pensaba la policía y apostaba a que era también la conclusión de la DEA.

—No, no lo creo. —Oyó su voz en el otro extremo de la habitación, junto a la puerta que daba al pasillo.

Terri frunció el ceño.

—¿Y por qué no? Esa parece ser la conclusión más lógica.

—¿Alguien encontró la tarjeta de visita de Marseaux?

—¿La silueta? —El modus operandi habitual del barón de la droga era que el sicario dibujaba la silueta del muerto en el suelo, como en las típicas escenas del crimen, para reírse de la policía.

—Exactamente.

—No, pero el cadáver fue… —Se quedó pensativa. ¿Dónde tenía que marcar la distancia entre él y su investigación?

—… ¿encontrado en el muelle? Lo sé. Si quieres mi ayuda, tendrás que compartir más.

Pensó en qué podía contarle y escogió lo suficiente para demostrarle que colaboraba, pero nada de vital importancia.

—De acuerdo. El informe inicial del juez de instrucción señala que a Drake lo asesinaron en otro lugar y luego llevaron el cadáver al muelle.

—Otra cosa que Marseaux no hace. Si quiere dejar las cosas claras, ordena que maten a las víctimas en un escenario específico para hacer saber a los demás que no están a salvo. No movería ningún cadáver a menos que quisiera mantener esa muerte en secreto.

Que estuviera en lo cierto la asustó más que cualquier otra de sus rarezas.

—¿Cómo sabes tanto de Marseaux?

—He tenido tiempo y acceso a mejores fuentes de las que tú tienes. Sé cómo trabaja y con quién está relacionado.

—Entonces ayudémonos. —Necesitaba un informante. Pero ¿podría volver a confiar en uno? Tembló al recordar lo que había ocurrido la última vez, pero los informantes eran un mal necesario. De momento no le quedaba más remedio si quería encontrar al asesino de Conroy y cumplir con sus obligaciones en el BAD. Sospechaban que Marseaux desviaba fondos relacionados con actividades terroristas, pero necesitaban pruebas sólidas para confirmar esas sospechas.

—¿Y cómo puedes ayudarme tú?

Ignoró el humor que impregnaba su pregunta.

—Quieres saber cosas del asesinato. Tengo acceso a cualquier información que tenga la policía y tengo un buen amigo en la DEA. Te contaré todo lo que averigüe de la muerte de Drake si me ayudas con Marseaux.

—Deberías dejar el caso.

—Ya discutimos eso y perdiste. Así pues, ¿trato hecho?

Él dijo algo entre dientes, enfadado.

—Ya te lo diré. Me voy. Si te levantas antes de que cierre la puerta, te dejaré encerrada aquí dentro.

—No puedes hacerlo.

—¿Estás segura?

No tenía respuesta para eso.

Él dudó.

—Una pregunta más.

—¿Qué? —espetó ella. Si quería un tono más dulce tendría que presentarse con café.

—¿Qué estabas soñando cuando te despertaste?

A Terri se le encendió el rostro y se tapó con las sábanas hasta el pecho, aunque llevaba la bata puesta. Era un gesto típicamente femenino.

La puerta se abrió y se cerró tan deprisa que se quedó pasmada un segundo y luego saltó de la cama para abrirla. La puerta sólo cedió dos centímetros y luego se atoró. Vio que había un cordel entre la puerta y un paraguas colocado transversalmente.

Terri le dio otro tirón, frustrada, y luego volvió a la cama para encender la lámpara. Sin embargo, no se encendió. Vaya sorpresa. Este tipo no se arriesgaba a que le vieran la cara. Palpó en busca de la mesita de noche y tiró algo que rebotó en el suelo y le dio la sensación de que era el móvil. Cuando encontró el cajón, cogió la linterna que siempre guardaba allí.

El teléfono estaba en el suelo con un trozo de plástico menos. Iluminó la mesita: había desenroscado la bombilla de la lámpara y le había dejado unas tijeras. Lo tenía todo muy bien pensado.

Cabrón.

Tendría que estar dando pisotones de rabia, pero su relación —si podía llamársele así—, era tan extraña que se limitó a suspirar. Con resignación, cortó el cordel que sujetaba la puerta y se fue a la ducha.

—No creo que haya de qué preocuparse —repitió Fra Bacchus, cansado de esa conversación telefónica. Plantó el codo sobre la mesa y apoyó la cabeza—. Esta semana sacaremos las ampollas.

—He recibido informes contradictorios de tu zona. —Fra Diablo hablaba con la autoridad propia del *fra* superior de los doce *fratelli* que gobernaban América del Norte y del Sur.

—Como soy el único que debería informar acerca de esta zona, creo que es justo que se me explique el origen de esta información contradictoria.

Fra Diablo se quedó callado un momento.

—Sólo recuerda que se te exigirán responsabilidades por

todo lo que ocurra en tu zona. Eso incluye las acciones de los discípulos.

A Bacchus no le importaba lo más mínimo ni la brusquedad de su interlocutor ni esa amenaza velada.

—Nunca olvido mis responsabilidades así como tampoco mi lealtad a los *fratelli* ha flaqueado. —Bajó la voz—. Así que, modestamente, te recuerdo nuestro juramento, que incluye el apoyo incondicional. ¿Lo tengo o no?

—Por supuesto que lo tienes. Sólo te digo que te asegures de que tus discípulos no te desobedezcan… ni a ti ni a mí. Espera. —Oyó unas palabras amortiguadas dirigidas a otra persona y luego añadió—: Me espera otra llamada que debo atender. Ya hablaremos más tarde.

—Vete en paz. —Bacchus colgó el auricular y le dio un manotazo a la mesa. Cuando la operación hubiera terminado, y con éxito, convocaría una reunión para hablar de Vestavia. Se apostaba lo que fuera a que este sinvergüenza irrespetuoso estaba detrás de este disentimiento.

Un golpe en la puerta le recordó que tenía una reunión.

—Entra, hija.

Linette abrió la puerta y anunció:

—Su general está aquí. —Se hizo a un lado para dejar pasar a Duff.

Ese era un soldado entregado completamente a los *fratelli*. Bacchus tuvo la tentación de hacerle seguir a Vestavia, pero ni siquiera a un *fra* podían absolverle de autorizar a uno de sus soldados que vigilara a un miembro de alto rango.

No sin pruebas.

—No he encontrado el cadáver de Drake, y Brady cada vez está más capullo. —Duff se dejó caer en la butaca frente a la de Bacchus, pero paseó la mirada por el salón.

Tendría que echarle un rapapolvo por el lenguaje, pero a este general le daba más margen ya que era su pasión por la causa la que provocaba esas palabras llenas de crudeza.

—Nadie podía prever que robaran el cadáver.

A Duff se le iluminó el rostro al oír su indulto.

—Ni siquiera Brady. También sigue buscando el cuerpo. No creo que sepa de quién es la bala que hay dentro, otro punto más a nuestro favor.

—Esperemos que no lo sepa. Vigila a Brady. Aunque eso significa trabajar junto a ese bellaco.

El sonido de asco que salió de su garganta hubiera horrorizado a los otros *fratelli*, pero él compartía ese mismo sentimiento sobre el irritante agente de la DEA.

—A todos nos toca trabajar alguna vez en algo que nos disgusta. Haz lo que sea necesario para estar encima de él y de Marseaux. Puede que algunos no estén de acuerdo pero creo que Brady es un peligro para nuestra orden y el plan maestro.

—No te defraudaré. —Duff se movió incómodo en la butaca de piel—. Tengo que comentarte algo más.

—¿Qué?

—Esa tal Mitchell, que debería haber muerto hace tres meses, está estorbando. Ella es el motivo por el cual la policía puso a cuatro agentes vigilando el contenedor después de que yo estuviera ahí. Cuatro hombres que no se pueden permitir con la escasez de personal que tienen. Me imagino que pronto prescindirán de uno, pero si Mitchell vuelve a interferir, tendré que… encargarme de ella.

Bacchus reprimió su primera reacción, que fue de repugnancia. Duff tenía una obsesión enfermiza con las mujeres, las rubias sobre todo. Por lo general las mujeres necesitaban orientación y disciplina para llegar al nivel de pericia de Linette, pero este general de la orden llevaba la acción punitiva un paso más lejos.

Si alguno de los otros once *fratelli* se enterara… Bacchus no podría protegerle, pero Duff sabía ocultar bien las pruebas.

—Dime que no has cometido el pecado de satisfacer la carne.

—Claro que no. Te prometí que no tocaría a ninguna mujer mientras estuviera en la operación, y no lo he hecho.

Admiraba el modo en que su mirada nunca flaqueaba mientras le ofrecía esa mentira descarada, pero no era momento de regañarle. Era el único general de quien podía depender para protegerle a él y a la orden. Alimentados con una dieta de incomodidad en varios continentes, los Fratelli di il Sovrano se habían alzado con fuerza cual ave fénix para convertirse silenciosamente en el puño multinacional que se necesitaba para gobernar. Reclutaron a jóvenes visionarios, pero esos cachorros requerían la experiencia de los *fratelli*, igual de brillantes, para orientarlos.

Como uno de los doce que controlaban este continente, Bacchus podía echar mano de cierta autonomía para tomar decisiones como la que se le presentaba ahora, en relación a Mitchell.

Permitir que Duff se ocupara de ella iría en beneficio de todos. Necesitaba la atención sin reservas de su general. Con las palabras adecuadas, podía insinuarle que satisficiera su placer sin dar respaldo a sus acciones específicamente.

—Es responsabilidad tuya completar esta misión sin hacerte notar a ti o a la orden —le dijo con cuidado—. Recuerda las reglas a la hora de ejecutar cada paso del plan. Tienes permiso para encargarte de Mitchell si vuelve a entrometerse. Usa tu mejor criterio.

Mentalmente se dio unos golpecitos en la espalda por esa orden tan bien expresada, que podía interpretarse de varias maneras. No le había recordado la primera regla expresamente: ninguna muerte innecesaria. Le había dejado la elección a Duff cuando llegara la hora de enfrentarse a Mitchell.

Duff frunció el ceño pero luego se le iluminó el rostro.

—No te preocupes. Sé exactamente lo que tengo que hacer con ella.

Terri emprendió el camino hacia Acme Oyster House y se maldijo por lo bajo por el dolor del muslo.

Pero prefería saltar a la pata coja antes que ver a Carlos Delgado, el agente del BAD que Joe había puesto al frente de esta operación.

Era una tontería preocuparse. En realidad no había hecho nada malo, pero con cada paso que daba, la conciencia la provocaba diciéndole que anoche la había fastidiado. Lo que tampoco era una valoración justa.

¿Cómo podían culparla de que el fantasma de Drake la hubiera encontrado con sólo la toalla puesta? Un fantasma que le aceleraba el pulso con un simple beso.

Las cosas no pasaban de ahí, ¿no?

Él no tendría que haberlo hecho. De acuerdo, ella tampoco tendría que habérselo permitido. Debía admitir la realidad.

Muy en su interior, se justificó dejando que la besara por el simple motivo de que nadie se enteraría.

A plena luz del día sufría un ataque de culpabilidad cada vez que alguien la miraba, como si el mundo entero supiera que había cometido un error.

Tenía que serenarse o Carlos lograría penetrar en esa muralla de profesionalidad que se había construido para esta discusión. Sólo tenía que explicarle en términos profesionales cómo había escapado de un tirador y describir lo que encontró en el contenedor.

La cosa era no dejar que los ojos de lince de Carlos percibieran cómo el hombre misterioso había echado abajo su defensa emocional.

Llegó a la puerta de cristal, que en el mismo instante se abrió como por arte de magia. Una mujer simpática con tejanos y camiseta negra la saludó. Le señaló una mesa donde un hombre esperaba a una tal señorita Mitchell.

No necesitó que la acompañara. Lo único que tenía que hacer era buscar una silla en un rincón que tuviera vistas a todo el restaurante. Carlos tenía un problema claro de paranoia, pero estaba justificado por lo que había conseguido averiguar del BAD. Se rumoreaba que una gente muy peligrosa quería verle muerto.

Apretó los dientes para andar sin cojear y se fue derecha a la mesa.

Carlos estaba repantigado en la silla con una seguridad reservada a un hombre que no dudaba de su habilidad con las mujeres. Se sentó derecho mientras se le acercaba. Ojalá se hubiera mantenido relajado.

Las facciones se le endurecieron junto con su mirada bajo un mechón de pelo negro cortado con severidad. Tan inconformista como todo lo demás en él.

Alargó el brazo y le apartó la silla.

—¿Quieres algo de beber?

—Una Coca-Cola.

Cuando la camarera les hubo tomado nota y se marchó, Terri empezó:

—¿Está Joe muy enfadado?

—Tendrías que preocuparte más de Tee que de Joe. Ella te

cortará en dos sin pensárselo dos veces, pero Joe tiene algo de conciencia.

Terri se mordió el labio y luego paró. Había firmado un contrato con ellos para encontrar a la víbora que la había jodido. El BAD no trabajaba como ninguna otra agencia, eludiendo políticas y trámites varios con igual maña. Fue una de las muchas cosas que le llamaron la atención después de vérselas con montañas de papeleo en la DEA.

Pero no debía olvidar que los agentes del BAD hacían gala del acrónimo de la agencia: eran malos. El hecho de no tener antecedentes penales la colocaba en una minoría.

—Puedo hacer el trabajo, Carlos.

Él repiqueteaba con los dedos al ritmo de un pensamiento o una melodía silenciosa y luego suspiró.

—Eso es lo que Joe y Tee creen que es tu mayor defecto como agente.

Intentó no ruborizarse por la crítica.

—¿El qué?

—Poner tanto empeño en convencer a todo el mundo que eres capaz de hacer el trabajo. —Carlos se inclinó hacia delante. Sus ojos marrones captaron más de lo que ella quería revelar—. Si creyeran que no eres capaz, nunca te habrían hecho la oferta o te habrían metido en el programa. Deja de malgastar energías y fuerza intelectual en algo que no tienes que demostrar. Creen en ti, yo confío en ti, pero la próxima vez que te diga que necesitas un compañero, no te opongas.

Terri aceptó esa mezcla de beneplácito y reprimenda. Era bueno saber que Carlos, Joe y Tee tenían fe en ella, pero seguía dudando porque no quería poner en peligro a ningún otro agente que trabajara con ella.

Carlos la miró con una mirada calculadora, esperando a que aceptara.

—Te he oído. Es difícil no cuestionarme a mí misma, teniendo en cuenta mi historial con compañero, pero reconozco que anoche me hubiera venido bien. —Ya estaba. Tampoco era tan difícil admitirlo.

Él asintió y la escudriñó durante unos segundos más. ¿Creería lo que le dijo o pensaría que era un intento de apaciguarle?

—¿Ya has hecho contactos? —Volvió a recostarse en la silla.

El vello se le puso de punta al oír esa pregunta que temía más que un examen cuando iba al instituto. Su posición en el campo dependía de su capacidad de establecer contactos y construir relaciones con el hampa. No había encontrado a nadie que quisiera hablar con ella, no después de que el último contacto apareciera con la garganta rajada el día después de morir Conroy. Pero ni Carlos ni Joe querían excusas y los dos esperaban resultados, así que usó lo único que tenía a mano.

—Sí, tengo uno.

Carlos parpadeó, sorprendido.

Sus labios esbozaron una sonrisa demasiado pronto.

—¿Ah, sí? ¿Y quién es?

Buena pregunta, pero no podía responderla. Terri se mordisqueó el interior de la mejilla. ¿Qué respondería Carlos a eso? Se sentó derecha y se inclinó.

—Le prometí que guardaría su nombre en secreto. Supongo que sabrás que confío en ti plenamente… —Sí, sí, seguro—, pero la verdad es que no quiero arriesgarme ni a susurrar su nombre.

Él se quedó inmóvil mirándola fijamente, luego volvió a tamborilear la mesa con los dedos.

—Digamos que lo entiendo… de momento.

Aceptó la excusa por muy temporal que fuera.

—¿Qué tienes por ahora? —Miró a izquierda y derecha pero sabía que no se perdería ni una palabra.

—Seguramente algo, pero no sé si cuadra con la investigación ni de qué modo puede servirnos. Había un tipo que llegó al contenedor antes que yo, pero no cogió las drogas. Abrió varios paquetes y cajas de embalar. ¿No debería de saber que la cocaína estaba dentro del marco metálico que rodea el generador?

Carlos entrecerró los ojos, pensativo. Entonces posó en ella su mirada enmarcada por oscuras pestañas.

—¿Y puedes decirme qué se llevó?

—Por lo que vi, nada. Creo que llegué en cuanto él entró. Revolvió algunas cosas, figuritas y herramientas de carpintería talladas a mano.

—Eso me dijiste anoche. ¿Te acuerdas de algo más?

—La verdad es que no.

Él asintió.

—Entonces cuéntame de nuevo cómo conseguiste escapar.

El semestre que pasó asistiendo a clases de psicología le enseñó que el lenguaje corporal decía mucho más que las palabras en una situación encubierta. Inspiró hondo y le ofreció el relato más profesional:

—Apareció un hombre sin identificar y me apartó antes de que el tío del contenedor me disparara en la cabeza.

—¿Y quién es ese hombre? ¿Qué quiere?

—No sé quién es, pero conoce a nuestro objetivo. —Usó «objetivo» en lugar del nombre de Marseaux puesto que se encontraban en un lugar público y pensó si debía decirle más cosas del nuevo contacto. No hasta que supiera qué tramaba ese hombre misterioso y de qué manera estaba relacionado con el cadáver de Drake que desapareció del depósito.

Ese cadáver desapareció tan deprisa que nadie le había tomado las huellas siquiera. Lo único que tenían para identificarle era su aspecto. Y ella nunca olvidaría ese rostro tan bello.

Carlos se cruzó de brazos. Tenía un rostro tipo Armani y una actitud callejera. Un ejemplo perfecto de la curiosa raza de hombres que había conocido en el BAD.

—¿Por qué te ayudó?

Gracias a Dios, la camarera llegó en el mismo instante que Carlos le hacía la pregunta, así que esperaba que atribuyera su sobresalto a la interrupción.

Se tomó su tiempo con la Coca-Cola, en busca de la respuesta adecuada. No había ninguna.

Apartó el vaso y se le encaró.

—No tengo una respuesta para eso, pero es mi nuevo informante. Se presentó en el momento justo y me salvó el culo. No creo que trabaje contra nosotros, pero tampoco estoy segura de con quién está relacionado. —Eso fue lo máximo que pudo hacer para ayudar al BAD y no poner en peligro a su fantasma.

Su fantasma. «Un modo de pensar equivocado, Mitchell.»

—Tenemos que entrar en casa de Drake.

—Ya lo he hecho.

—¿Sin compañero?

Apretó el puño, que estaba fuera de la vista porque lo tenía en el regazo. «No te pongas a la defensiva.»

—Sí, pero no ocurrió nada. Alguien estuvo en la casa revolviendo en los cajones.

—Quizá eran los de la DEA.

—Quizá. —Fue lo único que pudo decir en lugar de mentirle completamente. Ni siquiera sabía por qué sentía la necesidad de proteger al hombre al que conoció allí, pero suponía que tenía que ver con que hubiera ayudado a su abuela el día anterior. Eso y los sentimientos confusos que tenía por un hombre que la había salvado de una muerte segura y le había robado un beso en la oscuridad—. No vi nada que nos sea de ayuda. Es tan sólo una casa llena de recuerdos.

Unos recuerdos tristes.

—Mantente alerta en comisaría. Alguien está ayudando a nuestro objetivo. —Carlos se cruzó de brazos; su rostro era una máscara meditabunda. Los acordes de jazz que emanaban de los altavoces no le ayudaban a aliviar su tensa postura—. Nadie quiere saber si es un hombre, mujer, un agente o bien alguien al que Marseaux tiene en nómina, pero no podemos pasar por alto que es un sitio obvio donde mirar.

Ella asintió.

—Lo sé, y ya he estado estudiando a los agentes para ver si alguien encaja en el patrón, pero hasta la fecha no hay nada.

—Alguien está acechando a los hombres del objetivo y a sus contactos. Tenemos que encontrar a este hombre que dicen es Drake. Sea quien sea, está haciendo chanchullos por algún motivo y puede que sepa algo que desconocemos.

Terri se contuvo. Aún no podía compartir nada. No hasta que tuviera una identificación fiable de su contacto y hubiera conseguido algunas respuestas por sí misma.

—Estoy en ello.

—Con esto de los agentes del BAD en India, andamos cortos de personal.

—¿Qué están haciendo allí?

—¿Has oído lo de la aldea que ha sido exterminada con un virus?

—¿Y quién no? Está en todas las noticias…

Carlos se le acercó y le dijo en voz baja:

—Este es el tercer incidente similar en los últimos dos años. Es idéntico en la manera de exterminar las aldeas sin dejar pruebas de cómo llegó allí el virus. Joe cree que alguien está experimentando con armas biológicas.

—Pobre gente. —La idea de que alguien matara a hombres, mujeres y niños inocentes de un modo tan espantoso era repugnante. Las fotos y los reportajes la superaban. Había dejado de verlos hacía días. No podía ver el cadáver de otro niño cubierto de una piel cuarteada, sangrante y resquebrajada como un melón demasiado maduro. Los informes indicaban que las víctimas se ahogaban debido a que se les hinchaba la garganta y luego el virus se los comía literalmente por dentro. Desaparecía al ser expuesto al calor a causa de las altas temperaturas que provocaba la fiebre.

—Si Joe está en lo cierto, no entiendo qué hacen los terroristas —dijo Carlos—. ¿Por qué siguen investigando si los resultados son idénticos?

—Quizá están cambiando la técnica de introducir el virus y siguen buscando el método más efectivo.

—Puede que sea eso.

De repente, a Terri se le ocurrió una posibilidad.

—¿Cree Joe que nuestro objetivo está relacionado de alguna manera?

Carlos se la quedó mirando con una expresión ilegible.

—Son dos casos distintos. Tú céntrate en tu misión. Pon entre rejas a este hijo de puta y a cualquiera relacionado con la investigación.

Más que saberlo, Terri sintió que acababa de confirmar sus sospechas y eso le dio un escalofrío. ¿Es que el dinero valía tanto para el barón de la droga como para arriesgar una guerra bacteriológica?

—Voy a atraparle —le dijo, refiriéndose a Marseaux—, pero aún no tenemos ninguna relación entre él y el cargamento de droga. —Sería mejor que su hombre misterioso no estuviera relacionado con Marseaux o su actitud hacia él cambiaría radicalmente.

—¿Qué se propone la DEA? —le preguntó, reclamando su atención.

—Lo único que ha hecho es acosarme a mí y a toda la policía para encontrar el cadáver. No entiendo por qué es tan importante encontrarlo ni qué relación tiene con todo esto.

—Sabemos que Nathan Drake trabajaba para Marseaux, pero no quién le mató. Puede que Marseaux haya enviado a alguien a recuperar el cadáver para deshacerse de las pruebas, lo que explicaría porqué en la DEA están tan alterados. Tenemos que conseguir que no se interpongan.

Eso tenía tanto sentido como su teoría.

—La buena noticia es que la lucha interna de la DEA puede que vaya a nuestro favor. Josie Silversteen intenta localizar el cadáver antes que Brady para hacer méritos, así que esos dos ni se hablan. Esa cabrona traidora tiene una fijación conmigo que ahora ha extendido a Conroy. Me dejó claro que vendrá a por mí con toda la artillería pesada si ayudo a Brady. Apuesto a que Josie nunca ha superado que sea una de las pocas que no se ha acostado con Brady y quiere hacerme pagar por la amistad que tengo con él.

—¿Ella es la única que no se ha acostado con él en la agencia? —Carlos la atravesó con una mirada que le exigía una respuesta.

—No. Yo tampoco me acosté con él. Nunca se dio la situación necesaria para que funcionara, algo por lo que ahora estoy muy agradecida.

—Chica lista. Consigue el informe de lo que se encontró en el contenedor —le dijo, cambiando de tema con una brusquedad que la desconcertó. Se levantó y tiró unos billetes en la mesa—. No te dejes el pellejo. Estas cosas tardan su tiempo así que nada va a suceder a corto plazo.

—Lo entiendo. —Ella también se incorporó y echó a andar.

Él le puso la mano en el brazo.

—Dale a tu cuerpo la oportunidad de recuperarse del todo.

Terri esperaba que la vergüenza que sentía no se le reflejara en el rostro cuando esbozó una sonrisa forzada.

—La pierna está bien.

Carlos se le acercó.

—Ten cuidado de con quién relacionas todos esos puntos, más aún si se trata de un hombre de esta profesión.

—¿Incluyéndote a ti?

—Ah, chica, especialmente a mí. —Sonrió y le guiñó un ojo.

—Gracias por la advertencia, pero ahora mismo no quiero que se dé esa situación con nadie.

Carlos le dio un apretón cariñoso en el brazo; era una manera de decirle que la creía.

Ella le contestó con una sonrisa, contenta de que se hubiera tragado esa mentira tan descarada.

Capítulo ocho

Terri acababa de llegar a su mesa cuando el capitán Philborn se le acercó, con el ceño fruncido. Una noche mientras revisaba unos archivos oyó a dos agentes riéndose de Philborn *el Estreñido*. Era triste, pero el apodo le iba como anillo al dedo. No le había visto otra expresión desde que entrara en comisaría hacía tres semanas. Se preguntaba si ese rictus era permanente, como el de Joker en Batman.

—¿Qué puedo hacer por usted, capitán? —Levantó la cabeza para mirar su rostro bronceado. Lo más alto de su peinado a lo cepillo estaba a unos dos metros del suelo.

—Hemos buscado huellas y guardado las drogas. La DEA y el ayuntamiento se me han echado al cuello por quitarnos el contenedor.

—¿Qué le importa al ayuntamiento un contenedor que es parte de una investigación?

El capitán arrugó la frente. El cambio tuvo un efecto desagradable en su rostro.

—El alcalde es amigo íntimo del grupo de importación y exportación que posee la mayoría de la propiedad legal que hay en su interior.

—¿Has podido tomar huellas?

—No. En este punto no hacemos más que encontrar huellas dactilares de los empleados. Y no hemos perdido ni un gramo de droga.

Había algo extraño en esta redada antidroga. Jugó con el bolígrafo que tenía en la mano.

—¿Estás pensando en darles el contenedor?

—No. No me preocupa el alcalde. Básicamente necesito una excusa razonable para ganar algo de tiempo y mantenerlo fuera del alcance de la DEA. —Le brillaron los ojos, como si intentara sonreír. Qué miedo.

—Bien, porque aún tengo que repasarlo todo para asegurarme de que la coca era lo único que iba buscando el intruso.

—¿Qué otra cosa podría querer?

—No lo sé, pero como sin duda habrán observado tus técnicos, había una caja abierta. No tiene sentido porque si Marseaux envió al intruso para recoger el cargamento, debería saber dónde mirar, ¿no?

—A menos que el tipo quisiera quedarse con la droga o bien despistarnos.

Vaya. Philborn se había ganado su respeto.

—Bien visto.

—Redáctame un informe pronto. —Fue una orden contenida, pero entendió que esperaba algo tangible por su parte lo antes posible.

—Ningún problema. Iré para allá en cuanto termine unas cosas por aquí. Por cierto, ¿se sabe algo del cadáver de Drake?

—No. Estoy cansado de oír eso de la DEA también. Actúa como si nos hiciera un favor con el contenedor y quiere que ponga más gente a buscar el maldito cadáver. Como si tuviera tantos recursos a mi disposición.

—¿De quién hablas?

—De Josie Silversteen. Vino preguntando por ti y haciendo preguntas, muy simpática ella.

Por culpa de esa pesadilla que le arruinaba la vida ya podía pedir una receta de Prozac.

—Gracias, me pondré en contacto con ella. —Pero no sucedería mientras viviera.

—De nada. —Se alejó lentamente hacia su oficina.

Le sonó el móvil. Respondió pero la llamada fue directa al contestador. Antes de poder comprobar el mensaje, volvió a sonar. Inmediatamente miró al otro extremo de la sala y se llevó el auricular a la oreja.

—De acuerdo, ahora ya sé que no me estabas ignorando. —Sammy levantó el pulgar.

—¿Cuándo has pensado que te ignoraba?

—Te he llamado dos veces al móvil antes pero me ha enviado al buzón de voz.

Terri miró el teléfono: estaba hecho polvo. Quizá si consiguiera una funda de piel aguantaría un mes más. Siempre se le había dado mal lo electrónico.

—No, es que el teléfono no funciona bien. ¿Qué tienes?

—Algo más de información acerca de ese fantasma.

—No es un fantasma.

—Oye, yo sólo te digo las cosas tal como me llegan. FinMan ha aparecido muerto. Un tajo en la garganta.

Terri se debatió entre una mezcla de emociones, desde la decepción al terror, pasando por la incredulidad.

—¿De dónde has sacado eso?

—De mi colega del depósito, pero esta vez la DEA tiene a un agente vigilando hasta que lleguen sus técnicos a llevárselo.

Le embargó un mal presentimiento. ¿Le atraía un asesino? ¿Su fantasma había asesinado a un hombre?

No, él no haría nada semejante. Pero ¿en base a qué pruebas? Ninguna. Las hormonas no eran un barómetro fiable de inocencia.

Colgó y marcó el número de su abuela, pero no podía hablar en aquel momento porque estaban ocupadas en la recogida de equipajes del aeropuerto de O'Hare. Llamó a Brady y le salió el contestador, pero no dejó ningún mensaje.

Se estaba agotando el tiempo. Tenía que volver a entrar en ese contenedor. Recogió sus cosas y se despidió de Sammy, que en aquel momento se acercaba a su mesa con un par de informes, y luego se fue al almacén de la policía. Esta vez, cerró el coche con el mando y se aseguró de llevar tanto el arma como el móvil en la bolsa, pero una hora más tarde su frustración se había multiplicado. No había nada relevante.

Guardó el instrumental y se fue a casa, aunque no le atraía demasiado la idea de encontrársela vacía. Igual que a su abuela, le encantaba la noche aunque últimamente se estaba cansando de pasarla sin compañía.

Salvo por las visitas inesperadas de su fantasma.

Aparcó su Mini Cooper, se colgó la bolsa al hombro, cerró la puerta y le echó el seguro al coche con el mando. Una vez en el porche, descorrió el pestillo y entró despacio, con el arma en alto y se quedó inmóvil en el interior, en busca de algún movimiento.

Como si fuera capaz de oír a un fantasma que se movía como un susurro.

Aquella mañana había echado el pestillo a todas las puertas y ventanas. Ya estaba bien de tanta paranoia. Además, él había entrado después de ella… hasta el momento.

Una nota de la abuela en la nevera la hizo reparar en el plato de comida cubierto con papel de aluminio y una botella de vino en fresco con instrucciones para disfrutarla. Cerraría la casa a cal y canto y dejaría que se calentara la comida mientras se daba un baño caliente.

Pero entonces se quedó inmóvil, atenta. La sensación de que no estaba sola le recorrió por la espalda como un escalofrío. Cuanto más tiempo pasaba una persona en la policía, más acostumbrada estaba a reconocer amenazas desconocidas.

Cerró la puerta de la nevera, dejó el bolso en la mesa y sacó el arma al mismo tiempo. Levantó la pistola, sujetándola con ambas manos. Al llegar a la puerta de su dormitorio, miró hacia el interior.

La habitación estaba muy oscura. No se oía nada. Quizá lo que la asustaba era que la abuela no estaba y la televisión estaba apagada. Entró y alargó la mano para encender la lámpara de la mesilla cuando una voz dijo:

—No enciendas la luz.

Estaba empezando a cansarse de esta historia.

Nathan se apoyó en la verja metálica, donde un árbol impedía que le vieran desde la casa de Terri. Había llegado unos pocos segundos antes de que ella aparcara en la entrada, cogiera el bolso y fuera cojeando hasta la casa.

A veces cojeaba cuando no había nadie alrededor. ¿Qué le pasaba en la pierna derecha?

Podría preguntárselo la próxima vez, si es que le permitía hablar con ella. Básicamente, por eso estaba ahí plantado como un acosador. ¿Debía cruzar la calle… o no?

Estaba haciendo un surco en el suelo con los pies para pasar el rato.

A ella no le haría gracia verle pero él estaba perdiendo la objetividad a marchas forzadas por ella. Tenía que convencerla para que le dijera lo que sabía, y luego se alejaría de ella antes de que terminara muerta y no sólo coja. Pasar media hora más pensando era perder lo que le quedaba de noche.

Era hora de ponerse en marcha o dejarlo correr.

Inspiró hondo y en silencio admitió que quería volver a verla. Pensar en ella siquiera era una soberana estupidez.

Una guitarra eléctrica chirriante sonaba a todo volumen desde un coche lleno de adolescentes que pasó zumbando, levantando las hojas y el polvo de la calle. Miró la ventana de la habitación de Terri que seguía a oscuras. Ni siquiera había encendido la luz.

Con suerte estaría en la cocina, vestida, así que esta vez podría concentrarse en hablar con ella en lugar de prestar más atención a esa piel cremosa que tanto le gustaría volver a ver.

Como si ella le dejara acercarse otra vez.

Nathan examinó la zona. Había varias personas a unos ochocientos metros y un perro merodeando en un jardín cercano. Nada de lo que preocuparse. Empezó a cruzar la calle. Terri debería de estar sola.

Su abuela se había ido con unas amigas y una maleta por la mañana muy temprano. Después, Terri se había marchado corriendo al coche como si llegara tarde a una cita para comer.

Se detuvo en seco. «Una cita.» Eso le amargó el estado de ánimo que ya era bajo de por sí. Frunció el ceño y siguió de camino a la parte trasera de la casa. Ya tendría tiempo para soñar más tarde, cuando ella no estuviera cerca. Nunca se había distraído tanto en una misión y sería mejor que se pusiera a trabajar en serio si quería sobrevivir.

Como de costumbre, probó el cerrojo de la puerta trasera. Estaba abierta. ¿Acaso Terri no había aprendido nada en estos últimos días?

Giró el pomo lentamente y abrió la puerta. La luz de la campana sobre la vitrocerámica derramaba una luz mortecina sobre la mesa de roble desgastada y la encimera blanca.

Un vistazo rápido le confirmó que no había nadie en la cocina o en el salón. Dudó, debatiendo qué hacer después. ¿Desde cuando se cuestionaba así? Nunca, pero no estaba seguro de poder aguantar otra noche viéndola con la toalla, o sin toalla, y después tener que irse.

Había cosas a las que un hombre no podía resistirse.

Un suave murmullo le llegó a los oídos. Se le erizó el vello de la nuca en señal de peligro. Se acercó al largo pasillo: la habitación de Terri estaba en el otro extremo.

La voz era demasiado baja para distinguir las palabras, pero no había duda del sexo: era un hombre.

No estaba sola. Nathan apretó los puños y luego estiró los dedos; quería detenerse a pensar un poco antes. No había imaginado que tuviera compañía, algo que no le sentaba demasiado bien y la verdad era que no quería averiguar por qué. Tenía que salir de ahí ahora mismo si había la posibilidad de no avergonzarla y ahorrarse los detalles de lo que estaba pasando.

Era una verdadera jodienda.

Terri se comportaba como si fuera una mujer disponible. Le respondió al beso como si lo disfrutara y quisiera más. «Que le den. Vete de aquí.» Pero no pudo mover los pies, así como tampoco podía ignorar la neblina de celos que lo embargaba al pensar que ella estaba con alguien. ¿Desde cuándo le importaba tanto?

Dejó a un lado el mal humor y se dio la vuelta para marcharse cuando oyó a Terri gruñir:

—Me importa una mierda lo que te hayan dicho, no sé quién es ese Drake…

Se oyó el estallido de una bofetada. Terri gritó de dolor y parecía como si hubiera caído al suelo.

Giró sobre los talones y se movió con la agilidad de un puma al ataque. Al llegar a la puerta, se acercó con sigilo al quicio y lo captó todo en cuestión de segundos. Terri yacía en el suelo y le salía sangre de la boca. La persiana colgaba del extremo por donde ella se debía de haber agarrado, derramando algo de luz en la habitación.

—Levántate, zorra. Aún no he terminado contigo. —Hacha, uno de los matones de FinMan al que había intentado localizar, se cernía sobre ella blandiendo un arma. Era el único guardaespaldas con el que no había podido acabar el día anterior cuando envió a los otros a unas largas vacaciones en el hospital.

Nathan entró en la habitación sin intentar siquiera pasar desapercibido.

A su derecha, Hacha se dio la vuelta. Con la mano derecha siguió sus movimientos y levantó el revólver.

Nathan le agarró la mano izquierda, se la levantó y le dio un porrazo en el codo para partirle el brazo. A Hacha se le cayó la pistola, gritó y le propinó un puñetazo en la cara con la otra mano.

Con un fuerte pitido en los oídos, Nathan fue a coger el arma. Con lo corpulento que era, el matón era muy ágil e intentó darle una patada en la mandíbula, pero falló. A Nathan le corría la adrenalina por las venas como óxido nitroso en un motor de competición. Se dio la vuelta y aterrizó sobre sus cuatro extremidades, y se incorporó de inmediato.

Terri se esforzaba por levantarse y eso le llamó la atención. Le gritó que se estuviera quieta.

La distracción le dio a Hacha la oportunidad de sacar una navaja automática. Se lanzó al cuello de Nathan y falló de milagro, al tiempo que perdía el equilibrio. Se dio contra el tocador y aulló de dolor. El contorno afilado del antebrazo roto le sobresalía por la piel y la sangre empezaba a derramarse.

Todo se volvió más lento, como cada vez que Nathan sentía que llegaba un resultado inevitable, conocía la próxima jugada como si a él y a su oponente les hubieran dado un guión. Cuando la elección era asesinar o ser asesinado.

Hacha recuperaría el equilibrio, daría un salto y le atacaría. Nathan le bloquearía con un brazo y con el otro le golpearía el cuello y le rompería la tráquea.

Terri tendría asientos de primera fila para una muerte espantosa.

Efectivamente, Hacha se levantó y se dio la vuelta de un salto, aunque en las arrugas de su rostro se leía su malestar y estaba empapado de sudor, pero era como un alce y no sería fácil de derribar. Apretó los dientes, gruñó y empezó a contraatacar.

Nathan cogió una lámpara de pie, la levantó horizontalmente y la usó para protegerse de los embates del cuchillo. En un momento, el cuchillo y la pantalla de la lámpara salieron volando. Nathan aprovechó el tubo metálico para golpearle en la cabeza al matón, que cayó sobre una silla. Terminó cabeza abajo y sin moverse.

Inspiró hondo una vez, luego otra, y se le acercó para tocarle el brazo magullado. Ni un quejido.

Le comprobó el pulso —aún estaba vivo— y luego sacó un alambre del bolsillo. Le ató a la silla de manera que no pudiera moverse aunque no tuviera el brazo fracturado y le colocó otro alambre más sobre la fractura a modo de torniquete para detener la sangre.

Cuando se dio la vuelta, Terri intentó ponerse de pie y masculló algo impropio de una dama.

—¿Estás bien? —Nathan se recolocó la capucha para que le ocultara el rostro; no estaba seguro de cuánto le había visto en la oscuridad. Se le acercó despacio, no quería asustarla después de lo que acababa de presenciar.

—Estoy bien. —Terri se apoyó en la pierna izquierda; estaba claro que protegía a la derecha, como si tuviera una lesión. Estaba incorporada casi por completo cuando se le dobló la pierna derecha. Soltó una palabrota y extendió los brazos para apoyarse en algo.

Él la cogió antes de que cayera y la atrajo hacia sí. Ella se agarró a sus brazos y se sujetó con los dedos como si le fuera la vida en ello. A él no le importaba el dolor. Sentía los serenos latidos de su corazón al compás de los suyos. Eso era lo único que le importaba ahora mismo.

Podría haber muerto. Era culpa suya. El matón de FinMan había venido a buscarle a él.

Terri temblaba; eran las consecuencias de la conmoción que la embargaba, por muy fuerte que quisiera aparentar.

Nathan se centró en calmarla. La sujetaba con un brazo mientras con el otro le acariciaba la espalda y le susurraba que todo iría bien.

Y era verdad. Nadie volvería a hacerle daño. No si quería vivir para contarlo.

El olor acre a sangre fresca impregnaba el ambiente. La levantó en brazos.

—Bájame —gruñó como un lince herido—. Te he dicho que estoy bien.

—Mientes muy mal para estar metida en este negocio. —La llevó hasta el salón. El sofá estaba apoyado contra un ventanal de cristal tras una fina cortinilla. La iluminación de farolas se introducía por el delicado material y proyectaban una luz mortecina en la habitación. La sala olía ligeramente a canela y a manzanas por el popurrí que había en un cuenco de cristal. La decoración delataba feminidad a gritos, desde las cortinas de encaje blanco a las blondas de ganchillo rosa. Era un ambiente ordenado, acogedor y cálido. Salvo por el dormitorio de Terri, pero Hacha podía esperar. No iría a ningún sitio y tampoco se desangraría.

Ella resopló de cansancio.

—No te preocupes. No me voy a alterar.

Nathan arqueó una ceja ante esa bravuconada y ambos se sentaron en el sillón, con cuidado para no tocarle la pierna.

—Bueno, puede que yo sí me altere, así que deja que me quede aquí sentado un rato y recupere el aliento.

Ella emitió un sonido gutural que podía traducirse por incredulidad.

—Tuve la oportunidad y tendría que haberla aprovechado.

—¿Y por qué no lo hiciste?

—Creí que él eras tú.

Al oír eso se le cayó el alma a los pies. Era peor que haberla puesto en peligro; hizo que dudara. La primera vez que forcejearon observó que había recibido un buen entrenamiento. Terri podía defenderse por sí sola, pero ahora le había sesgado los instintos.

—Lo siento. —¿Cuándo fue la última vez que le pidió perdón a alguien? Se apoyó en el respaldo, la atrajo hacia sí y entonces sucedió algo sorprendente.

Ella dejó de protestar y se agarró a él.

Nathan esperó a que recobrara la consciencia y le empujara, pero no lo hizo. Inspiró hondo y expiró lentamente, en un esfuerzo por tranquilizarse.

El reloj de la repisa de la chimenea rompía el silencio marcando los segundos. Y ahí estaba él, feliz de estar sentado con ella mientras se lo permitiera.

Sólo quería aliviarla, pero ella se había entregado a él. Que una mujer recurriera a él en busca de consuelo le derretía el escudo de hielo que cubría su corazón.

Su pelo, que olía a fresa, le hacía cosquillas en la garganta. Le encantaban las fresas. Bajó la barbilla e inspiró hondo antes de besarle la cabeza.

Terri se movió. Él la soltó un poco para que se moviera a su antojo.

Ella se apartó de su pecho y le miró.

Él se puso tenso. La habitación estaba a oscuras y la luz que provenía del exterior delataría su perfil.

Ella levantó la mano hacia la capucha. Él pensó en cogerla para que no le desenmascarara, pero en parte quería que Terri le viera la cara. Que le conociera a él y no a un fantasma del que había oído hablar.

Pero no le tocó la capucha; introdujo la mano en su interior para acariciarle la barbilla. Él contuvo la respiración por lo inesperado de su roce y ella cerró los ojos. Le pasó la mano por las mejillas, acariciando su rostro, y luego posó los dedos sobre sus párpados, igual que haría una persona ciega para memorizar sus rasgos. Él también los cerró para permitirle un acceso completo. Las yemas se deslizaban ligeras como una pluma y notaba cada relieve, la nariz y luego la boca.

Esa exploración tan tierna alimentaba una parte salvaje de su alma que hacía demasiado que ansiaba contacto humano.

Con un dedo, ella resiguió el contorno de sus labios. Nathan soltó el aliento que había estado conteniendo y le besó el dedo. Ella se quedó inmóvil.

¿Habría roto el hechizo? Por favor, ojalá no lo hubiera roto. No recordaba la última vez que le habían tocado de ese modo. Como si ella quisiera amansar a la bestia que habitaba en su interior.

Ella llevó el dedo a sus labios y también lo besó; luego, se lo devolvió.

A él le latió con tanta fuerza el corazón de deseo que apenas podía respirar. Y cuando le acercó el rostro, dio por seguro que ese órgano tenía cascos del ruido que hacía.

Perdió el miedo a las consecuencias y se echó hacia delante, rodeó su rostro con las manos y le rozó los labios. A diferencia del fugaz beso robado, éste le llegó al alma y desató unos sentimientos que hacía tiempo había enterrado. Ella le devolvió el beso; su boca era una mezcla turbulenta de pasión y castidad.

En ese momento, anhelaba tanto la vida que antaño creyó suya y que ya nunca lo sería, y esa decepción se le clavó como un puñal en el estómago. Cualquier oportunidad que tuviera de llevar una vida normal estaba ahora tan muerta como su pobre madre y hermano.

Entonces, ¿qué hacía besando a una mujer a la que nunca volvería a ver una vez desapareciera? Terminar ese beso era casi tan doloroso como aceptar su destino.

Terri debió de notar ese cambio en su interior. Se apartó sin quejarse aún cuando tenía todo el derecho del mundo a cuestionar sus acciones.

—¿Por qué has venido?

—Para hablar contigo.

Ella negó con la cabeza.

—No has llamado a la puerta.

—Perdona, es que las malas costumbres son difíciles de dejar —le dijo en broma.

—Por suerte para mí en esta ocasión —murmuró y sonrió. Luego hizo una mueca de dolor. La luz de las farolas le iluminó el rostro: se le estaba hinchando la mejilla.

¿Cómo un hombre era capaz de levantarle la mano a una mujer?

—Ponte algo de hielo.

—Tengo que llamar a la policía… pronto. —Se levantó de su regazo.

Sí, el hechizo se había roto definitivamente.

—No hay prisa. Puede que Hacha pierda algo de sangre, pero su pulso es regular. —Nathan se incorporó y le rodeó la cintura con el brazo; le preocupaba que la lesión de la pierna la hiciera caer.

—Tengo que sacarle antes de que la líe —masculló ella.

No se le apartó, así que Nathan la acompañó a la cocina y la sentó en una silla con cuidado. La capucha cayó hacia delante, de modo que su rostro seguía oculto.

—¿Quieres contarme algo acerca de tu pierna?

—La verdad es que no.

Por lo menos tenía que agradecer su sinceridad.

—¿Tienes bolsas para congelar con cierre hermético?

—En el tercer cajón, a la izquierda del fregadero. —La hinchazón le dificultaba el habla y sus palabras eran confusas. La mandíbula le dolería a rabiar al día siguiente.

Encontró la caja y sacó una bolsa que llenó con cubitos de

hielo. Miró alrededor y cogió un paño con volantes que colgaba del tirador de un cajón. Antes de darle el hielo, envolvió la bolsa con él.

—Gracias. —Se llevó la compresa de hielo improvisada a la cara e hizo una mueca de dolor.

—¿Te apetece un té o alguna otra cosa? —A su madre solía gustarle el té cuando estaba disgustada por algo.

—No, pero gracias por la oferta. Ahora mismo estoy bien, en serio.

—¿Qué quería Hacha?

—¿Se llama así? Le va que ni pintado.

—Es uno de los guardaespaldas de FinMan.

Ella se ajustó un poco la bolsa en la mejilla.

—Hacha debió de perderse la fiesta cuando llevaste a los otros al hospital.

Nathan se estremeció. Eso despejaba cualquier duda: ya sabía que por culpa de él Hacha la había atacado.

—¿Qué te dijo?

—Dijo que venía a buscarte a ti.

—¿Por qué?

Terri miró alrededor hasta que pudo apoyar el codo en la mesa y aguantar la bolsa de hielo con una mano.

—Marseaux anda a la búsqueda de FinMan... cree que él filtró lo del cargamento de droga... porque tú le asustaste. Marseaux quiere su producto. FinMan supuso que podría hacer las paces si entregaba el alijo. —Paseó la mirada por la cocina antes de añadir—: A partir de ahora va a ser muy complicado poner las manos en ese cargamento.

Nathan entendió lo que quería decir. Habían sacado las drogas del contenedor y probablemente las tendría la policía guardadas bajo llave.

—Ya que Marseaux está buscando a FinMan, tendré que suponer que no le mató —añadió ella—. ¿Y tú?

—¿Han matado a FinMan? ¿Cuándo? —La miró a los ojos para ver si le creía. No le juzgaba, pero tampoco cambiaba su expresión.

—Anoche. Y si tú no lo mataste, ¿tienes idea de quién fue?

Él sacudió la cabeza.

—La lista de sospechosos es casi infinita.

—¿Dónde estuviste anoche?

—Solo, Terri. No tengo coartada y no voy a fingir lo contrario. O me crees o no me crees, eso es cosa tuya. Pero creo que me conoces lo suficiente para saber cuál es la verdad.

La breve pausa que le siguió inundó la estancia de tensión. Esperó a que le condenara como todos los demás pero sintió una oleada de alivio cuando ella asintió a modo de conformidad.

—En ese caso, tienes que esconderte. —Su mirada más sincera le imploraba que le hiciera caso—. Todo el mundo va a por ti.

—¿A quién te refieres con «todo el mundo»? —Sabía quién quería su cabeza, pero se preguntaba si ella conocía a todos los involucrados.

—La DEA te quiere porque creen que eres el cadáver desaparecido de Drake o estás relacionado con éste. Marseaux te quiere porque cree que FinMan te lo contó todo. Rodaine *el Napias* y Johnny Boy te buscan por haberles dado la paliza. La policía de Nueva Orleans busca a todo aquel relacionado con el cadáver desaparecido, el cargamento de drogas y Marseaux y, además, creen que mataste a FinMan. Eso lo resume todo, más o menos. —Le arqueó una ceja, sarcástica.

—¿Y tu agencia? ¿También va a por mí?

Ella bajó la vista y examinó la mesa desgastada de roble.

—Aún no.

No les había dicho nada. Nathan intentaba averiguar por qué había protegido a alguien que le había causado tantos quebraderos de cabeza. Era una mujer poco habitual. Era especial.

El anhelo por una mujer volvió a la superficie, pero su cuerpo sólo quería a una mujer. Ella. Ojalá su mente no le atormentara con lo imposible. Ella era el tipo de mujer que necesitaba —no, que se merecía— un hombre con futuro, y él no lo tenía.

—¿Quién eres? —le preguntó tan bajito que podía haber hecho caso omiso de la pregunta, pero no lo hizo—. Te acabo de confiar cosas, algo que no me resulta fácil. ¿Confiarás en mí lo suficiente para enseñarme tu rostro y decirme quién eres?

Se había ganado su confianza pero él no se había mantenido con vida tanto tiempo para regalarla tan alegremente. Nathan quería contárselo, de verdad, pero cuanto más supiera de él, más le complicaría la vida. Y la comprometería.

Y seguramente se apartaría de él, asqueada, si supiera que era un ex convicto.

—¿Estás dispuesta a creer en mí sin rechistar? —le preguntó.

Terri se quedó callada y en sus ojos vio que se le ocurrían varias preguntas.

—No. En el pasado confié en la persona equivocada. —Movía la mandíbula de un lado a otro, haciendo muecas antes de proseguir—. Ese error le costó la vida a mi compañero y, en mi caso, una herida que dudo que deje de sentir nunca. En este punto, la confianza incondicional es algo que reservo para alguien que me importe de verdad, como mi abuela.

—Bien. —Le sonrió al ver su mirada de sorpresa—. Así es como debe ser.

—Me alegro de que lo entiendas. Dada nuestra situación, creo que ambos debemos ser sinceros.

—Trato hecho. A ver, en relación a ese caso… quiero que lo dejes. ¿Qué hay que hacer para que lo entiendas?

Terri suspiró.

—Mira, yo lo entiendo, pero no es que esto sea una nueva revelación para mí. Me pasé dos años en el campo con la DEA. Soy consciente de los riesgos relacionados con investigar a contrabandistas.

—Algo me dice que en tu caso hay algo más que simple contrabando. —Le echó un vistazo al pasillo y al comedor y luego miró por la ventana de la cocina para examinar el exterior.

Terri estuvo atenta por si tenía otra oportunidad de verle la cara. Había visto sólo fragmentos cuando forcejeó con el matón en su dormitorio, unas imágenes fugaces que la habían asustado pero no lo bastante para determinar si estaba relacionado con los Drake de verdad.

Quizá si le viera a la luz del día creería que era real. Su rostro tenía un tacto real, no era la máscara de látex que creía que llevaba. Deseaba que se quitara la capucha para verle los ojos. Y, por un breve instante, tuvo la sensación de que le hubiera dejado que le desenmascarara.

—¿Qué crees que sucede además del contrabando? —preguntó ella.

—No tengo ni idea… aún —musitó, y se dio la vuelta, situándose estratégicamente lo más lejos de ella que podía cuando la tenía enfrente—. Ese es el problema que tiene este tipo de trabajo, la falta de información hasta que, en ocasiones, es demasiado tarde.

«Este tipo de trabajo.» Terri apartó la bolsa de hielo y la dejó sobre la mesa, pensando en lo que le había dicho.

—Parece que hayas estado en este campo o lo estés ahora mismo. ¿Cuál de las dos?

Él se apoyó en la nevera con los brazos cruzados.

—He tenido alguna experiencia en una vida pasada.

—¿Cuándo, dónde… qué hacías? —Intentó imaginarse todas las soluciones posibles. Se le aceleró el pulso. Sabía que estaba siendo estúpida, pero quería que estuviera de algún modo en la policía, quizá de asesor, como ella. Entonces no sería un criminal.

—Créeme, no quieras saberlo y yo no quiero hablar de eso.

Su emoción se apagó.

—¿Eres un criminal? —No servía de nada seguir evitando esa pregunta.

—Depende de lo que entiendas como criminal.

Ella negó con la cabeza.

—Eso no es muy alentador.

—Es que no quiero alentarte.

Eso le hirió en lo más vivo, pero le había dicho que fuera sincero.

—Hazle las maletas a tu abuela y salid de aquí hasta que esto termine.

—Mi abuela va a estar fuera unos días. La enviaré a Texas a ver a su hermana cuando regrese. Por mucho que aprecio tu preocupación, no puedo darle la espalda a este caso. Hay mucho más en juego que el contrabando, pero eso es lo único que puedo decirte hasta que sepa más sobre ti.

Él no se había movido de donde estaba apoyado con los brazos cruzados. Por lo fuerte que se agarraba a los antebrazos observaba que no le hacía gracia su reticencia a abandonar el caso.

—A pesar de lo que haya pasado esta noche —prosiguió ella—, sé cuidar de mí misma.

—¿Y por qué no tienes compañero? ¿Refuerzos?

—Eso es cosa mía.

—¿Para quién trabajas?

—Creo que seguiré tu ejemplo y también me acogeré a la quinta enmienda.

Él resopló de frustración.

—Alguien le quitó el contenedor a la DEA y dudo que tengas esa clase de empuje por ti misma.

Terri tiró la bolsa de hielo sobre el salvamanteles.

—No tienes ni idea del empuje que yo tengo.

—Tengo oído que saliste de la DEA bajo circunstancias algo dudosas. De ser ese el caso, no veo cómo se han venido abajo con tus presiones.

Quizá no pretendía abochornarla, pero lo había hecho muy bien.

—Lo que haga y cómo lo haga no es asunto tuyo.

—Ahora sí.

—¿Y eso por qué?

—Marseaux te está buscando por lo que yo he estado haciendo. Si no vas a trabajar con un compañero, yo te cubriré las espaldas.

—No te incumbe que tenga un compañero o no. No te metas en mis cosas. —Terri tardaría en limpiar su reputación, si es que conseguía limpiarla del todo. Lo que le faltaba era que alguien la viera en actitud amistosa con un tipo que seguramente tenía un expediente delictivo tan largo como su brazo. Debería apuntarle con un arma.

Pero esta noche le había salvado la vida o, al menos, le había ahorrado una buena paliza.

—Agradezco tu ayuda. —Se incorporó, necesitaba sentirse en igualdad de condiciones con él aunque fuera mucho más alto que ella. Si pensaba que era una incauta sólo porque se había dejado llevar al salón, tendría que aclarárselo cuanto antes. No necesitaba un hombre que la mimara. Y mucho menos uno al otro lado de la ley.

—Tengo que llamar a la policía, arrestar a este tío y hacer un informe —le dijo ella—. A menos que quieras explicar tu participación en todo esto, te aconsejo que te vayas ahora mismo.

Se apartó de la nevera y echó a andar con unos aires que emanaban peligro a cada paso. Cuando llegó hasta ella, bloqueó con su cuerpo la luz ambiental que se filtraba en la cocina a través de las ventanas.

Ella no se movió, esperaba a ver qué hacía él. Nathan llevó la mano a su rostro y le acarició la mejilla con el pulgar. Terri no se hubiera movido aunque hubiera podido. Se quedó mirando las sombras oscuras de su faz.

Dos ojos negros la miraban con intensidad.

—Gracias —susurró él, como si temiera que alguien pudiera oírle.

—¿Por qué?

Le apartó un mechón de la frente y luego dejó caer la mano.

—Por dejar que te abrazara esta noche.

Entonces desapareció antes de que ella pudiera recuperarse.

«Por dejar que te abrazara esta noche.» El corazón le dio un vuelco. Con sólo siete palabras le había trastocado las emociones de nuevo.

¿Quién podía ser? ¿Qué pretendía? Responder esas dos preguntas le ayudaría a solucionar este caso más rápido. O la obligaría a decidir entre darle libertad y expedir una orden de búsqueda y captura.

Terri fue tambaleándose hacia el teléfono y marcó el número de la comisaría. Tras identificarse, explicó la situación y le aseguró al agente de turno que estaba bien, colgó y esperó a que se montara el escándalo cuando llegaran.

Se apoyó en el armario inferior del fregadero y movió la mandíbula. Cuando vio la bolsa de hielo que empezaba a dejar un charquito de agua en el salvamanteles, se quedó inmóvil, y luego abrió el tercer cajón a su derecha.

En su interior estaban las bolsas de congelado y las miró como si hubiera encontrado un tesoro escondido. De alguna manera, era cierto.

No confiaba plenamente en este imitador de Drake, pero habían fraguado una frágil alianza que nacía de caminos que convergían. Y por mucho que quisiera negarlo, le gustaba ese hombre.

Había algo honesto y sincero en él, aunque no revelara su identidad. De saber quién era, ¿cambiaría la manera en que le veía?

Terri sacó una bolsa de plástico de la caja, levantó la del

hielo con las uñas y luego la dejó caer dentro de la otra bolsa. La cerró y dejó sellada su identidad en el interior.

Decisiones, decisiones.

El sargento Taggart se levantó de la silla plegable por tercera vez y estiró las piernas. Las nubes cubrían lo que quedaba de luna llena. Si no estuviera tan cerca de su jubilación, montaría un escándalo por tener que estar vigilando un contenedor lleno de porquería. Una jubilación reducida al máximo por esos políticos presuntuosos. En los últimos cinco años se había debatido dos veces el aumento de los presupuestos y unas pensiones más elevadas. Dos veces. Y se votó que no en ambas ocasiones. Esos ladrones lo tenían fácil, dormían en casas elegantes y tenían una jubilación sustanciosa. ¿Y qué hacían para ganarse la vida? Seguro que no protegían a los ciudadanos como él. Maldita sea, él sí que necesitaba la protección de los políticos. ¿Qué tenía para enseñarles después de todos estos años? No mucho más aparte de unos zapatos de suelas desgastadas. Al menos había andado en ellos, cómodo y calentito, hasta esta noche.

Miró el contenedor con asco. ¿Quién iba a robar un generador que pesaba tanto como su coche? Las drogas estaban bien guardadas. El resto que había en su interior parecía lo que su mujer, Erma, solía traer de las ventas típicas de jardín. Que Dios la tuviera en su gloria.

Abrió la nevera portátil blanca y roja algo descolorida y buscó un refresco frío. En la radio sonaba una de las canciones favoritas de su colega Frank y eso le recordó que este fin de semana iban de pesca.

A menos que le tocara volver a vigilar este maldito contenedor. El capitán tuvo una rabieta después de que esa asesora dejara que alguien entrara en su interior.

Taggart toqueteó el llavero en el que llevaba la llave que abría el contenedor y que pidió a los chicos de la garita por si empezaba a llover. El cielo había estado nublado todo el día. Metió la mano en su bolsa de lona y sacó la linterna.

El capitán había regañado a los vigilantes de la verja por la noche en que fue asaltado el contenedor.

¿Pero de qué iba todo eso? Taggart abrió el candado, lo echó a un lado, abrió la puerta unos centímetros y volvió a colgarlo. Abrió la puerta un poco más sin dejar de mirar la verja, pero esos muchachos llevaban hablando del partido de baloncesto desde que entró. Aunque estuvieran prestando atención, no se podía ver nada desde tan lejos. Cuando estuvo dentro del contenedor, encendió la linterna e iluminó rápidamente el contenido. El polvo de tomar huellas estaba por todos sitios. Las primeras cuatro cajas estaban repletas de las baratijas típicas de Erma, pero se le iluminó la mirada al abrir la quinta.

Herramientas de carpintero. Estaban hechas de madera de teca y eran preciosas. Era una verdadera lástima que ese maldito polvo tiznara esas bellas piezas de madera. Taggart vio un guillame, una escuadra y una pequeña sierra, todas de primera calidad. Esto es lo que Erma debería haber puesto en la repisa de la chimenea. Siguió mirando y encontró un par más de herramientas. Estaba todo patas arriba. Seguro que el importador lo tiraría todo y se lo reclamaría a la compañía de seguros. No malgastarían el tiempo limpiando el polvo de esas herramientas tan bonitas.

¿Se darían cuenta de que alguien se había llevado estas piezas de teca cuando ya habían asaltado el contenedor una vez? No harían más que apuntar en todas direcciones. Miró a su alrededor y luego se fijó en las piezas. Serían una buena bonificación, una manera mejor de dar las gracias por todos los años de servicio que un dichoso reloj. Además, si las pedía seguramente le dirían que no.

Entonces acabarían siendo leña en la fiesta de algún sin hogar.

Taggart se acercó a la puerta con las manos llenas y sacó la cabeza. No había moros en la costa. Las metió en la bolsa de lona y fue a coger el candado, pero se detuvo. A Frank le gustaban tanto las manualidades con madera como a él.

Levantó la linterna y volvió a guardársela. El turno siguiente empezaba dentro de dos horas. Nadie se enteraría.

Capítulo nueve

Nathan cambió de postura en el estrecho espacio que había entre la pared y el contenedor de basura, ubicado en la parte trasera, en el patio de la policía y que, por suerte para él, era contiguo a un edificio de ladrillo de tres pisos. El espacio olía muy mal, posiblemente debido a que era utilizado por los vagabundos y probablemente por algunos agentes, como urinario al aire libre.

Era muy estrecho para alguien de su tamaño, pero ese rincón le permitía unas vistas privilegiadas a la salida trasera de la comisaría para la que trabajaba Terri. En la última hora había visto a agentes y detectives entrar y salir a cuentagotas mientras observaba los coches patrulla, los Sedán de color oscuro y un Mini Cooper azul aparcados en el aparcamiento. Hacía diez minutos Terri había colocado su coche a dos plazas del contenedor.

El anochecer se cernió sobre el pequeño aparcamiento y eso despertó a bichos de todo tipo que ahora empezaban a husmear por la basura. Bostezó y se quedó sorprendido. Hacía tiempo que no pasaba más de cuarenta horas seguidas sin dormir. Esta noche tenía otra parada que hacer en cuanto Terri llegara al trabajo y de momento se quedaría vigilando un rato. Había dejado el coche en la manzana siguiente. Estaba lo bastante cerca para llegar hasta él deprisa para poder seguir a Terri, pero lo suficientemente lejos para vigilarla desde fuera del edificio.

Se abrió la puerta de la comisaría y salieron dos agentes que hablaban de algo. Se subieron a un coche patrulla y se marcharon. Llegaron un par de coches más, de los que salieron sendas parejas de agentes de ambos sexos.

Un Ford Crown Victoria de color azul marino entró al aparcamiento y lo cruzó lentamente, como si el conductor buscara un lugar de primera clase donde detenerse. Ya podía haberlo marcado con un «agente federal» en la puerta. El coche se detuvo detrás del de Terri y luego pasó por detrás en la hilera siguiente, en una plaza que estaba frente a la puerta trasera de la comisaría.

Tendría que haberse ido antes pero el conductor permaneció en el coche veinte minutos… hasta que Terri salió del edificio.

Un hombre fornido de pelo castaño despeinado salió del coche azul. Aunque al traje le faltaba un planchado, era del FBI, de la DEA o similar. Nathan se acercó al borde del contenedor, cerca de donde ella había aparcado.

Cruzó el aparcamiento pavimentado a toda prisa hacia el coche y el contenedor. Llevaba vaqueros, una cazadora y zapatillas de deporte. Esa ropa le preocupó. Se llevaba algo entre manos.

El federal salió del Sedán y gritó:

—Oye, Mitchell, espera.

Cuando Terri se detuvo junto a su coche, la frente arrugada que pronto relajó dejó entrever que no quería que la vieran.

—Brady. ¿Qué haces aquí?

Nathan no podía seguirla toda la noche si quería hacer la próxima parada. Estaba sopesando sus opciones cuando Brady dijo:

—Tenemos que hablar de Drake.

«Ahora no, Brady.» Terri se apoyó en el coche, disimulando cómo cargaba el peso en la pierna más fuerte.

—Tengo que ponerme en marcha. La policía no me paga para perder el tiempo.

—Pero si tú eres tu propia jefa, ¿no? —le dijo para ponerla a prueba más que como una forma retórica—. No tienes que fichar para entrar ni para salir.

—Cierto, pero se espera que le dé al cliente lo que paga. ¿Qué quieres? —Tenía que seguir con sus investigaciones, gracias a la información que le había facilitado Sammy. Brady la estaba entreteniendo.

—De acuerdo, iré directo al grano. En la DEA circulan muchos rumores sobre el cadáver de Drake. Mi jefe y otros tantos de arriba creen que nos ocultas información y que, o bien sabes dónde está el cadáver o conoces a alguien que lo sabe.

—¡Qué! ¿Pero quién empezaría ese rumor infundado? —Terri repiqueteó los dedos sobre el capó de su coche, pensativa. Entonces dejó de mover los dedos. La cerda de Josie era la que le estaba haciendo eso.

—Oye, hago todo lo que puedo para ayudarte, Terri. He intentado decirle a mi jefe que no serías capaz de algo así, que no ocultabas información… ni protegías a nadie.

—¿Proteger a alguien? ¿Como quién? —Pero sabía casi con certeza hacia dónde quería llegar. ¿Acaso Brady esperaba su camaradería de ella por problemas con el agente especial que estaba al cargo de su división? Estaba perdiendo el tiempo.

—Un informador. —Su réplica cortó el aire suavemente como un cuchillo bien afilado.

—No estoy protegiendo a un criminal, si eso es lo que insinúas. —Terri se alejó del coche—. Y no sé dónde está el cadáver. No soy el enemigo, maldita sea. —Le dio un manotazo al capó. El único informador con el que hablaba era el hombre que todos creían que era Drake, pero eso no se lo iba a decir.

—Oye, para el carro. —Brady levantó los brazos en señal de rendición—. Yo no he dicho que estuvieras protegiendo a un criminal. Estoy de tu lado. Me ha caído una buena bronca del jefe por el cadáver y por no haber recibido el chivatazo sobre el alijo de drogas del muelle antes que nadie.

—No puedo ayudarte con el cadáver y no creo que puedas culparme por no haber recibido el chivatazo primero. —Aunque sí podía echarle la culpa de que le hubieran arrebatado el contenedor a la DEA, si bien dudaba de que debiera enterarse del favor de Joe.

—Mira, Terri. Te defendí cuando mataron a Conroy, le dije a todo el mundo que os habían tendido una emboscada.

—Y te lo agradezco… y tampoco he olvidado lo que hiciste aquella noche. —De repente se sintió culpable. Él disparó al tipo que la estaba acuchillando.

—No es mi intención hacerte sentir mal o que creas que me debes nada, sólo… es que no quiero que te pase nada, sobre todo después de todo por lo que has pasado. Aún significas mucho para mí.

Se metió las manos en los bolsillos, bajó la vista y hundió la punta de la bota en la gravilla, como si estuviera pensando. Cuando dejó de moverse y levantó la vista, la sinceridad de su mirada la hizo sentir mezquina por haberle evitado.

—Mira, si trabajas conmigo y compartes tu información, yo también te diré cuanto pueda. Ese es el único modo de evitar que te echen la culpa por el cadáver desaparecido.

Esta vez fue ella quien bajó la vista. Si daba un paso en falso o confiaba en la persona equivocada, otra vez, Josie destrozaría toda la credibilidad que pudiera haber vuelto a ganar en la policía. Por otro lado, si no trabajaba con Brady, Josie no tendría que destrozarle la vida si el cuerpo no aparecía pronto.

—¿Y qué harás con Josie? Ha empezado una caza de brujas para cogerme a mí o a Conroy. ¿Te lo puedes creer? Si no consigue demostrar que yo estaba ayudando a Marseaux con la droga, ensuciará la memoria de Conroy. Y cree que el cadáver está relacionado con todo esto, incluso me ha amenazado si te ayudo.

Brady soltó una palabrota y algo despectivo sobre lo mal que le caían las mujeres criadas en buena cuna.

—Sólo invierte tiempo en un caso cuando puede obtener un ascenso. Y ahora no tendría las opciones que tiene si hubieras seguido en la DEA. No te llega ni a la suela de los zapatos en cuanto a puntería o a dotes de investigación. Sin embargo, te la has quitado de encima un par de días. —Sonrió—. Acaba de recibir un chivatazo que apunta a que el cadáver de Drake está retenido en una funeraria de Baton Rouge.

Terri esbozó una sonrisa por ese chivatazo que Brady debió de haber orquestado. Apreciaba el piropo por sus habilidades, pero Josie no se quedaba atrás.

—Así pues, tenemos un día más o menos antes de que descubra que ha sido una búsqueda inútil.

—Exactamente.

—De acuerdo, ¿qué quieres de mí?

—Necesito saber qué había dentro del contenedor —le dijo, con una mirada penetrante—. La DEA tendría que haber entrado allí primero.

—Por favor, no esperes que te compadezca porque la DEA perdiera ese maldito concurso que se lleva.

Brady levantó la mano en señal de tregua.

—Pongámonos de acuerdo o en desacuerdo. Necesito algo que los tranquilice por lo del cadáver desaparecido para que mi jefe crea que aún sigo al mando del caso.

—Aún no me has dicho de qué caso se trata —le señaló ella.

Él se la quedó mirando con un aire que le resultaría intimidante si no le conociera.

—Seguimos detrás de Marseaux, pero a diferencia de cuando estabas en el caso, ahora se trata de algo más que de drogas. Creemos que está proporcionando armas a un grupo terrorista o les está dando fondos a cambio de unas mejores relaciones internacionales. Estamos trabajando conjuntamente con la ATF, la oficina de control de bebidas alcohólicas, tabaco y armas de fuego.

Ella asintió y se mostró comprensiva para que pensara que era información nueva para ella. Entonces, la DEA tenía el mismo objetivo que el BAD.

—De acuerdo, ahora te toca a ti. No veo que hay de malo en que me digas lo que la policía ha encontrado en el contenedor o algo relacionado, ya que al final lo veré en un informe. Pero si dispusiera de esa información antes para hablarlo con mi superior me sería de gran ayuda.

Terri le dio unos golpecitos a la chapa del coche, pensativa. ¿Qué problema había en compartir información no clasificada con él si eso significaba tener algún chivatazo de la DEA? No veía ninguno. Una cosa que le habían enseñado en el BAD era que las reglas tenían que infringirse en ocasiones en pos de un bien mayor.

—De acuerdo —repuso ella—. El cargamento de droga iba sellado en el interior de unos tubos metálicos soldados juntos y que formaban una especie de caja para un generador. La noche que fui a inspeccionar el contenido antes de que el laboratorio criminalístico se presentara para empolvarlo todo, alguien se me adelantó y le sorprendí allí dentro.

—¿No te haría daño, no?

—No. —Terri se sintió mal por su preocupación. Sólo podría trabajar bien con Brady en este punto si mantenían su relación en un terreno estrictamente profesional—. Y tampoco creo que se llevara nada. —Se quedó callada. De momento eso era suficiente.

—¿Cuándo entregarán el contenedor a la DEA?

No hasta que ella le diera el visto bueno a la Policía de Nueva Orleans.

—No lo sé, pero puedo preguntarlo.

—Bien. —Brady miró por encima del hombro cuando un coche patrulla entró y aparcó cerca del edificio, entonces volvió a mirarla—. ¿Quieres venir a comer algo?

—Lo siento pero tengo que marcharme y hacer un par de cosas en casa. —Interiormente quiso morir al ver ese breve destello de lástima en su mirada, pero se apresuró a esconderla y la besó en la mejilla.

—Bueno, no pasa nada porque yo también tengo que volver. Ya hablaremos —le dijo mientras se dirigía hacia su coche.

Terri esperó a que saliera él antes de poner rumbo a su próximo destino, uno que no iba a contarle a nadie. En el mismo instante que empezaba a rodar, Sammy salió por la puerta trasera hablando consigo mismo o con el suelo, ya que tenía la cabeza agachada.

Ella se rio. ¿Qué podría haber puesto de malhumor al señor «Buen Rollo»? Detuvo el coche delante de él.

Sammy levantó la cabeza junto con una mirada iracunda; la mirada de un hombre a punto de usar su lenguaje más callejero hasta que la reconoció. Entonces se acercó a la ventanilla que acababa de bajar.

—¿Qué te ha puesto de tan mala leche? —le preguntó, sonriendo.

—Perdona por esta cara. —Sacudió la cabeza y luego apoyó el codo en el marco de la puerta y le explicó—: Me ha tocado el turno de noche de doce a siete para custodiar ese maldito contenedor. Y mañana por la noche, y este fin de semana también.

—Pensaba que le tocaba a Taggart.

—Y así era, pero a ese viejo chocho debe de haberle gustado algo. El capitán pidió a un tío de la empresa transportista que verificara el contenido y éste se subió por las paredes cuando vio que habían desaparecido cosas que nuestros agentes habían inventariado.

—¿Cómo qué? —También pensó en montar en cólera pero no con Sammy. Quería la cabeza de Taggart por manipular el contenido—. ¿Y qué dice Taggart?

—No sé lo que ha cogido. Taggart jura que no ha tocado nada. Le ha recordado al capitán que ya habían asaltado el contenedor así que cualquiera podría haber cogido algo, bla, bla, bla. No digas nada. El capitán me pidió que guardara el secreto. Está cabreado pero no quiere que despidan a Taggart y pierda la pensión. Según él, puede que devuelva sea lo que sea que haya cogido anónimamente y por correo.

Comprendía a Sammy, pero el capitán había acertado al poner de guardia a alguien competente.

—¿Eso interfiere con una cita?

—No a menos que salgas tú conmigo. —Sammy sonrió y arqueó las cejas.

Era encantador, una ricura, pero sólo bromeaba.

—Me siento halagada, pero soy lo bastante mayor para ser tu… hermana.

Sammy se rio.

—Tengo novia; hace unos seis meses que salimos. De hecho, incluso estoy pensando en hacerle la gran pregunta la semana que viene, en su cumpleaños.

—Me alegro mucho por ti. Es una chica afortunada. Asegúrate de hacerme llegar una invitación. —Terri sintió una punzada de anhelo por lo que compartían él y su novia. Nunca había sentido una atracción tan grande por ningún hombre.

Hasta que conoció a ese fantasma en la noche. Pero eso estaba rotundamente mal.

—Claro que sí. Nos vemos mañana. —Y se fue hacia su coche patrulla.

Terri salió del aparcamiento, cogió la interestatal 10, luego la 610 hacia el oeste. Veinte minutos más tarde tomaba la primera salida pasado el aeropuerto y siguió las indicaciones del GPS hacia el polígono industrial marcado en el informe. Dejó el coche en el aparcamiento de una empresa de alquiler de maquinaria que estaba cerrada por la noche.

Prácticamente había anochecido. Dio marcha atrás hacia un lugar más escondido junto a un camión de plataforma y cerró el coche con llave. Estiró las piernas un poco antes de dar la vuelta sigilosamente por el edificio contiguo. Coches y furgonetas pasaban a cuenta gotas. Cuando llegó a la esquina de un aparcamiento lleno de pinaza, se abrió camino entre la maleza hasta que llegó a un árbol que estaba junto a una valla de tela metálica que rodeaba las instalaciones de una empresa naviera. Una relacionada con Marseaux, si la información proporcionada por el amigo detective de Sammy era correcta.

Pensó en todas las maneras en las que alguien podía advertir su presencia y concluyó que el peor peligro serían los cables trampa conectados a una alarma silenciosa.

Se sacó del bolso una gorra azul marino y se la caló, metiendo todos los rizos dentro. Examinó el terreno una vez más antes de salir corriendo de detrás del árbol hacia la base de la valla de seguridad de unos tres metros de altura.

La zona de oficinas frontal estaba a oscuras y el aparcamiento había cerrado tras la jornada laboral. Pero había unas luces en el patio, detrás del edificio. A través de una maleza que le llegaba por la rodilla, finalmente pudo llegar hasta unos arbustos descuidados detrás de los que pudo esconderse. Gruñó por lo incómoda que estaba y se inclinó hacia delante hasta ver qué sucedía en el interior del patio vallado.

Unos hombres se movían por la dársena y parecía que dos de ellos cargaban con una gran caja de madera.

El único problema era que la distancia hasta la dársena no le dejaba oír nada, pero esto lo había decidido en el último momento. Después de esta noche, haría una lista de equipo de vigilancia para traérselo. Para alcanzar un escondite mejor tenía que cruzar una zona de tierra sin arbustos que la escondieran.

¿Qué probabilidades tenía de cruzar esos casi veinte metros sin que la vieran? Pues algunas, si gateaba lo suficientemente agachada para que la escondieran los arbustos. Se puso de rodillas, preparada para gatear. «Por favor que no haya serpientes entre la hierba.»

—No lo hagas —le susurró una voz masculina tan cerca que casi le entró un ataque al corazón.

Terri se quedó helada y empezó a jadear. El corazón le latía a mil por hora. Se dio la vuelta lentamente y encontró a un hombre encapuchado y agazapado a su lado. Llevaba el rostro oculto por una máscara de media negra, algo que aún tendría que haberla asustado más… si no se hubiera dado cuenta de quién era.

—¿Qué haces aquí? —siseó ella.

—Te lo diré si me cuentas qué haces tú aquí —respondió él.

—No. Vete. —«¿Pero qué les pasaba a los hombres de su vida?»

—No. Vete tú.

—¿Qué somos, niños de cuatro años? No tengo tiempo para esto.

—Claro que sí. Incluso si llegaras al otro extremo de la valla donde podrías oír mejor, entonces, una vez allí, ¿qué?

¿Cómo sabía lo que estaba haciendo?

—No voy a compartir mis planes contigo.

—Porque no tienes ninguno.

—No subestimes mis habilidades.

—No lo hago, pero pongo en duda tu sentido común al venir aquí sin compañero.

En eso tenía razón, pero lo llevaba claro si quería que se lo admitiera a un tipo de quien incluso desconocía el nombre.

Alguien gritó en la dársena.

Terri se dio la vuelta para observar mejor y él la empujó hacia sí antes de que tuviera tiempo para mirar.

—¿Quieres que te vuelen la tapa de los sesos?

«¿Y ahora se enfadaba?»

—No especialmente. —Empezó a decir algo más pero notó que él tenía el corazón acelerado y los músculos tensos debajo de esa camiseta ajustada.

Él la abrazó más fuerte hasta que su aliento le rozó el cuello. En voz baja le dijo:

—Uno de los hombres lleva un rifle con mira telescópica. Si te hubieras movido un poco más, podría haberte visto.

—Ni un águila me hubiera visto la cabeza con esta gorra y con tan poca luz.

—No quería arriesgarme a tener razón.

¿Había temido por su vida?

Eso estaba… bien. Notó un cosquilleo en el estómago. Sus brazos la rodeaban y se sentía segura. Cuando su abuela la acogió estaba tan recelosa como un perro abandonado, temerosa de confiar en nadie. A su madre la habían disparado en plena noche —estaba en el momento y el lugar equivocado— entre los brazos del hombre al que amaba.

El que le disparó creyó que estaba matando al hombre que había asesinado a su amigo. Durante el interrogatorio, el tirador dijo no tener ni idea de que las balas que le disparó a ese hombre en la cama habían matado también a la mujer, la madre de Terri, que dormía bajo las sábanas. O que ese hombre era, de hecho, un agente secreto que intentaba encontrar al asesino de verdad.

Por mucho que Terri quisiera disfrutar de esta sensación decadente de sentirse a salvo en los brazos de un hombre, aunque sólo fuera por poco tiempo, tenía un trabajo que hacer. Este también era un momento inoportuno en un lugar equivocado.

Él aflojó un poco los brazos pero no la soltó.

—Si te vas, te diré lo que averigüe esta noche. Te lo prometo.

¿Pero por qué tenía que ser ella la que debía irse?

—Esto no es negociable.

Nathan resopló de frustración y susurró:

—Me estás volviendo loco.

Ella sonrió al captar ese tono de «no sé lo que voy a hacer contigo». Pero ya le estaba bien porque él también la estaba volviendo loca.

—¿Y si no me voy?

—Pues entonces serás un cómplice de algo y no, no te voy a decir de qué. ¿Qué esperabas conseguir esta noche?

—Solamente quería observar.

—Pues entonces haz lo que te digo y te daré más información de la que hubieras podido conseguir fuera de la valla y, además, sin hacerte daño. Además, tú no quieres estar aquí esta noche.

—¿Pero por qué no quieres decirme lo que vas a hacer? —Se dio la vuelta para mirarle a la cara. La noche había llegado de repente así que no se veía gran cosa, incluso con la luz de los halógenos que parpadeaba en el patio.

Él sacudió la cabeza.

—Eso sería tan malo como que entraras conmigo.

—¿Vas a entrar?

Otro suspiro de impaciencia.

—¿Lo ves? Ahora ya sabes qué voy a hacer.

Ella se estremeció al pensar en él entrando ahí solo y con la posibilidad de que le hicieran daño. O algo peor.

Le frotó los brazos.

Maldita sea. Quería sacarle de allí, protegerle de sí mismo.

—¿Tienes ganas de morir?

—Ya no.

¿Que se suponía que significaba eso? Terri contempló varias opciones, pero no entraría y tampoco quería ser cómplice de un crimen, independientemente de que éste fuera contra un cabronazo que trapicheara con drogas.

—De acuerdo, me iré —convino ella al final—. Pero me gustaría que tú también lo hicieras.

—Entonces esto no acabará nunca y en cuanto esté hecho, antes podré hacer lo que tengo ganas de hacer. Venga, vayamos a gatas; será mejor para tu pierna que andar agachada. —No le dio opción a decir nada más cuando le cogió la mano y tiró de ella.

Terri le siguió mientras él zigzagueaba hasta la calle por otro camino. ¿Cómo conocía tan bien el lugar? Cuando se incorporaron, la tomó por la cintura y la guio para cruzar la calle... hasta su coche.

¿Entonces la había seguido? ¿Dónde tenía él el suyo?

A unos pasos de llegar al coche, se dio cuanta de que la máscara de media negra le colgaba del cinturón. ¿Cuándo se la había quitado? Andaban bajo una farola que estaba junto al edificio donde había aparcado el coche. Si le engatusaba para que se diera la vuelta quizá pudiera verle la cara.

—¿Qué es lo que quieres hacer? —le preguntó ella.

El chirrido de unos neumáticos en el aparcamiento la puso de los nervios. Antes de que pudiera decir «escóndete», la empujó contra la pared y le cubrió la boca con unos labios tan ardientes que pensaba que los suyos se derretirían. Él la besó desenfrenadamente. Ella le devolvió el beso, hambrienta por lo que él le ofrecía. Con una mano le levantó el trasero y la atrajo hacia sí. Llevándola hasta su erección.

Él le acarició el pelo y la abrazó, haciendo aún más intenso el beso.

«No pares. Por favor, no pares.»

Sus manos le recorrían el pecho y la espalda y luego le rodeó la cara. Estuvo tentada de quitarle la capucha, sentir su pelo y su rostro, pero no quería arriesgarse a terminar el beso.

Los dedos que surcaban su pelo bajaron hasta el cuello y más abajo, hasta el pecho.

Ella se puso tensa con esa oleada de calor que le recorría desde los pechos hasta la ingle y se estremecía cada vez que se movían sus dedos.

—¡Largaos a follar a un hotel! —gritó alguien desde un coche que pasaba. La música sonaba a todo volumen. Lo que parecía una lata de cerveza golpeó la pared a unos tres metros de distancia y luego se oyeron unas risas cuando el coche cruzó el aparcamiento zumbando.

Eso tendría que haberla hecho bajar de las nubes pero no podía desconectar ni física ni mentalmente. Se agarró a sus hombros y arqueó la espalda, jadeando al notar su roce.

Quería eso. Le quería a él.

Y entonces él paró. ¡Paró!

—Ya se han ido. Vámonos —dijo con voz ronca; parecía que se hubiera quedado sin aliento. ¿Tan cansado resultaba besarla?

En aquel momento se le encendió una lucecita. Sólo la había besado para que no les vieran la cara. Obviamente, él no había sentido la misma conexión.

Y cuando se quiso dar cuenta, volvió a llevarla a la oscuridad y ella reprimió las ganas de gritar.

Sí, ese beso fue una estupidez porque él podía ser peligroso. Pero si quería hacerle daño ya había tenido muchas otras oportunidades.

Estaban a punto de llegar al coche cuando le entró una rampa en el muslo que le hizo perder el paso. Dio un traspiés y él se dio la vuelta y la cogió antes de que cayera al suelo. El hombre tenía unos reflejos increíbles.

—Perdona. Tendría que haber sido más cuidadoso. —Él se quedó quieto, respirando con dificultad. No creía que tuviera nada que ver con cansancio físico, así que quizá sí que le había afectado el beso a pesar de todo. Que se lo dijeran a ella lo de los sentimientos abrumadores.

—Estoy bien —le dijo.

—Prueba con la pierna.

Nadie más le prestaba atención a la pierna. ¿Cómo la conocía tan bien? Terri cambió de postura y apretó los dientes de dolor, pero dijo:

—Está bien.

Él fue apartándose poquito a poco hasta que ella pudo ponerse de pie completamente. Usó el mando para abrir el coche. Cuando llegó a la puerta del conductor, él la abrió pero siguió con la cabeza ladeada.

—Antes me has preguntado qué quería hacer, ¿verdad? —dijo él.

—Sí.

Él se dio un poco la vuelta pero seguía sin mirarla de frente.

—Besarte.

Como si su corazón no palpitara ya a mil por hora, volvió a saltar al oír eso. Ella se sentó en el asiento de piel y sin levantar la vista dijo:

—¿Quién eres? —Pero esta vez se lo preguntó con dulzura y en voz baja.

—No puedo decírtelo hasta que saberlo no te ponga en peligro o en una posición delicada, sobre todo con tu agencia.

—Nunca dije que trabajara para una agencia.

—No hizo falta. ¿Dónde irás ahora?

—A la comisaría.

—Hazme un favor y quédate ahí una hora más, como mínimo. —Cerró la puerta y echó a andar.

Ella introdujo la llave, le dio al contacto y pulsó el botón del elevalunas para bajar la ventanilla. Circuló a su lado:

—Si no trabajas para la policía o una agencia del gobierno, ¿por qué es tan importante lo que tienes que hacer allí dentro si cabe la posibilidad de que mueras?

Él se detuvo.

—Por el mismo motivo por el que tú no puedes dejar el caso… justicia. —Y dicho eso, se fue andando.

Intentó tragar saliva para aliviar el nudo que tenía en la garganta mientras él desaparecía en la noche.

¿Un fantasma? Era posible. ¿Un tío bueno? Definitivamente. ¿Y qué más?

Pisó el acelerador y cogió la salida a la autopista. Seguramente seguía observándola.

Terri le dio unos golpecitos al volante. Algo estaba pasando en ese almacén. Quizá Brady le diera alguna pista si le incluía ahora. ¿Pero dónde dejaría eso a su hombre misterioso?

—No cabe duda de que Terri Mitchell trabaja para alguna agencia porque el papeleo está enterrado bajo tantas capas que nadie puede averiguar quién autorizó su contrato de asesoría —dijo Duff por los auriculares de su Bluetooth. Fra Bacchus le había enviado un mensaje para que le llamara de inmediato, aunque en realidad no había ninguna emergencia. A veces el vino le daba al Fra muchas más ganas de hablar que en ninguna otra ocasión. Duff miró a un par de chicas que pasaban por delante del Café Du Monde, donde acababa de citarse con un contacto. La pelirroja con las botas brillantes era un bombón, pero la rubia… esa era un ejemplar de primera clase.

—No me gusta —repuso Fra Bacchus—. ¿Y qué pasa con el producto?

—Tengo el contenedor vigilado las veinticuatro horas. Anoche pusieron a un solo agente. Si esta noche es lo mismo, no deberíamos tener ningún problema.

Capítulo diez

Nathan esperó hasta que las luces traseras del Mini Cooper se convirtieron en dos brillantes puntitos rojos.

Después de ese beso, no podría conciliar el sueño esa noche. Ni la siguiente.

Nunca había deseado a una mujer hasta ahora. Y no sólo para hacerle el amor, aunque eso ocupaba más sus pensamientos que otra cosa. Tenía una energía y frescura envidiable. Toda ella le atraía, incluso cuando se mostraba borde y, en ocasiones, también cuando estaba de mal humor, como ahora, pero al menos estaría sana y salva mientras él terminaba sus asuntos; luego la seguiría a casa.

Esperó a que pasaran un par de coches y luego corrió hacia la entrada del edificio, sumida entre las sombras. No podía creer que Terri hubiera estado a punto de pisar un cable trampa que hubiera disparado las alarmas. Esbozó una sonrisa al pensar en su falta de formación, pero claro que tampoco la habían entrenado para los cuerpos especiales.

Lo que estaba claro era que le mantenía en ascuas. Estar a su lado le emocionaba y le frustraba a partes iguales. Quería lo que ella le ofrecía, quería eso que le hacía sentir de nuevo.

Pero él tenía la misma remota oportunidad de terminar con una mujer como ella que de tener una vida futura normal y poder disfrutar en pareja.

Además, tarde o temprano averiguaría su verdadera identidad. O al menos una de ellas.

Podía ser Nathan Drake, a quien creía muerto y relacionado con un barón de la droga —¡ah!, y también desertor del ejército—, o bien Jamie Drake, ex convicto con una condena de dos años por narcotráfico en su historial.

Qué opciones más halagüeñas. Por un lado un criminal y, por el otro, ¡otro criminal! Que escogiera el que quisiera: eran gemelos idénticos. E igual de perdedores.

Aunque a decir verdad él nunca fue idéntico a Jamie. Su hermano había nacido con cerebro. El coeficiente intelectual de Nathan no estaba nada mal, pero él tenía destinado el trabajo sucio. Y no le hubiera importado si su hermano hubiese vivido para hacer algo que mereciera la pena en este mundo.

Nathan se paró cuando llegó a la entrada lateral del almacén. ¿Por qué Jamie fue a trabajar a esta empresa naviera? Seguro que sabía que en el trabajo pasaban cosas raras o nunca le hubiera dejado esa nota tan críptica en la nevera. El grupo de Marseaux debía de pagarle en metálico o los federales hubieran rastreado alguna pista hasta aquí.

Inspiró hondo y usó las pequeñas herramientas para forzar puertas con las que su hermano le había sorprendido una vez que, de permiso, quería abrir la puerta trasera de casa. Él no se explicó, no y Jamie tampoco preguntó. Tenía otras en la base del mueble, así que éstas las guardó en la caja roja de herramientas que compartían. Las pegó en el interior y sólo se veían si se sacaba primero el cajón.

Gracias a Dios, algunas cosas no habían cambiado.

Nada más abrir la puerta había una pasarela a izquierda y derecha con hileras de estanterías. Unas profundas voces masculinas conversaban cerca del área de carga y descarga.

Nathan se desplazó en silencio sobre el suelo de hormigón hacia las voces, pero se mantuvo lo bastante alejado para que no le vieran. Cuando llegó al final de las estanterías, tuvo que aguardar el momento oportuno para esconderse detrás de cuatro columnas de cajas apiladas. Había llegado a la última, junto a una esquina del edificio, cuando se abrió la puerta por la que había entrado.

Se movió rápidamente hasta el lateral de la caja tras la cual se escondía. Si nadie se le acercaba pegado a la pared.

Rodaine *el Napias* entró con la cabeza agachada, las manos atadas a la espalda y de la comisura de los labios le salía sangre. Tenía hinchado el ojo derecho. Aún llevaba la cabeza vendada del rifirrafe que tuvo con él, pero estaba claro que ya estaba fuera de observación por conmoción cerebral. No tendría que haberle apuntado con una pistola, que al final resultó ser un favor ya que el matón llevaba un arma más decente y apenas más pequeña que un rifle. Ahora llevaba la Magnum 357 metida dentro de los pantalones, a su espalda.

Sin tener en cuenta que iba maniatado, Rodaine insultaba a todo el mundo pero sus peores palabras iban dirigidas a una persona en particular: Zink, el primer teniente de Marseaux.

Nathan lo miraba con los ojos entrecerrados. El tipo huesudo del muelle que llevaba una camisa, pantalones de pinzas y el pelo rubio engominado y peinado hacia atrás no se parecía al Zink fornido que Nathan recordaba del juicio. Esta versión era enfermiza. Demasiado esnifar puede llegar a matarte. Eso si él no le ponía las manos encima antes.

Hacía dos años, Jamie había acudido a Marseaux por un préstamo, nada más. Uno de sus hombres le engañó. Zink le usó para liberar a uno de sus hombres tras una redada.

Nathan fue el que cuidó de su hermano cuando Jamie estuvo abrazado al retrete más de dieciséis horas, devolviendo demasiado alcohol a la naturaleza. Después de eso, lo más fuerte que Jamie pudo paladear fue una cerveza ocasional… y sólo con Nathan.

Zink tenía tanta culpa por engañar a Jamie la primera vez como Marseaux. Ambos le debían a Nathan dos años de su vida y más.

—¿Pero qué pasa? —le gritó Rodaine—. Hace ocho años que conozco a Marseaux. Ocho años. La mayoría de la gente no es lo bastante lista para mantenerse limpia en este negocio. Yo lo hago y estoy siempre al tanto, le cuento siempre las últimas noticias, entonces, ¿a qué se debe esta mierda?

Al final, Zink se dio la vuelta. Estaba supervisando el empaquetado de unas estatuas de cristal algo chabacanas. No supo ver si el cargamento estaba escondiendo sustancias ilegales, pero ¿por qué estaban aquí a estas horas de la noche cargando dos cajas enormes en un camión? ¿Trabajaban para cobrar horas extras?

—No tendrías que haberle contado a nadie lo de la naviera. —Zink le señaló con el dedo para más énfasis.

—No dije nada. Te lo juro.

—No es lo que me han dicho. Tengo pruebas. ¿Qué tienes tú? El narigudo de Rodaine se le quedó mirando en silencio y luego empezó a sacudir la cabeza.

—No es verdad. Drake no está muerto. Él sabía cosas, y se las dijeron otras personas, no yo. El cabronazo me asaltó por detrás y me abrió una brecha en la cabeza.

¿Por detrás? No tendría que haber sido tan suave con ese maldito llorón.

—Yo... yo no he dicho nada, de verdad —prosiguió él—. Ese tío no está muerto. Los maderos tienen que haberse inventado la historia. Apuesto a que Drake trabaja con ellos. Estuvo haciendo preguntas sobre este sitio, como si él no hubiera estado aquí hacía unas semanas. Daba miedo. No le dije nada que no supiera ya. ¿Qué esperabas que hiciera?

—Tengo un perro sarnoso con más cerebro que tú y tus pelotas juntos. —Se detuvo para aprobar algo respecto al empaquetado de la caja y luego volvió a centrarse en su presa—. Ocho años en este negocio deberían de haberte enseñado qué les pasa a las personas que no pueden mantener el pico cerrado.

Nathan no tenía porqué sentirse responsable ya que ese tipo era una capa de grasa más en la panza de las actividades ilegales de Nueva Orleans. Sin embargo, tampoco quería ver un asesinato a sangre fía porque él le hubiera interrogado antes. Solamente jugaba a juez y jurado con aquellos que metieron a Jamie en esto e hicieron que le mataran. Los criminales que nunca irían a juicio y serían juzgados por doce jurados, porque estaban hechos de teflón.

Nathan trató de medir su fuerza contra aquellos hombres. Había dos que cargaban la segunda caja de madera en una carretilla y la llevaban hasta el extremo final del muelle. Uno saltó cuando bajaron la caja en la plataforma hidráulica.

Eso dejaba solos a El Napias, Zink y su ayudante, un tipo pelirrojo con barba a juego que parecía venido de los sesenta. Además, Barbarroja llevaba un arma automática colgada al hombro.

—No, no, no. Esto no está bien. Drake está sacudiendo a todo el mundo. Pregúntale a FinMan. He oído que Drake les dio una buena paliza a sus guardaespaldas.

Zink le sonrió.

—Ya he oído la lamentable historia de FinMan. No creo que vuelva a hablar… nunca más. Átale de pies.

Barbarroja se sacó una tira de alambre y se la ató a los tobillos y aseguró los extremos con fuerza. El Napias tenía el rostro desencajado de angustia.

Nathan no sentía remordimientos por lo de FinMan. El canalla siempre alardeaba de que tenía a la policía y a Marseaux en el bolsillo. Le había amenazado con cortarle en pedacitos y dejar que se desangrara poco a poco.

Por supuesto, eso era cuando FinMan convocaba a sus fuerzas con sólo apretar un botón. Cuando metió la mano bajo la mesa y apretó el botón de la alarma silenciosa, su rostro perdió el color al ver que nadie entraba por la puerta, pistola en mano, para salvarle el culo. Entonces cambió su actitud y empezó a negociar de inmediato.

—No, Zink —le rogaba él—. No lo hagas. Tengo información de primera mano sobre dónde han guardado la droga. Podemos cogerla para Marseaux.

Barbarroja puso a Rodaine de rodillas. Éste empezó a suplicar con más insistencia.

Zink se le acercó.

—Marseaux tiene mayores preocupaciones que la droga de ese cargamento. Te diré lo mismo que le dije a FinMan. Drake está muerto. Si fuiste lo bastante imbécil para creértelo, mereces morir. Como dice el dicho; los muertos no hablan.

Nathan suspiró, se quitó la capucha y salió de su escondite.

—Este sí.

Los tres levantaron la vista. El Napias se quedó boquiabierto. Barbarroja entrecerró los ojos como si necesitara gafas para ver de lejos.

Zink musitó:

—No me jodas.

Nathan se encogió de hombros y se cruzó de brazos medio segundo. Zink se llevó la mano a la espalda y la sacó rápidamente acompañada de un arma.

Los dos hombres que cargaban el camión se subieron a la cabina inmediatamente. El motor se puso en marcha y las ruedas chirriaron al salir del aparcamiento a toda prisa. No querían quedarse para la fiesta, ¿verdad?

—¿Quién mierdas eres? —Zink amartilló la pistola. Barbarroja le apuntaba también con la automática que le colgaba del hombro.

Nathan se escondió tras la barricada de cajas. Esperaba que dentro de ellas hubiera algo más que chismes de cristal.

Varias balas hicieron un ruido metálico en la madera y rebotaron contra la pared. Las astillas le alcanzaron a Nathan en la cabeza y los hombros.

—No les des a las cajas, gilipollas. —¿Quería que le nombraran director del año?

Nathan se asomó entre dos cajas.

Zink y Barbarroja se separaron, ambos directos hacia él y cortándole el paso hacia la salida en ambas direcciones. Nathan se quedó agazapado y se movió sin hacer ruido entre las columnas de cajas, adentrándose en el almacén. Sacó el arma y fue avanzando lentamente. Encontró un sitio donde podía quedarse de pie sin ser visto, y al mismo tiempo podía ver a cualquiera que se acercara desde la zona de carga y descarga.

Barbarroja se asomó cautelosamente al otro extremo y empezó a bajar por el pasillo, dejando atrás hileras e hileras de estanterías a su izquierda. Había una densa capa de silencio suspendida en el aire. Cada vez que se detenía, miraba primero a la derecha, comprobaba la separación entre las hileras, luego le echaba un vistazo a la izquierda y seguía andando. El sudor empezaba a resbalarle por la cara y las gotitas quedaban prendidas de su barba.

Cuando llegó a la hilera donde estaba Nathan, Barbarroja miró a la derecha.

Nathan se adelantó, le asió la barbilla y de un solo movimiento le giró la cabeza y le partió el cuello. Lo dejó en el suelo, arrastró el cadáver unos centímetros para que quedara escondido y luego le quitó el rifle.

Una M-16 con mira telescópica... bonita. Y cargada; aún mejor. Nathan guardó la 357 milímetros dentro de la cinturilla de los vaqueros, por delante, para tenerla bien a mano.

Se desplazó hasta otro lugar y se detuvo al oír un forcejeo. Agachó la cabeza y encontró una abertura por la que mirar. Rodaine *el Napias* se contoneaba espasmódicamente hacia la puerta. No llegaría muy lejos con las piernas atadas.

Zink salió a su encuentro, entre Nathan y Rodaine, y levantó el arma para apuntar a este último.

Nathan salió de su escondite.

—¿Me echabas de menos?

Zink se dio la vuelta y el brazo con el que sujetaba el arma se movió con él tan suavemente como el de una bailarina. Pero Barbarroja había compartido sus juguetes. Blandió la M-16 como un bate y le golpeó en plena cabeza.

Justo cuando la situación parecía prometedora, la puerta trasera se abrió de golpe. Suspiró. Eso significaba que había alguien más de quien ocuparse. Los hombres que cargaban la mercancía debían de haber pedido refuerzos.

Nathan fue a buscar cobijo. Zink seguía inconsciente pero a plena vista. Y eso no sería tan malo si no hubiera caído sobre el arma. No había manera de arrebatársela sin llamar la atención. Volvió a ponerse la capucha y se mezcló con las sombras.

Hasta que supiera quién había entrado, no pensaba enseñar la cara más de lo imprescindible.

Esperaba ver balas volar en cualquier momento, pero lo único que oía eran pasos y un insulto agudo. Una mujer.

—Será mejor que salgas, Drake —dijo una voz masculina que provenía de algún lugar entre él y la puerta—. Estoy cansado de que interrogues a mi gente. Te pagué demasiado bien para que ahora me lo pagues así. Suerte que ya venía para acá cuando recibí la llamada de mis hombres o hubiera pasado de largo… y he encontrado a esta pequeña joya.

Nathan ya había oído esa voz en otras ocasiones. Durante…

Anton Marseaux se dejó ver. Con Terri. A Nathan se le hizo un nudo en el estómago. Marseaux la tenía sujetada con el brazo alrededor de la garganta y una mano tapándole la boca. Con la otra mano le apuntaba la cabeza con una Walther PPK. Se había quedado pálida y no era por esos fluorescentes gigantes.

—Suelta el bolso. —Marseaux se detuvo junto a una caja. Terri soltó la correa del bolso y lo tiró dentro de la caja de madera.

Marseaux dio tres pasos atrás hasta que pudo apoyar la espalda en la pared.

—Sal, Drake, o la mataré.

Nathan estaba inmóvil.

—Ella no tiene nada que ver con esto.

—¿Ah, no? Pues me podría haber engañado a juzgar por cómo ha llegado a este edificio. No me soples humo en el culo y me digas luego que está ardiendo el bosque. No hubiera conseguido pasar por dos de mis cámaras sin ser vista si no tuviera formación específica. Me imagino que es la puta de la DEA a la que se lo has soltado todo.

—¿Qué quieres?

—Tus armas, para empezar.

Nathan pasó de largo del cuerpo tendido de Zink y dejó la M-16 sobre una caja a su izquierda, y luego dejó la pistola al lado.

—Acércate.

Nathan dio algunos pasos.

—Ya basta—le dijo Marseaux.

Lo suficiente para que viera los ojos de Terri, que deberían ser redondos del miedo pero, por el amor de Dios, echaban chispas.

Por supuesto, después de oír lo de que trabajaba para Marseaux, lo más seguro es que estuviera furiosa con ambos.

—Suéltala.

—¿Y por qué debería hacerlo?

—Es a mí a quien quieres. Hagamos un trato.

Terri abrió mucho más los ojos, que cambiaron de rabia a miedo. ¿Por él? No se merecía su preocupación. Ya la había metido en esto mucho más de lo que debería.

—Por lo que veo, os tengo a los dos —dijo Marseaux en broma.

—Suéltala y te diré quién se chivó de lo del cargamento.

Eso le consiguió toda la atención de Marseaux.

—Dímelo ahora a menos que quieras ver sus sesos esparcidos por el suelo.

Nathan sacudió la cabeza.

—Suéltala primero. —Levantó las manos para enseñarle que no iba armado.

Entonces oyó que amartillaban una pistola a sus espaldas. Maldita sea, Zink se había incorporado y llevaba la 357 milímetros.

—Le tengo cubierto, jefe —anunció Zink.

—De acuerdo, haremos un trato. —Marseaux le dedicó una sonrisa de victoria y soltó a Terri.

Nathan se acercó y se quedó a unos seis metros de Marseaux, quien empujaba a Terri para que se moviera. Ella se tambaleó.

Nathan tuvo que apretar los puños para contenerse y no ir a por ella o ambos acabarían acribillados a balazos. Ella dio un paso más al frente y empezó a hablar, pero unos disparos rápidos apagaron los fluorescentes.

Nathan se abalanzó para cogerla y se quedó con las manos vacías. Rezando para que encontrara donde esconderse, se tumbó y rodó hacia la derecha mientras las balas seguían lloviendo por doquier.

Un tercer tirador había entrado en acción, pero eso no quería decir que fuera fuego amigo. Podría ser un madero o un enemigo de Marseaux.

El sitio estaba completamente a oscuras, salvo por un poco de luz que se filtraba del área de carga y descarga.

¿Qué no daría en esos momentos por tener los binoculares de visión nocturna? Sigilosamente regresó hasta donde había dejado la M-16.

Le llegaron ruidos desde dos sitios distintos, pero no tres. Lo más seguro era que fueran Marseaux y Zink. Ninguno de los dos había demostrado tener habilidades para esconderse.

¿Dónde estaba Rodaine? La luz ambiental recortaba una silueta cerca de la puerta trasera que había dejado de moverse. Nathan dudaba de que le hubieran dado a Rodaine. Lo más probable era que esperara a ver quién salía ganando.

Nathan levantó la mano para poder enganchar bien el rifle con un dedo y lo movió hasta el extremo superior, por encima de la cabeza.

Algo hizo *clic* y se encendieron seis luces de emergencia. Volvió a bajar el rifle.

Alguien le disparó a los dos fluorescentes más cercanos a la puerta de entrada. El nuevo tirador.

Cerca se oyeron dos estallidos más, que sonaron como la SIG que le había visto a Terri en el bolso. Ahora ya la tenía localizada.

Zink pegó un salto y disparó una ráfaga de balas en el pasillo, hacia la puerta. El pistolero desconocido le dio a Zink entre los ojos. Estimó que el tirador no identificado se había movido y se hallaba ahora a unos veinte metros de su última posición. Era un tirador bien entrenado.

Se oyeron tres pasos rápidos hacia la puerta trasera, junto a la zona de carga. Nathan se dio la vuelta en el mismo instante que Marseaux saltaba sobre Rodaine y salía por la puerta que luego cerró dando un fuerte golpe.

El corazón le latía con fuerza. Aún quedaba un tirador.

Terri estaba entre ambos, pero estaba entrenada e iba armada.

Él estaba en un lugar comprometido desde el que sería difícil defenderse. No había suficientes cajas para poder esconderse y no podía arriesgarse a moverse a otra posición. El largo pasillo a cada lado desde donde él estaba agazapado llevaba a la última posición del tirador.

Esperaba que pronto acudiera la policía. No sería bueno para él pero al menos Terri podría salir con vida. Al final todo se reducía a quién tenía más potencia de fuego y estaba seguro de que perdería la batalla.

—No dispares —dijo una voz desde el pasillo, aunque esta vez estaba más cerca.

¿Qué? Nathan inclinó la cabeza, confundido. ¡Como si fuera a dejar de disparar sólo porque se lo dijera el enemigo!

—Dame un motivo para no hacerlo —gritó él.

El tirador lanzó algo pequeño que resbaló por el suelo de hormigón, pasillo abajo.

Nathan se preparó para saltar hacia Terri y protegerla si el objeto que había visto era una granada, pero esa pieza de metal parecía demasiado pequeña para serlo. Cuando dejó de moverse, se fijó en la moneda de la Tropa de Asalto… con una abolladura.

Nathan levantó la vista y vio a Stoner acercarse a él entre las dos hileras de estanterías.

—¿Pero qué narices…? —Nathan salió de su escondite.

Stoner examinó el extremo final de los estantes. Se subió el monocular y sonrió al tiempo que le tendía la mano para que se la estrechara.

—Quieto o disparo.

Nathan giró la cabeza y se encontró a Terri a tres pasos apuntando con su 9 milímetros a Stoner, que no se había movido ni un pelo al oír su orden.

—No es el enemigo —le dijo él tranquilamente.

—Eso no lo sé.

—Yo sí. —Miró a Stoner, cuya mirada seguía clavada en su arma, y luego volvió a fijarse en Terri—. Escucha…

—Perdona, pero hasta aquí pienso llevar mi alianza contigo. Yo no sé quién eres pero Marseaux, sí. No me niegues que trabajas para él.

Nathan no podía culparla.

—Te lo explicaré, pero no dispares. Baja el arma y hablemos.

Ella abrió mucho los ojos y luego los entrecerró.

—Es que no confío en que no vuelvas a engañarme.

—Chica lista —murmuró Stoner.

Nathan le espetó:

—No me estás ayudando.

Pero su amigo se encogió de hombros con indiferencia.

—Pensaba que te alegrabas de verme.

Terri resopló, impaciente.

—Dejadlo ya.

Nathan se arriesgó y dejó el arma en el suelo, luego se acercó a Terri. La SIG de la mujer se movió horizontalmente unos centímetros hasta apuntarle, pero él siguió acercándose.

—¡No! —le advirtió ella. El dedo encima del gatillo se movió un pelo.

—No voy a engañarte.

Terri no estaba segura de seguir confiando en este hombre misterioso. Agarró la pistola con fuerza, preparada para usarla si no dejaba de moverse hacia ella.

—¡Quieto! —El corazón le latía tan deprisa que no podía respirar siquiera. ¿Acaso no la creía capaz?

Cuando él dejó de moverse, ella cargó el peso en la pierna más fuerte, lista para atacar. Había sido una incauta al preocuparse por él cuando en realidad era un agente de Marseaux. No la había tocado pero ella ya no confiaba en que no volvieran a engañarla. No después de que un criminal le hubiera tendido una trampa.

El tipo negro y alto llevaba una especie de casco de visión nocturna y no se había movido desde que le vio el arma. ¿Alto? Bueno, tan grande como un oso y un experto con ese rifle de aspecto temible que le colgaba por delante del chaleco.

—¿Terri?

Ella volvió a mirar al hombre de la capucha, pero no perdía de vista al tipo negro ya que a ambos le separaba sólo un metro y medio y estaba claro que se conocían.

—¿Qué?

—Nunca te he hecho daño y no tengo intenciones de hacerlo ahora. Me crees, ¿verdad? —preguntó en un tono impaciente. Ella había empleado la misma táctica de «tranquilicémonos» muchas veces al tratar con una amenaza. Pero no podía mentir porque ambos sabían que le había salvado el culo más de una vez y nunca le había hecho daño.

—Sí.

—Entonces confía en mí; no te engañaré.

Que confiara en él… ¿Lo decía en serio? Ya le había dado más confianza de la que merecía. Si alguien del BAD, de la DEA o de la Policía de Nueva Orleans supiera el tiempo que había pasado con un hombre que claramente estaba esquivando la ley y estaba metido en esta investigación, la ensartarían en un pincho y la tostarían poquito a poco.

Él dio un paso más con los brazos pegados al cuerpo. Terri sabía que pensaba cuidadosamente en cada movimiento antes de hacerlo.

Tenía las palmas sudadas. No quería dispararle pero si no le daba otra opción, lo haría. Era la ley de la calle: el que duda, pierde. La noche que Conroy murió, le llamó la atención un movimiento a su espalda justo antes de que la golpearan pero él había dudado. ¿Por qué? ¿Conocía al atacante?

El extraño de la capucha se acercó más.

Ella tragó saliva y tensó el dedo sobre el gatillo.

Entonces él cogió la capucha y la bajó.

Ningún otro movimiento la hubiera embelesado tanto como ese simple gesto.

Su rostro apareció lentamente al mismo tiempo que él daba otro paso al frente. Unos ojos azules grisáceos le sostuvieron la mirada, reacios a apartar la vista. La suave tela caía hacia atrás poco a poco. Unas mejillas y una nariz recta que le resultaban familiares salieron a la luz.

Terri entreabrió los labios y se le hizo un nudo en la garganta.

Cuando la capucha le cayó sobre los hombros, su cara estaba totalmente al descubierto, incluso esos labios cincelados que podrían haber sido tallados por un maestro escultor.

Era Nathan Drake, en carne y hueso.

Capítulo once

—Eres Nathan Drake. —Terri miraba absorta el rostro que debería tener un agujero de bala en esa frente tan lisa.

—Sí. No me dispares. —Le dedicó una sonrisa pensada para que bajara las defensas. Funcionó bastante bien.

¿De qué valdría dispararle si una bala en la cabeza no le había matado? Esa idea era ridícula.

Terri bajó el arma.

—¿Cómo puedes estar vivo? —Tenía que haber una explicación. Pensaba en él como un fantasma pero sólo para divertirse.

—Es una historia complicada y creo que hay mejores sitios en los que hablar que aquí.

Ella le dio la vuelta y recobró la consciencia.

Un gruñido desde la esquina le llamó la atención. Nathan también se dio la vuelta y se colocó entre ella y el sonido.

—¿Qué piensas hacer con él?

Terri saltó al oír una voz grave a su espalda y corrió hacia Nathan, entonces se dio cuenta de lo que había hecho y se apartó de los dos hombres.

Nathan se dio la vuelta, con el ceño fruncido.

—La has asustado.

—No, ¿qué dices? —mintió ella, avergonzada—. ¿Quién es?

—Terri Mitchell, él es Vic Stoner. —Luego añadió—: Un buen amigo.

—Tu único amigo —susurró él y le tendió la mano a Terri—. Encantado de conocerte.

Terri se quedó mirando aquella mano enorme mientras Stoner esperaba pacientemente a que decidiera si era amigo o enemigo. Al final, se la estrechó. Podría haberle crujido todos los dedos, pero anduvo con cuidado al darle el apretón.

Un golpe sordo hizo que Nathan volviera a fruncir el ceño.

—Tengo que hacer algo con Rodaine. —Se fue hacia la puerta trasera. Terri le siguió unos pasos hasta que vio el cuerpo atado y amordazado en el suelo, retorciéndose.

Nathan se puso en cuclillas y le dijo algo en voz baja. El hombre asintió vigorosamente. Entonces, Nathan sacó una navaja y cortó las cuerdas en un par de tajos. A Rodaine le faltó tiempo para levantarse y salir corriendo como una cucaracha a la que persiguen con un insecticida.

Nathan se acercó a ella y miró en todas direcciones, alerta.

—¿Qué le has dicho? —Terri recuperó el bolso, guardó la pistola dentro y volvió a fijar las correas.

—Que si fuera él, buscaría un escondrijo y no saldría de él en mucho tiempo. Y si me enteraba que le contaba a alguien lo de esta noche, iría a buscarle un día durmiendo y… bueno, sabe que no sería muy agradable. —Entonces le lanzó a Stoner una mirada interrogativa—. ¿Qué haces tú aquí?

Stoner miró alrededor.

—Hermano, como has dicho antes, hay mejores sitios donde hablar que éste.

—Cierto. —Examinó el almacén por última vez y luego le hizo unas señas con las manos a su compañero, que asintió como si discutieran un plan para salir de ahí.

Todo indicaba que los dos hombres habían recibido formación como agentes secretos, pero dejaría las preguntas para más tarde. Nathan le tendió la mano. Terri hizo caso omiso del gesto y asintió en dirección a la entrada; una orden silenciosa que quería decir que la guiaran y ella les seguiría.

Con una mirada triste, él dejó caer la mano y echó a andar pasillo abajo. Ella tomó aire profundamente, contenta por haber sobrevivido, y siguió el ritmo a pesar del dolor que sentía en la pierna; correr para refugiarse no le había ayudado demasiado. Una vez fuera, los hombres se movieron en tándem, Nathan tomó la delantera y Stoner le siguió mientras reconocían el terreno.

De hecho, se movían como si fueran una unidad.

Estos dos habían trabajado así antes, ¿pero dónde y cuándo?

—No me resultó difícil entrar en el contenedor, pero sólo había ocho ampollas. Debería de haber diez en total. —Duff colocó el estuche forrado de gomaespuma que tenía diez huecos para las ampollas encima del escritorio de caoba. Al apartar los dedos vio que le temblaban las manos.

Fra Bacchus pulsó un botón del teléfono con un dedo huesudo.

—Linette, ven, por favor.

La puerta se abrió y la formidable ayudante del Fra entró tan silenciosa como una plegaria. Tenía unas piernas infinitas y un cuerpo que Duff había imaginado desnudo muchas noches a bordo de su barco. Si hubiera nacido rubia…

—Llévalo a la enfermería. —Fra Bacchus le entregó el estuche.

Cuando se dio la vuelta para irse, Duff se dio cuenta de cómo el Fra seguía el contoneo de caderas de Linette. ¿Se la estaba tirando el muy cabrón? Era algo que prefería no imaginarse. La forma apenada de sus ojos escondía secretos y dolor de los que tampoco quería saber nada. Era mejor acostumbrarse. Todos tenían que cargar con su cruz.

La muchacha cerró la puerta sin hacer ruido, como todo lo que hacía.

—No puedo esconder lo decepcionado que estoy —empezó a decir. Tenía los brazos cruzados dentro de las mangas anchas del hábito. Al Fra le gustaba ese atuendo típico de monjes pero fuera de esas paredes llevaba trajes a medida confeccionados por sastres italianos. Una ropa más adecuada para su persona pública: el inversor internacional y entendido en vinos poco conocidos.

Duff había estado reflexionando un buen rato antes de entrar. Sabía que era peliagudo presentarse sin dos viales y ningún plan para recuperarlos.

—Alguien entró en el contenedor y se llevó las otras dos ampollas, pero si sabían lo que tenían entre manos, ¿por qué no cogieron las diez? Creo que quienquiera que robó las herramientas de teca no tiene ni idea de lo que contienen. Si pudiéramos obtener la lista de todos los que han entrado ahí, encontraría los viales en un periquete.

—Cierto, pero puede que tardemos mucho en obtener esa lista y, además, llamaríamos una atención innecesaria si empezáramos a interrogar a la gente.

«Gracias por tu ayuda.» Duff cerró el puño con las manos pegajosas. Se esforzaba por no perder la calma y dejar entrever su nerviosismo.

—Aún tengo un día para recuperar las dos ampollas. Las conseguiré.

—¿Cómo? —Fra Bacchus pronunció esa palabra con la fuerza de un cuchillo de carnicero cortando una cabeza. Y no hacía falta preguntar de quién era esa cabeza.

—Tengo contactos a los que puedo sonsacar para saber quién ha estado dentro del contenedor. —No era exactamente la verdad, pero quería aplacar al Fra hasta que localizara las dos ampollas o acabaría dentro de una caja de pino—. No te preocupes, seré discreto.

—Hoy tienes que entregar las dos primeras —le espetó—. Eso no te deja demasiado tiempo para buscar las que faltan.

Duff miró el reloj. Eran las tres de la mañana pasadas.

—Pensaba que estaba previsto probar el virus primero para asegurar que el producto funcione tan rápido como nos han dicho. ¿Quién va a probarlo?

—Nuestros invitados.

Los prisioneros que le había pedido a Duff que trajera en lugar de matar vidas. Ninguna muerte innecesaria. Al Fra le gustaba mucho la palabra «innecesaria». Entonces ese desgraciado no era otra cosa que un conejillo de Indias necesario.

—La prueba debería de estar lista. Puedes verla tú mismo. —El Fra volvió a pulsar un botón del teléfono—. Ya puedes servirle a nuestro invitado. —Soltó el botón y le miró—. Quiero que entiendas lo potente que es este virus y el peligro de que caiga en las manos equivocadas.

Duff abrió la boca para decirle que lo entendía todo perfectamente.

—No digas nada. —Levantó el mando a distancia y apuntó a la pared que había detrás de Duff, que se dio la vuelta para mirar.

La pared se dividió y dejó al descubierto una pantalla de plasma que se encendió con la imagen de una habitación con una cama individual y una pequeña mesa junto a la puerta. Había un hombre en calzoncillos tumbado boca abajo en la cama y con un hombro vendado. Con el otro brazo se cubría el rostro. El pecho le subía y bajaba con cada respiración corta. Las sábanas, así como los calzoncillos, estaban empapadas del sudor que le caía prácticamente a chorros.

El segundo hombre estaba atado a una silla con cuerdas. Estaba inclinado hacia delante en el mismo estado; llevaba únicamente unos calzoncillos y transpiraba en abundancia. La cabeza le había caído hasta que la barbilla le tocaba el pecho.

Duff no podía verle la cara al paciente tendido en la cama desde ese ángulo de la cámara, pero el vendaje le tenía intrigado. La noche anterior había disparado a un policía antes de llevarle al laboratorio del Fra.

En el televisor vio cómo se levantaba un panel de la pared para introducir una bandeja que se desplazó sobre la mesa. El panel se cerró de nuevo. El plato de la bandeja estaba colmado de cosas: un bistec de aspecto apetecible, una patata, brócoli y una botella de agua.

El *clic* de la compuerta corredera al cerrarse llamó la atención del tipo que yacía en la cama. Saltó a por la botella, le sacó el tapón desesperadamente y engulló el agua, que le chorreaba por la boca. Tosió y casi se atragantó, luego cayó de rodillas.

El hombre de la silla volvió en sí y abrió la boca para gritar pero sólo acertó a decir con la voz ronca:

—Agua, agua... por favor, agua.

Sus ruegos eran demasiado débiles o llegaron demasiado tarde. Su compañero de celda había apurado la botella de un trago largo como si hubiera enloquecido por la sed.

El Fra le señaló la pantalla.

—Tenemos la habitación a más de cuarenta grados para estimularles la sed. Le dimos un sedante suave para ver si la presencia de drogas en el organismo influye en algo. Dudo que sepa siquiera que el otro hombre está en la misma habitación.

Duff asintió, incapaz de apartar la mirada de la pantalla,

nervioso pero a la vez intrigado. Había oído hablar de este virus y había visto los resultados, pero no el proceso real de la muerte.

—No queda mucho ya —dijo Fra Bacchus.

Durante unos diez minutos no parecía que pasara nada; aunque al tipo parecía faltarle el aliento y luego empezó a rascarse.

A los quince minutos estuvo a punto de apartar la vista pero entonces de los altavoces salió un gemido agonizante. El tipo que estaba de rodillas se dobló, se contorsionó adoptando una forma escalofriante y empezó a gritar:

—Ayudadme. Estoy enfermo. Necesito... —Después de eso, parecía más un animal torturado que un ser humano.

El compañero, que estaba en la silla, dijo en un grito desgarrador:

—¡Socorro! Que venga alguien. ¡Está enfermo!

La piel se le empezó a hinchar. El hombre se arañó en el cuello y en la cara, y le empezó a salir la sangre a borbotones. Le cambió la piel; se le oscureció en algunas zonas y se endureció. La hinchazón siguió su curso. Dio un pisotón en el suelo y se golpeó en la cara, chillando y retorciéndose de dolor. Entonces empezó a moverse de forma espasmódica desde su postura fetal. Se agarró la entrepierna y empezó a apretar con fuerza, gritando de desesperación.

Duff se encogió y cerró las piernas en un acto reflejo para protegerse los genitales.

El hombre de la silla pedía ayuda a gritos. Se inclinaba hacia delante y hacia atrás en un intento de desatarse, pero las patas de la silla parecían ancladas al suelo.

Duff se agarraba a las piernas con tanta fuerza que las uñas se le clavaban en la piel. Había presenciado muchas muertes, la gran mayoría en sus propias manos, pero nada como ésta. Se le revolvió el estómago cuando a la víctima se le cuarteó la piel y empezó a salirle sangre. Maldita sea, se le había partido la cabeza por detrás y el líquido empezaba a rezumar con fuerza.

Se dio la vuelta; quería dejar de oír esos gritos y esos llantos.

—¡No vuelvas la cabeza! —rugió Fra Bacchus.

Cuando Duff se dio la vuelta para ver el resto de esa película escabrosa, la víctima se desplomó y empezó a echar espuma por la boca. Los párpados se le agrietaron; ya no podían retener esos dos ojos hinchados como pelotas de golf.

Estaba irreconocible. No era humano siquiera.

El segundo hombre estaba histérico, no dejaba de llorar y rezar.

Duff jadeaba e intentaba recobrar el aliento. Se movía en la butaca, incapaz de esconder el miedo.

—¿Estamos seguros de que no se transmite por el aire?

—Bueno, relativamente, por eso es un experimento vital para asegurar que hayamos recibido mercancía de primera calidad. Eso se ha conseguido con una sola gota de virus en un vaso de agua. Antes de soltar el virus en la siguiente localización, examinaremos al segundo prisionero para ver si está infectado.

La pantalla se apagó. Duff se dio la vuelta al oír que se abría la puerta y entraba Linette. El corazón seguía latiéndole tan fuerte que pensó que ella podría oírlo. Necesitaba un trago… pero asegurándose antes de que tuviera un tapón imposible de manipular.

La muchacha dejó dos bolígrafos gruesos sobre el escritorio y luego se fue.

El Fra levantó el bolígrafo plateado.

—Este contiene la ampolla del agente viral activo.

Como si quisiera tocar esa mierda después de lo que acababa de ver. Duff se quedó mirando el bolígrafo con el respeto de un hombre que se enfrenta a una serpiente venenosa a punto de atacar.

—El virus está perfectamente a salvo dentro de este vial en el interior del bolígrafo —le explicó—. Aunque se te cayera, la ampollita no se rompería así que estás fuera de peligro.

Aún asustado, Duff hizo un esfuerzo y cogió el bolígrafo, pero se metió el suero dentro de la chaqueta de cuero, en cualquier sitio salvo en los pantalones. Hizo una mueca al recordar cómo se agarraba ese tipo.

—Llévale éste a Parker. —Le entregó un segundo bolígrafo de la misma forma y tamaño, pero en azul oscuro—. Es el antídoto.

—¿Y las otras ampollas? ¿No quieres que las entregue también?

—Estarán a salvo en nuestra cámara acorazada hasta que hayas completado la primera parte de esta misión.

Duff contuvo la rabia. El Fra le trataba como si fuera un niño que no podía ocuparse de demasiadas cosas a la vez.

Fra Bacchus volvió a recostarse en la butaca y escondió los brazos en las mangas de nuevo.

—Recuérdale a Parker que en cuanto el primer brote saliera en las noticias, tendría que hacerle la transferencia o las otras dos acciones planificadas no sucederían en el momento previsto.

—De acuerdo… Fra. —Tembló y le costó articular las palabras—. Como quiera. —Se levantó y se lamió los labios secos—. ¿Me puede vacunar?

—No, el antídoto sólo funciona en un paciente infectado.

¿Paciente o víctima?

—No te pasará nada, Duff. No me arriesgaría a que esto saliera a la luz hasta su debido momento. Asegúrate de que entregas el suero activo a nuestro contacto en Chicago antes de las diez de la mañana, pero luego vuelve directamente aquí y busca esas dos ampollas.

Nathan llevó a Terri y a Stoner hasta una callejuela detrás de un edificio a media manzana del almacén de Marseaux. Terri se detuvo a unos pasos de donde él había aparcado su Muerte Negra.

—¿Ese es el que restauraste? —Stoner le pasó la mano al brillante capó del Javelin.

—Sí. —Nathan abrió la puerta. La luz interior iluminó a Terri, que le observaba sin decir nada.

Nathan seguía sin creer que Stoner estuviera allí. Tenía muchísimas preguntas que hacerle y suponía que a él le pasaba lo mismo.

—Tenemos que hablar y pronto.

—Mañana. ¿Tienes un móvil?

—No.

—Mira, traje éste por si acaso. —Le dio un teléfono negro pequeño y muy delgado—. Estoy en la agenda como S. Llámame por la mañana. —Miró a Terri y luego otra vez a él—.

No hace falta que sea muy temprano. —Se volvió hacia ella y le dijo—: Ha sido un placer. Gracias por no dispararme. —Entonces sonrió y se fue.

Nathan intentó relajarse de hombros pero se notaba tan tieso como un palo. Terri podría haber muerto. Otra vez. Y ahora Marseaux haría que sus hombres fueran a por ella.

Se apartó un mechón de pelo que se le había salido de la coleta cuando se quitó la capucha, y se dio la vuelta para mirar a Terri. Había estado tan callada durante los últimos quince minutos que no sabía si estaba enfadada, confundida o seguía molesta porque Marseaux la hubiera atrapado. Se dijo que debía mantener la calma pero, maldita sea, ella no tendría que encontrarse ahí en este momento.

—¿Por qué no fuiste a casa cuando te lo dije? —Al instante se arrepintió de ese tono incisivo que había usado y abrió la boca para suavizarlo antes de molestarla aún más cuando vio que ella le miraba con dureza.

—¿De dónde sacaste la idea de que tenía que seguir tus consejos? —le espetó. Tanta mordacidad y ni una sola lágrima.

—Es que no era un consejo.

Ella se llevó las manos a la cintura y añadió:

—Te estaba dando el beneficio de la duda cuando me refería a «consejo». No acato órdenes de nadie, especialmente de alguien que ni siquiera conozco. —Alzó la voz en esas últimas palabras.

Él se cruzó de brazos y dio un paso al frente.

—A mí sí me conoces.

—Hoy es la primera vez que te he visto la cara —se burló ella.

—La cara que tenga no significa nada.

—Significa que puede que seas un criminal.

Los grillos chirriaban. El viento arrastraba la basura por el suelo. Nathan esperaba que ella le tachara de traficante sólo porque un archivo lleno de papeles así lo dijera. ¿No podía confiar en sus instintos sobre alguien para diferenciar a un presunto criminal de uno de verdad?

—¿Y cuál es el veredicto? —le preguntó él, incapaz de soportar más su silencio. Se preparó para su repulsa y odiaba lo mucho que le molestaría eso.

—No lo tengo. No sé qué pensar.

No era ninguna repulsa pero tampoco se había ganado un voto a favor.

Le daba la espalda al interior iluminado del coche.

—Olvida que me has visto la cara esta noche. Ahora mismo no puedes verla. Dime… la verdad. ¿Qué piensas de mí?

Ella se metió las manos en los bolsillos y le temblaron los rizos cuando ladeó la cabeza. Entonces se llevó un dedo a la mejilla para pensar; su mirada transmitía el sumo cuidado con que escogía las palabras.

—Creo que te formaron profesionalmente para trabajar en secreto, quizá en el ejército. Ahora pienso que no trabajas para Marseaux pero no tengo ni idea de lo que hacías antes de conocerte. Sé que no eres un fantasma, pero no puedo explicar lo del cadáver en el depósito. —Se quedó callada y la gravilla crujió al pisarla con el tacón—. Y creo que ocultas algo, pero no sé si se trata de un crimen.

Tenía motivos para cuestionarle a él y su expediente, pero le había juzgado con mucha más justicia de la que se esperaba. Se le pasó el enfado tan rápidamente cómo había venido.

—Gracias.

—Mantendré tu identidad oculta tanto como me sea posible. Así que la pregunta es: ¿Por qué no puedes dar algo de confianza y decirme la verdad sobre por qué estás aquí?

—No es una cuestión de confianza. Lo que no quiero es que te involucres más de lo que ya estás.

—¿Cuántas veces mi vida y mi trabajo se han visto ya amenazados? Estoy metida en esto, te guste o no. La única manera de salir es llegar al fondo de toda esta mierda.

Él levantó la mano y le acarició los rizos.

—Ya lo sé, pero no cambia el hecho de que te he puesto en peligro y ahora deberemos encontrar la manera de sacarte de esto antes de que empeore.

—Entonces dime a lo que nos enfrentamos.

«A lo que nos enfrentamos.» ¿De verdad le incluía a él? Estaba tan sorprendido que dejó de hablar. ¿Qué podía decirle a eso? Él no había pensado en ese «nosotros» desde que trabajaba en el ejército o con su hermano.

Esta mujer luchaba por trabajar codo con codo con él.

Ya que no sabía qué responder, cambió de tema.

—Salgamos de aquí primero. ¿Dónde has dejado el coche?

—Un par de manzanas más abajo, hacia la carretera principal. He encontrado una salida lo bastante cerca para cruzar el bosque hasta la empresa.

Él tuvo que contenerse para no gritarle. Tenía habilidades para ser investigadora, pero no una agente secreto, maldita sea. Y sin embargo había regresado al almacén, con la clara intención de entrar.

—Entra y te llevo.

Ella se cruzó de brazos; señal de que estaba clavando los tacones en el suelo para seguir hablando.

—Aún no estamos fuera de peligro —le recordó.

Ella le lanzó una mirada malévola antes de moverse.

Cuando ambos estuvieron dentro del coche, él encendió el motor y salió despacio de la carretera, para a continuación doblar a la izquierda. Miró a Terri y trató de recordar cuándo fue la última vez que había llevado a una mujer en coche. Nunca. La última que estuvo ahí antes de que él entrara en el ejército fue una chica, no una mujer.

Él siguió las direcciones que le daba ella y tuvo que reconocer que había escondido bien el coche. Eso no aplacaba la rabia que sentía al imaginársela andando a través del bosque sola, por muy armada que fuera. Estaba claro que no debía involucrarse con una mujer de la policía. Por muy hábil que fuera, nunca podría asumir la idea de verla en peligro.

Aparcó el coche y le dijo:

—Espera a que vuelva.

—Yo puedo...

—No empieces otra vez. —Salió, examinó la zona al tiempo que daba una vuelta alrededor del coche y luego le abrió la puerta. Al mirarlo más detenidamente, se dio cuenta de que había escogido un mejor escondite que él para aparcar, pero eso no cambiaba lo que había hecho. Y encima con una pierna herida.

Cuando cerró la puerta, ella se escabulló entre él y el coche y luego le dio una palmada en el pecho.

—Dejemos esto claro: no soy una mujercita indefensa. Soy una profesional muy bien entrenada.

Él levantó la vista y la vio con la barbilla levantada. Su

mano parecía ser un hierro de marcar ganado porque quemaba allí donde tocaba. Nathan le tomó la mano.

—No creo que estés indefensa.

—Pero tampoco me crees capaz de hacer este trabajo.

—Eso no es verdad.

—De acuerdo, entonces ¿qué piensas?

—Que eres capaz de hacer todo lo que te propongas, que eres increíblemente valiente y… —«No lo digas. Cállate mientras puedas.»

Se le aceleró el corazón. Ella subió la mano por encima de su pecho.

—¿Qué? —preguntó con una voz ronca que le nublaba y le impedía pensar con claridad.

—Tan… —inclinó la cabeza hacia ella— hermosa. —Y la besó. Tenía un sabor dulce y fresco, su sabor favorito. Cuando ella se puso de puntillas, él la rodeó con el brazo y la levantó aún más. Su otra mano se perdió en su nuca y en esa melena de bucles rebeldes.

Capítulo doce

Sabía tan suculenta como la fruta prohibida. La palabra clave era «prohibida». Nathan era consciente de todos los motivos para no besarla, que serían más fáciles de aceptar si ella no le rozara la pelvis.

Dios mío, era tan apasionada.

Terri jadeaba y los senos subían y bajaban contra su pecho, haciéndole papilla el cerebro.

Con la lengua, Nathan le acarició los labios, que ella abrió al instante. Terri le besó desenfrenadamente. Le agarró con fuerza la camiseta, que aprovechó para atraerle aún más hacia ella.

Él la apoyó en el coche. No podían acercarse mucho más a menos que él empezara a quitarse la ropa que les estorbaba. Ella le rozó la erección con un movimiento de cadera. Él tragó saliva y le puso una mano en la cadera para que dejara de contonearse o averiguaría el tiempo que hacía que no notaba algo tan provocativo. Le acarició el abdomen, disfrutando del tacto de una mujer de curvas suaves.

Ella le pasó la mano por el cuello para que sus labios no se separaran. Se preparaba para contar y no dejar de hacerlo hasta llegar a cien.

Él le cogió un pecho y ella tembló. Cuando le acarició el pezón ella gimió y arqueó la espalda.

Nathan no podía más, al ofrecer resistencia se veía embargado por una oleada de energía.

Oyeron unas sirenas en la carretera principal, a un kilómetro y medio de allí, que cada vez eran más fuertes. Se acercaban a ellos.

Eso fue como una ducha de agua fría.

—Cariño, tenemos que irnos. —Empezó a apartarse de ella. «Disfruta de este recuerdo.» Perfecto. Cuando ella entrara en el coche y llegara a la carretera, ya habría recuperado la consciencia.

—¿Dónde tienes las llaves? —De repente, se notó la voz ronca.

—Mmmm, mmmm. —Era toda codos y brazos, tratando de desenmarañarse para coger el bolso.

Nathan le cogió las llaves de las manos en cuanto las vio, le abrió el coche y le abrochó el cinturón. No quería que condujera medio dormida.

—¡Ya está! —se quejó ella.

Él sonrió. Ya estaba volviendo en sí y estaría bien sola.

—No excedas el límite de velocidad y no hagas movimientos bruscos.

Ella cerró de un portazo y encendió el motor, luego bajó la ventanilla.

—¿Tengo que recordarte que estoy con la policía?

Bien visto.

—Estaré justo detrás. —Se subió al Javelin y encendió también los motores. Dio la vuelta, esquivando los árboles y siguió al Mini Cooper por el bosque.

No llevaban mucho tiempo circulando por la carretera de dos carriles cuando un coche patrulla y una ambulancia pasaron por el otro carril. Por el retrovisor, Nathan vio a los dos vehículos reducir la marcha para girar hacia la empresa naviera. ¿Quién había llamado a la policía para que acudiera al negocio de Marseaux? El propio traficante no era muy probable.

Repasó mentalmente todo lo que había ocurrido en el almacén. Al final recordó lo que Zink le dijo y que le carcomía:

«Marseaux tiene mayores preocupaciones que la droga de ese cargamento.»

¿A qué más hacía referencia con eso? ¿A las cajas que había estado registrando el intruso? ¿Qué demonios contenían?

Terri aparcó y salió del coche. Se quedó mirando la entrada, esperando. ¿Por qué no había parado Nathan detrás? Ese coche sonaba como si tuviera un motor lo bastante potente para seguirla y rebasarla.

¿Qué haría cuando él llegara? ¿Invitarlo a tomar un café? ¿Pedirle si quería cenar con ella para charlar un rato? ¿Quizá alquilar una película mientras les disparaban?

O aún mejor, ¿cómo podía estar vivito y coleando? ¿De quién era ese cadáver del depósito? Tenía mucho que contarle. No le importaba tener que pasar la noche en vela; quería respuestas.

Aunque, pensándolo bien, tendrían mayores problemas si pasaban la noche juntos. No podía conjurar ni una pizca de sentido común cuando estaban en la misma habitación.

«Eres tan hermosa.»

En los últimos dos años varios hombres habían flirteado con ella pero no era nada que pudiera tomarse en serio. No eran ofertas que le apeteciera aceptar.

Nathan no flirteaba. Apenas había dicho nada, pero le había dejado claro que estaba interesado en algo más que besos robados. Al menos eso fue lo que le parecía cuando no le gruñía. Tenía que pulir más su encanto.

En lugar de la típica cháchara educada, quizá debiera ser directa y decirle lo que hacía días que le rondaba por la cabeza: él.

Para que luego Brady dijera que no sabía lo que quería. ¡Ja! Quería un hombre del que no supiera nada, alguien cuya identidad hubiera averiguado una hora antes. Eso era lo que quería.

Qué triste.

Ningún Javelin se acercaba por la calle. ¿Por qué accedió a esperarle hasta que entrara en casa? Estaba armada, cansada y con ganas de un buen baño. Si no aparecía inmediatamente, dejaría de esperarle.

Terri se subió el bolso al hombro, sacó la SIG y cerró la puerta del coche con la cadera. Buscó las llaves de camino a la puerta de la cocina. Tras subir los dos peldaños del porche trasero y después de que se le cayeran las llaves dos veces, encontró la correcta y la introdujo en el cerrojo. Entonces se detuvo.

El ruido que había oído no era muy fuerte pero esta vez estaría preparada. Se dio la vuelta con el arma en alto.

—Quieto.

—No me dispares; soy yo.

—¿Quién te ha enseñado a moverte como un fantasma? —dijo con el aliento entrecortado—. Te dije que me esperaras.

—Nathan salió de entre la oscuridad. No se detuvo hasta que la levantó de los escalones.

—¿Dónde has dejado el coche?

—Fuera de la vista. ¿Estamos un poco malhumorados, no?

—Es que estoy cansada de que no me respondas.

Nathan abrió la puerta despacio. Cuando ella subió el peldaño para entrar primero, él la detuvo con la mano.

—Quédate detrás.

—De acuerdo —susurró—. Me darás una mejor diana así.

El resoplido de cansancio que dio la hizo sentir un poco culpable por haberle hablado de ese modo. Era un agente de algún tipo con formación de elite. El sentido común le decía que entrara él primero, pero su orgullo estaba cansado de que lo pisotearan tanto últimamente.

—No me discutas esto, Terri —le dijo en un tono algo cansado. ¿Cuántos días llevaba sin parar? ¿Dónde había estado durmiendo? ¿En casa de los Drake? No era un lugar seguro para él.

Ella accedió.

—Adelante.

Cuando Nathan entró, ella le siguió e intentó andar a hurtadillas como él, algo que no era tan sencillo como creía. En cuestión de minutos, la llevó de vuelta a la cocina y dejó que encendiera la luz de la campana.

Terri dejó el bolso en la encimera y vio una bolsa de gimnasio en el suelo, junto a la puerta. Le hizo caso omiso por el momento y se dio la vuelta para verle.

Nathan apartó una silla, se sentó y apoyó los codos sobre la mesa para sujetarse la cabeza. Ahora que podía verle mejor, parecía abatido, quizá tanto por el estrés como por la falta de sueño. Pero necesitaba saber más cosas de él. Había dejado que sus emociones se mezclaran y no podía seguir andando en la cuerda floja.

O era un criminal o no lo era. Tendría que optar por confiar en él o recelar.

—Venga, pregunta lo que sea —le dijo.

—Necesito saber si eres un criminal.

—Eso depende.

Ella quiso gritar.

—Deja de darme respuestas crípticas. Estoy hablando con un hombre que estaba en la plancha de mármol del depósito de cadáveres hace apenas una semana. He llegado a un compromiso contigo y tú tendrías que darme lo mismo.

Él se rascó la barbilla, se pasó la mano por el pelo y se enderezó en la silla mientras se cruzaba de brazos.

—Viste el cadáver de mi hermano Jamie.

Terri frunció el ceño.

—¿Pero cómo puede ser? Sigue en la cárcel.

—Ya te dije que era complicado. Cuanto más te cuente, más complicado se pone porquen tendrás que decidir a quién creer, si a mí… o al resto de la gente.

Ella se apoyó en la encimera y escuchaba atentamente todo lo que le contaba. Él hizo que fuera elección suya el involucrarse aún más con él de lo que ya estaba. Si le preguntaba qué más escondía, tendría que decidir en qué parte de la línea invisible quería situarse; si en su lado o en el de la ley.

Había arriesgado su vida para protegerla. Estuvo dispuesto a entregarse a Marseaux en su lugar. Hacía mucho tiempo que respetaba las reglas y se había quemado. Quizá era hora de que apostara por su instinto de nuevo. Le dejaría hablar y luego decidiría qué hacer con lo que le contara.

—Quiero oírlo todo —le dijo.

Él asintió.

—Jamie y yo somos gemelos idénticos.

Tenía una cuenta que ajustar con Brady. No le había dicho ese pequeño detalle. De hecho, eso tendría que haber aparecido en el ordenador cuando Sammy investigó a su familia. ¿Por qué no constaba en los expedientes?

—Sigue.

—Yo estaba en el ejército hace dos años cuando Marseaux le jodió la vida a Jamie.

—Entonces tu hermano traficaba con drogas para Marseaux.

—No. —Esa negación rotunda no permitía discusiones—. Jamie no tomó nunca nada más fuerte que una aspirina y bebía cerveza en contadas ocasiones. Era bastante estrecho de miras y listo como un zorro… brillante, de hecho.

La admiración que apreciaba en su voz le tocaba la fibra sensible.

—¿Y cómo llegó a mezclarse con Marseaux?

—Papá murió cuando teníamos ocho años, así que sólo estábamos los tres. Me fui al ejército en cuanto tuve la edad, pensando en ahorrar el dinero suficiente para enviar a Jamie a la universidad y yo poder formarme en la academia militar. Él tenía buenas notas pero no encontró ningún sitio donde le becaran. Mientras yo estaba fuera, declararon en ruina la zona donde estaban viviendo él y mi madre. La casa no era gran cosa pero era de su propiedad. Necesitaban más dinero para poder mudarse.

—Sé lo duro que ha sido todo desde el Katrina. Tengo suerte de que la abuela haya pasado tanto tiempo conmigo. ¿Qué hizo tu madre con la casa?

—Yo estaba en una misión, totalmente desconectado, o hubiera pensado en un plan. Jamie acudió a una de las supuestas empresas legales de Marseaux, un grupo de inversiones, para pedir un préstamo. El director le dijo que el préstamo era discutible pero si Jamie trabajaba para una de las empresas en las que tenían acciones, tendría mejores opciones con ese crédito limitado del que disponía. Jamie era brillante a la par que ingenuo. El típico genio que necesitaba ayuda incluso para atarse los zapatos. —Nathan sonrió; tenía la vista fija en nada en particular mientras un cálido recuerdo le pasaba ante los ojos.

Terri esperó a que continuara, pero empezaba a tener un mal presentimiento sobre dónde iba a parar.

—Sea como fuere, Jamie descubrió demasiado tarde que había caído en un nido de serpientes y que querían que hiciera de mula. Quiso salir, algo que nadie se atrevería a hacerle a Marseaux, porque entonces supone que vas a delatarle. Así que lo siguiente que supe fue por una llamada de Jamie en la que me decía que en una semana le iban a enviar a prisión. Además, acabábamos de enterarnos de que mamá tenía cáncer de ovarios.

Maldita sea, no podía imaginarse tener que asumir tanto en tan poco tiempo.

—Lo siento —susurró, aunque no estaba segura de que le hubiera oído.

—Dejé el ejército para… ocupar su lugar.

Ella se quedó helada.

—¿Quieres decir que volviste a casa para cuidar de tu madre?

—No. —Se inclinó hacia delante, apoyó los antebrazos sobre las rodillas y agachó la cabeza.

—Me hice pasar por Jamie durante la última semana de juicio.

A principio no llegaba a entender lo que decía, luego fue consciente del panorama.

—¿Cumpliste condena por él? ¿Dos años en la cárcel?

Terri se había acercado también, esforzándose por comprender por qué alguien iría a la cárcel por voluntad propia.

—¿Por qué?

Él levantó la cabeza como si tuviera un resorte. Se levantó, imponente a su lado.

—¿Que por qué? Pues porque Jamie nunca hubiera sobrevivido. Hubiera muerto en una semana, si llegaba. Nuestra madre necesitaba a alguien aquí y yo… —Tragó saliva con fuerza. El dolor que se escondía tras sus ojos le partió el alma—. A diferencia de él, sabía cómo sobrevivir. Tenía que protegerles.

¿Pero quién le protegía a él?

Había ido a la cárcel para mantener vivo a su hermano. La mayoría de la gente sólo podía soñar con ese tipo de amor y devoción. Podía imaginarse la agonía al descubrir que, a pesar de todo, habían matado a su hermano.

¿Cómo había mantenido la cordura?

Terri se le acercó y él retrocedió, receloso como un animal enjaulado.

—No todo el mundo es tu enemigo, Nathan. Seguro que hay alguien que quiere ayudarte si sales de ese muro que te has construido.

—Tú no puedes ayudarme. No quiero meterte en lo que estoy haciendo.

¿Cómo podía llegar hasta un hombre que pensaba de ese modo? ¿Cuánto tiempo llevaba luchando solo contra el mundo? Terri se rodeó con los brazos, reprimiendo así las ganas de abrazarle.

—Si ese es el caso, ¿por qué me besaste?

—No debería haberlo hecho.

—Eso no es lo que te he preguntado. ¿Por qué me besaste?

—Por el mismo motivo que tenía que olerte aquella primera vez. Te deseo. —Se la quedó mirando, estudiando su rostro, y luego añadió—: Pero no volveré a hacerlo. Te doy mi palabra.

Le conmovía esa sinceridad tan directa. Podría haber salido con una lista entera de excusas, pero optó por la cruda realidad. Y estaba segura de que le resultaba difícil admitir que quería algo para sí mismo. Que quería dejarla sin aliento. Ella le deseaba también, sin duda.

Nathan negó con la cabeza.

—No tendría que haberte besado. Voy a protegerte mientras averigüe qué quiere Marseaux. Necesito que hagas lo que te digo y no corras ningún riesgo. No quiero que te hagan daño.

Pero estaba dispuesto a desangrarse por todos aquellos que le importaban. Las emociones le hicieron un nudo en la garganta. Su sentido común y su formación en la ley y el orden no evitaron que se le acercara y le abrazara.

—No. —Estaba rígido como una estatua.

—Sí. —Le frotó la espalda de arriba abajo mientras le hacía cogerle la otra mano.

Él permaneció unos segundos más sin moverse, pero luego estalló la tensión que llevaba acumulada. La abrazó con una desesperación que dudaba hubiera demostrado antes.

Terri siguió acariciándole, con la esperanza de aliviar esa profunda melancolía. Él le había dado las gracias por haberle dejado abrazarla la otra noche. ¿Cuánto hacía que nadie le abrazaba?

Dos años de sobrevivir en la cárcel para luego salir a un mundo amargo donde había perdido a todos los que amaba.

Terri se estremeció al pensar en esa crueldad. En el dolor que debía llevar encima a cada paso del camino. Igual que ella. Nunca había conocido a su padre. Éste se fugó en cuanto supo que su madre estaba embarazada y nunca regresó. En su primer año en la DEA le investigó y averiguó que había muerto hacía años de una sobredosis.

Terri era una adolescente cuando perdió a su madre y pensaba que nunca superaría ese dolor, pero aprendió a vivir con ello por la abuela, que la había acogido y amado.

Nathan no tenía a nadie.

Él le acarició el pelo para domarle los bucles una y otra vez. Luego la besó en la coronilla. Ella echó la cabeza hacia atrás y se asomó a sus ojos grises azulados.

—Ahora ya sabes por qué no quería contártelo —le dijo—. Me preguntaste si era un criminal, ¿no? Me ausenté sin permiso, defraudé al gobierno y oficialmente soy un ex convicto con antecedentes. Por eso te he dicho que la respuesta depende de tu punto de vista.

Brady le había dicho que desapareció en combate pero eso no podía decírselo sin divulgar una confidencia con un agente de la DEA.

—¿Te conocía Stoner cuando desapareciste?

Él asintió.

—Estábamos con otros dos en una misión que acabábamos de completar e iban a recogernos al día siguiente, es decir que íbamos a dar parte de la misión. Nos hubieran entretenido diez días más, mínimo. Y aún hubiera tardado más en que aprobaran un permiso para ir a casa con Jamie y mamá.

—Pero esta noche te ha cubierto las espaldas. —Quería que se diera cuenta de lo importante que era eso.

—Sí. Es la única persona en quien podría confiar, además de mi hermano.

—¿Y yo? ¿Es que no confías en mí?

Él le cogió el rostro con ambas manos y la miró con esos ojos tan atribulados.

—Visto lo que he compartido contigo esta noche, ya deberías conocer la respuesta.

Terri sonrió. No estaba segura de cómo acabaría todo esto, pero no podía tacharle como criminal.

—Tengo que esconderme mientras esté a tu lado o te verás en un aprieto para explicar qué haces conmigo.

Tenía razón en eso.

—Tienes que esconderte hasta que averigüemos quién mató a tu hermano y, además, tiene mucho interés en verte muerto. —Sentía su pérdida enormemente, y lo último que quería era hacerle más daño—. Siento muchísimo lo de Jamie.

Él asintió. Tenía los ojos llorosos.

—Yo también.

—¿Sabes donde está su… ejem, cadáver?

Su mirada se oscureció.

—Sí. Llevé su cadáver a alguien para que le enterrara como era debido en una cripta, un amigo cuyo padre era amigo del nuestro. No quería que nadie cortara a mi hermano en pedazos durante una autopsia. Que lo añadan a mis crímenes.

Y Nathan volvió a su tono amargo, pero ella empezaba a darse cuenta de lo fácil que le resultaba a él esperar repulsa antes que comprensión.

—¿Sabes quién lo mató?

—Aún no, pero lo averiguaré. —La fría determinación en su voz le hizo temblar.

—¿Sabes qué hacía Jamie con Marseaux? —Terri tenía que ir con cuidado para no contarle nada que hubiera oído de Brady. Aunque no se llevara bien con la DEA, no quería joderle a él.

—No gran cosa. Visité a un par de asociados de Marseaux que me dijeron que Jamie trabajaba en la empresa, pero nada fuera de lo común. No sé por qué iría a trabajar a uno de los frentes de Marseaux.

«Porque la DEA hizo un trato con él para que se infiltrara, porque pensaban que Jamie eras tú y él creyó que podría ayudarte a salir de la condena en la que te había metido.» Maldita sea, eso era horrible. ¿Cómo iba a recibir Nathan esas felices noticias? Le matarían.

Sabía que debía contárselo, pero no quería hacerle daño. Dios sabía que ya le habían herido lo suficiente. Lo único que deseaba hacer ahora era protegerle y sacarle vivo de ese embrollo. Y evitar que le metieran en la cárcel.

Le acarició el hombro con la mejilla.

—¿Entonces no crees que Jamie supiera que Marseaux estaba metido en eso?

—Creo que cuando murió ya lo sabía, pero no sé si era consciente de ello cuando fue a trabajar a la naviera. De saberlo, no entiendo por qué aceptó el empleo. No después de lo que habíamos hecho para que no fuera a la cárcel.

Ella cerró los ojos con fuerza. «Intentaba sacarte a ti.» Pero decirle eso sería herirle más de lo que ya estaba. Nathan le había dado más sobre la operación de Marseaux que lo que había recibido de nadie, pero aún no había terminado. ¿Dónde terminaría esa rabia cuando supiera toda la verdad?

—¿Nathan? —Con cuidado trató de disimular su preocupación—. ¿Te dejó pistas sobre por qué le fijaron como objetivo?

—La verdad es que no. Tengo aquella nota que viste en la nevera y me hace pensar que sospechaba que podía estar en peligro. Había una insignia detrás del papel.

—¿Qué tipo de insignia?

Se sacó la nota del bolsillo trasero, desdobló el papel amarillo y le dio la vuelta.

Terri se quedó mirando el dibujo que ya había visto previamente. Conroy le había enseñado el mismo logotipo en la esquina de un papel de lino muy caro que había sido incapaz de localizar.

Ante el silencio de Nathan, ella levantó las cejas al ver su mirada expectante, obviamente esperaba que fuera más comunicativa. Su compañero había muerto justo después de descubrir el papel y compartir esa información con ella. Ella tenía demasiadas cosas encima. Había llegado al límite de lo que podía compartir, pero tenía motivos auténticos para no entregar a Nathan o contarle al BAD más de lo que consideraba necesario. Ahora él era su nuevo informador.

—¿Qué sabes de la muerte de Jamie? —preguntó él.

—Estuve examinando el cadáver de tu hermano en el depósito durante unos quince minutos. Se especulaba que trabajaba para Marseaux y podía haber intentado chafarle un intercambio de droga.

Fue una equivocación sugerirlo.

La mirada acerada de Nathan se volvió de un negro abismal.

—Jamie nunca trabajaría para…

—Oye, he dicho que «se especulaba», no que yo pensara que fuera un traficante. No conocía a tu hermano.

Nathan se apoyó en la pared y soltó un suspiro.

—Lo siento, pero estoy seguro de que cualquier implicación que tuviera con Marseaux era inocente.

—¿Dejó más notas?

—Imagino que sí, pero no las he encontrado.

—Por eso estaban abiertos los cajones en casa de tu madre.

—Sí, pero Jamie no dejaría notas en sitios tan fáciles de encontrar. En otras casas solíamos tener un escondrijo común para las cosas de valor. Nunca he vivido en ésta. No sé donde dejaría lo que fuera que quisiera guardar, pero sé que me hubiera dejado la información... en algún sitio.

Terri se fijó en las arrugas de cansancio y de preocupación que enmarcaban los ojos de Nathan. Necesitaba descansar. Ahora mismo no quería presionarle. Le señaló hacia la puerta con un movimiento de cabeza y le preguntó:

—¿Esa de ahí es tu bolsa?

—Esta noche me quedo aquí. Puedo echarme en el suelo.

—¿Y si te digo que no?

—Pues entraré cuando te hayas dormido y me tumbaré en el suelo igualmente.

Ella intentó no reírse por la irritación que le evocaban esas palabras. Sabía que lo decía en serio. Brady le advertiría que estaba pidiendo a gritos un peligro del que podía prescindir, pero había corrido mayores riesgos de adolescente que dejar que un extraño durmiera en el suelo una noche. Especialmente un hombre que le había salvado el pellejo más de una vez y podía ser la clave para descifrar esta investigación.

—¿Por qué no te das una ducha y luego me ducho yo? —sugirió ella.

—Se me ocurre algo mejor: acompáñame, duchémonos juntos.

Capítulo trece

«¿Que le acompañe? ¿Que me duche con él?»

Terri parpadeó, incrédula; no sabía cómo responder a esa oferta tan atrevida. La respuesta más adecuada era «no», si es que conseguía que cuerpo y mente se pusieran de acuerdo. Debería establecer unas reglas básicas para la convivencia, por muchas ganas que tuviera de ver ese cuerpo desnudo.

La conciencia que había desarrollado desde que se fuera a vivir con su abuela tenía que ser lo que motivó su respuesta:

—No lo creo.

Él estuvo a punto de sonreír. Pero solamente a punto.

—No me refería a dentro de la ducha, técnicamente, sino en el lavabo para que pueda oírte.

Sí, claro. ¿En qué universo estaría este bello ejemplar interesado en verla desnuda? Actuaba como si la deseara en la oscuridad pero ¿a la luz del día? Quizá no. Se esforzó por encontrar una réplica que le ayudara a esconder el rubor que le encendía las mejillas. Pero él le ahorró las molestias al mirarla de arriba abajo con una intimidad manifiesta.

—Puedes darte la vuelta cuando salga… o no.

Ahora notaba calor no sólo en el rostro. «No pienses siquiera en sentarte cerca de ese hombre, desnudo y con el agua resbalándole por ese cuerpo terso y cincelado. Respira hondo y dile —otra vez— cómo funcionan las cosas.»

—Aprecio tu preocupación pero estoy segura de que lo peor que puede pasarme sin ti es que me haga un corte con un papel. Tenemos que respetar el espacio personal o no dejaré que pases la noche aquí.

Y ahí estaba ese esbozo de sonrisa otra vez. Seguía dudando de sus habilidades.

Tendría que haberle disparado cuando tuvo la oportunidad.

—Las toallas están en el armario del lavabo.

—Ahora mismo vuelvo. —Nathan se dio la vuelta y desapareció en el salón para regresar inmediatamente después y cerrar la puerta de la cocina con pestillo—. Ambas puertas están seguras. ¿Hay ventanas abiertas?

—No. —Se llevó una mano a la cadera—. ¿Quieres montar un sistema de monitorización del perímetro ya que estamos? Sé dónde hay una tienda de electrónica que no cierra nunca.

—Buena idea. Entonces puedo construir un chip de identificación por radiofrecuencia para inyectártelo luego y poder controlar tu paradero las veinticuatro horas.

Ella puso los ojos en blanco. Era incansable.

—Lo que sea. Dúchate para que luego pueda entrar yo. —Cogió el bolso y lo dejó en su dormitorio, luego se alejó por el pasillo. Cogió un par de toallas del armario de la ropa blanca que había junto a la puerta y luego entró en el pequeño lavabo.

La abuela había reformado algunas cosas a lo largo de los años salvo esta habitación. La casa de ochenta años de antigüedad no había cambiado demasiado, lo que significaba que había el espacio justo para una persona. Otro motivo más por el cual Terri no tenía intenciones de permanecer en ese cuarto mientras él se duchaba. Desnudo. Mojado. Hermoso.

De repente notó que la ropa le apretaba y le producía demasiado calor, sobre todo en ese espacio tan limitado. Dejó la ropa sobre la encimera, junto a la pila y se dio media vuelta para gravar esa imagen erótica en su mente pero de repente, se topó con Nathan, cuyo cuerpo era tan sólido como las paredes de la casa.

Él la cogió por los hombros para detenerla.

—Oye, ¿qué sucede?

Cada centímetro imponente de él le bloqueaba el paso. El destello de calor que le iluminó la mirada le aceleró el pulso y agravó aún más su vergüenza, que sacó lo peor de ella: un temperamento de mil demonios.

—No te me aparezcas así de repente, joder —le espetó cual arpía, pero cada vez que se acercaba a hombres atractivos se convertía en una idiota de remate.

—Me dijiste que entrara.

—No seas tonto. Apártate.

A él le brillaron los ojos.

—No —dijo meneando la cabeza lentamente—. No te quiero tan lejos mientras me ducho. Me veré obligado a atarte al retrete.

Por el momento no podía ir demasiado lejos tampoco.

—Mira, amigo. Tengo una buena formación. Estoy harta y llevo un arma cargada encima. Deberías prestar especial atención a lo del arma cargada cuando me estás molestando.

—¿Y por qué estás tan molesta?

Otra vez se había metido ella solita en un aprieto, pero no quiso perder la batalla.

—Pues no lo sé. Quizá porque tengo en mi casa a un hombre que tanto la policía como la DEA creen que está muerto… y cuyo cadáver están buscando. Y si le encuentran en mi casa, el último resquicio de carrera que me quedaba se habrá terminado. ¿Tienes idea de si en McDonald's necesitan personal? Puede que necesite enchufe. —Se cruzó de brazos, haciendo caso omiso de la vocecilla en su interior que se mofaba de ella por evitar lo más importante: lo mucho que odiaba perder el control de las cosas.

Estar tan cerca de este hombre le volvía el mundo patas arriba.

Nathan se perdió en sus ojos verdes, unos ojos inteligentes que le juzgaban en cada parpadeo. Y era lo que debía hacer. La irritación se mezclaba con la curiosidad. Le gustaba pensar que la curiosidad era puro interés femenino, pero no quería llevarse a engaño. Esta mujer era una agente del orden.

«Ten eso en cuenta si quieres conservar la esperanza de seguir libre y dar caza al asesino de Jamie.»

Si aún le quedaba instinto de supervivencia, no debería pasar la noche en la misma casa que la voluptuosa Terri Mitchell, pero no iba a dejarla sola después de lo que había pasado esta noche.

Por no decir que Marseaux volvería a por los dos y Terri sería la más fácil de localizar.

—Arrea. —Ella inclinó la cabeza e hizo un gesto exagerado de impaciencia.

Nathan no estaba acostumbrado a que le contradijeran pero no tenía modo de mantenerla encerrada allí dentro.

—Hagamos un trato.

—Te escucho.

—Enciende la luz del pasillo. Coge la pistola y siéntate en un rincón oscuro de tu habitación hasta que yo salga. Ahora mismo es el lugar desde donde podrás defenderte mejor. Sé que eres una agente bien formada, pero también has visto qué clase de monstruos son y lo que le hacen a la gente tan capaz como tú. Así que, por favor te lo pido, por mi cordura, hazme caso.

Vio cómo se lo pensaba. Esta mujer se tomaba su palabra muy seriamente o le hubiera dicho que sí sólo para que se fuera. Su respeto hacia ella subió unos peldaños más.

—De acuerdo, pero solo para poder ducharme luego, antes de que amanezca. Pero ni se te ocurra pensar que vas a llevar la voz cantante en mi casa o en mi investigación.

—No se me había pasado por la cabeza. —Debería decirle la verdad, que iba a llevar la voz cantante para mantenerla con vida, pero dado su humor actual, su orgullo podría anular su sentido común.

Nathan salió hacia atrás. Cuando ella se dio la vuelta y se alejó por el pasillo, esperó a que entrara en su dormitorio con el arma antes de ducharse y afeitarse en un tiempo récord. Fuera del lavabo, salió al pasillo bien iluminado y aguzó el oído por si oía ruidos. En dos zancadas, metió la cabeza por el umbral lentamente y susurró:

—¿Terri?

—¿Qué?

Esbozó una sonrisa al oír ese tono tan molesto.

—Tu turno.

Se le ajustó la vista a la oscuridad mientras ella salía del rincón más lejano junto a la ventana. Buena elección.

Ella abrió un cajón, lo revolvió, luego lo cerró y finalmente sacó una bata rosa del armario. Nathan se hizo a un lado cuando ella se acercó a la puerta. En cuanto salió a la luz, vio lo que había sacado del cajón: un tanga de encaje de color rojo cereza pensado para hacer que un hombre suplicara a sus pies.

Se le secó la boca tan deprisa que no podría haber hablado ni aunque esas palabras pudieran salvarle la vida.

Ella captó la dirección de su mirada y se quedó inmóvil.

La tensión se cernió sobre los dos e hizo que Nathan desviara la atención de la braguita a su rostro. Los ojos de Terri asimilaban todo lo que él había dejado al descubierto en ese breve momento.

Supo sin duda que ella le había leído el deseo en el rostro. ¿En el rostro? maldita sea, había visto más que eso. Estaba tan empalmado como el cañón de la SIG que ella sostenía en la otra mano y le resultaba difícil disimularlo dentro de esos vaqueros.

Carraspeó, tan incómodo como en su primera cita.

Ella le sonrió... maldita mujer.

—Me alegro al ver que una ducha caliente no se ha cargado tu virilidad. —Bajó la vista hacia su entrepierna y luego lo esquivó rápidamente.

Menuda diablesa.

—Terri.

Ella se detuvo y se dio la vuelta.

—¿Qué?

—Una pequeña advertencia solamente.

Su máscara de confianza vaciló un instante, pero supo refrenar esa inseguridad momentánea.

—Dime.

—No tientes a un león que ha estado dos años vagando solo por la selva.

Terri se dio la vuelta en la cama por cuarta vez en veinte minutos. ¿Cómo podía estar él cómodo en el salón, y en un sofá que era medio metro más corto que él?

Sin embargo él no quiso oír hablar de comodidad; dijo que el mejor sitio era aquel desde el que pudiera oír a alguien entrar por alguna de las dos puertas.

Apartó la manta de una patada y salió de la cama. El parqué estaba frío, un cambio que agradecía porque se estaba asando debajo de las sábanas. No tenía pensado ponerse más que ropa interior para acostarse pero tampoco podía corretear desnuda por la casa, así que se puso una camiseta interior que apenas le llegaba a las braguitas rojas.

Se acercó a la ventana y apartó las cortinillas con los dedos para mirar a través de las rendijas de la persiana. Se dio la vuelta y se paseó por la habitación iluminada por la lamparita. Quizá encendería la mini lámpara de lectura para leer un rato. Cuando llegó al montoncito de novelas por leer, se oyó un estruendo fuera.

Nathan apareció de la nada y entró a la habitación de un salto, agarrándola de bajada al tiempo que caían sobre la cama como si fueran uno solo. Entonces se dio la vuelta para dejarla a ella debajo.

—¿Qué sucede? —Forcejeaba para moverse, pero él la tenía bien sujeta.

—Shhh.

¿Era por ese ruido?

—Eso era el petardeo de un tubo de escape, no un arma.

Él no dijo nada. Eso bastó para acallarla. Terri se retorció hasta que pudo verle el rostro, entonces deseó no haberlo hecho.

Vio la mandíbula apretada, las mejillas prominentes y los ojos oscuros de un depredador peligroso que se anticipaba al miedo y se preparaba para atacar. Miró por la ventana pero sabía que aguzaba el oído por si oía algún cambio o un ruido.

Terri se notaba el corazón acelerado. Este hombre había estado en las Fuerzas Especiales y había sobrevivido a dos años de cárcel pero nunca le haría daño. Lo sabía con una certeza en la que no había querido pensar mucho, y aún menos creer. Su mente evocaba sermones que ella volvía a desterrar, preparada para volver a confiar en su instinto.

Había intimado con un par de hombres que creía especiales, pero se dio cuenta de que ninguno se hubiera jugado el cuello por ella. Nathan lo había hecho y más de una vez.

Incluso ahora, la protegía con un cuerpo hecho para la fuerza. Unos músculos definidos le cubrían el torso. Flexionó un brazo y se le marcó el bíceps sin querer, esculpido tras horas de ejercicio implacable, sin duda. Su pecho se cernía sobre ella en actitud protectora, pero a la vez se ayudaba de los fuertes antebrazos para no hacerle cargar con su peso. Salvo de cintura para abajo, donde se rozaban de una forma íntima. Ella notó su mirada antes de levantar la vista. La delicada tela de las braguitas dejaba claro su estado de excitación. Lo único que tenía que hacer era levantar las caderas para sentir cada centímetro.

«No tientes a un león que ha estado dos años vagando solo por la selva.»

Ya se lo había advertido. Ella sería la responsable si sucedía algo después de eso. Le daba vueltas la cabeza de tanta indecisión. «No dejes pasar esta oportunidad. Está interesado. No seas tonta. Es un fugitivo.» Cerró los ojos. Ojalá pudiera acallar los pensamientos tan fácilmente.

Podría usar la excusa del ruido afuera para disipar ese calor que estaba a punto de estallar entre ambos. O sugerirle que la dejara levantarse para ir a preparar algo de café ya que ambos estaban despiertos.

Abrió los ojos. Él la escudriñaba con una mirada que se oscurecía por momentos, hasta que esos ojos le recordaron a una negra nube de tormenta esperando a deshacerse en rayos y truenos. Él respiraba con dificultad; el pecho le subía y le bajaba rítmicamente.

Cuanto más se perdía en su intensa mirada, menos le importaban los tubos de escape, el café o moverse aunque fuera un centímetro.

Se lamió los labios, perdida en la tempestad que se fraguaba entre los dos. Levantó una mano y le acarició el rostro.

Él cerró los ojos y sintió un escalofrío. Saber que podía excitarle tanto era estimulante. Nunca se había creído una tigresa o una diosa del sexo, pero ver a este hombre imponente reaccionar así a sus caricias era embriagador. Y muy tentador. Quería más.

Terri le frotó la mejilla y luego bajó un dedo hasta sus labios. Él se lo besó y luego lo succionó para mordisquearlo suavemente y juguetear con la lengua. Después le dio un beso en la palma mientras le enredaba la mano en el pelo.

Ella llevó la otra mano a su pecho y notó que se aceleraban sus latidos. Él bajó la mano hasta su nuca y pasó los dedos sobre su piel sedosa, atormentándola con la ligereza de su tacto.

Terri cerró los ojos y dejó que se intensificaran los otros sentidos. Se dejó llevar por su esencia masculina, estimulando así partes de su mente y de su cuerpo que habían permanecido latentes demasiado tiempo.

Notó sus dedos rozándole los hombros y bajando hasta el pecho. Contuvo el aliento, esperando sus caricias con anticipación… hasta que su dedo encontró un pezón que tiraba de la fina camiseta. Sujetó el tierno brote entre los dedos y lo rozó con el pulgar despacio, torturándola poquito a poco.

La sensación bajó hasta donde apretaba los muslos. Entre ellos se notaba cálida y húmeda, necesitada. Levantó las caderas hasta rozarle y él gimió, para luego quedarse quieto, como sin aliento.

—Terri, soy un caso perdido.

—Yo no lo creo.

Él clavó la vista al frente, tragó saliva y luego le lanzó una mirada tan preñada de anhelo que sintió que quería derretirse.

—No puedo qued…

Ella le cubrió la boca; no quería oír nada porque sabía con certeza que le contaría la verdad más desgarradora. Por supuesto, pensaba salir corriendo pero ella quería tener la oportunidad de evitarlo. Si se lo contaba, huiría de sus brazos, siempre dispuesto a proteger a los demás.

Bueno, esta vez no. Nunca conocería a un hombre como conocía a Nathan. Podría vivir con las consecuencias, pasara lo que pasara.

Terri le acarició la mejilla, recién afeitada.

—Deja de tratarme como si no pudiera tomar mis propias decisiones. Tengo claro a qué nos enfrentamos, quién eres, y cuál es mi papel en todo esto. Eso no cambia el hecho de que quiero que me hagas el amor, me recorras, me acaricies y me beses.

Su aliento se estremeció y en su mirada se reflejaba su lucha interna, pero supo mantenerse fuera del alcance emocional.

Ella había luchado por todo lo que había querido en la vida y ahora no dejaría de hacerlo.

—Quiero sentirte dentro de mí…

Él le cubrió la boca con la suya en un beso salvaje y hambriento. Ella le pasó la mano por el pecho y la espalda. Su pelo le rozaba la mejilla y las puntas le hacían cosquillas en los dedos, que ella desplazaba por los músculos que se dibujaban en su espalda.

Sus labios le pedían más pero ahora con más ternura, mientras jugueteaba con la lengua. El beso era más dulce, como si él se hubiera dado cuenta de que no iba a huir sino que le atraía hacia ella. Estrecharle era como abrazar a un jaguar; fuerte, peligroso e impredecible. Se había arriesgado a probar el lado salvaje de este hombre, a confiar en sus instintos para demostrar que no se había equivocado con él.

Entonces Nathan bajó hasta su cuello con unos labios lánguidos y apremiantes a la vez. Ella levantó las caderas y se frotó contra esa erección impresionante.

Todo él se puso tenso. Aspiró profundamente y levantó la vista hacia ella con unos ojos oscuros tan cargados de lujuria que se hubiera asustado de tratarse de otro hombre.

—No soy una muñeca de porcelana que debas tratar con mucho cuidado, Nathan. No te tengo miedo.

Entonces soltó la respiración contenida:

—Eres increíble.

Introdujo dos dedos bajo el reborde de encaje de la camiseta que fue levantando poco a poco, obligándola a levantar los brazos mientras la desnudaba de cintura para arriba. Cuando hizo el amago de bajarlos, le susurró:

—Agárrate a las barras de la cabecera.

No estaba segura de si el escalofrío que sentía era por las expectativas o por esa promesa de que necesitaría donde sujetarse.

Cuando se agachó para rozar sus senos con los labios y las manos, Terri se dio cuenta de que se trataba de lo segundo. Con la lengua le rozó un pezón erecto y ella se contrajo entera por el estallido de exquisito dolor. Con el pulgar le frotó el otro pezón, una, dos y otra vez más. Ella gritaba y le rogaba mientras hacia fuerza con los dedos de los pies. Él le besó el botón y se lo llevó a la boca para rozarle la punta con la lengua mientras lo succionaba y ese doble movimiento la volvía loca. Con el pulgar seguía rozándole el otro pezón tan lentamente que el contraste de fricciones le arrancó las lágrimas.

Se echó a temblar, estremeciéndose por la arremetida de unas sensaciones que apenas podía contener. La turbulencia se hacía más intensa y se acercaba a ese punto álgido que la mantenía en tensión de pies a cabeza.

—Aún no. —Su boca abandonó los pechos y ella contuvo la respiración antes de que la besara con una pasión arrebatadora. Con la mano le masajeó los pechos suavemente con unos dedos que apenas le rozaron los pezones hinchados pero la hicieron estremecer. Entonces sus dedos le acariciaron el abdomen y más abajo, hasta que le introdujo un dedo debajo de las braguitas, entre las piernas.

Sabía que la estaba besando pero en ese momento, su cuerpo y su mente se centraban en ese único punto neurálgico. Movió el dedo en sus húmedas capas y ella gimoteó al tiempo que él separó los labios para torturar de nuevo a sus pezones. Mordió levemente el tierno botón y al mismo tiempo le introdujo un dedo.

Ella arqueó la espalda; la piel le hervía de deseo.

El dedo bombeó en su interior una vez, otra, y luego le dio una estocada húmeda al lugar donde ella deseaba más que la acariciaran.

Como si hubiera oído sus ruegos, trazó un círculo en su interior suavemente primero y luego con más intensidad. No se dio cuenta cuando sus manos se habían posado en su espalda, pero se sorprendió al verse aferrada a sus hombros mientras se arqueaba en busca de esa luz cegadora a la que él la acercaba y distanciaba a partes iguales.

—Por favor… ahora —decía, jadeando tras cada palabra.

Bastó una estocada con la lengua en el pezón para explotar, las entrañas escindiéndose en mil direcciones distintas. Gritó en el momento de su liberación mientras se desplomaba en un mar de placer.

El tiempo se difuminó, se expandió y se convirtió en neblina antes de que el mundo volviera a adquirir su forma lentamente.

Abrió los ojos y encontró su sonrisa salvaje. El sudor le perlaba la frente.

—Ha sido increíble. —Levantó la mano para desabotonarle la camisa.

—No llevo…

—En mi mesilla a mi izquierda. ¿No pensarías que iba a dejar que esto continuara sin preservativos, no? —No podía creer el alcance de su control. Dos años. El hombre tenía una voluntad de hierro.

—Eres una diosa.

A ella le gustó cómo sonaba eso.

Él se levantó de la cama y se quitó la camisa primero, dejando al descubierto un pecho de músculos esculpidos, y luego se despojó de los vaqueros. Eso le recordó su anterior deseo de verle completamente desnudo.

Hecho. Las llanuras compactas de su cuerpo eran casi tan impresionantes como su erección, claro que eso era muy difícil de superar.

Nathan se protegió tan deprisa que casi le dolió por lo hinchado que tenía el pene. Apoyó una rodilla en la cama y le quitó ese susurro de encaje rojo que aún llevaba puesto deslizándolo por sus piernas. Se acomodó para seguir el recorrido de las braguitas con los labios mientras estimulaba otros puntos sensibles.

Nathan dejó la tela a un lado y se quedó mirando su dulce cuerpo, exuberante por sus curvas y maduro de la pasión.

—Eres tan hermosa, con esas curvas… tan bella. Contenerme me está matando.

—Pues entonces no esperes más.

No merecía ese regalo pero no iba a desperdiciarlo tampoco. No lo haría ni aunque la casa ardiera en llamas.

Su ingle estaba tan henchida que sentía verdadero dolor, pero por mucho que quisiera embestirla ahora mismo lo que más quería era hacerle el amor. Recorrió sus piernas con las manos y notó la cicatriz en la derecha. Sus dedos inquietos se colaron entre sus muslos, que separó con delicadeza y entre los que se arrodilló después.

Ella se incorporó para recibirle. Él la cogió de las manos y la sentó sobre sus muslos, entonces le sujetó las nalgas y la levantó, con los ojos perdidos para todo salvo para los penetrantes ojos verdes de ella. Ella le rodeó el cuello y le besó con cariño mientras le acariciaba el rostro.

Nathan la levantó un poco más y luego la bajó hasta que la punta del pene se introdujo en su interior. El sudor le resbalaba por el pecho de lo fuerte que ella le tenía apresado.

Entonces ella apartó los labios y le dijo:

—No me voy a romper. Te deseo y deseo esto... Ahora.

Entonces la embistió completamente y jadeó en busca de aire, perdiendo la cordura cuando ella se levantó y volvió a bajar. Tuvo que contenerse mucho para no correrse en ese mismo instante. El endeble control que había mantenido hasta entonces se le fue de las manos. Se introdujo con fuerza, otra estocada más hasta la saciedad, y otra más. Ella le rodeó con los brazos, aferrándose a él y apremiándole a que continuara.

Su liberación culminó en un grito que llegó a todas las partes de su cuerpo mientras se hundía una y otra vez hasta sentirse exprimido. Mientras los últimos temblores le surcaban la piel, se quedó abrazado a ella, posesivo.

Nunca había querido poseer a nadie, pero quería a esta mujer de una manera que sabía que le destrozaría cuando llegara el momento de irse. La ayudó a tumbarse en la cama. Ella dijo algo sobre acostarse y luego ducharse en unos minutos.

Siempre quería estar al mando. Sonrió hasta que la consciencia le hizo sentir culpable por aprovecharse de su oferta; sabía que tenía que marcharse.

¿Pero qué demonios le pasaba? ¿Cómo se le había ido tanto de las manos lo de ir a protegerla? Pues porque olvidó el plan en cuanto sus lenguas se enredaron.

Ella ya le había apuntado con una pistola antes. Dos veces, para ser exactos. Y si conociera las intenciones que tenía con el asesino de su hermano, le lanzaría la mirada dura de una policía en lugar de dedicarle la mirada tierna de una mujer.

Además, no podía hacerle el amor y luego marcharse tan campante. Ella no era de esa clase de mujeres.

Terri entrelazó sus delicados dedos con los suyos y tiró de él para que se acostara a su lado. Él la abrazó, pecho con espalda, envolviéndola con brazos y piernas y acariciándole la cabeza con la barbilla. Quizá pudiera quedarse cuando todo terminara.

Nathan puso los ojos en blanco. Sí, claro. Y tendría una dirección para que el presidente le enviara el indulto por escrito si no quería seguir muerto, ya que había defraudado al gobierno en un juicio y había desertado del ejército.

¿Cuándo iba a dejar de querer lo imposible? Obviamente no sucedería pronto, ya que quería a Terri Mitchell.

Terri se sirvió una taza de café; se preguntaba qué tendría que hacer para convencer a Nathan de que tenía más opciones de las que él creía. Esta mañana ya le había notado el cambio: se estaba distanciando de ella, era más distante.

Sabía por qué lo hacía: porque o bien pensaba que tenía que fugarse o iba a morir, pero al menos podría darle la oportunidad de ayudarle.

—¿Qué tienes previsto para hoy? —preguntó él.

—Buenos días para ti también. —Ella se dio la vuelta lentamente y se apoyó en la encimera. Nathan llevaba unos vaqueros y una camiseta verde desgastada, nada fuera de lo común salvo por lo mucho que le marcaba el torso, como si fuera una segunda piel. «Deja de prestar atención a su cuerpo y empieza a averiguar qué se propone.»

—Buenos días —añadió rápidamente—. Entonces, ¿qué planes tienes hoy?

—Van cambiando a lo largo del día. ¿Por qué quieres saberlo?

—Me iría bien que te quedaras por la comisaría hoy para que yo pudiera hacer unas cosillas.

Ella se rio pero no quedaba ya rastro de humor.

—¿Cuándo vas a entender que no necesito un guardaespaldas?

—¿Te acuerdas del estallido de anoche?

—Me acuerdo de hasta el último detalle de anoche. ¿Y tú?

—Terri, anoche fue… increíble, pero…

—Como digas que fue un error, te disparo aquí mismo.

—Una noche amándote nunca sería un error.

¡Maldita sea, qué habilidad tenía para dejarle el corazón hecho papilla!

—Pero eso no cambia el hecho de que no debería… y no lo haré más.

También tenía una destreza enorme para hacerla estallar.

—¿Y mi opinión no cuenta?

Él dudó, como si quisiera añadir algo más, pero suspiró y sacudió la cabeza.

—Si no quieres aceptar que no es una buena idea dada mi situación, entonces por lo menos entiende que no puedo protegerte si estoy metido en esto.

—Y yo ya te he dicho que no necesito que me vigiles. —Cogió la taza con ambas manos como si se contuviera para no lanzarla al otro extremo de la habitación.

—Lo de anoche no fue ningún tubo de escape. Al marco de la ventana le falta un trozo de madera.

—No puede ser. —Se notaba las manos sudorosas y las estrellas empezaban a nublarle la visión.

—¿Estás bien?

No. Terri hacía verdaderos esfuerzos por mantenerse en pie y superar ese mareo.

—Sí, es sólo que estoy sorprendida. Por aquí no hemos tenido tiroteos desde coches.

—Eso no lo hicieron desde un coche. La bala parece provenir de un rifle de gran potencia. El ángulo indica que el disparo se hizo desde un tejado.

Al oír eso le fallaron las rodillas. La abuela podría haber estado en casa.

—Siéntate.

—No me digas lo que tengo que hacer. —Sí, esa réplica era digna de una víbora, pero la sacaba de sus casillas que la trataran como si fuera imbécil.

—¿Siempre eres tan testaruda o soy yo el que saca lo peor que hay en ti?

Eso le disparó la tensión a un nivel máximo. Dejó la taza sobre la mesa de un golpe y se alejó de la encimera.

—Ay, no, este no es mi lado malo. Créeme, se vuelve mucho peor.

Cogió el bolso de la mesa.

—Supongo que puedo dejar que cierres tú, ya que hasta ahora no has necesitado llave para entrar. —Se dirigió hacia la puerta pero una mano en el hombro la detuvo.

—Por favor.

Ella suspiró. Con una palabra decía mucho más que ningún otro humano que hubiera conocido. Se dio la vuelta, zafándose así de su mano. Le vibró el móvil pero no le hizo caso.

—Sobre lo de anoche… —empezó Nathan.

—No quiero hablar más ya de eso.

—Y yo no quiero hacerte daño.

—Soy mayorcita, capaz de tomar decisiones de mayores. Hablas como si esperara cierto compromiso, pero puedes estar tranquilo. No soy de las que se casan, así que no empieces a sudar sólo porque las cosas se pusieron al rojo vivo ayer. —Parte de eso era verdad.

—No eres de las que tienen líos de una noche.

No, pero eso tampoco quería decir que no pensara en un *affaire* con todas las de la ley, cualquier cosa que le diera tiempo hasta que pudiera encontrar la manera de evitar que fuera a la cárcel.

—Eso no lo sabes.

—Claro que lo sé. Pero no importa. No puedo tratarte como si fueras un simple revolcón.

—¿Y por qué no?

—Pues porque no te siento de ese modo. —Le acarició la mejilla—. Eres especial. Ojalá nos hubiéramos conocido en otra vida en la que yo pudiera tener una oportunidad con una mujer como tú.

¿Cómo se las ingeniaba siempre para dejarla anonadada?

Le volvió a vibrar el teléfono móvil. Él retiró la mano de su rostro. Ella bajó la vista. Carlos Delgado. No podía ignorar esta llamada, pero tampoco podía contestarla.

—Venga, vete, pero quédate por comisaría hasta las cinco, ¿de acuerdo?

—Me lo pensaré pero sólo porque tengo papeleo pendiente de arreglar —gruñó.

Él le rozó la barbilla con dos dedos. Debería de hacerle caso omiso y contestar el teléfono que seguía vibrando cada vez más alto como un abejorro furioso. Pero en lugar de eso levantó la vista y le miró a los ojos.

Nathan agachó la cabeza y la besó con ternura, luego separó los labios.

—Gracias.

—¿Esta vez por qué?

—Por una noche contigo.

Eso bastó. Le entraron ganas de echársele encima en la cocina mismo. Si no salía de la casa inmediatamente, tendría mucho más que agradecerle.

El móvil no dejaba de vibrar.

—Tengo que coger esta llamada.

—Hazlo. Te seguiré hasta que entres en el edificio.

Por extraño que pareciera, ella empezaba a pensar que su naturaleza excesivamente protectora era dulce. Terri corrió hacia la puerta y subió al coche. Salía del garaje dando marcha atrás cuando el teléfono empezó a vibrar de nuevo. Tenía que ser Carlos y probablemente estaría aún más cabreado. Pero cuando lo abrió vio que era el capitán Philborn quien la llamaba.

—Mitchell al habla.

—Ven derecha a mi despacho cuando llegues. —Estaba enfadado por algo.

—Por supuesto. ¿Sucede algo?

—Sí. Ya hablaremos.

Terri frunció el ceño. ¿Por qué tanto secreto?

—Estoy allí en quince minutos. ¿De qué tenemos que hablar?

—De huellas dactilares en una bolsa de plástico.

Ay, no, no, no. Se había olvidado de la bolsa que dejó ayer en el laboratorio... antes de que Nathan se identificara anoche.

—¿Han comprobado ya las huellas? Perfecto. —Mostrándose animada podría ocultar el pánico que sentía. Ahora sabía a quién pertenecían las huellas. «Haz como si no pasara nada»—. ¿Eran de Nathan Drake?

—Unas sí. Las otras son tuyas. Josie Silversteen está aquí conmigo y ninguno de los dos está muy contento que digamos. Será mejor que nos traigas respuestas.

Y ella que había usado el laboratorio de la Policía de Nueva Orleans para evitarse el quebradero de cabeza si usaba el del BAD, pensando que Carlos averiguaría quién era su contacto... No había considerado que Josie pudiera estar tirándose a uno de los técnicos de laboratorio, pero apostaba que era así como la DEA se había enterado de lo de las huellas.

Ese sería el menor de sus problemas si no se le ocurría ningún motivo que explicara por qué sus huellas estaban en la misma bolsa que las de Nathan.

Capítulo catorce

No había demasiado tráfico en Basin Street, pero Nathan examinó cada coche al que adelantaba o que le adelantaba a él mientras patrullaba la zona cerca del cementerio de Saint Louis. No había nada extraño o sospechoso. Aparcó entre una furgoneta y una camioneta y se escabulló por la acera hasta que llegó a la puerta metálica del cementerio y entró.

Unos mausoleos de mármol, más altos que él, inundaban dondequiera que no estuviera ya ocupado por esculturas. Nunca consiguió que Jamie le acompañara cuando eran adolescentes. Su hermano ni siquiera podía ver el cementerio por fuera después de morir su padre.

Y ahora…

Un movimiento a su izquierda —un gato callejero persiguiendo a un ratón— le distrajo de pensar que ya no podía cambiar el hecho de por qué se encontraba allí.

Localizó el giro a la izquierda que estaba esperando, entonces recorrió unos veinte metros y dobló a la derecha, donde encontró a Stoner apoyado en un mausoleo enorme, a la sombra. De esta manera podrían hablar cara a cara con tranquilidad y cubrirse las espaldas mutuamente. El cementerio ofrecía un mejor plan de salida que un restaurante. Podían salir juntos o bien por separado si tenían que seguirle la pista a alguien.

Nathan se detuvo a unos seis centímetros de Stoner.

—Gracias de nuevo por lo de anoche. ¿Cómo sabías que estaba allí?

—De nada. —Stoner le miró y luego examinó los alrededores mientras hablaba—. Llegué hace unos diez días. Tardé un poco en encontrar a Jamie. Mientras le buscaba, me enteré de información bastante útil de Marseaux y supuse que Jamie se había involucrado de alguna manera con esa gente.

—¿Por qué le buscabas?

—No me costó averiguar por qué te habías ido del ejército.

Nathan se cruzó de brazos y bajó la vista al suelo.

—Sobre la manera cómo os dejé en Bolivia…

—Lo entiendo. No voy a condenarte por hacer lo que creías que debías hacer por tu familia.

¿Cómo podía su amigo comprenderle cuando ni él mismo podía perdonarse? Miró a Stoner a los ojos y le dijo:

—Pues deberías. Dejé a mi equipo en la estacada.

—¿Crees que los tres no éramos capaces de salir de allí sin ti?

—No, pero…

—Lo complicado fue cómo informar de tu desaparición.

—Me ausenté sin permiso.

Su amigo le lanzó una sonrisa astuta como un zorro.

—Lo único que sabíamos al llegar al campamento es que ya no estabas ni tú ni tu mochila. Lo que supusimos es que un enemigo te había hecho prisionero. Nos quedamos dos semanas más y luego les comunicamos que habías desaparecido en combate. Cuando el ejército fue a notificárselo a tu familia, ya se habían mudado sin dejar ninguna dirección.

Nathan relajó los brazos, estupefacto porque se le considerara desaparecido en combate y no un desertor. Stoner y su equipo habían corrido riesgos para protegerle. Entonces recordó lo que le había dicho Terri: «No todo el mundo es tu enemigo, Nathan. Seguro que hay alguien que quiere ayudarte si sales de ese muro que te has construido».

Stoner entrecerró los ojos al avistar algo en la distancia, pero luego se relajó al mirar a su amigo.

—Entré en Internet en cuanto estuve en la base, en busca de información en Nueva Orleans acerca de ti o de tu hermano. Pensé que le había pasado algo a tu madre. Y entonces encontré una noticia sobre cómo Marseaux se había vuelto a escapar de la DEA pero había varias personas imputadas. Jamie era una de ellas. Fue declarado culpable y le enviaron a la cárcel… pero no fue, ¿verdad?

Nathan negó con la cabeza.

—No. No habría sobrevivido.

Él asintió.

—Por eso regresé a Nueva Orleans cuando me enteré. Me imaginé que Jamie y tu madre podrían necesitar ayuda hasta que te soltaran. Pero cuando llegué, tu madre ya había muerto. Lo siento muchísimo.

—Gracias. —Nathan se maldijo a sí mismo entre dientes. ¿Gracias? ¿Eso era lo único que podría decirle a un hombre que le había salvado el culo más de una vez en el ejército y que había venido a ayudar a su hermano? Buscó la manera de expresarse igual que Stoner, pero al final desistió y le preguntó:

—¿Cómo encontraste a Jamie? Él y mi madre se mudaron a otra casa justo antes de que ella… muriera.

—Fui al cementerio y estuve esperando cada día, pensando que aparecería y así fue. Vino a poner flores. Yo le seguí a casa pero no sabía qué decirle para no asustarle ya que no me conocía de nada. Si le decía que te conocía del ejército, pensaría que estaba aquí por haberte escapado. Si le decía que sabía que él era Jamie, le hubiera entrado el pánico. Así que me limité a seguirle y observarle.

—¿Viste dónde fue el día que murió? —El corazón le latía con fuerza con la expectativa de disponer por fin de información fiable.

Stoner asintió.

—Estuvo trabajando en esa empresa naviera y se veía a escondidas con alguien en hoteles. No supe ver quién, pero la última noche que quedó con alguien, dejó el coche en casa y se subió a una furgoneta negra. Un primo que tengo en tráfico comprobó la matrícula. La habían robado. Seguí a la furgoneta hasta que nos encontramos con el tráfico típico del martes de carnaval. Jamie salió de la furgoneta y desapareció entre la multitud antes de que pudiera dejar el coche y seguirle.

Nathan le dio un puñetazo a la pared de mármol.

—¿Qué diantre estaría haciendo?

—No lo sé. Puede que Marseaux sea el único que pueda responder a eso.

—Jamie me hubiera dejado alguna nota. Solía dejarme notas sobre lo que hacía o con secretos que sólo me contaba a mí. Aún no sé dónde pudo haberlas dejado.

—¿Estás seguro de que las escondía en casa?

—Encontré una nota bastante críptica en la nevera que dejó porque no creía que pudiera venir a recogerme a la cárcel. Sabía que iba a morir. Estoy seguro de que me ha dejado más que eso para ayudarme a entender lo que sucede.

—Lo que te digo es si estás seguro de que las escondería dentro de casa.

—¿Dónde más podría...? —Se quedó callado en cuanto se le ocurrió. No las habría dejado en el interior de la casa—. Vámonos. —Se dio la vuelta, directo al Javelin y con Stoner detrás.

Entró por la puerta del conductor mientras Stoner se sentaba en el asiento del acompañante.

—No he caído en el panel secreto de debajo del salpicadero donde solíamos guardar condones. —Palpó con la mano hasta que encontró un cierre. Lo abrió y el panel cayó. Un fajo de billetes rebotó en el suelo. No era precisamente lo que esperaba encontrar.

—No saques conclusiones precipitadas, Nate.

—No lo hago. —Cogió el fajo de billetes de cien dólares y lo guardó en la consola—. ¿Pero qué hacía con este tipo de dinero?

—No te sé responder; Jamie lo hará en cuanto encontremos esas notas. —Stoner bajó la visera y volvió a subirla, entonces abrió la guantera y la revolvió.

—Era demasiado listo para escoger un lugar que cualquiera pudiera encontrar.

—Me dijiste que los dos solíais escoger los mismos sitios. Ya que el dinero estaba bajo el salpicadero, ¿dónde más esconderías algo en este coche?

Nathan se apoyó en el asiento, pensativo. Había estado tan ocupado pensando dónde dejaría él las notas en la casa que había pasado por alto lo más obvio. Cerró los ojos y estudió el coche mentalmente, en busca del escondrijo perfecto.

De repente se le ocurrió lo más sencillo. Jamie no hubiera escondido papeles que ocuparan demasiado espacio o que fueran difíciles de imprimir.

El genio de su hermano hubiera usado algo más rápido y fácil de transportar.

—Jamie hubiera guardado la información en una memoria USB —dijo Nathan—. Ahora lo sé. ¿Pero dónde lo pondría?

—Paseó la mirada del volante al retrovisor interior, hasta los botones de la radio. Sonrió y recordó lo pesado que se puso su hermano cuando quiso quitar la radio de casete e instalar una nueva.

Dejó de sonreír y le quitó la carátula. Dentro había una cinta, un casete de los que se usaban para limpiar los cabezales, que procedió a sacar.

Stoner le dio una navaja con la que Nathan abrió la cinta: dentro había una tarjeta de memoria.

—Mi hermano tiene un portátil en casa —sugirió Stoner—. Pero está al otro lado del lago Pontchartrain.

—No quiero alejarme tanto de Terri. Tendré que pasar pronto a ver qué planes tiene, pero me ha prometido que se quedaría en el despacho hasta las cinco para darme tiempo suficiente.

—¿Y crees que lo cumplirá?

—La verdad es que no, pero me ha dicho que tenía un par de horas de papeleo. Iré a un cibercafé a leerlo. —Nathan introdujo la mano bajo el salpicadero y cerró la pequeña compuerta.

Stoner le lanzó una mirada inquisitiva.

—Te has agenciado una buena mujer, ¿eh?

—No es mía.

—Por lo que he visto está bastante interesada en ti.

Nathan se incorporó y apretó los dientes.

—No importa. Vivo con tiempo prestado. En cuanto descubra quién mató a Jamie, no podré verla más y ella tampoco querrá volver a verme.

Stoner apoyó el codo en la ventanilla.

—Puedes quedarte con la identidad de Jamie e ir a las visitas de la condicional… no hace falta que huyas.

—No tengo tiempo de ir a esas reuniones, y aunque lo tuviera, en cuanto la policía se enterara de que estoy en la ciudad, sabrían quién ha estado amenazando a la gente de Marseaux. Creen que Jamie era una mula, así que lo primero con lo que me acusarían sería de incumplir la condicional. No tardarán mucho en culparme a mí de lo mismo que culpan a Marseaux.

—Tiene que haber una forma de salir de este embrollo.

—En esto no hay ganadores. Agradezco tu ayuda pero sería mejor para ti que te mantuvieras alejado de mí.

Stoner sonrió.

—¡Sí, hombre! ¿Y perderme esta diversión? Además, ellos también me dispararon y, de donde vengo, eso es la guerra. ¿Por qué no arrancamos esta bestia y me llevas hasta mi coche?

Nathan le llevó hasta su Ford Excursion de color granate.

—Espera un momento. —Stoner salió y abrió la puerta de su coche, se inclinó unos segundos y luego se dio la vuelta mientras ojeaba el paisaje.

Regresó al coche y le entregó a Nathan una H&K de 9mm.

—Como vas a incumplir la condicional de todos modos, esto es mucho mejor que la mierda que llevabas anoche. Vamos a necesitar más equipo. Tengo que ver a unas personas. Llámame en cuanto saques algo del USB. —Se montó en su coche y se alejó a toda velocidad.

Nathan se fue también y llamó a comisaría. Al final consiguió hablar con alguien que conocía a Terri, ya que por lo visto no todo el mundo sabía quién era.

—Está en una reunión.

Odiaba esas frases tan imprecisas.

—Dígale que volveré a llamar.

Terri subió corriendo los escalones de la escalera que llevaba a los despachos de la segunda planta. No es que tuviera prisa por explicar lo de las huellas, pero tenía la sensación de que ocurría algo más.

¿Habrían metido mano los de la DEA en el contenedor?

Cuando llegó a la puerta del despacho del capitán Philborn, inspiró hondo y dio un golpecito.

—Entra.

Josie estaba sentada junto a Philborn con la butaca un poco de lado para poder mover esa pierna tan torneada que tenía cruzada. ¿Cómo podía trabajar esta mujer con tacón de aguja? Llevaba una falda de lino color turquesa con un top negro muy escotado y medias de rejilla también negras.

Pero lo que más nerviosa le ponía era la sonrisa triunfal que no hacía el amago siquiera de esconder.

—Siéntate, Mitchell.

—¿Qué sucede? —Se sentó; se sentía un poco desaliñada

con sus pantalones caqui, la chaqueta de lana y una sencilla blusa blanca.

—El laboratorio nos ha enviado los resultados de esta bolsa. —Levantó la bolsa con cierre que ahora tenia residuos de polvo—. La DEA registró la casa de Drake y empolvó todo lo que podía haber sido usado o manipulado. ¿De dónde lo sacaste y por qué están tus huellas si esto es una prueba?

La DEA debió de entrar después de ella. Josie sonrió aún más.

Odiaba a esa mujer con todas sus fuerzas, pero ella nunca acudía a una pelea sin prepararse antes.

—Mi abuela vive a un par de calles de la casa de los Drake. Es ciega pero le gusta ir andando sola a todos los sitios. Así fue como conoció a Lydia Drake, que solía traerle el té helado que preparaba su hijo.

—Qué historia más tierna y hogareña. —Josie se apartó el pelo cuando giró la cabeza—. No tengo todo el día. Explícanos lo de la bolsa. Por toda la ciudad nos informan que han visto a Nathan Drake. ¿Son esas sus huellas?

—¿Por qué me lo preguntas? Pensaba que el laboratorio ya había confirmado que eran suyas.

—No esquives la pregunta. —La verdadera Josie había salido a la superficie y le enseñaba los dientes—. Como no tenemos un cadáver que confirme su identidad, creemos que Nathan Drake está vivo y se dedica a amenazar a la gente, lo que significa que fingió su propia muerte.

Terri no pudo resistirse a mofarse de ella.

—Y quizá las hadas se comieron la parte de blusa que te falta, lo que explica por qué vas enseñándolo todo. ¿No se te ocurre pensar que Brady pudo haberse equivocado acerca de la identidad del cadáver?

—Él no hubiera cometido ese error.

Que Josie apoyara a Brady la preocupaba. ¿O era un ejemplo de cómo se peleaba la familia entre sí hasta que atacaban a uno del clan y entonces ésta se unía?

—He oído que este Drake o su fantasma, depende de lo que quieras creer, está amenazando a criminales —se defendió Terri.

—La ley no perdona a los que se toman la justicia por su

mano, independientemente de a quién maten —interrumpió Philborn—. Volvamos a la bolsa.

—Yo tampoco los eximo —se apresuró a añadir Terri, molesta porque pensaran lo contrario—. Como os iba diciendo, mi abuela se acercó a ver a Lydia antes de morir, me dijo que estaba muy delicada. Mientras estaba allí, dio un traspié y se dio con la jamba de la puerta. El hijo de Lydia le trajo una bolsa con hielo que, al final, se llevó a casa. La dejé en el congelador por si volvíamos a necesitarla y se me había ido de la cabeza completamente hasta esta semana. Pensé en averiguar si sus huellas estaban en la bolsa porque así tendríamos unas buenas huellas para comparar con el cadáver en cuanto éste apareciera. —Era una de las peores patrañas que se había inventado nunca pero eso fue lo único que se le ocurrió con tan poco tiempo.

—¿Y porqué no están las huellas de tu abuela?

—Era justo después de Navidad. La abuela no se quita los guantes en todo el invierno.

—La próxima vez, avísame cuando creas tener pruebas de un caso —le dijo Philborn con su tono habitual de despedida.

—Sí, señor. Perdone las molestias que pueda haberle causado. —Se levantó de un salto, sin importarle el dolor por moverse tan deprisa. Se fue derecha a la puerta.

—Espera un momento —balbució Josie—. Está ocultando algo.

Philborn se incorporó; otra señal inequívoca de que las estaba despidiendo.

—Pensé que había dicho que estaba ocupada. No querría hacerle perder su valioso tiempo.

Josie entrecerró los ojos.

—¿Cuándo van a entregarnos el contenedor? La DEA quiera examinar el contenido antes de que lo demás se distribuya entre sus agentes.

Terri hizo el amago de hablar pero captó el brillo malicioso en los ojos de Philborn.

—La reunión ha terminado. La DEA tendrá acceso al contenedor cuando yo lo ordene. Ahora mismo es una escena del crimen en nuestra jurisdicción.

—Tengo papaleo que rellenar, pero hágame saber si necesita algo, capitán —dijo Terri con su mejor voz de niña obediente.

—Perfecto. —Philborn se sentó de nuevo.

La mirada venenosa que Josie le lanzó debía de envenenar el aire. Alcanzó a Terri en la puerta.

—No te creas que no sé que te acabas de inventar esa mierda, pero no te queda mucho tiempo. Tú espera a que descubra que has estado ayudando a Brady; estarás acabada. Estoy a punto de terminar esta investigación y pienso cerrarla en los próximos días. Tengo ganas de que veas el informe exhaustivo que he preparado.

Terri la fulminó con la mirada. Josie no se estaba tirando un farol, lo que significaba que alguien había falsificado pruebas en su contra que podría presentar ante un tribunal a menos que llegara hasta el fondo de todo esto.

—Déjame que te diga cuatro cosas.

—A ver, dime —sonrió como si anunciara una pasta de dientes para el diablo.

—Que te den…

—Eso son sólo tres.

—…cabrona.

Josie cogió el bolso y salió de la habitación dando grandes zancadas.

Philborn soltó una carcajada que hizo temblar las paredes.

—Me gusta. Ojalá se me hubiera ocurrido a mí.

Terri sonrió.

—¿Necesita algo más?

El deje de humor desapareció del rostro del capitán.

—No, cierra la puerta.

A Terri le dio un vuelco el corazón. Cerró la puerta y se sentó enfrente.

—¿Qué sucede?

—Sammy no ha vuelto.

Ella frunció el ceño al oír ese tono tan serio.

—¿Qué quieres decir con eso? ¿Que llega tarde al despacho?

—No. Anoche fue a custodiar el contenedor. Cuando su relevo fue por la mañana, no estaba allí. Han encontrado gotas de sangre en el suelo.

Terri se llevó una mano a la garganta como si la hubiera embargado el miedo.

—No, Sammy no.

—Es peor. No puedo ceder el contenedor aún. Anoche perdimos parte del contenido. Creo que quienquiera que fuera a buscar algo allí le hizo daño a Sammy. No sé por qué decidieron hacerle daño. Hemos encontrado un casquillo, así que creemos que le dispararon. Si querían matarle, ¿por qué no dejaron el cadáver allí? —Philborn negó con la cabeza y se quedó mirando al infinito—. No sé, quizá esté vivo.

Seguramente le estaban torturando. ¿Qué otro motivo tendría alguien para mantenerle con vida? A Terri se le encogió el corazón al pensar en el pobre y dulce Sammy mientras le torturaban—. ¿Sabemos qué falta?

—Mis hombres no lo pueden asegurar, pero sé que faltan algunas de las herramientas de teca. —Philborn se la quedó mirando un momento—. No pareces sorprendida, así que supongo que Sammy te dijo que Taggart se llevó algunas. Tampoco puedo reprocharle nada a Taggart ahora que han terminado de desvalijarlo, pero no tendría que haber tocado nada. Le he dejado un mensaje pero aún no me ha contestado. ¿Por qué querría eso un ladrón?

—Tengo que volver a revisar el contenedor. Quizá pueda averiguar si falta algo más y descubrir qué quería el ladrón.

—Tenemos a un equipo entero vigilándolo, pero ten cuidado. Empiezo a pensar que esta cosa está maldita.

—A lo mejor soy yo. Tengo que hacer un par de llamadas primero y luego me acercaré. Por favor, si sabe algo de Sammy, hágamelo saber.

No podía creer que anoche estuviera hablando con él y hoy quizá estuviera…

Había que pensar en positivo. Estaba vivo y le rescatarían.

Miró el reloj. Le dijo a Nathan que se quedaría unas tres horas más pero tampoco se lo había jurado. No tardaría mucho en ir al almacén donde estaba el contenedor y volver. Además, no tenía su móvil. Si quería compartir información, podría empezar por darle su número de teléfono.

Nathan se colocó de modo que pudiera ver a todo el mundo que entrara en el cibercafé del barrio francés. Estos sitios habían visto épocas mejores antes de que el Wi-Fi se ofreciera de forma gratuita en toda la ciudad.

En ese momento, compartía el bar cibernético con tres adolescentes que susurraban, arremolinados alrededor de un ordenador, y una mujer de uniforme. La otra persona era la muchacha que trabajaba detrás de la barra, que aceptó una propina suculenta para que pegara un adhesivo de «No funciona» en los dos monitores que tenía más cerca para asegurarse de que nadie se sentara a su lado.

Introdujo el USB y abrió los documentos por orden cronológico. Los primeros eran formularios de envío escaneados y el siguiente un documento de Word con varios correos electrónicos entre Marseaux y alguien que aparecía tan sólo como V.

Jamie era un genio con los ordenadores pero esto de entrar en la cuenta de correo personal de Marseaux requería puro talento. Un talento perdido con el que podría haber hecho tantas cosas.

Notó que volvía a tener un nudo en el estómago. Tuvo que dejar a un lado el dolor y siguió mirando los documentos. No tardó en averiguar que Jamie ya sabía que la empresa para la que trabajaba pertenecía a Marseaux.

Las preguntas que se le ocurrían eran por qué había ido allí y qué había descubierto.

Nathan siguió examinando la lista hasta que encontró un «Hola Nate». Se quedó inmóvil; se dio cuenta de que era una carta de su hermano, y la seleccionó. Sintió una punzada de dolor por el momento tan surrealista que estaba viviendo: leer una carta que le había escrito alguien que ya no estaba en este mundo.

> Nate, has descubierto dónde guardaba el USB, ¿eh? No podía arriesgarme a dejarlo en casa porque me imaginé que al final alguien la registraría. Sin embargo, pensé que nadie miraría dentro del coche. Estuve sentado un buen rato en el asiento del conductor hasta que se me ocurrió usar la cinta de casete.

Nathan dejó de leer cuando empezó a ver borroso. Leer eso le resultaba difícil, era como tener a su hermano sentado a su lado y hablándole pero ser incapaz de contestarle. Se secó el rabillo del ojo y siguió leyendo.

Primero, quiero decirte que NO estoy implicado con Marseaux de ningún modo. De haber tenido la opción, ni siquiera me hubiera acercado a él. La DEA dijo que tenía una oferta que no encontraría en ningún otro sitio. Bueno, era más bien un ultimátum que no podía rechazar. Estos tíos estudiaron las técnicas de la negociación en la Universidad de la Semántica.

Sea como sea, este agente vino a verme cuando mamá estaba empeorando, tres semanas antes de que muriera. Estaba destrozado e intentaba encontrar una residencia que la aceptara. Ella luchó con todas sus fuerzas, pero el cáncer ganó la batalla.

Este tipo de la DEA me dijo que quería que trabajara de incógnito en la empresa de Marseaux para averiguar todo lo que pudiera. Me dijo que era un asunto de seguridad nacional. Me había preparado una lista con cosas que debía buscar. Pensó que eras tú, con tu destreza de las Fuerzas Especiales (desde luego escogió al peor de todos, ¿eh?).

Nathan sonrió por el humor macabro de su hermano, pero le gustaría ponerle las manos encima a ese agente de la DEA. ¿Y cómo habían encontrado a Jamie?

Tengo que contarte la verdad, hermano. Le dije que no, aunque tú lo hubieras hecho por tu país. Le dejé claro que no quería tener nada que ver con Marseaux. Que mi hermano estaba en la cárcel porque Marseaux le había tendido una trampa. Entonces me dijo que no podía ser, que me aseguraba que no me pasaría nada. Me dijo que si hacía esto para la DEA, conseguiría que aceptaran a mamá en una residencia, que te dejarían salir antes para verla… y…

Espera a saber esto…

… también limpiarían tus antecedentes. Joder, me hice ilusiones, salvo por una cosa: yo no tenía tus habilidades del ejército y, seamos sinceros, yo no soy tan valiente como tú. Ojalá lo fuera, pero no lo soy. Tengo más células cerebrales que la mayoría, pero no valor, así que puedes hacerte una idea de lo aterrorizado que estaba de entrar allí en secreto por mucha seguridad que me garantizara. Pero si de verdad podía sacarte antes para que pudieras ver a mamá, estaba dispuesto a hacer cualquier cosa. Tampoco me dio la opción de decirle sí o no. La última parte de su oferta especial fue la manzana envenenada. Si no hacía lo que ellos querían, se asegurarían de que pasaras cinco años más en la cárcel.

Nathan se aferró al monitor y contuvo las ganas de lanzarlo al otro lado de la sala. ¿Quién demonios le había hecho eso a Jamie? Sería mejor que el cabronazo le rogara a Dios para que no descubriera su nombre.

El corazón le latía con tanta fuerza que le dolía al sentir el dolor de su hermano en cada palabra. Quienquiera que fuera el responsable de su muerte lo pagaría caro y el demonio que moraba en su interior pediría venganza con intereses.

Como he dicho antes, no soy un tío valiente o un héroe como tú, Nate, pero intento solucionar esto. Por supuesto, si estás leyendo esto es que ya sabes que no lo he conseguido. Estas últimas semanas he estado pensando mucho en esto y, bueno, voy a hacerlo. Eso no quiere decir que no esté cagado de miedo. Ya sabes lo mucho que odio los cementerios, pero no puedo vivir si tú y mamá no estáis conmigo. Solías decir que preferías tener suerte que ser bueno. Espero tener suerte, pero considerando lo que llevo a mis espaldas, no apostaría mucho por mí mismo.

Ojalá pudieras salir limpio de todo esto cuando salgas para que puedas tener la vida que te mereces, pero te conozco demasiado bien. Siempre has hecho lo que has creído que debías hacer, siempre has defendido lo correcto. Por eso he intentado recoger toda la información que he podido para ti. Al de la DEA le dije algo, pero la última vez me di cuenta de que había algo raro. Averigüé que hay algo más aparte de los envíos de droga, pero aún no estoy seguro de qué se trata. Con tu perfil, seguro que lo encontrarás. Te dejé el logo en la nota de la cocina por si no encontrabas esto. (Sí, ¿en qué estaría pensando, eh?)

Esta imagen se corresponde al logo de una de las cartas escaneadas. Creo que el diseño es en realidad una F y una S, pero no he podido encontrar nada que encaje. Uno de los correos electrónicos de Marseaux a esa persona, V, decía que quería protegerse antes de que llegara «el día». V le respondió recriminándole por haber escrito cosas demasiado específicas en el correo y diciéndole que no había protección, sólo un «neutralizador» (ya me los imagino estrechándose la mano en persona con un apretón especial). A mí me huele a atentado terrorista, pero he buscado esa fecha en todas partes y no hay ningún gran evento ni nada que pueda relacionar. Yo creo que van a soltar algo químico o quieren empezar una guerra bacteriológica. En otro documento encontrarás una lista con todos los grupos internacionales con los que intercambiamos envíos. Quizá con tu formación militar en inteligencia reconocerás algo importante que a mí se me escapa.

Ahora viene lo mejor. Entré en el departamento de contabilidad de la empresa y saqué facturas de móvil. Encontré uno que tenía una secuencia de números similar al teléfono al que yo tenía que llamar, el del gilipollas de la DEA, alias JB. No me cae bien JB, por si no te habías dado cuenta. Entonces fue cuando empecé a ocultarle información. Lo único que sabe JB es que encontré la relación con ese grupo F-S, pero no su dirección. No le conté lo del número de móvil de la DEA. Llamé desde una cabina (aquel día me sentí como James Bond) pero la llamada fue desviada a un contestador sin nombre. Al final de esta carta te detallo todo lo que averigüé, o a lo que le encontré más sentido, vamos.

Esto es lo que tengo, hermano. Te echo muchísimo de menos, más de lo que te puedas imaginar. A veces me siento al volante de la Muerte Negra para sentirte cerca. Mamá te/me echaba mucho de menos. Nunca se creyó las mentiras de los periódicos. Le dije lo que había pasado como si tú me lo hubieras dicho. Creo que sabía que yo fingía ser tú, pero no me presionó para que le dijera nada. Rezaba para que regresaras cada día y me hizo jurarle que te diría lo mucho que te quería y que nuestro padre habría estado orgulloso de ti.

Como te decía, tengo miedo, pero voy a hacer todo lo que pueda para que estés orgulloso de mí. Pierdo un trozo de alma cada día que estas pudriéndote en la cárcel cumpliendo condena por mí. Si muero, no me iré lloriqueando como suelo hacer. Me iré con honor, como tú, ya que Nathan Drake se enfrentaría a la muerte como un hombre.

Nadie llamará cobarde a Nathan Drake. Nunca.

Me haría enormemente feliz y sabría que esto ha valido la pena si salieras ileso de lo que sea que vaya a suceder y tuvieras una vida real por fin. Me has salvado el culo toda la vida. Esta vez quiero hacerlo yo y salvarte el tuyo. Ojalá pudiera verte una vez más.

Te quiero, hermano,
Jamie

Nathan no pudo leer las notas del final. Las lágrimas le resbalaban por la cara. Apoyó los codos en el escritorio y escondió el rostro entre las manos. El dolor era indescriptible. Después de todo lo que había hecho por su familia, era Jamie quien se había sacrificado por él.

El dolor se aferraba a sus entrañas y le desgarraba el corazón. ¿Cómo podía vivir sabiendo lo que Jamie había hecho?

Los tres chicos aullaron por algo y chocaron las manos.

Nathan se incorporó y volvió a la realidad, se sorbió la nariz y cerró los documentos. Quitó el USB y fue al lavabo a lavarse la cara. Le temblaban las manos de rabia. JB. Tenía que encontrar al hijo de puta de la DEA que llevó a su hermano a un nido de serpientes a punta de pistola.

Una vez fuera del cibercafé, subió al coche y miró el reloj. Terri aún estaría en comisaría una hora más, pero tampoco estaba de más echarle un ojo. Además, tenía ganas de oír su voz. Necesitaba saber que estaba a salvo.

Esperó mientras transferían su llamada de un sitio a otro. Al final, alguien la cogió. Cuando preguntó por Terri Mitchell, la mujer dijo: «Acaba de salir y no sé cuándo volverá».

Capítulo quince

Nathan puso primera a toda velocidad y salió disparado del café. Buscó la tarjeta de Terri en el bolsillo y tecleó el número con rabia. Estuvo a punto de chocar contra otro coche.

Tres tonos y la llamada pasó al contestador.

Entonces llamó a Stoner.

—¿Qué has averiguado?

—Demasiado para contártelo ahora. —No creía que la línea fuera segura. Los nubarrones se cernían sobre la ciudad como una especie de dosel sombrío.

—Ya entiendo. —Y sabía que era cierto.

—¿Dónde estás?

—En la I-610, cerca del aeropuerto. ¿Dónde quieres que nos veamos?

Con ningún otro sitio por dónde empezar, Nathan le dio a Stoner la dirección del contenedor y esperaba que Terri hubiera ido allí también para seguir investigando.

—Hazme un favor y pásate por la comisaría a verla. Di que ella te ha pedido que te pases, a ver si puedes conseguir información acerca de dónde ha ido.

—De acuerdo. Estaremos en contacto.

Nathan intentó llamarla otra vez. Buzón de voz. Pisó el acelerador a fondo.

La espuma blanquecina moteaba las olas en el canal. Duff navegaba tranquilamente con su Pro-Line de siete metros y miraba por encima del hombro como un buen navegante, para contemplar lo que dejaba atrás. Sin embargo, las orondas nubes se cernían en el aire sobre el horizonte de Nueva Orleans, como un inmenso edificio que parecía que le siguiera.

En fin, un tiempo perfecto para salir en barco.

El aire salado le despeinaba y se le introducía en la nariz. Le encantaba vivir tan cerca del golfo de México. Nueva Orleans era el lugar perfecto para vivir.

Le gustaban las tormentas, encontraba cierto consuelo en los truenos y relámpagos. Por eso se había unido a los *fratelli* cuando tenía diecinueve años cuando un general de Fra Bacchus se lo propuso. Hasta entonces no se había dado cuenda de lo mucho que deseaba formar parte de un grupo tan dominante. De poder crear un mundo gobernado por hombres brillantes con una visión de futuro y los recursos suficientes para asegurar el éxito de esa visión.

Cuando llegó a las dos últimas boyas del canal, levantó las hélices de los dos fueraborda y guio el barco hacia aguas menos profundas más allá del acceso. Dejó caer el ancla, ya que la tormenta estaba amainando a medida que se acercaba a la orilla, y así no tuvo que orientar el barco hacia el viento. Apagó motores y puso dos cañas de pescar en sendos soportes en la popa del barco. Sin embargo, de los anzuelos no colgaba ningún cebo.

Los relámpagos se dibujaron fugazmente en el cielo. Las gotas de agua salpicaron la cubierta y su rostro. Comprobó el amarre una vez más —la cuerda estaba tensa—, y bajó hacia el camarote, donde le esperaba su recompensa.

Era muy guapa: de piel cremosa, labios rosados y pelo rubio de verdad. Alguna vez se había llevado una decepción al ver que las cortinas no hacían juego con la alfombra, como sus compañeros de instituto solían decir en broma.

Se quitó la camiseta y los pantalones cortos, se quedó desnudo como cuando vino al mundo.

Ella abrió los ojos y miró a su alrededor desesperadamente, asimilando lo que la rodeaba. Tiró de las cuerdas que le inmovilizaban las muñecas por encima de la cabeza. A su vez, las cuerdas de nailon estaban atadas a un soporte que él mismo había preparado y clavado en el extremo del mamparo.

Cuando ella levantó la cabeza unos centímetros, le vio y puso unos ojos como platos.

—¡Suélteme!

Nunca. Esa mierda de reglas eran para hombres corrientes. Él era general de los Fratelli de il Sovrano, y estaba por encima de esas sandeces. Además, de momento el Fra le había dado carta verde para tomar sus decisiones. De esa manera pensaba él interpretar las instrucciones del Fra.

Se acercó más a la cama que él mismo había pasado horas construyendo de modo que casi todo el camarote era una especie de cuarto de juegos enorme. Odiaba golpearse la cabeza en cuartos más estrechos.

—Déjeme ir, por favor. —Intentaba zafarse moviendo las piernas pero esas preciosas extremidades estaban separadas y los tobillos asegurados también con cuerdas.

—¿De verdad creías que eso de «Déjame ir, por favor» iba a funcionar? —Se echó a reír.

—Por favor, no me haga esto —le dijo de manera entrecortada, con los pechos que subían y bajaban con elegancia tras cada aliento.

Excitante… pero eso no se la ponía dura.

Duff sacó un cuchillo del soporte que había en la pared y se dio unos golpecitos en la pierna con él. Los truenos retumbaban en el exterior, amortiguando sus gritos.

—¿No te acuerdas de mí, verdad?

—No me haga esto —le rogaba, con unos ojos vidriosos por el miedo.

Aunque rogar le había funcionado en el pasado, le hubiera gustado encontrar a una mujer que le gustara que la dominaran. Entonces podría haber sentado la cabeza y fundar una familia. Pero eso sucedía en la vida de algún cabrón con suerte.

—¿Qué quiere? —Seguía tirando de las cuerdas que le cortaban la piel hasta que dejó de resistirse, sollozando entre ruegos.

—Pienso decirte todo lo que quiero, pero sin prisas, ¿de acuerdo? Llevo mucho tiempo esperando tener una oportunidad contigo.

—¿Estaba allí? —le preguntó Nathan a Stoner. Sujetaba el móvil con una mano mientras conducía el Javelin por la carretera que llevaba al almacén de la policía donde custodiaban el contenedor. La lluvia golpeaba el cristal con fuerza y los limpiaparabrisas se agitaban rápidamente.

—No. Me costó un buen rato hablando con casi todos los de la comisaría, pero al final averigüé que Terri salió hacia el almacén hace una hora.

Justo lo que él temía.

—Ya debería estar ahí de ahora mismo. Estoy a punto de llegar. —Aceleró y luego redujo al acercarse a la entrada, donde había coches patrulla aparcados. Rezaba por ver su pequeño Mini Cooper aparcado en el aparcamiento de gravilla.

No había ni rastro.

¿Por qué creía que su suerte iba a cambiar?

—He intentado contactar con ella varias veces, pero lo único que oigo es su buzón de voz. Quizá no haya venido aquí primero. —Nathan echó un vistazo al almacén y encontró un lugar donde dar la vuelta en la entrada de una empresa cerrada. Dejó el coche en punto muerto, pensativo.

No podía conducir en círculos una y otra vez.

—Oí algo en comisaría mientras me hacían esperar hasta que alguien me cogiera la llamada —añadió Stoner—. Conseguí colocar dos transmisores de corto alcance en sitios estratégicos mientras preguntaba por Terri para poder rastrear las conversaciones con el teléfono móvil. Un policía llamado Sammy que anoche vigilaba el contenedor ha desaparecido. Y alguien lo desvalijó.

—Eso quiere decir que ya no hace falta que nos preocupemos de que ese tipo vuelva al contenedor, pero Marseaux sigue allá fuera buscando a Terri.

—Y a ti también.

—Eso espero. Quiero encontrar a ese maldito cabrón de mierda.

—Lo sé. Me acercaré a su casa a buscar el coche.

—De acuerdo. Veo luces y agentes moviéndose alrededor del contenedor. Entraré a ver si Terri ha pasado por aquí antes. Si no encuentro nada en diez minutos, iré directo a su casa en la misma ruta que ella siguió el otro día. —No hacía falta que le dijera a Stoner que buscaría por si encontraba su coche abandonado.

Se le hizo un nudo en el estómago al pensar en la posibilidad de dar con el coche vacío en la carretera, pero trató de olvidarse de esa imagen desgarradora y se centró en localizarla. No quería perderla.

—Si no sé nada de ti cuando llegue a su casa, iré hacia donde estés —sentenció Stoner.

—Te llamaré en cuanto salga de aquí. —Nathan colgó y aparcó el coche donde no lo viera nadie, y luego se acercó al almacén de la policía andando. La lluvia amortiguaba cualquier ruido que pudiera hacer. Localizó la abertura de la valla que él mismo había practicado y luego la ocultó con una enredadera. En cuanto estuvo dentro, se movió sin hacer ruido de un lugar escondido a otro, hasta que pudo oír lo que sucedía en el interior del contenedor.

El agua se filtraba por la capucha de la sudadera y le empapaba la cara. Sin embargo, parecía no importarle el mal tiempo; estaba concentrado en la actividad que había alrededor del contenedor.

Un agente se paseaba frotándose las manos y luego se ayudó de la linterna para mirar el reloj. La frente se le arrugó por la impaciencia. Se quitó las gafas y las limpió con un pañuelo, luego metió la cabeza por la puerta abierta y dijo:

—Me voy a la garita a por café. ¿Quieres uno?

Le respondieron con un «no» apagado.

—Volveré en diez minutos.

—De acuerdo.

El agente bajó la pendiente sin darse demasiada prisa. Eso quería decir que había dejado a otro agente armado allí dentro.

Tenía diez minutos para echarle un vistazo al contenedor y averiguar si el policía del interior sabía si Terri había estado allí o no. Pero el policía podría pensar que él era quien había asaltado el contenedor con anterioridad. Con eso podría infundirle el miedo suficiente para no tener que recurrir a hacerle daño y sonsacarle así la respuesta.

En el exterior del contenedor habían instalado unas luces que funcionaban con baterías. No era el mejor escenario para mantenerse oculto, pero tampoco tenía tiempo para esperar a una situación mejor.

La vida de Terri podía estar en juego. Tenía que encontrar a alguien que supiera dónde estaba o bien cómo ponerse en contacto con ella.

Tomó un camino bastante largo para llegar a la parte frontal sin pasar por la zona iluminada. Un vistazo rápido a la garita le confirmó que el segundo agente no tenía mucha prisa en regresar bajo la fría lluvia.

Nathan se escabulló hacia la parte delantera. La puerta abierta impedía que le vieran desde la garita, lo que era un error de planificación por su parte pero una ventaja para él. La luz que emanaba del interior del contenedor se apagó.

Mierda. Tenía que detener al policía antes de que saliera de ahí. Miró el interior del contenedor, ahora a oscuras. ¿Dónde estaba el policía? Lo único que veía era una linterna que alguien había encendido y dejado en el suelo. Por detrás de un montón de cajas, cerca de la linterna, oyó unos pasos.

Con tres zancadas, Nathan llegó al lugar en el mismo momento que una persona le apuntaba con un arma.

—¿Qué cojones haces aquí? —le espetó Terri.

—¡Shhh! No hagas ruido —le ordenó.

—¿Ruido? El único ruido que vas a oír es el de la detonación de mi pistola como no dejes de aparecer así de repente. —Le fulminaba con la mirada.

¿Por qué estaba tan enfadada? ¿Y lo que le había hecho pasar ella a él durante la última hora? Se mordió la lengua para no contestarle ya que el agente uniformado podría regresar en cualquier momento.

—Oye Terri… —El agente había vuelto.

Sus ojos pasaron de mostrar enfado a preocupación en dos segundos. ¿Por él? Vaya, eso le había funcionado.

—¿Sí, Ed? —Miró alrededor y luego le señaló un espacio entre ella y las dos grandes cajas.

Nathan se agachó en el momento justo que las pisadas llegaban al umbral del contenedor.

—¿Cómo va por aquí?

—Muy bien. Pronto habré terminado.

Pronto no, terminaría ahora mismo. Nathan le agarró la pierna y la apretó.

Cuando ella le miró, él le sonrió y le dijo moviendo los labios: «Vete ahora».

—El relevo llegará de un momento a otro. Tu coche no está listo aún. El mecánico ha dicho que no tocará la pieza hasta mañana a primera hora. Es una suerte que no te haya arrancado en el aparcamiento o te hubieras quedado tirada en mitad de la carretera. Puedo llevarte de vuelta a la comisaría o a casa si lo prefieres. Tú decides.

Nathan le apretó la pierna otra vez para que se moviera de una vez.

Ella le dio una patada en la espinilla.

Él apretó los dientes y luego optó por otra táctica para llamar su atención. Subió la mano por el interior de la pierna hasta llegar al muslo izquierdo y allí le masajeó el músculo.

Terri abrió la boca. Se lamió los labios y al final dijo:

—Ya estoy… lista.

Eso era lo que él quería oírle decir.

—¿Y si vas calentando motores? —le dijo ella al agente.

—Perfecto. Ahora mismo vuelvo a buscarte. —Se dio la vuelta para irse.

Nathan subió un poquito más la mano y ella gritó.

Los pasos se detuvieron.

—¿Dices algo, Terri? —preguntó el policía.

Ella le enseñó los dientes a Nathan.

—He dicho que no hace falta que vuelvas. Yo misma cierro y bajo enseguida.

—Te doy un minuto como máximo, Philborn ha llamado mientras estaba en la garita y me ha caído una buena bronca por dejarte sola tanto rato.

Eso es lo que debía hacer. Nathan no hubiera sido tan permisivo si a Terri le hubieran hecho daño.

—De acuerdo —dijo ella, casi sin aliento. Pero en cuanto dejaron de oírse los pasos, le apartó la mano de un manotazo—. ¿Pero qué crees que estás haciendo? —le espetó, furiosa.

—Sacarte de aquí inmediatamente, llevarte a casa y mañana ya recogerás el coche.

—¿Dónde vas?

—A tu casa, también.

—Bien, porque tenemos unas cosillas que discutir. —Cogió su bolso y la linterna, pero se detuvo al llegar a la puerta.

Nathan estaba justo detrás y se le acercó para susurrarle:

—Me quedaré cerca hasta que estés en el coche.

—Con el humor que tengo hoy, quizá será mejor que mantengas las distancias.

Pensaba que estaba enfadada por haberla sorprendido al presentarse sin avisar, pero parecía que le pasaba algo más.

—Creo que Ed está de vuelta —le advirtió ella, aún furiosa.

Nathan se escondió entre las sombras, sin perderla de vista mientras cerraba el contenedor y Ed la acompañaba al coche patrulla.

Cuando Nathan llegó a su Javelin, llamó a Stoner para decirle que había encontrado a Terri. Ambos acordaron ponerse en contacto por la mañana para que Nathan pudiera informarle de lo que había descubierto en el USB de Jamie. Terri debía de estar enfadada porque había interrumpido lo que fuera que estaba haciendo allí dentro, pero no le importaba.

Preocuparse por ella le había puesto muy nervioso. Lo único en que podía pensar era en ella a merced de Marseaux, un hombre incapaz de apiadarse de nadie.

Se aferraba tan fuerte al volante que los nudillos se le pusieron blancos. Por suerte, ahora estaba a salvo en ese coche. Aunque, por mucho que se dijera a sí mismo, no se tranquilizaría hasta que la tuviera al alcance de la mano. A partir de ahora mismo, Terri se quedaría a su lado. Y no estaba dispuesto a escuchar reproches.

Hasta que esto terminara, haría lo que él le dijera.

Terri le dio las gracias a Ed y subió por el caminito que llevaba a su casa. Tenía muy poco que decirle a Nathan, que esta noche había estado a punto de quedarse sin sus queridas joyas de la familia. Si Ed les hubiera visto juntos, no podría haber explicado qué hacía él allí. Philborn perdería los estribos y el BAD… ¿qué? ¿La mataría?

Sacudió la cabeza. «No pienses en el mal humor de Tee.» No podía ser tan mala, ¿no? Había evitado a Carlos dos veces en lo que iba de día y siempre le prometía que tendría la información mañana.

Probablemente estaba dedicando más energías en el caso en India ya que no había conseguido aún pistas sólidas en el caso

Marseaux, pero no podía seguir evitándole mucho más sin levantar sospechas.

Nathan apareció por la puerta trasera.

Ella dio un salto.

—Maldita sea, ¿quieres dejar de hacer eso?

—Claro, si tú me prometes que no volverás a asustarme así.

Había un tono de crispación en su voz. Terri abrió la puerta y le miró. ¿Por qué estaba molesto? Como si tuviera algún motivo para estarlo. Era ella la que tenía una investigación que había descarrilado, en la que se habían perdido pruebas, además, había desaparecido un agente y, si Conroy estaba en lo cierto, parecía estar todo vinculado con un posible ataque de algún tipo previsto para el lunes.

Si supiera quién planeaba ese ataque, qué tipo de ataque esperar y la ubicación o las personas en el punto de mira, podría avisar a las agencias pertinentes. Pero tal como estaban las cosas, ni siquiera podía informar al BAD porque Conroy la había convencido de que la gente detrás de ese ataque secreto se había infiltrado en las agencias del orden en muchos niveles. DEA, FBI, policía local… ¿quién le decía que no estaban también en el BAD?

Hasta que encontrara el origen o información fiable sobre el ataque, no se arriesgaría a contárselo a la persona equivocada en un grupo de la ley y el orden que pudiera matarla luego.

Terri dio dos pasos hasta la cocina, donde estaba encendida la luz de la campana, dejó el bolso sobre la mesa y se dio la vuelta para decirle a Nathan lo que de verdad pensaba.

Éste cerró de un portazo y se acercó a ella.

—Esta tarde me has puesto en apuros. —Terri quería ser la primera en poner sus quejas sobre la mesa.

—Pues tú me has dado un susto de muerte. —Él no iba a aflojar el ritmo hasta que la estrechara entre sus brazos y la besara.

Y tanto que lo hizo.

Terri perdió la cabeza en cuanto él la acarició con los dedos. Se olvidó de su enfado y del suelo que había bajo sus pies ya que le parecía que flotaba en el aire. Los labios de él la recorrían con urgencia, con desesperación. Ella no tenía ni idea de por qué había cambiado de parecer, pero tampoco iba a quejarse.

Con el corazón desbocado, se frotó contra él, desafiándole a apartarse de ella. Pero su inhalación brusca la animó a volver a hacerlo.

Terri le acarició el pecho y notó su corazón latiendo con fuerza por el roce. Ella se apartó.

—¿Qué te pasa?

—No te encontraba por ningún sitio. No me cogías el teléfono. Pensé que Marseaux te había cogido. —La furia salvaje en sus ojos debería de haberla asustado, pero sabía que no iba dirigida a ella. Le preocupaba que le hubieran hecho daño, o algo peor.

Se preocupaba por ella. Había perdido tantas cosas que sabía que no quería volver a sentir nada por nadie otra vez, y eso avivaba su enfado.

—Lo siento, se acabó la batería. Me enfadé y lo tiré al asiento del pasajero. Pero luego el coche no arrancaba y tenía prisa por llegar al contenedor, así que me lo olvidé allí dentro —dijo, y luego se apresuró a besarle en la cara, el cuello, los labios…

Él dudó. Ella notaba la guerra que se libraba en su interior para hacer siempre lo correcto y se apartó. No si tenía algo que decir al respecto, y ella estaba dispuesta a hacerse escuchar. Encontraría la manera de solucionar la situación y salvarle de sí mismo.

No le dejaría desvanecerse en la noche. Había vivido entre las sombras demasiado tiempo y se merecía algo de luz. Lo cogió por la pechera y lo atrajo hacia sí.

—Acaríciame. Por todas partes.

Nathan tragó saliva. «No me digas eso.» Su autocontrol pendía de un hilo por lo que respectaba a Terri. No quería tocarla pero en cuanto entró en esa casa y la vio, perdió toda esperanza de mantenerse alejado de esta mujer.

Los labios de ella rozaron los suyos. Ahora mismo agradecería algo de ayuda.

—¿Me deseas? —le susurró tan de cerca, que él sintió cómo las palabras le rozaban la piel y la quemaban.

Justo le preguntaba si la deseaba y entre los dos apareció una apremiante erección. Nathan abrió los ojos y se quedó mirando su rostro, de pura pasión.

«Vete. Vete ahora mismo.»

La deseó desde el primer momento que olió su perfume y lo ocurrido la noche anterior no había hecho más que aumentar el nivel de lo que quería. Olía a una vida entera de regalos envueltos en dulzura y una piel sedosa. Nathan se acercaba peligrosamente al filo y se debatía, buscaba la fuerza para resistirse a ella.

Ella le dijo:

—Estoy caliente y húmeda por ti.

Toda la sangre que le circulaba por el cuerpo fluyó disparada hasta la ingle para celebrarlo.

Esta vez la caída fue más rápida y más dura.

La abrazó con más fuerza y la levantó; los labios se fundieron en un beso ardiente que parecía no tener fin. Ella le rodeó el cuello con los brazos y lo atrajo hacia sí, más cerca de la llama.

Ella le deseaba ahora, en la oscuridad de la noche, pero ¿qué pasaría más tarde, cuando el sol volviera a inundar el mundo?

Terri jadeó y masculló ciertas demandas que no podía rechazar. Ya se preocuparía más tarde, cuando sus labios no fueran como una navaja que le desgarraba la piel.

La apoyó contra una pared y le hizo levantar los brazos por encima de la cabeza. El apasionado beso lo dejó fuera de órbita, igual que su capacidad para razonar y pensar. Ella lo envolvió con su cuerpo, frotando su erección, que latía con cada roce.

Nathan le soltó los brazos y le quitó la chaqueta, luego le desabotonó la camisa y dejó que cayera al suelo.

La visión de su cuerpo bañado de luz le dejó sin respiración esta vez.

Sus exuberantes curvas, la piel suave y unos pechos perfectos. Era una mujer increíblemente espectacular.

Terri alargó los brazos para aferrarse a su camisa que procedió a quitársela rápidamente por la cabeza. Él sostuvo su rostro entre las manos y la besó, perdido en la sensación de su boca con la suya. Le bajó la cremallera y le empujó los vaqueros hacia abajo.

Nathan tensó los músculos al notar sus manos por doquier, pero no iba a quejarse. Entonces introdujo los dedos en los calzoncillos y se los fue bajando mientras le besaba en el abdomen y jugueteaba con su ombligo. Acarició su erección y la levantó ligeramente antes de rozar con el dedo su húmeda punta.

Nathan se apoyó en la pared con ambas manos e hizo un gran esfuerzo por no correrse y, en aquel momento, contuvo la respiración.

Con la otra mano, ella le masajeó los testículos lentamente. Él jadeó y apretó los dientes por la presión que notaba en la ingle. Alargó los brazos hasta encontrarla y la subió hasta incorporarla de nuevo.

—Te deseo, me apetece mucho esto, pero si no me paro ahora y me pongo un preservativo… no va a poder ser.

—Hay uno… en mi mesita de noche —dijo entrecortadamente.

Él la abrazó; le encantaba sentirla entre sus brazos. Ella le rodeó la cintura con las piernas y él terminó de desvestirse. Fue hacia el dormitorio, donde la bajó hasta el suelo y la besó. Alargó el brazo para llegar a la mesita, encontró el tirador y la abrió mientras ella le torturaba una y otra vez. Si seguía así, el polvo iba a ser más rápido que la primera vez que follaron. En esta ocasión pudo ver bien el cajón y con cierto alivio observó que no tenía una caja muy grande de preservativos.

Terri se lo quitó de las manos y lo llevó al borde de la locura cuando se lo puso.

Levantó esa mirada felina de ojos verdes y se lamió los labios. En sus venas, la sangre fluía como lava derretida que impulsaba su erección.

Iba a explotar, pero no hasta que ella lo hiciera.

Ella lo empujó hacia la pared y le acarició el torso, las caderas y luego cada vez más cerca de su pene. Él le agarró las muñecas con una mano y se las levantó por encima de la cabeza, luego la puso a ella contra la pared.

Volvió a besarla. Madre mía, era puro fuego ardiente.

Lentamente, se arrodilló y tanteó con la lengua su suave piel. Hizo una pausa para disfrutar de sus pechos hasta que sus jadeos le amenazaron con destruirle. Nathan le bajó los pantalones hasta los muslos y se detuvo.

Le besó las finas braguitas de seda que cubrían su objetivo y luego introdujo un dedo entre las piernas y empezó a trazar círculos alrededor de su clítoris.

Ella empezó a temblar y se aferró a sus hombros.

—¡Nathan!

Con un dedo, empezó a bajarle las delicadas braguitas muy poco a poco, junto con sus pantalones, hasta quitárselo todo. Por el camino iba besando sus piernas torneadas. Le pasó una mano por el interior de una pierna, regresó a la unión de ambas y se hundió en su calor, mientras tanteaba sus pliegues con dulzura.

Su lamento vibró en la habitación, amenazándole con desintegrar su disciplina, que menguaba con cada jadeo. Se abrió de piernas y le permitió el acceso al paraíso.

Nathan siguió acariciando esa región tan delicada. Su respiración entrecortada y los gemidos contenidos le alentaron a seguir dándole placer. Se tensó por lo que pareció un minuto muy largo, anhelando alcanzar ese punto y luego arqueó la espalda que acompañó con un estremecimiento. Su suave gemido de victoria retumbó en la oscuridad del dormitorio.

Nathan la sostuvo mientras se incorporaba, la acogió entre sus brazos y la levantó.

La pasión abrasaba en su mirada. Volvió a rodearle la cintura con las piernas y él tuvo que contenerse para no entrar en ella en ese momento. La levantó aún más arriba, besándole los pezones con movimientos circulares de la lengua. Ella se contoneaba y se frotaba aún más contra su erección.

—Quiero… quiero sentirte ahora.

Nathan recorrió con la lengua el camino sensual entre sus senos, luego subió hasta la barbilla y la oreja y la bajó despacio, hundiendo la cabeza de su erección. Cada músculo se estremecía por la tensión de la espera, tirantes por la expectativa de ese momento en el que su calor le envolvería por completo.

Terri le clavó las uñas en los hombros, arqueó la espalda y le apretó los pechos contra su torso.

Cuando Nathan terminó de entrar en ella totalmente, ella gimió. Él jadeó y se quedó inmóvil un instante, tratando de conservar suficiente sangre en la cabeza para mantenerse erecto. Nada en sus anteriores tentativas igualaba la sincera respuesta de la mujer que tenía en brazos.

Besarla había llevado sus fantasías a otro nivel. Cuidar de ella había sido un placer no exento de tortura. Hacerle el amor iba más allá de su imaginación. Y él que se creía un pensador de lo más creativo.

Terri se movía hacia arriba y hacia abajo, pidiéndole más.

Llegados a este punto, estaba claro que Nathan no iba a decirle que no aunque era más bien un «aún no».

Él embistió con más fuerza, entrando en ella más adentro y la llevó hacia atrás para que la pared le sirviera de apoyo. Con los dedos acariciaba las tersas cimas de sus pezones y ella le hundió aún más las uñas. Inclinando la cadera hacia delante, la penetraba y se retiraba con movimientos acompasados; era un esclavo de sus gemidos. Le rozó un pezón con el pulgar, entreteniéndose en su delicada punta, y luego bajó la otra mano entre los dos.

La presión que notaba en la ingle amenazaba con explotar en cualquier momento, pero contuvo esa necesidad de un modo implacable. El viaje iba a ser más largo esta vez. Se hundió en ella más y más profundamente, y luego más rápido.

—Vamos, cariño —le decía, encantado con su respuesta.

La necesidad de su propia liberación le retorcía las entrañas y le amenazaba con adelantarse peligrosamente. Le acarició los rizos y jugó con el calor que encontró.

Ella se le aferró con las piernas con fuerza mientras se arqueaba, en otro arrebato de pasión. Cuando se dejó caer sobre él, Nathan le cogió las nalgas con ambas manos y le embistió con ganas.

Perdió el control y los espasmos le sacudieron desde su centro de placer. Los músculos cedieron ante esa pasión desbordada. No supo cuándo terminaron los escalofríos, sólo el momento en que perdió la realidad de vista para luego hallarse abrazado a ella, besándola en la cabeza, ambos recuperando el aliento.

Le vino una idea extraña que le liberó de la mazmorra de su alma antes de que su conciencia pudiera bloquearla.

Quería a esta mujer hoy, mañana… para siempre.

Terri le besó en el pecho. Tenía un sabor salado y masculino. La esencia del amor nublaba el ambiente.

Se aferró a él cuando la llevó por la habitación y la acostó en la cama, luego le vio irse hacia el lavabo. «Su cuerpo cincelado no tiene ni una pizca de grasa.»

La primera vez que notó su presencia en la oscuridad se imaginó que era una rata de gimnasio pero poco creía ella que fuera todo un adonis.

Regresó con una toalla húmeda y ella le dejó que la limpiara, luego se tumbó en la cama y la abrazó, envolviéndola con su cuerpo de forma protectora.

Nathan la había rescatado en más de una ocasión, pero esta vez de las garras de la desesperación. No era porque no supiera qué quería o porque no fuera de las que se casan.

Terri al fin se dio cuenta de la verdad. Nunca había querido arriesgarse a preocuparse por una persona como lo hacía por Nathan y nunca había conocido a un hombre al que temiera perder. Pero ahora no quería ni oír hablar de perderle, no cuando acababa de encontrarle. Una satisfacción repentina la embargó, abrigándole el alma.

¿Y Nathan estaría dispuesto a luchar por su libertad y quedarse? Creía que no tenía futuro. Se había ganado su confianza, pero ¿podría ganarse su corazón?

La sensación de bienestar empezó a difuminarse.

La inseguridad le había vuelto a ganar terreno a su satisfacción. Ella le había dicho que no buscaba compromiso, que no quería complicarse. Pero algo había cambiado y ahora no quería rendirse, pasara lo que pasara.

Él la besó en el pelo.

—Sólo estás callada cuando estás pensando. ¿Qué sucede?

Ella inspiró hondo, intentando que parte de esa satisfacción regresara para luchar contra sus dudas.

—Tú, espero. —Él le dio un pellizco en el trasero y la hizo sonreír.

Si sólo tenía el presente con él, lo aprovecharía al máximo y aceptaría su decisión cuando llegara el momento, si es que él estaba realmente decidido a irse. Pero eso no significaba que no pudiera intentar hacerle cambiar de opinión. Nathan había dado la vida por su familia, había hecho cualquier sacrificio que se le pidió. A ella le importaba demasiado para pasar a ser otra persona más para la que tuviera que sacrificarse.

No quería esperar más de él de lo que él pudiera ofrecerle. Si ahora le rompían el corazón, no podía echarle las culpas a Nathan.

Él la hizo rodar por la cama y la besó. Se hizo fuerte en esa posición, encima de ella. La besó con ganas pero con infinita ternura; de la manera en que un hombre debía besar a una mujer. Ella le acarició el pecho y notó una herida que no había cicatrizado aún. Tenía que ser de la cárcel. Terri se incorporó un poco y la besó. Ojalá pudiera llegar a todas sus heridas tan fácilmente.

Él le acarició la pierna y se detuvo a la altura de esa cicatriz tan fea en el interior de su pierna derecha.

—¿Te duele?

—Ahora mismo no.

—Esta vez será mucho más lento —le dijo, y luego le dio un mordisquito.

—Como si mi corazón pudiera soportarlo.

—Tu corazón puede con todo.

Y eso esperaba. De cualquier modo, ella estaba empeñada en intentarlo y en llevarlo todo, y a él, hasta el límite.

Capítulo dieciséis

—Tengo que pasar por la oficina. —Terri se cepilló el pelo cuantas veces fue necesario para que los bucles tuvieran buen aspecto.

—Eres asesora. —El reflejo de Nathan apareció en el espejo, detrás de ella. «Bonitos pectorales», pensó ella.

—¿Terri?

—¿Qué? —dijo, al tiempo que levantaba la vista—. Hay un policía desaparecido, faltan objetos del contenedor y un posible... —Se detuvo antes de que le saliera lo del «atentado terrorista».

Él ladeó la cabeza y arqueó una ceja.

Mierda. Ella se dio la vuelta y se apoyó en la pila.

—Soy responsable de esta investigación.

—Hay algo más que no me cuentas. —Se cruzó de brazos.

—Sí, pero no puedo.

Algo pasó por la mirada de Nathan que podía describirse como decepción.

—Voy a ayudarte primero, y luego terminaré lo que he venido a hacer. Así pues, si decides que puedes confiar en mí, aquí estoy.

Eso la hizo reflexionar. Obviamente le había confiado su cuerpo y quería que él compartiera lo que sabía, así que ¿por qué se resistía ahora? Nathan era su mejor informante. Su único informante, a decir verdad.

—Supongo que no se lo dirás a nadie —musitó. Ya se había decidido.

Él sacudió la cabeza y esbozó una sonrisa irónica.

Ella dejó el cepillo sobre el mueble y se dio la vuelta.

—Deja que me vista y hablamos.

—Buena idea, o esta va a ser una charla muy corta. —La cogió por la cintura, por encima de las braguitas, y empezó a subir las manos hasta que pudo acariciarle las copas del sujetador y notó que se le endurecían los pezones.

Ella le agarró los antebrazos.

—Para o me harás llegar tarde. —Sin embargo, eso no le salió muy convincente.

Él la besó, jugueteando con la lengua al mismo ritmo que sus pulgares y las rodillas amenazaron con doblarse. Se estremeció e intentó oír esa vocecilla que le recordaba que debía irse a la oficina.

Nathan terminó el beso y dejó de jugar con sus senos, pero no dejó de abrazarla. Era mejor así, ya que ella no sentía ningún músculo más debajo de la ingle.

Abrió los ojos.

—Te odio.

—No me odias —dijo él con una sonrisa malvada.

—Claro que sí. Tengo que seguir. Debo marcharme y ahora voy a estar deprimida todo el día.

—Sólo te doy algo que desear más tarde. —La soltó y la ayudó a poner los pies en el suelo—. Pensaba que tenías que vestirte.

Terri resopló y puso los ojos en blanco.

—Hombres…

Se puso unos pantalones marrones de pana, un suéter beis y se calzó unas botas; con semejante atuendo estaba preparada para cualquier cosa que pudiera suceder durante el día.

Cuando entró en la cocina, Nathan le dio una taza de café. Era el hombre ideal.

—Te diré lo que sé hasta ahora —empezó ella—. Mi antiguo compañero, Conroy, se había infiltrado en una panda de mulas que intentaban estar en nómina de Marseaux. Mientras intentaban llegar hasta él, los hombres se enteraron de una oferta de una mujer desconocida para venderles información. No quisieron saber nada, pero Conroy convenció al líder que podía investigarla y sonsacarle información sin gastar nada, aunque estaba dispuesto a pagar a la mujer si tenía información de calidad. Al final quedó con ella tras unas negociaciones enrevesadas que la CIA hubiera admirado. La mujer decía haber sido, a su pesar, miembro de una poderosa organización que está manipulando a todo el mundo, desde Marseaux hasta el gobierno.

—¿Una conspiración? —Nathan parecía tan escéptico como ella en un principio.

—Sé lo que piensas: una excéntrica. También fue mi primera reacción. Incluso Conroy reconoció que su primera impresión fue que la mujer estaba loca de atar. Decía tener veintitrés años. Me dijo que parecía haber sido una rubia impresionante en algún momento, lo que significa que era menudita y con mucho pecho, pero que para su edad parecía algo cascada. —Terri resopló entre dientes—. Hombres.

—¿Qué?

—Me estoy cansando ya de que me juzguen entre «no muy alta» y «demasiado desarrollada para ser menuda».

—¿Conroy era muy corpulento?

Terri ladeó la cabeza.

—Medía un metro setenta y era algo delgado. ¿Por qué?

—Pues porque le gustarían las mujeres que le hicieran sentir grande. A mí me gusta una mujer que sea... completa. —Le sonrió con picardía.

Ella sacudió la cabeza.

—Bueno, yo nunca he sido menudita. Mi desarrollo fue bastante precoz y casi con el mismo pecho que tengo ahora. Mi primer año en la DEA sentía que todos los hombres del departamento no podían ver más allá de la talla del sujetador.

Nathan le acarició la mejilla.

—Eres inteligente, atractiva, hermosa y apasionada. El tío que sólo se fija en tus pechos, por muy hermosos que sean, se está perdiendo todo el envoltorio y la mujer auténtica que llevas dentro.

Para un hombre tosco y de pocas palabras como él, sabía encantar a cualquier mujer. Terri tenía que encontrar la manera de tenerle cerca hasta que pudieran limpiar su nombre. Se acercó para abrazarle y le besó en el pecho. Luego se apartó, esperando que lo que hubiera en su corazón no se reflejara en sus ojos.

Él la estudió con una expresión curiosa, luego parpadeó y se apartó también, cruzándose de brazos mientras se apoyaba en la pared.

—¿Qué más le contó esa mujer a Conroy?

Sí, le había visto esa mirada. Terri suspiró y continuó:

—Conroy dijo que no dejaba de hablar y de girar la cabeza continuamente, como si previera algún tipo de peligro. Iba a darle unos pavos y cancelar la cita cuando le contó que sabía lo que le había pasado a un agente de la DEA en California que llevaba dos meses desaparecido. Le dio el nombre del agente secreto y su nombre real… y le contó cómo le asesinaron.

—¿Encontraron el cadáver?

—No.

—¿Y cómo es que se la creyó?

—Porque tenía una foto del agente muerto con la cabecera de un periódico que mostraba la fecha y que encajaba con la fecha en que nuestra oficina de la costa Oeste perdió el contacto con él. La foto era la prueba de que el contrato había finalizado. Sacó la foto pensando que valdría el dinero suficiente para sacarla del país, pero no quiso decirle a Conroy dónde vivía. Se había criado en una familia sueca adinerada que le dijo desde el primer día que era especial y que la educaban para un gran honor. A los diecinueve, la enviaron aquí con un *fra*.

—¿Un *fra*? ¿Qué narices es eso? —Frunció el ceño.

—Quiere decir hermano en italiano. Conroy se ofreció a ponerla en contacto con una amiga, yo, para llevarla a una casa segura ya que él no podía comprometer su operación encubierta, pero le dijo que primero quería el nombre de la organización. Ella se puso nerviosa y dijo que ni siquiera podía nombrarla por miedo a poner en peligro a su familia si alguien se enteraba de que era ella quien se había ido de la lengua.

—¿Tenía información importante?

—Sabía lo de Marseaux, lo que confirmó algunas de las cosas que nosotros sabíamos y ella también: que un cargamento de droga iba a llegar esa misma semana.

—¿Dijo quién era el comprador?

—No, empezó a divagar sobre los peligros ocultos del cargamento y que estaban atacando a inocentes. Han probado la droga: de primera calidad, nada añadido. —Terri había reconstruido todo lo que recordaba después del ataque que sufrió, pero le faltaba algo.

—¿Y entonces por qué acudía a él ahora?

—Le dijo a Conroy que detestaba estar al servicio de este viejo *fra*, pero que tenía miedo de escapar después de enterarse de lo que les había pasado a otras mujeres que lo habían intentado. Las mujeres bajo esta esclavitud eran todas rubias como ella, salvo por una ayudante morena que la sustituía a ella de vez en cuando para darle un respiro en la cama del viejo. Después de oír a unos hombres decirle al *fra* que necesitaban a gente para probar un virus, le entró el pánico. Le aterraba terminar como un conejillo de indias; el *fra* acababa de llamarla inútil porque estaba enferma y no dejaba de llorar. Estaba embarazada y no se lo había dicho. Mientras éste estaba en la cama con su ayudante, ella entró sigilosamente en su despacho y encontró fotos de muertes horribles que los hombres habían traído consigo. Eso la alentó a escapar.

—¿Tenía alguna de esas fotos?

Eso hubiera sido demasiado fácil. Terri negó con la cabeza.

—No, tenía miedo de coger algo tan reciente por si él se daba cuenta. Rebuscó hasta encontrar la foto del agente de la DEA con el nombre y el alias escritos detrás.

—¿Y cómo encaja todo esto con el envío de Marseaux?

—No lo sé. He revisado ese contenedor una y otra vez, y no he visto que falte nada aparte de las herramientas de carpintero de madera. Ojalá hubiera desmontado toda esa caja. Si el lunes es el día del ataque terrorista, sólo tenemos un par de días.

—¿Te has puesto en contacto con alguien del Departamento de Defensa?

—Seamos serios, no tengo pruebas suficientes. Supe todo esto la noche que me reuní con Conroy. Al final la convenció para que me conociera. Recibí un mensaje para quedar con Conroy acerca de un gran descubrimiento en el caso Marseaux, que es lo que le conté a nuestro agente especial a cargo el día que fui a ver a Conroy. Cuando quedamos, me lo contó todo, incluyendo que esta organización de *fratelli* tenía a gente trabajando en secreto en cada agencia gubernamental… incluso en la DEA. Por eso tuvo mucho cuidado al hablar por el móvil. Nos tendieron una emboscada antes de que pudiera llevarme hasta la mujer.

—¿Es así como te hirieron?

—Sí.

La mirada salvaje de Nathan la dejó helada.

—¿Quién más estaba al corriente de la reunión?

—Todos los que trabajaban en el caso Marseaux. Teníamos a unos veinte agentes y detectives de la Policía de Nueva Orleans. Llevaba un chip localizador en el móvil. Lo único que tenía que hacer era marcar un número de tres cifras y luego darle a enviar, algo que podía hacer sin mirar el teléfono, para que vinieran refuerzos.

—¿Sabes lo que le pasó a la mujer?

—No, pero dudo que lo haya conseguido. —Terri había pensado en ella muchas noches, deseando poderla haber ayudado—. Ha habido muchos casos de desapariciones de muchachas rubias. Hay cinco en los últimos ocho meses que encajan con la descripción. Cuando estuve recuperada, me abrieron una investigación por la muerte de Conroy y me declararon sospechosa de jugar en el bando de Marseaux. Incluso aparecieron pruebas incriminatorias. No me he puesto en contacto con ninguna agencia por esta información porque no sé en quién puedo confiar. Si pudiera encontrar pruebas sólidas que demostraran que puede haber un atentado, al menos las enviaría de forma anónima. Lo he investigado todo acerca de esa fecha y no hay ningún gran evento organizado: el presidente no va a viajar a ningún sitio, la fecha tampoco tiene un significado especial como el 11 de septiembre ni tampoco van a venir dignatarios de otros países. No tengo ningún lugar que señalar como objetivo ni tampoco tengo una persona a la que proteger. —Inspiró hondo y lo soltó deprisa, como si eso pudiera ahuyentar la frustración que sentía por no estar más cerca del final llegados a este punto.

—¿Quién se tomaría tantas molestias para incriminarte?

Eso era algo que ella misma deseaba saber.

—Mi primera idea es Josie, ya que me odia tanto, pero no me acaba de encajar. Ha sido una pesada desde el día que nos conocimos, pero tengo que reconocer que ha llevado a cabo varias redadas e insiste mucho en jugar respetando las reglas. Nunca he confiado en el compañero de Brady, Donnie Sinclair, pero puede que sea algo más personal que otra cosa. Me pone de los nervios con sus chistes groseros.

—¿Y qué me dices de Brady?

Debería de haber respondido rápidamente y con decisión, pero se quedó en blanco, no sabía cómo explicar su relación con él.

—No, y si dejas de fruncir el ceño te lo explicaré. Nosotros... bueno, salimos durante un tiempo. Nunca intimamos del todo —se apresuró a añadir—. Y él aún está interesado, pero yo no. Me siguió aquella noche porque luego me dijo que hacía tiempo que sospechaba de Conroy y estaba preocupado por mí. Discutimos sobre eso cuando estaba en el hospital, pero no podía culparle. Si no hubiera aparecido y le hubiera disparado al tipo que me estaba atacando con el cuchillo, la segunda puñalada me hubiera partido el pecho.

—Eso no significa que sea de fiar —señaló él con fuerza.

Ella empezó a defender a Brady, pero se dio cuenta de que Nathan hablaba como un hombre con el que acababa de acostarse y recelaba de cualquier hombre.

—Me ha dado información, así que por ahora tendré que confiar en él.

—Yo no. Repasemos todo lo que tenemos entre los dos. No he tenido la oportunidad de contarte que encontré las notas de Jamie.

—¿De verdad? —Esperó a observar algún signo de emoción, pero no dejaba entrever nada con esa dura expresión. Siempre mantenía sus emociones a buen recaudo. No podía reprochárselo a la luz de todo lo que le había sucedido.

—Jamie encontró esa misma fecha en la correspondencia que mantenía Marseaux con un hombre llamado V. Jamie comprobó cada fecha y cada evento y no encontró nada. Pensaba en una guerra biológica o en un escape químico.

—Nada encaja. ¿Cómo podría transportarse eso en herramientas? El pequeño serrucho y la garlopa tenían unas asas decoradas en la madera de teca. En la escuadra había madera maciza. No miré más en la caja, pero no había nada sospechoso.

—No lo sé —murmuró él para sí mismo—. Estamos pasando por alto algo significativo.

Ella miró el reloj.

—Tengo que irme. Si no aparezco hoy en comisaría, llamaré la atención y no es lo que necesitamos precisamente en este momento.

—Entonces, vete.

Nathan volvía a sus frases cortas.

—¿Qué vas a hacer hoy? —preguntó ella.

—Cubrirte las espaldas.

—Estaré bien.

—De eso me voy a asegurar yo. —Le cogió el rostro entre las manos y la besó con tanta ternura que ella se quiso derretir. Cuando paró, Nathan dijo—: Yo… —Se detuvo.

—¿Qué? —Intentó leerle la mirada, pero él sacudió la cabeza como si quisiera recapacitar. Entonces la besó en la frente.

—Si necesitas un móvil, dímelo y se lo pediré a Stoner. Quédate mi número.

—No puedo hacer nada si estoy preocupada por ti, deambulando por las calles y con todo el mundo buscándote para colgarte.

Nathan suspiró y le cogió la mano.

—Confía en mí. Puedo ocuparme de esto.

No dudaba de sus habilidades, pero sí que se preocupaba por lo que haría en cuanto encontrara al asesino de su hermano.

¿De verdad esperaría a la justicia?

Brady y Donnie la estaban esperando en su despacho cuando Terri entró. No tenía tiempo para ellos.

—Tengo prisa, hay mucho que hacer hoy.

—No tardaremos. —Miró alrededor y luego a ella—. Necesitamos un sitio tranquilo donde hablar.

Estuvo a punto de discutir, pero Brady le dijo que iría rápido así que sería oportuno hablar con él.

—Sígueme. —Cuando Donnie se movió, ella quiso decirle que se detuviera.

—Espérame fuera —le dijo Brady a su compañero, que hizo una mueca, visiblemente molesto, pero hizo lo que se le ordenó.

Ella guió a Brady hasta una pequeña sala de reuniones y bajó las persianas mientras él cerraba la puerta. Terri se dio la vuelta pero no se sentó. Le había dicho que no tardaría, así que podían quedarse de pie.

—Llamé a la prisión donde Jamie Drake estaba cumpliendo condena. Lleva fuera desde el martes de carnaval. No comprendía por qué lo habían soltado antes, pero tampoco comprendía que hubieran visto al otro Drake. El celador me dijo que se habían perdido sus papeles.

Eso encajaba con lo que Nathan le había contado. La sospecha que se cernía sobre este último comentario de Brady le picó la curiosidad por lo del papeleo perdido, pero se alegraba de que algo le hubiera salido bien a Nathan. Siguió callada, esperando que le dijera algo más.

—El celador no habló demasiado hasta que le dije que teníamos una serie de muertes relacionadas con el asesinato de Drake desde que habían dejado libre a Jamie. Jamie Drake es oficialmente un sospechoso.

Terri se quedó helada al oír eso.

—¿Qué asesinatos crees que ha cometido?

—Los de Bennie Larriot, FinMan y ahora Hacha.

—¿Hacha? ¿El tipo que entró en mi casa y a quién arrestamos? —Eso no podía estar bien y lo sabía—. Lo tenemos bajo custodia.

Brady negó con la cabeza.

—Vosotros lo teníais bajo custodia. Le dispararon con un rifle de largo alcance de camino a la vista del acta de recusación.

—¿Cuándo?

—Ayer a las 17:10.

El disparo se hizo después de que ella se marchara al contenedor. No había visto a Nathan en todo el día, no hasta las 18 horas. Aunque eso no quería decir que fuera culpable.

Pero otra muerte mientras él andaba por la ciudad tampoco era bueno.

—¿Qué te hace pensar que el asesino es Jamie Drake? —preguntó ella con escepticismo.

Brady frunció ligeramente el ceño, lo suficiente para que se diera cuenta de que parecía estar demasiado a la defensiva.

—Quiero decir que lo primero que haría yo es buscar a Marseaux —se afanó a decir para subsanar su error.

—No es el estilo de Marseaux. Normalmente los fulmina

de cerca y luego deja los cadáveres irreconocibles. Ninguno de los cadáveres fue asesinado de esa manera. Se supone que los tres fueron interrogados por Nathan Drake. Él y Jamie eran gemelos idénticos.

Ella entrecerró los ojos.

—Algo que olvidaste mencionar aquella noche en el depósito de cadáveres.

Brady se encogió de hombros y esquivó la mirada lo suficiente para minar la confianza en lo que fuera que él creía digno de compartir.

—Lo supe cuando empecé a sospechar que era el Drake de la cárcel el que iba tras la gente de Marseaux. La información que obtuvimos cuando hice el trato con Nathan no lo incluía. No estoy ocultando nada. Además, ya he dicho más de lo que debería.

No podía discutirle eso último, pero seguía sin querer aceptar que Nathan estaba matando a gente a sangre fría. Terri escudriñó su rostro en busca de un indicio que dijera que mentía o que le ocultaba algo.

Sus miradas se cruzaron y él la sostuvo, sin vacilar.

Bastante convincente, lo que significaba que tenía que aceptar lo que le contara. Incluso si las víctimas eran criminales, no podía aceptar el asesinato y aún menos que se tomara la justicia por su mano. No después de que esta persona hubiera matado a su madre, alguien que simplemente pasaba por ahí.

Brady carraspeó en señal de advertencia.

—Tenemos que encontrar a este tío. Está loco de atar, es peligroso. Y creemos que es Nathan, no Jamie.

—¿Por qué?

—He investigado al Drake que estaba en prisión y dudo que Jamie hubiera sobrevivido dos años allí dentro. Eso añadido a lo que hemos oído de que hay un fantasma suelto, creemos que es más probable que fuera Jamie al que asesinaron.

Terri dominó su expresión y adquirió un aire profesional, frío, pero se le hizo un nudo en el estómago al ver que Brady y su equipo estaban empezando a atar cabos. Debería dar las gracias por lo que fuera que retrasó el papeleo de la cárcel, o Brady se hubiera enterado mucho antes.

Pero aún no había terminado.

—Si estamos en lo cierto, nos enfrentamos a alguien que tiene preparación especial en las Fuerzas Especiales y tiene sed de venganza por cualquiera que considere culpable de la muerte de su hermano. Una mezcla peligrosa.

Ella tragó el nudo de ansiedad que tenía trabado en la garganta y que amenazaba con ahogarla. El Nathan al que se había acercado no era un vengador justiciero. Estaba… ¿Qué?

Estaba localizando a la gente involucrada en la muerte de su hermano.

Por supuesto, ella nunca había aclarado qué iba a hacer él cuando tuviera esas pruebas.

Terri sintió que debía señalar algo, pero mantuvo un tono clínico.

—Dijiste que Nathan huyó o que estaba desaparecido en combate, elige lo que quieras, y que regresó a casa para cuidar a su madre enferma. ¿Y ahora me dices que suplantó a su hermano en prisión hace dos años?

—Parece bastante noble fuera de contexto, pero se nos acumulan los cadáveres así que yo sólo busco pruebas con objetividad.

Eso hizo mella. Pasar la noche en brazos de Nathan había minado cualquier esperanza de objetividad.

—Supongo que tienes razón.

—Terri, este tipo era una máquina de matar antes de entrar en la cárcel. ¿Crees que eso le suavizó la personalidad? No. Va a por sangre y en cuanto sepa que fui yo quien hizo el trato con su hermano, probablemente seré el siguiente. —Se encogió de hombros pero le lanzó una rápida mirada. Sus ojos buscaron en los suyos alguna reacción. ¿Compasión, quizá?

—Creo… —¿Qué? ¿Que Brady se equivocaba porque ella se había acostado con Nathan y eso demostraba su inocencia? Peor. Se preocupaba por él. Menudo embrollo. Brady esperaba que terminara la frase— …que deberíamos aunar fuerzas para encontrar a este hombre que va matando a la gente. —Fuera quien fuera.

—Yo también, pero quiero que vayas con cuidado. Me preocupa que estés trabajando en algo más aparte de un caso de drogas, sino de algo que puede hacerte daño.

—¿Por qué dices eso?

—Sé lo del asalto al contenedor y del agente de policía desaparecido.

Nada se filtra más deprisa que las noticias en una comisaría de policía.

—¿Y qué tiene que ver eso con nada?

—A ver, por eso no he dejado que Donnie entrara con nosotros. Voy a serte sincero. ¿Te acuerdas del brote de virus que hubo en América del Sur hace dos años?

Ella asintió.

—Esas muertes están relacionadas con las del Congo del año pasado y las de India de esta semana. Tengo un contacto que cree que esos brotes están relacionados y cree que debe de ser algún tipo de prueba biológica. Necesito información que pueda tener relación, por poco clara que sea.

Precisamente lo que Conroy temía, pero no podía decírselo a Brady. Cuando éste disparó al asesino y fue a llamar a la ambulancia, gateó hasta Conroy, que había perdido tanta sangre que ni siquiera podía verle las heridas. Le abrazó, a sabiendas de que no iba a sobrevivir.

Conroy le susurró:

—No se lo digas… a nadie… ni siquiera… a Brady.

Le había dado su palabra a Conroy, así que se limitó a decir:

—Ojalá tuviera algo que decirte pero no es así.

—¿Y qué hay del asalto al contenedor?

—Es cierto, alguien entró —admitió. No servía de nada negarle eso.

—El rumor es que antes de eso ya faltaba parte del envío. —Le lanzó una mirada del tipo «no me cuentes milongas».

¿Cuánto sabía de los materiales desaparecidos? ¿Sabía lo de las herramientas de teca o tanteaba en busca de información?

Ella se encogió de hombros.

—Philborn no me lo cuenta todo. ¿Cómo crees que está todo esto relacionado?

Brady frunció el ceño; no estaba plenamente satisfecho con su respuesta.

—A estas alturas sabría si este tal Drake no es el que está liquidando a los informantes. Si esto termina en un brote vírico, será el responsable de entorpecer mi investigación.

—Eso es ir demasiado lejos. —De nuevo, había respondido

demasiado rápido y a la defensiva. Cerró la boca de golpe.

—Va detrás de todos los que están relacionados con Marseaux. Los entendidos dicen que es mejor esconderse hasta que lo atrapen o lo maten, así que la información se nos está secando más rápido que la lluvia en el Sahara. —Brady levantó las manos en un gesto de desdén—. Puede que se esté fraguando una amenaza nacional y no tenemos manera de determinar de qué se trata, dónde sucederá o quién hay detrás. Cuanto más ande suelto este tipo, más difícil será encontrar respuestas.

Terri tenía que hacer algo y todo remitía a lo que transportaba ese maldito contenedor. Si él estaba en lo cierto, los contenidos desaparecidos podían ser la clave de todo eso. ¿Habría robado Taggart algo que pudiera darles una pista? Tenía que averiguarlo, y pronto. Con tantas vidas inocentes en juego, la rapidez y la eficiencia eran esenciales, pero la advertencia de Conroy de no confiar en nadie le reprimía la necesidad de contarle más cosas.

Entonces, ¿qué esperaba sacar de esta reunión?

—¿En qué puedo ayudarte?

Le lanzó una mirada calculadora que hubiera hecho estremecer a los demás, pero ella le devolvió la mirada hasta que se rompió el contacto visual y le dijo:

—Cuando tengas alguna pista sobre Drake, dímelo, independientemente de quién de los dos hermanos sea.

—Buscaré por ahí a ver qué encuentro. —Se dirigió hasta la puerta.

Brady asintió y salió por la puerta que ella le acababa de abrir.

Tenía que encontrar a Taggart para averiguar si se había llevado alguna de las herramientas del cargamento. Pero antes debía hablar con Nathan. Tenía unas preguntas para él. Lo que hiciera con él después dependería de sus respuestas.

Que ella misma se pusiera en la línea de fuego era una cosa pero no podía arriesgarse a poner en peligro a gente inocente.

Se dejó caer en su silla. Las llaves del coche y el móvil estaban sobre un montón de papeles con una nota del mecánico diciendo que suponía que buscaría el teléfono y que ya tenía el coche listo. Abrió el teléfono que, ¡sí, señor!, parecía funcionar bien.

El buzón de voz estaba lleno de mensajes tensos de Nathan,

luego había uno de la abuela, que había llamado para decirle que no se encontraba muy bien y que quizá volvería antes, pero que no se preocupara. Esperaba que estuviera haciendo algo aparte de trabajar toda la noche. Si ella supiera…

Esa llamada era de hacía una hora. Ojalá la hubiera llamado a casa o a comisaría. La abuela tenía los dos números. Intentó localizarla en el móvil pero le saltó el contestador. Era mejor que no se pusiera nerviosa. Estaba con amigos que tenían su número, pero eso no evitaba que se preocupara. Volvió a escuchar los mensajes de Nathan. Nunca decía más de seis palabras y no dejaba su nombre, aunque oía su preocupación.

No actuaba como un asesino ni sonaba como tal. Pero ya se había equivocado antes y esta vez las consecuencias podían ser mortales.

Duff ya no podía ignorar más el teléfono que no dejaba de vibrar. Que Fra Bacchus decidiera llamarle en lugar de enviarle un mensaje significaba que estaba enfadado.

—Sí, señor.

—No me has enviado el informe.

—No hay nada de qué informar, señor.

—¿Qué ha pasado? —dijo él, arrastrando las palabras. Era la hora de comer, lo que quería decir que iba por la segunda botella del día.

—La persona con la que tenía una cita no se presentó. —¿Dónde había ido Terri Mitchell anoche? Se acercó a su casa, fue al contenedor y luego a la comisaría, donde tenía el coche aparcado. Llegó un mecánico para toquetearlo un rato y luego lo dejó con el capó levantado.

—¿Toda la noche? —El tono burlón de Fra Bacchus le puso de los nervios.

—El coche tenía problemas y ella se quedó en la oficina trabajando toda la noche. —No era cierto exactamente. Duff esperó a que saliera. Seguramente Mitchell se fue a casa sin su coche, porque precisamente hoy había ido andando a la comisaría. Alguien la debió de llevar. El mecánico ha vuelto por la mañana para terminar lo que fuera que empezó anoche, pero él ya se había aprovechado de encontrar el capó levantado para hacerle unos trabajillos mientras el coche estaba abierto.

—Se aproxima la fecha tope para este proyecto —dijo el Fra.

—No hay problema. Manipulé su coche para acelerar la transmisión de información. Sigo pensando que tendré el producto mañana por la mañana a más tardar; el cliente ya está avisado. —Había instalado un transmisor activado por voz que detectaría cualquier conversación dentro del vehículo.

—¿Seguro que trabajaste toda la noche?

—Toda la noche —repitió él con convicción. El Fra no lo entendería. No podía responsabilizarle. Si los viales hubieran estado ayer en el contenedor, ya habría acabado su trabajo. El Fra tenía mujeres al alcance de la mano. Un hombre tan viejo y escabechado con vino no tenía ni idea de la presión bajo la que había estado sometido él durante las dos últimas semanas.

Si hubiera encontrado a Mitchell primero, hubiera cometido una transgresión peor que el pecado de la carne; tendría que haber explicado una muerte innecesaria.

Tal como estaban las cosas, estaba tranquilo después de sus juegos con una muchacha que conoció en Canal Street. Su zona de recreo preferida.

—A partir de ahora, ponte en contacto cada cuatro horas hasta que esta tarea esté terminada.

Duff levantó el puño y lo blandió en el aire. «No me trates como a un crío, maldita sea.» Abrió la mano y se frotó la cabeza.

—Sí, señor. ¿Algo más, señor?

—Sí. La cita que intentabas tener es ahora necesaria.

Duff sintió una oleada de excitación. ¿Necesaria como una muerte necesaria?

—Sí, señor. Ejecutaré el contrato —respondió en clave.

—Exactamente —confirmó el Fra antes de colgar.

Duff cerró los ojos y se echó hacia atrás, sonriendo. Tiempo extra. Se imaginó a la voluptuosa rubia de anoche que se deslizó en el asiento de al lado de su Jaguar de alquiler. Casi tan fácil como su cuerpo desnudo al deslizarse por la borda de su barco cuatro horas después, con un peso atado al cuello y a los tobillos. Los cangrejos limpiarían el cadáver en muy poco tiempo.

Duff repiqueteó los dedos sobre el volante. Mitchell tenía

que saber dónde estaban los otros dos viales. Si no lo sabía o se negaba a obedecer, tenía la manera de sonsacarle información que sabía que le llevaría hasta las ampollitas.

Entonces la dejaría bien escondida para su banquete de medianoche.

Capítulo diecisiete

Nathan encendió el motor del Javelin en cuanto Terri salió de comisaría. Se incorporó al tráfico y la siguió lentamente hasta que estuvo ya a una manzana del edificio, entonces se colocó a su lado en un cruce. Cuando ella entrara en el coche, tenía que preguntarle sobre el agente JB de la DEA de quien hablaba Jamie en su carta. Debería habérselo preguntado anoche y así lo hubiera hecho de poder mantener algo de sangre en la cabeza a su lado. Pero en cuanto él le puso las manos encima, su mente se volvió papilla.

Terri apareció por delante del coche, luego se dirigió hacia la puerta del acompañante y se subió. Andaba con cierta rigidez, pero no creía que fuera culpa de la pierna.

—¿Estás bien? —le preguntó, al tiempo que se desplazaba al ritmo del tráfico.

—Sí.

—¿Ha pasado algo en el trabajo?

—No realmente.

Nathan miró el retrovisor y le dio tiempo para que siguiera hablando, pero no soltaba ni una palabra.

—¿Qué sucede?

—Nada.

¿Tenía esto que ver con lo que había pasado la noche anterior? Nunca se le habían dado bien las conversaciones del día después; era por eso por lo que tendría que haberlo evitado. Como si hubiera habido alguna posibilidad de apartarse de ella anoche…

Ella le miró a los ojos; estaba preocupada por algo. Maldita sea, ¿qué le había pasado desde que se despidieran esta mañana?

—¿Has matado a alguien? —preguntó ella.

Esa era una pregunta compleja.

—¿Qué entiendes por «matar»?

Ella le fulminó con la mirada.

—No me vengas con esas. Sí o no.

—Estaba en el ejército, Terri. Como agente especial me enviaron a los sitios más remotos y dejados de la mano de dios donde tuve que hacer cosas indecibles. No nos enviaban exactamente para enseñar a los enemigos a tejer. Por supuesto que he matado a gente.

Ella se abrazó y apartó la mirada como si hacerle esas preguntas le incomodara tanto como a él.

—Lo diré de otro modo: ¿has matado a alguien que no fuera siguiendo órdenes?

Podía decirle que no, pero no quería mentirle. Quedaron en que se dirían la verdad.

—Sí, pero merecían morir.

—Eso no hace que matar sea legítimo.

—Eso no puedes decirlo porque no estabas ahí. —Nathan tomó la incorporación a la interestatal 10 del este.

Cuando volvió a mirarla, las llamas bailaban en sus ojos verdes.

—Sí, claro que puedo decir que está mal. No puedes decidir quién vive y quién muere, por muy criminales que sean.

Él había sido juez y parte muchas más veces de las que quería acordarse, como cuando mató a aquellas dos sabandijas que violaron a esa chica en América del Sur. Nunca hablaba de esa época e intentaba no acordarse, pero no se disculparía por hacer lo que creía correcto.

—A algunos criminales no los puedes procesar.

—Me dijiste que buscabas lo mismo que yo: justicia. Así que ahora quiero saber qué vas a hacer cuando encuentres al hombre que asesinó a tu hermano. Porque no me cabe duda de que lo encontrarás.

—Tomaré esa decisión cuando tenga que hacerlo.

—Eso no me basta.

—¡Pues tendrá que bastar por ahora! —Le lanzó una mirada resentida por obligarle a pensar más allá de su dolor y su rabia para responder la pregunta que le había atormentado desde que saliera de prisión.

Alguien tenía que ser castigado por matar a Jamie.

Marseaux era intocable, o eso parecía, ya que la policía y los tribunales aún no habían encontrado la forma de capturarlo. Si no le detenían, ¿cuántos más morirían? ¿Cuántas familias más serían despojadas de seres queridos?

Alguien tenía que mantener a los monstruos a raya.

—Nathan, tienes que entregarte.

¿Pero, qué demonios? La miró y frunció el ceño. ¿Había estado fumando algo incautado de la DEA?

Las lágrimas se asomaron a los ojos de Terri.

—Brady ha averiguado que te dejaron salir de la cárcel y sospecha que te cambiaste por Jamie. Cuando salía de comisaría estaban tramitando una orden de búsqueda y captura por los dos. —Ella se sorbió la nariz y miró por la ventanilla—. Yo te ayudaré. Ven conmigo.

—No.

—¿Es que no lo entiendes? —dijo casi sin respirar al tiempo que se daba la vuelta para mirarle y cerraba los puños con fuerza—. Te han descrito como armado y peligroso y te van a arrestar cueste lo que cueste. Eres sospechoso de haber matado a tres hombres.

La rabia y la incredulidad le hicieron un nudo en el estómago.

—¿Quién narices ha muerto ahora?

—Bennie, FinMan y Hacha.

Resopló con la mera idea de desperdiciar su tiempo y sus habilidades en esos tres inútiles. Si le iban a imputar crímenes, tendría que ser por alguien que valiera la pena.

—Yo no los maté.

Comprobó el tráfico que llevaban detrás. Ningún coche camuflado ni luces azules. Nathan le echó un vistazo a Terri, que le miraba con unos ojos tristes que le cuestionaban.

—No los maté, Terri. Joder, pero si sabes que podría haber matado a Hacha aquella noche en tu habitación… —Y le tenía ganas por haberle hecho daño—. Pero no lo hice. Y me viste soltar a Rodaine cuando tampoco tenía por qué hacerlo.

—Pues entonces, entrégate.

—No. Teniendo en cuenta todo por lo que he pasado, no confío especialmente en el sistema judicial. Pienso encontrar al asesino de mi hermano y no volveré a prisión. Ya he estado allí antes y no quiero volver a estar entre rejas nunca más.

—Un justiciero sigue siendo un criminal y yo no quiero ayudar a un criminal.

«Entonces lárgate.» Tuvo que aguantarse para no decírselo. Ninguna otra cosa podía herirle más que le tachara de criminal despreciable, alguien que no era mucho mejor que Marseaux.

—No lo verías así si fuera tu familia.

—Te equivocas. —Atrevida, le sostuvo la mirada durante unos segundos y luego apartó la vista—. A mi madre la mató un justiciero que pensaba que estaba disparando a un hombre que estaba solo en la cama. No se dio cuenta de que ella estaba durmiendo bajo las sábanas cuando acribilló a balazos a un hombre al que creía responsable de la muerte de su amante homosexual. Claro que quise hacerle daño a alguien cuando oí cómo murió mi madre. Estuve resentida mucho tiempo, pero era una adolescente sin familia. —Apoyó la cabeza en un puño cerrado; tenía el codo en la manija—. Pero ya de adulta, he canalizado ese dolor trabajando para la ley para proteger a gente inocente.

—Esto es distinto… —empezó Nathan.

—Este vengador justiciero mató a un agente secreto que intentaba encontrar a la persona que estaba asesinando a los gays. Mi madre salía con este policía. Estaba en el lugar equivocado y en el momento inoportuno, pero eso no cambia el hecho de que estén muertos porque alguien dejó que el dolor nublara su sentido de la justicia.

—Yo soy un agente form…

Ella alzó una mano para detenerle.

—No me importa lo bien formado que estés, no es correcto. Entiendo tu dolor, créeme, pero no consiento las retribuciones ilícitas. Y no puedo seguir compartiendo detalles de mi investigación con alguien que no deja de pensar en sus propias necesidades. Si no te vas a entregar, llévame de vuelta a la comisaría. Tengo trabajo que hacer.

Y él que creía que su vida ya daba bastante pena. La admiración que sentía por Terri aumentaba exponencialmente, pero nada le apartaría de su camino. Su hermano estaba muerto y alguien tenía que pagar por ello.

Nathan sacudió la cabeza.

—Aún tenemos que ver qué va a pasar en los próximos días. —Tomó la primera salida de la interestatal y puso rumbo a la comisaría—.

—Probablemente no lo descubramos a tiempo, porque estás interfiriendo con la investigación.

—¿Y eso cómo lo sabes? —La rabia que impregnaba sus palabras era evidente.

—Los contactos de Marseaux han empezado a desaparecer. Le tienen miedo al fantasma de Drake. No conseguimos ni media palabra de nadie.

Nathan le dio unos golpecitos al volante. Si no encontraba al capo pronto, perdería cualquier oportunidad de moverse libremente por la ciudad.

No pasaría mucho tiempo hasta que todos los maderos de la ciudad estuvieran buscándole.

En la orden de captura verían la matrícula. Además, un Javelin del 72 destacaba bastante en el tráfico de hoy en día, sobre todo teniendo en cuenta que sólo se habían construido doce. Y el suyo debía de ser el único en circulación.

Pero tampoco quería decepcionar a Terri. Su plan de ataque era mucho más sencillo antes de que ella entrara en casa de su madre.

—No volveré a una celda mientras la persona que mató a Jamie siga libre. No me pidas lo imposible.

—Entonces deja a la gente de Marseaux tranquila hasta que averigüemos si va a haber un atentado terrorista. ¿Puedes hacer eso, al menos?

Quería decirle que sí, pero ¿y si se encontraba cara a cara con el asesino de Jamie? No podía pretender que dejara suelto a ese cabrón.

—Haré lo que pueda.

—¿Lo que puedas? Sólo estamos hablando de salvar vidas —le espetó.

—¡Nadie salvó la de Jamie! —gritó él—. Joder, ¡fue la misma ley la que le puso ahí y permitió que muriera! Te dije que era un ex convicto y que buscaba al asesino de mi hermano. Nada de esto es nuevo. ¿Qué te carcome en realidad?

—Veamos… —Levantó la mano y empezó a contar con los dedos—. Uno: estás en libertad condicional y vas a la caza de Marseaux para matarle o quizá no. Dos: hay una orden de búsqueda y captura sobre ti con instrucciones de disparar a matar. Tres: puede que un grupo terrorista amenace a una ciudad estadounidense con un agente biológico que podría matar a cantidades ingentes. ¿Entiendes bien el patrón? ¿Te enteras bien de lo mucho que sale el término «matar» aquí? La gente va a morir y tú podrías ser uno de ellos.

Estaba herida y él era el motivo. Nathan estiró el brazo para cogerle la mano. Ella trató de zafarse pero él no la dejó.

Ella se tapó los ojos con la mano que tenía libre y una lágrima le resbaló por la mejilla. ¿Cómo una gota de agua podía hacerle tanto daño en el corazón?

Nathan se metió en el carril de emergencia y encendió los intermitentes. Cuando Terri levantó la vista, él le secó el reguero de la lágrima con el pulgar y se inclinó para besarla.

—Sabía que era mejor no arrastrarte a mis problemas.

—Tú no me arrastraste. Yo accedí de buena gana. No quiero que te maten en un tiroteo o a manos de Marseaux. Yo estuve allí, Nathan. Vi a Conroy morir ante mis ojos cuando no podía hacer nada. Nada. Incluso a pesar de mi formación y de la pistola que llevaba en la mano, estaba indefensa y es una sensación amarga de impotencia con la que tengo que batallar cada día para el resto de mi vida. No quiero volverlo a vivir, y menos cuando concierne a alguien que me importa de verdad.

Nathan hizo una mueca al notar el dolor que impregnaba su voz. Se le acercó y la besó de nuevo.

—Lo siento.

Ella le acarició el cuello y le besó… un regalo que él no merecía pero que necesitaba desesperadamente. Había vivido tanto tiempo en una oscura caverna que él llamaba cuerpo, que la consideraba su hogar. Pero ella le había dado vida a su hastiado mundo, le había ayudado a encender el corazón que ahora latía por ella. Cuando se terminó el beso, él le tomó el rostro con las manos, deseando tener las palabras exactas para arreglarlo todo. No era su punto fuerte.

—Haré lo que haga falta para ayudarte, pero a nadie más, sólo a ti.

Terri se mordisqueó el labio inferior; estaba pensando algo. Se echó hacia atrás, se pasó una mano por los ojos e inspiró hondo como si necesitara fuerzas para lo que fuera a decirle a continuación.

—No es tan fácil. No puedo andar en la cuerda floja entre tú y la ley. Sé que eres un hombre bueno y decente. Esta mañana he ido a trabajar pensando que podría encontrar la manera de que permanecieras libre y tuvieras una vida. Pero tú no quieres eso. Ahora mismo, quieres venganza más que ninguna otra cosa en el mundo, y eso me excluye a mí.

Él había vivido por la venganza, pero cuando la miraba se daba cuenta de que quería mucho más que esa llama del rencor. No importaba. Era un hombre muerto. Quedarse con ella no haría más que ponerla en peligro, un peligro que creaba con su sola presencia. No podría vivir sabiendo que había tenido algo que ver con su muerte.

—Está claro que estoy al otro lado de la valla —añadió ella—. La cuestión es, ¿en qué lado estás tú?

En el lado correcto.

Pero no era el momento de promesas y palabras bonitas. Siempre había tomado el camino más difícil y no la arrastraría consigo esta vez.

—En el mío.

La decepción enturbió la mirada de Terri.

—¿Qué querría Jamie que hicieras?

Nathan se recostó en el asiento, quitó los intermitentes y se incorporó a la carretera. Intentó ignorar su pregunta mientras conducía en silencio. Eso era tan fácil como ignorar su perfume, que nunca se iba del coche o de su cabeza. Hacer que el asesino pagara era lo último que podía hacer por su familia.

¿Cómo podría vivir sabiendo que el asesino disfrutaba de su vida mientras su hermano se pudría en una tumba?

«Que les jodan a todos.»

Pero quizá el único jodido de verdad era él mismo. Pero no esquivaría sus obligaciones.

—A Jamie no le hubiera gustado que me pusiera en peligro…

—Entonces no lo hagas.

—...pero entendería que tengo que hacerlo. Ni puedo vivir sabiendo que su asesino anda libre por la calle. No puedo. El único motivo por el que arriesgó su vida fue para ayudarme. Le debo justicia. Si no fuera por mí, estaría vivo.

—Si no fuera por ti, estaría en la cárcel.

Él no quería oír eso.

—Sí. Sacrifiqué dos años de mi vida en el infierno para que a él pudieran pegarle un tiro en la cabeza y tiraran su cadáver al muelle. Perdóname si estoy algo cabreado por eso.

Nathan miró el tráfico que había delante, los coches que les rodeaban y que tenían detrás. Miraba hacia cualquier lugar excepto su rostro. Necesitaba averiguar quién era ese JB de la DEA, pero ella se vería obligada a avisar al agente en caso de que le conociera, así que preguntarle por información sólo la metería más en este embrollo.

Podría encontrar sus propias respuestas y no tenía pensado tampoco trabajar con la ley. Nadie había luchado por él y ahora tampoco dejaría que Terri sufriera las consecuencias por ayudarle. Ya cargaba con la muerte de su hermano y no quería añadir también la de ella.

—Detente aquí —le dijo a una manzana de la comisaría. Él no quería dejarla tan lejos, pero acercarse más al edificio con ese coche era arriesgado.

Cuando el coche dejó de moverse, ella abrió la puerta y se detuvo.

—No me gustaría ver tu cadáver en la plancha de mármol del depósito.

—Lo sé. —No sabía cómo terminar la conversación de una manera positiva, pero no existía una manera correcta cuando todo en este mundo se había torcido ya—. Avísame cuando quieras volver a casa. Te seguiré... y me mantendré cerca. —Ya no podía volver a entrar en esa casa sin hacerle el amor, así que se limitaría a patrullar a pie por fuera.

Ella asintió, salió y cerró la puerta.

Nathan no la perdió de vista hasta que entró por la puerta de vaivén de la comisaría. Se le encogió el pecho cuando vio la puerta cerrarse de un modo tan definitivo.

Mientras Nathan estaba en el ejército, Jamie solía decirles a todos que su hermano mayor estaba salvando el mundo. ¿Qué querría él que hiciera? Que salvara el mundo.

Por la fuerza de la costumbre, miró alrededor y se fijó en la gente que caminaba por allí, en los coches que pasaban por su lado y luego miró el retrovisor.

Un coche patrulla de la Policía de Nueva Orleans estaba reduciendo la marcha y se dirigía hacia él… Aparcó detrás.

Nathan llevó la mano a la palanca de cambios.

Terri se encontró algo más que el típico zoológico en la segunda planta del edificio temporal de la comisaría. Palabras afiladas y rostros muy serios pintaban la sala con una tensión casi palpable. Un grupo de agentes y un par de civiles murmuraban medio encogidos de miedo.

—No vas a quedarte con el contenedor —le gritaba Philborn a Donnie Sinclair, que iba acompañado de tres agentes más de la DEA que le miraban igual de hostiles.

—¿La gente está muriendo y tú quieres jugar a ver quién tiene la polla más grande? Ya te lo enseñaré yo cuando te llegue la orden judicial. Te verás de patitas en la calle como no nos abras esa verja. —Donnie se dio la vuelta y salió enfadado. Los otros agentes le siguieron tratando de mantener su regio aire de federales.

Terri se fue a su mesa, contenta por no haber formado parte de esa guerra. Algunos agentes que se encontró por el camino parecían trabajar con rapidez y muy concentrados, hablando animados y escribiendo velozmente en su ordenador.

¿O era ella que se sentía torpe después de lo que había pasado en el coche?

Había un detective sentado a su mesa con los codos apoyados sobre ella; con una mano sostenía el teléfono y con la otra se sujetaba la cabeza.

—…sólo porque encaje en la descripción de las otras rubias, no significa que su novia haya desaparecido. Lo entiendo, pero para empezar debo pasarle con el departamento de personas desaparecidas y ellos no van a denunciar la desaparición hasta pasadas cuarenta y ocho horas. Sé que está preocupado, pero llame a más personas para comprobar si alguien la vio en Canal Street o han oído…

Terri llegó a su escritorio y comprobó los mensajes. Taggart no le había devuelto la llamada, pero no le sorprendía. ¿No estaba en casa o es que hacía caso omiso del teléfono cuando sonaba?

Como de costumbre, se dio la vuelta hacia la mesa de Sammy, desde donde solía sonreírle. Se le encogió el corazón a ver la silla vacía. Él tendría la dirección de Taggart.

¿Dónde estaba Sammy?

Si le hubieran secuestrado, ahora ya tendrían que saber algo. Se le hizo un nudo en el estómago porque no habían tenido noticias en las primeras veinticuatro horas; probablemente estaba muerto ya. La agente cruel que había en ella sabía las probabilidades que tenía de sobrevivir, pero a la mujer que se preocupaba por ese muchacho de grandes planes le costaba aceptar esas frías estadísticas.

¿Quién era esa chica con la que Sammy iba a casarse? ¿Por qué no le había preguntado el nombre? Y, maldita sea, ¿por qué no estaba Sammy aquí para preguntárselo?

Dio un puñetazo sobre la mesa. Cómo Marseaux hubiera matado a Sammy, iba a… ¿Qué? Comprendía la necesidad de ir a por los cerdos como él, pero no cruzaría la línea de policía a vengador. Su trabajo consistía en hacer justicia, no en jugar a juez, jurado y verdugo.

—Tendremos que entregar el contenedor a la DEA. —Philborn se le había acercado sigilosamente. El murmullo habitual en la sala había subido un tono más desde que entrara por la puerta.

—He oído a Donnie gritar al respecto. Esta misma mañana ha venido con Brady, ¿por qué insistir de nuevo? —miró alrededor—. ¿O es que se sabe algo de Sammy? ¿Por eso está todo el mundo tan tenso?

—¿Aún no lo sabes?

—¿El qué? —Ahora que se daba cuenta, el ambiente estaba algo más que agitado. La sala estaba repleta de expresiones sombrías a juego con el ruido.

—Lo del brote vírico. Ya hay dieciséis muertos. Parece lo mismo que sucedió en India.

—¿Aquí? ¿En este país? —Se incorporó—. Dios mío. ¿Dónde?

—En Chicago.

Un zumbido nubló sus oídos. No podía hablar. La sangre se le subía a la cabeza y empezaba a marearse. En la distancia oyó a Philborn decirle que se sentara.

Cuando se dio cuenta, había agachado la cabeza entre las piernas. Tenía que llamar a la abuela y traerla a casa. Hundió la cabeza aún más mientras tragaba para evitar las náuseas.

—Estoy bien, en serio.

Philborn parecía preocupado.

—¿Necesitas un médico?

—No, sólo es que… mi abuela está en Chicago.

—Joder.

—Tengo que llamarla. Ve a hacer lo que tengas que hacer. Estoy bien.

—De acuerdo, pero no vuelvas a levantarte tan deprisa. —Regresó fatigosamente a su despacho.

Terri le dio a la tecla de marcado rápido y rezó para que le funcionara bien el móvil. A los tres tonos, se activó el buzón de voz de la abuela.

—¡Maldita sea! —Volvió a golpear la mesa. Luego le sonó el teléfono por un mensaje en el contestador de hacía una hora. ¿Por qué no lo había oído sonar antes?

Pulsó la tecla para oír el mensaje.

> Terri, soy la abuela. Estoy bien, pero creo que he cogido un resfriado y no quiero volar mañana con la cabeza embotada. Vamos a volver… todas juntas. Nos dejarán volar… con billete *stand-by*… El avión no está lleno así que… vendremos en el vuelo…

El corazón le dio un vuelco por el desasosiego que notaba en la voz de su abuela, pero gracias a Dios había encontrado un vuelo antes de que cerraran el aeropuerto. Cogió un bolígrafo para apuntar la información del vuelo, pero el mensaje se cortó antes de poder escucharlo entero.

Levantó el teléfono para golpearlo sobre la mesa pero se detuvo antes de que chocara contra la madera. Este aparato medio estropeado era la única opción que tenía su abuela para contactarla hasta que llegara a casa. Seguramente había conseguido salir sin problemas. Si hubiera oído algo del virus la hubiera llamado al trabajo, a casa y a todas partes. Así pues, iba de camino a Nueva Orleans. Eso era una buena noticia. Volvió a marcar su número pero saltó el contestador de nuevo.

«Dios, por favor, que la abuela esté de camino a casa. Sana y salva...»

Pero se quedó paralizada al pensar en otra cosa. ¿Y si el virus había salido de su contenedor? ¿Lo habrían transportado en las herramientas de teca?

Las fechas no coincidían pero quizá habían tenido que adelantar el atentado.

Si el brote vírico y el envío en el contenedor estaban relacionados, su abuela era igual de vulnerable aquí, y quizá en mayor peligro, hasta que consiguiera resolver el caso. La abuela no sabía nada del BAD. Creía que trabajaba de verdad como asesora independiente. ¿Y si llamaba a Carlos para que la ayudara?

Terri empezó a sopesar las ventajas y los inconvenientes; uno de ellos era que aún no sabía en quién confiar su vida. Y ni de broma iba a dejar la de su abuela en manos del BAD o de cualquier otra agencia.

La abuela conocía a Nathan, o al menos sabía que era un Drake. Por muy mal que sonara, su mejor esperanza ahora mismo estaba en un ex convicto.

Quizá no estuviera de acuerdo con su táctica, pero confiaba en él lo suficiente para saber que encontraría la manera de proteger a su abuela. Además, la ventaja sería que eso le mantendría escondido hasta que supiera cómo limpiar su historial. Lo llamó desde el teléfono de su mesa; por fin tenía un número al que llamar.

—¿Qué pasa? —contestó él bruscamente, como si tuviera prisa.

—¿Has oído lo del virus en Chicago?

—Sí. ¿Tenéis alguna pista?

—Aún no. Te llamaba porque mi abuela está en Chicago.

Soltó un improperio en voz baja, pero ella le oyó. La rabia que había en sus palabras disipó parte de su inquietud. Le creía cuando le decía que no había matado a esos tres hombres, pero escondía secretos y aún no veía más allá de su sed de venganza. De momento no había otra opción que no terminara con él al otro lado de la pistola de un policía.

—Lo bueno es que viene de camino a casa —prosiguió ella—. Y lo malo es que el mensaje que me ha dejado en el buzón de voz está cortado y no he podido coger la información del vuelo.

—¿Qué necesitas que haga?

¿Iba en coche? Le parecía oír el ruido de un motor de fondo.

—¿Puedes buscar algún lugar seguro para ella hasta que controlemos esto? No puedo ir a casa y vigilarla ni tampoco quiero que alguien vaya a casa buscándome a mí y se encuentre a mi abuela ciega.

—Ya me ocupo yo.

Este era el hombre que le había robado el corazón. Nada de lo que se le pidiera era demasiado para él… salvo que abandonara la caza del asesino de su hermano.

Claro que si lo pensaba, quizá sí le estaba pidiendo demasiado.

—Me llamará en cuanto aterrice —le explicó—. Sus amigas la llevarán a casa. Si pudieras recogerla allí… Yo te llamaré en cuanto sepa algo.

—Stoner puede… —Se detuvo. Oyó perfectamente los ruidos de la calle al fondo—…llevarla a algún lugar seguro. Es demasiado peligroso que esté conmigo.

La orden de búsqueda y captura. Se abría la veda para Nathan Drake.

—Si entraras…

—Apunta esto —le dijo él sin darle tiempo a terminar. Y le dio un número de teléfono que ella se apresuró a apuntar en un papelito antes de continuar—: Llama a Stoner y coméntaselo. Por motivos de seguridad dile a tu abuela que le pregunte en qué lugar trabajamos los dos juntos por última vez. América del Sur. Él tiene familia en Metairie, cerca de Nueva Orleans. Allí estará a salvo.

—Te llamaré en cuanto sepa algo de ella. —Dejó de hablar y escuchó atentamente. El motor de un coche, ¿el Javelin?, aceleró y los neumáticos chirriaron—. ¿Qué estás haciendo?

—Conduciendo. ¿Algo más?

Oyó sirenas al otro lado del teléfono. Terri se aferró el auricular y susurró:

—¿Te persiguen?

—Sí. Ahora mismo estoy algo ocupado. ¿Ya está?

¿Lo decía en serio? ¿Cómo podía parecer tan tranquilo?

—No. Será mejor que no te cojan, joder.

—No pienso dejarme atrapar. —El chirrido de las ruedas en la calzada siguió unos dos segundos más y luego las sirenas se hicieron más fuertes e inundaron la línea hasta que oyó un *clic*. Había colgado.

Ella se aferró al teléfono. ¿Y si le cogían? ¿Se entregaría o dejaría que le dispararan? Volvía a sentir náuseas. A la abuela no le haría gracia que la recogiera un extraño pero si le contaba que Vic Stoner era amigo suyo y del chico de los Drake, como ella solía llamarle, probablemente lo entendería y se iría con él.

Le vibró el móvil. Respondió sin mirar siquiera quién le llamaba por si era Nathan con las últimas palabras antes de que le dispararan o que muriera. ¿Melodramático? Quizá, pero estaba involucrada con un lunático.

—Mitchell al habla.

—¿Estás bien? ¿Pareces enferma? —dijo Carlos.

—Es alergia.

Al parecer se lo creyó.

—He intentado localizarte mientras coordino los equipos en India.

—El móvil no funciona muy bien.

—Ya te conseguiré uno nuevo, pero deberías llamarme más a menudo.

Aceptó la crítica, contenta porque él parecía demasiado cansado para seguir calentándole la cabeza.

—Es que no tenía nada… hasta ahora.

—¿De verdad? ¿Tienes idea de quién ha soltado el virus o de qué se trata?

—Aún no, pero puede que lo descubra pronto. ¿Dónde estás ahora? ¿Tienes acceso a un ordenador?

—Sí, estoy en el despacho de Baton Rouge, pero me marcharé pronto. Retter y su equipo están parados en India y no pueden salir de momento, así que puede que tenga que montar otro grupo para lo de Chicago.

—Tengo una pista, bueno, más bien es una hipótesis, pero necesito salir de aquí para hablar. —Si no podía conseguir que su abuela regresara más rápido o salvar a Nathan de la policía, lo mínimo que podía hacer era encontrar las malditas herramientas desaparecidas para ver si había algo que pudiera serles de ayuda—. Necesito la dirección de una persona.

—¿De quién?

—De Fred Taggart. —Le dio a Carlos todo lo que tenía de Fred, empezando por su número de placa.

Encontró la dirección en un minuto.

—¿Necesitas refuerzos?

—No. Es un compañero. Deja que vaya al coche y seguimos en contacto. —Salió del aparcamiento con dos agentes, que entraron en sendos coches patrulla. Nathan no estaría allí para protegerla si se metía en problemas. Aceleró para llegar a la salida antes que los coches patrulla y luego les esperó.

Al salir, estaban justo detrás. El coche ronroneaba mientras ella esperaba a ver una abertura. Pisó el acelerador a fondo y salió disparada entre el tráfico, dejando a los otros dos coches atrás. Y a cualquiera que pudiera haber estado detrás de ellos con la esperanza de alcanzarla.

¿Qué estaba haciendo Nathan? ¿Le habrían cogido? En lugar del GPS deberían de haberle instalado un escáner policial. Intentó localizar a Nathan primero —buzón de voz— y luego volvió a llamar a Carlos.

Éste contestó al primer tono.

—¿Qué vas a hacer en casa de Taggart?

«Zarandear al pobre diablo hasta que se le caigan los dientes si no nos entrega lo que robó.»

—Nada que requiera a dos personas. Sólo voy a preguntarle por unos objetos que el capitán cree que se llevó del contenedor para ver si nos ayuda en la investigación. Le ofreceré ayuda para evitarle problemas si se sincera.

—¿Y cuál es tu hipótesis? —apuntó Carlos.

—Creo que el cargamento de droga era una tapadera para pasar algo más importante por aduanas. Como Nueva Orleans anda corta de policías, probablemente pensaron que dejarlo en custodia policial comportaría menos problemas. El cadáver sería un problema para entregar el contenedor, así que la Policía de Nueva Orleans recibió un chivatazo que alertaba de las drogas en su interior y, *¡pam!*, dejan el contenedor bajo su custodia. Si la persona que asaltó el contenedor hubiera conseguido lo que quería la primera vez, no hubiera parecido extraño, pero lo asaltaron una segunda vez, así que claramente no era por las drogas. Ya habían abierto el marco de acero la primera vez y extrajeron las drogas.

—¿Qué crees que buscaban las dos veces?

Ella adelantó a un autobús que se había detenido en su carril.

—Creo que en algún lugar de esa caja de herramientas de madera guardaron un virus. Ninguna otra cosa tiene sentido. Yo sólo desenvolví un par de herramientas cuando registré el contenedor la primera vez, ya que no parecían ser otra cosa que mercancía para vender. No sé si Taggart tiene algo importante o no, pero si es que sí, voy a conseguirlo.

—A Joe le falta gente para Chicago. Puede que vaya para allá. Esta tarde llegan a Nashville dos equipos de India. Llámame en cuanto sepas si Taggart tiene algo que queramos. Si no nos lo entrega voluntariamente, enviaré a Retter para que vaya a buscarlo. —Retter era parte de su unidad de limpieza y extracción. Cuando las cosas se complicaban, era uno de los agentes que se ensuciaba las manos.

—De acuerdo —le dijo, y colgó. Tendría que haber completado la frase, que en realidad era: «De acuerdo… pero no me iré sin recuperar lo que Taggart robó». —No necesitaba al musculitos del BAD.

Volvió a sonar el teléfono.

La abuela. Gracias a Dios.

Capítulo dieciocho

Terri iba leyendo los números de las casas mientras bajaba por la calle de Taggart. Su barrio estaba al oeste de la ciudad, lo bastante lejos para no inundarse a juzgar por el buen estado de las casas. Le sonó el teléfono.

—Mitchell al habla.

—Creemos que hemos encontrado a Sammy. —Philborn parecía más serio que de costumbre.

¿Creemos? Se lamió los labios que, de repente, se notaba secos.

—¿Qué quieres decir? ¿Está vivo?

—No, y no podemos identificarle visualmente. Estamos haciendo pruebas de ADN y comprobando su ficha dental.

—Ay, Dios, no. ¿Está quemado?

—Eso hubiera sido mejor, quizá. Parece una especie de virus. Creemos que es lo mismo que está arrasando Chicago. El médico forense ha puesto el cadáver en cuarentena y ha llamado al Centro de Control y Prevención de Enfermedades. Es bastante desagradable.

Se le revolvió el estómago.

—¿Dónde le habéis encontrado?

—En un saco de plástico cerca del vertedero, en nuestro aparcamiento. No sabemos quién lo ha dejado, pero querían dejarnos un mensaje. No encaja con el modus operandi habitual de Marseaux, salvo por la arrogancia. ¿Dónde estás?

—Estoy siguiendo una pista sobre el contenido. —Ahí estaba la casa de ladrillo de Taggart—. Tengo que irme, pero te informaré en cuanto regrese. —Llegados a este punto tenía que hacerlo. Pero en cuanto saliera de allí, montaría a su abuela en el primer avión para visitar a su hermana en Houston.

Quizá ahora Nueva Orleans no fuera un sitio seguro.

Se le subió la bilis al imaginarse a Sammy muerto, igual que aquellas pobres personas en India y en Chicago. Y si sus teorías eran ciertas, eso quería decir que alguien estaba en posesión de un virus mortal y había sido muy cuidadoso a la hora de fijar los objetivos.

¿Cómo se atrevían a jugar a ser Dios?

Terri colgó y entró por el camino de acceso, detrás de la camioneta último modelo de Taggart, que estaba aparcada dentro de la cochera.

Corrió hasta la puerta principal y llamó. Dentro se oía el murmullo de la televisión. También oyó a alguien refunfuñar por encima del ruido. La puerta se abrió y Fred la miró de reojo. Llevaba una camiseta interior blanca y unos vaqueros desgastados: era la viva imagen de un hombre que intentaba disfrutar de su tiempo libre.

—¿Qué quieres?

—Las herramientas que robaste del contenedor.

Él hizo una mueca.

—No me vengas con tonterías. Un montón de gente ha estado en ese contenedor. —Intentó cerrar la puerta.

Terri le dio un golpe a la puerta e introdujo la bota entre ella y el marco. Se cruzaron sus miradas, pero la de ella estaba colmada de meses de frustración y hervía de rabia por la muerte de Sammy.

—Voy a ponértelo fácil. Nadie sabe que estoy aquí, de momento. El cadáver desfigurado de Sammy acaba de aparecer en comisaría. Lo mató el virus que se ha desatado en Chicago hoy.

El rostro arrugado de Fred palideció.

«¿Has estado viendo las espantosas noticias, eh? El tiempo lo es todo.»

Terri siguió en su linea.

—Philborn está a punto de descubrir que las herramientas que te embolsaste corresponden a lo que se robó cuando desapareció Sammy… mientras cubría tu maldito turno, permíteme añadir. Esas herramientas podrían ser la clave para averiguar quién está detrás de ese brote. Como tenga que venir

Philborn a por estos objetos, te quitarán la pensión e irás a la cárcel. Y ese es un escenario muchísimo mejor que si no me las das ahora mismo y, accidentalmente, entras en contacto con ese virus.

Al hombre se le inundaron los ojos de lágrimas. Le temblaban las manos y entonces le murmuró que le siguiera. La casa apestaba a pescado frito. La llevó hasta el comedor chapado de madera, donde había un róbalo disecado colgado de la pared. El televisor era de otra década, pero las imágenes grotescas de las víctimas de Chicago aparecían tan nítidas como la voz en off del presentador.

Fred abrió una puerta que daba a lo que debería de ser un dormitorio, pero el espacio se había convertido en un taller, con un caballete para serrar y un torno. Ella esperó mientras él abría un cajón de un armario metálico y luego se hizo a un lado rápidamente, mirando el interior horrorizado.

—Esto es todo.

Ella examinó el contenido: tres pares de herramientas de madera talladas exquisitamente. Había dos escuadras y dos sierras pequeñas con mangos de teca, más dos niveles con sendos tubos de cristal montados con dos tornillos dorados en un soporte de madera. La burbuja en el interior de los tubos indicaba cuándo la pieza de madera estaba nivelada a la perfección.

Los tubos podrían contener tranquilamente algún tipo de virus letal.

Terri cogió el nivel para examinarlo con detenimiento.

—¿Y si se rompe?

—Dudo que nadie enviara algo tan letal en un frasquito de cristal que se rompiera con facilidad. —Eso era lo que esperaba, pero no podía evitar que el corazón le latiera por la inquietud. Al observarlo de cerca, vio un pequeño anillo en la parte superior que se abría en el sentido de las agujas de reloj cuando se le hincaba la uña.

Dejó la herramienta en la mesa, le dio media vuelta al tornillo y la ampollita de cristal quedó al descubierto. Con dos dedos, la levantó de su soporte.

La segunda la extrajo igual de fácil. Ambas estaban selladas con una capa de goma en un extremo, pero una de ellas llevaba una X marcada en el tubo; la otra, no.

Terri cogió un paño suave, envolvió las ampollas viales con mucho cuidado y se dio la vuelta para irse.

—Oye, siento lo de… —empezó a decir él.

—Eso déjalo para la familia de Sammy. Tengo que irme. —Terri salió corriendo hacia el coche.

—Habla deprisa que estoy esperando otra llamada. —Más que una llamada era un mensaje. Duff le había enviado a Fra Bacchus la confirmación por mensaje de que hacía diez minutos que había encontrado los dos últimos viales. El transmisor del coche de Terri Mitchell captó conversación suficiente para saber que la mujer los tenía, aunque no sabía dónde iba.

¿Por qué tardaba tanto el Fra? Solía contestar muy deprisa cuando era un tema que le interesaba.

—Solamente quería hacerte saber que todo empieza a encajar. —El entusiasmo de Parker era desbordante al otro lado de la línea.

Duff esbozó una sonrisa y echó un vistazo al portátil que descansaba en el asiento del acompañante. Acababa de apagar el monitor por el que había visto en secreto la reunión de Parker con el senador Hutchinson, de Illinois, cuya próxima parada era una conferencia de prensa por el brote vírico. El rostro del senador se iluminó con una sonrisa triunfal cuando supo que Parker podría convertirle en héroe en las noticias de la noche cuando anunciara la posibilidad de un antídoto. El precio de Parker —votos para Zolono Pharmaceuticals— había apagado su entusiasmo.

Después de la reunión, Duff había sintonizado una llamada entre Parker y el científico de Zolono que aceptó «crear» el antídoto a cambio de dinero para que su hija entrara en la universidad. El Fra estaría satisfecho cuando le contara ese dato tan valioso, aunque tampoco entendía por qué importaba tanto un científico.

Todo el mundo tenía un precio.

Duff estiró el cuello, listo para mover todas las piezas.

—¿Eso es todo lo que tienes que decirme?

—No —espetó Parker, claramente molesto por el tono despectivo que empleaba Duff—. Ya he hecho la transferencia.

—Bien. —Sonó un pitido en el móvil con un nuevo mensaje—. Estaremos en contacto. —Terminó la llamada y luego leyó el texto en la pantalla:

> D: Buen trabajo. Hoy estaré fuera; le he pedido al cónsul Vestavia que te supervise hasta que vuelva. Pronto se pondrá en contacto, pero vigila al pájaro por mí. FB.

El «pájaro» era el código para Brady. Pero Duff frunció el ceño al releer el mensaje. Ni siquiera conocía a este tal Vestavia. ¿Cómo podía dejarle en manos de un cónsul en medio de este proyecto? El Fra debería habérselo presentado primero en persona. ¿Acaso se estaba haciendo demasiado viejo para esto?

Volvió a sonarle el móvil. Un mensaje de CV, cónsul Vestavia. Un cónsul estaba jerárquicamente por encima de un general, así que abrió el mensaje y empezó a leer las siguientes instrucciones.

Nathan dio un volantazo a la derecha para doblar la esquina rápidamente. Le pareció que se había levantado sobre dos ruedas. Ahora no podía permitirse perder agarre así que aflojó un poco. Los neumáticos se agarraron al asfalto y salió disparado por la calle de sentido único.

Pero iba en el sentido equivocado y le apareció un Volkswagen delante. Dio un bocinazo y el otro conductor se subió a la acera.

Las sirenas cargaban el ambiente y lo hacían más opresivo.

Nathan sacó el USB y se lo guardó en un bolsillo de la chaqueta. Dio un volantazo a la izquierda y luego giró un par de veces más hasta que vio una puerta medio elevada en un almacén con ventanas rotas.

Entró y notó la vibración del suelo de madera. Bajó las ventanillas; las sirenas sonaban cada vez más y más cerca… más alto… pero luego pasaron de largo y se fueron apagando.

Este coche era demasiado reconocible. Con setecientos caballos debajo del capó, la Muerte Negra podía dejar atrás cualquier coche, sobre todo a un coche patrulla. Uno de las patrullas especiales sería más difícil de batir.

Apagó el motor y se quedó sentado un minuto. «Bienvenido a mi nueva vida.» Sería mejor que empezara a acostumbrarse.

Nathan se metió el móvil en el bolsillo y cerró el coche. El aire olía a humedad y le envolvió rápidamente, frío y deprimente. Dio la vuelta y pasó la mano por encima del capó del coche. Esperaba que siguiera ahí cuando regresara...

Se puso la capucha y salió a la calle, dobló a la izquierda y echó a andar. Cuando llegó a la plaza, marcó el número de Terri. Buzón de voz.

¿No contestaba o es que no le funcionaba el maldito teléfono?

Le dio a la tecla de marcado rápido. Cuando Stoner contestó, le dijo:

—Voy a pie.

—¿Dónde está el Jav...?

—Aparcado. —Quizá por última vez, pero estaba dispuesto a despedirse de él si con eso salvaba a Terri.

Se dio la vuelta para mirar un escaparate cuando pasó un coche patrulla por la calle.

—¿Dónde estás?

—Esperando a la abuela en el exterior de la casa de Terri.

Nathan se dio la vuelta hacia esa dirección.

—Voy para allá. ¿Cuándo se supone que tiene que llegar?

—Hace veinte minutos. Cuando me llamó Terri, dijo que cuando llamara su abuela para decir que había llegado a la ciudad, ella ya estaría de camino. Todo esto me da mala espina.

Y a Nathan también.

—No te muevas. Estaré ahí en menos de diez minutos.

Terri entró en su coche de un salto, miró a Taggart por última vez e ignoró la palidez de su rostro. Le sonó el móvil cuando estaba dando marcha atrás. En la pantalla leyó «Abuela».

—¿Estás con Stoner? —contestó Terri, mirando alrededor mientras regresaba a la comisaría.

—Tu abuela está conmigo —la informó una voz masculina que no conocía.

Ella pisó el freno.

—¿Quién eres?

—No tienes mucho tiempo para preguntas si quieres recuperar a tu abuela.

Las lágrimas nublaron su visión.

—No te atrevas a hacerle daño. Puedes tenerme a mí.

—Tú no me interesas. Quiero esas dos ampollas. Apuesto a que sabes dónde están.

Y ella quería sangre.

Si le daba los dos viales, moriría gente. Mucha gente. De repente se acordó de la advertencia de Nathan de que pensaría de otro modo si amenazaran o hicieran daño a su familia. Las ganas de matar a ese hombre eran tan fuertes que no podía negarlo.

—Si no me las das, acabaré con tu abuela.

—Sí que lo sé. Te las traeré.

—Perfecto. Por ahora, ya te habrás dado cuenta de que estás en contacto y que tengo gente en las fuerzas de la ley y el orden. Así que créeme cuando te digo que ella morirá si llamas a alguien. Ven a esta dirección. Con el corazón desbocado del miedo y de la rabia tomó nota de la dirección. Cuando llegara allí, tendría un plan para salvar a su abuela antes de entregarle los viales. Tendría que hacerlo. Sabía que, una vez se los diera, su abuela y más inocentes morirían… y ella también.

—Quizá su abuela ha intentado ponerse en contacto con ella pero le ha saltado también el buzón de voz como a mí y ha dejado un mensaje en el contestador de casa —sugirió Nathan mientras Stoner le seguía hasta el patio trasero de la casa de Terri.

—Supongo, pero tampoco me apostaría dinero.

Y Nathan tampoco. Abrió la puerta trasera y aguzó el oído; la comunicación verbal cesó entonces hasta que Stoner tuvo la casa asegurada. Nathan se acercó al teléfono. Había una luz roja que parpadeaba por los mensajes.

El primero era de su abuela en el aeropuerto de Chicago en el que le dejaba a su nieta los detalles del vuelo. El siguiente era de su abuela en Nueva Orleans atrapada por el tráfico, a un kilómetro y medio de la casa. Nada más.

—Creo que eso del atasco es sospechoso —dijo Stoner.

—Yo también.

Sonó el teléfono de casa. Nathan lo dejó pasar al contestador para poder escuchar al que llamaba antes de cogerlo. Pero colgaron.

Stoner entró desde la sala de estar.

—Alguien acaba de examinar mi todoterreno. Hombre. Agente.

Nathan asintió y se escondió en el oscuro pasillo. Stoner se movió a otra posición en el salón.

La puerta de la cocina se abrió lentamente unos minutos después, seguida del cañón de un arma. Una vez dentro, el hombre empezó a examinar la casa igual que Nathan. Cuando llegó al pasillo, este último dio el paso.

Le dio un golpe al tipo, que se tambaleó hasta la cocina. El intruso recuperó el equilibrio y levantó el arma pero Nathan se le echó encima en una milésima de segundo. Le empujó el brazo hacia arriba y contra el marco de la puerta, por lo que se le cayó la pistola al suelo. El hombre era fuerte y dotado de buenos músculos, pero la rabia le cargaba como en un subidón de adrenalina que nada podía detener. Con un brazo le rodeó la garganta.

Se oyó un *clic* y notó la punta de una navaja perforándole la camisa y desgarrando la piel.

—Apártate, cabrón, o te la clavo —le advirtió.

Stoner entró en acción y le puso el cañón de su M&K 9 mm en la frente.

—Suéltala. Una herida de navaja se puede curar pero dudo que encuentren los pedacitos de tu cerebro para volverlos a juntar después.

Pero el agente siguió presionándole con la navaja. Si Nathan no necesitara averiguar qué sabía este tipo de Terri, hubiera gritado de dolor y Stoner lo hubiera matado en el acto.

El cabrón maldijo antes de soltar el cuchillo, que cayó al suelo de madera.

—¿Quién eres? —quiso saber Nathan. Al no recibir respuesta, añadió—: Si le has hecho daño a Terri o a su abuela, te prometo que vas a tener una muerte lenta y agónica.

—No tengo a Terri —respondió el tipo.

—¿Entonces quién eres?

No respondió.

—¿De la Policía de Nueva Orleans? —insistió Nathan.

—¿Es que tengo pinta de cerdo?

La verdad era que no. Nathan frunció la frente, pensativo, y luego cayó en la cuenta. Claro…

—Trabajas para la misma agencia que ella.

El hombre se quedó pasmado.

—¿Qué agencia, gringo? No sé de qué me hablas.

Sí, seguro.

—¿Cómo te llamas y por qué estás aquí?

—¿Por qué estás tú aquí, gringo? ¿Vienes a hacer daño a mujeres o sólo quieres robar algo?

Nathan siguió apretándole el cuello mientras Stoner le buscaba la cartera.

El hombre le golpeó la nariz a Nathan de un cabezazo. Joder, le dolió muchísimo, pero no lo suficiente para soltarle. Le habían entrenado en el ejército para mantenerse firme incluso si le daban una paliza con el extremo de madera de un rifle. Y eso no era nada en comparación con lo que le había enseñado la cárcel. Un golpecito en la nariz no hacía otra cosa que cabrearle.

—Carlos Delgado —anunció Stoner.

—¿Con qué agencia trabaja?

—No hay placa. Sólo una licencia.

Nathan siguió ejerciendo presión.

—¿Y qué haces aquí, Carlos?

—Joderte.

Stoner le apuntó en la frente.

—Terminemos con este hijo de puta y luego vayamos a salvar a Terri y a su abuela.

Antes de que Nathan pudiera moverse, Carlos levantó los pies y le dio una patada a Stoner. El cambio repentino en el peso bastó para hacer caer a Nathan también. Carlos se dio la vuelta antes de que se levantara.

Se oyó un disparo.

Nathan y Carlos se quedaron inmóviles; Stoner se levantó sin dejar de apuntar a Carlos.

—Basta ya de bailar. La siguiente bala acabará entre los ojos.

—De acuerdo —dijo el intruso, y adoptó una postura que

ambos sabían que estaba esperando el momento oportuno para desarmarle.

Stoner bajó el arma hasta su ingle.

—¿Quieres que sigamos buscándole tres pies al gato?

—Ahí abajo no, amigo. Mejor los ojos, por favor.

Nathan se incorporó y miró a Stoner.

—Está claro que está bien entrenado. Diría que es federal.

—Tiene la pinta, pero pelea como alguien de la calle, no uno de esos empollones de universidad. Y no huele a militar.

Stoner tenía razón.

—Maldita sea, dispárale.

Carlos ni siquiera se inmutó cuando Stoner se dispuso a apretar el gatillo. No imploró, ni rezó, ni siquiera parpadeó.

—Joder —exclamó Stoner cuando disparó la bala tan cerca del rostro de Carlos que le hubiera matado si éste hubiera respirado—. Y yo que pensaba que tenía sangre fría. Haces que parezca asustado.

Un músculo se movió en el rostro de Carlos.

—¿Vas a disparar o vamos a seguir jugando?

Nathan dio un paso al frente pero antes de que tuviera tiempo de hablar sonó su teléfono. Al ver que era Terri, lo cogió y respondió.

—Nathan, necesito que vengas a buscar a mi abuela —le anunció ella masticando cada palabra.

Se le pusieron los pelos de punta. Eso no era propio de ella y el tono subyacente en su voz le decía que estaba asustada.

—¿Dónde estás?

—Te lo diré en un momento. Tienes que venir solo. —Le temblaba la voz y a él se le hizo un nudo en el estómago.

—Diles que lo entiendo.

—Bien. —Le dio una dirección en el distrito de Saint Bernard.

Nathan sujetaba el móvil con tanta fuerza que le sorprendía que no se rompiera.

—Ahora mismo voy a por ti.

—Lo sé —susurró ella—. Lo siento.

—No, serán ellos los que lo sentirán.

La línea se cortó.

—¿Era Terri? —preguntó Carlos.

La preocupación que emanaba de su voz era demasiado real para fingirla.

—Sí. Tengo que irme.

—¿Cómo está?

—Pues en peligro, como siempre.

Carlos maldijo en español antes de hacerle una mueca a Stoner.

—Aparta esa pistola. Obviamente estamos en el mismo bando. Vine a comprobar que Terri estuviera bien.

Nathan sacudió la cabeza.

—Entonces entenderás por qué no confiamos en ti.

Carlos se lo tomó bien.

—Yo tampoco confío en mí la mayoría de las veces. Sin embargo, soy experto en... rescates difíciles. Dame la dirección para que pueda salvarla y cantarle las cuarenta.

—¡Sí, hombre! —masculló Nathan—. Has dejado que se la llevaran. Él es el único que vendrá conmigo —dijo señalando a su amigo.

Carlos miró a Stoner con desdén y luego fulminó a Nathan con la mirada.

—No me vengas con esas. Además, puedo decirte lo mismo. ¿Cómo has permitido que se la llevaran?

Odiaba reconocer que tenía razón.

—Exactamente lo que pensaba —añadió él—. Terri no me escucha a mí ni a ti. Ahora tenemos que ir a rescatarla. —Miró a Stoner—. ¿Tienes experiencia?

Él sonrió con sarcasmo.

—He estado en las Fuerzas Especiales, contratado por el gobierno de Estados Unidos y ahora estoy con la seguridad nacional. ¿Te basta esto, amigo?

Carlos le lanzó una mirada de esas de «no me impresionas».

—Bastará.

Nathan se guardó el teléfono en el bolsillo de los pantalones.

—Me apuntaré tu número y te llamaré si te necesitamos, pero... —se le acercó—, como te presentes sin invitación y la pongas aún más en peligro, te mataré antes de que ellos tengan la oportunidad siquiera de hacerlo.

—Créeme. Eres un novato. —Carlos les dio su número—. No puedes luchar solo contra esta gente.

—Perdí el estatus de novato antes de que tú nacieras. Y no voy a luchar contra ellos —repuso Nathan—. Marseaux me quiere a mí. Voy a cambiarme por Terri. ¿Tienes un helicóptero cerca?

—Puedo conseguirlo.

—Pues hazlo si quieres ayudar. Si necesitamos refuerzos, no nos alcanzarás a tiempo sin uno.

—Al menos dame un aeropuerto o un sitio cerca de donde vais a ir.

—Aeropuerto de Lakefront. —Miró a Stoner—. Vámonos.

—Viene de camino —le dijo Terri al hombre que se identificó como Duff, aunque dudaba que ese fuera su nombre de verdad. Usó la mano libre para cerrar el móvil y lo dejó encima de un pupitre.

—Ponte cómoda y siéntate. —Duff estaba al frente del aula destrozada y apuntaba a su pobre abuela como un profesor enloquecido que se mete con un estudiante indefenso.

Las ventanas rotas no servían demasiado para disipar el olor a moho que cargaba el ambiente en la escuela abandonada, otro daño colateral del Katrina.

Terri cogió con la mano izquierda las dos ampollas que había sobre el pupitre, con cuidado de seguir apuntando las cápsulas mortales con su 9 mm.

Su farol casi había funcionado, pero no como ella esperaba.

Rubio, con el pelo de punta, alto y esbelto, el hombre que se hacía llamar Duff era atractivo para alguien que estuviera loco. Estaba disfrutando de la situación.

Se echó a reír cuando ella le ofreció darle las ampollas en cuanto él dejara a su abuela en la comisaría más cercana, donde alguien la llamara luego para confirmarle que la mujer estaba bien.

Duff le sugirió que considerara lo que él creía una idea mejor: que llamara a Drake y ella podría irse con su abuela tranquilamente o bien las mataría a ambas al instante. Así fue también como se enteró que originariamente había diez viales y que la gente de Duff sólo necesitaba seis, por el momento. Perder estos dos con el virus en uno y el antídoto en otro sería una molestia, pero no retrasaría sus planes.

Sin embargo, si entregaba los dos que ella sostenía a punta de pistola, a él le recompensarían generosamente. Así pues él negociaría si ella estaba dispuesta a hacerlo. Terri tenía que escoger: la vida de Nathan por la de su abuela. «Nooo.» Notaba el sabor de la bilis en la garganta cada vez que pensaba en lo que iba a hacerle a Nathan. Oía su voz en la cabeza: «Confía en mí. Puedo ocuparme de esto».

Confiar en un criminal estuvo a punto de matarla la última vez, pero ahora mismo no había nadie en quien confiara más. El BAD acudiría con todo el equipo. Eso podría funcionar pero también podía suceder que Duff se enterara y matara a su abuela.

Nathan estaba muy bien entrenado y era tan sigiloso como un fantasma. Encontraría la manera de entrar sin ponerla a ella o a su abuela en peligro. Ojalá supiera de verdad si había manera de salir de ésta, porque no iba a irse sin él.

—¿No quieres sentarte? —le preguntó Duff con sorna—. Entonces dame las ampollas para que las dos podáis marcharos de aquí en cuanto llegue él. —Sonrió; estaba jugando con ella igual que un gato con un ratón.

Ella se burló:

—A pesar de los chistes asquerosos que corren por ahí, las rubias no somos tontas.

Terri intentaba mirar a la vez las ampollas y a su abuela que, aunque era una mujer robusta, estaba ahora acurrucada junto a Duff con un aspecto frágil y más anciana que nunca. El silencio intermitente mezclado con murmullos le ponían los pelos de punta. La necesitaba lúcida para escapar cuando ella se lo dijera.

—Si no hubieras sido tan pesada y Drake no se hubiera entrometido, esto no habría ocurrido. —Una sonrisa arrogante torcía sus labios.

Ahora entendía lo que empujaba a Nathan a buscar al asesino de su hermano, si le pasara algo a su abuela y ella sobrevivía, iría a buscar a este hombre hasta el fin del mundo.

Aunque había conocido a multitud de escoria como él, no terminaba de entender a estas personas.

—¿Por qué matas a la gente? ¿Eres parte de un grupo terrorista?

Duff se echó a reír y la pistola se movió arriba y abajo.

—¿Terroristas? Sé realista. No me compares con esos inútiles. Su visión es bastante reducida y egoísta. ¡Cómo si merecieran heredar este mundo! No son más capaces de gobernar que el resto de vosotros, todos sois un hatajo de ignorantes.

Aunque extraño y loco de atar, este tipo le estaba dando pistas sobre sus líderes, así que le preguntó:

—Y entonces, ¿quién merece gobernar?

—Los genios más ilustrados de nuestra generación.

Genios. ¿Podía tratarse de una secta de colgados? De ser así, esta sería la única lo suficientemente sofisticada para usar un virus mortal. No, esto era internacional. Y si este grupo se componía de genios de verdad y tenía un nivel serio de organización, el mundo podría estar frente a algo mucho peor que una secta.

Terri le miró con los ojos entrecerrados.

—¿Así que estas muertes no son una reivindicación terrorista?

—Una reivindicación terrorista no es nada en comparación con lo que pretendemos.

Había que dejar que hablara. Cuando más supiera, más herramientas tendría para encontrar a esos desgraciados y pararles los pies. Si sobrevivía.

—¿Y cuál es vuestra lucha?

—No hay nada malo en contártelo ya que tú, desafortunadamente, no estarás aquí para ver el resultado de nuestra labor. —Duff se encogió de hombros en un gesto de prepotencia y le brillaban los ojos por la oportunidad que tenía de regodearse—. Nuestro compromiso es proteger al mundo de sí mismo. No existe nación alguna con la capacidad intelectual y el poder suficiente para gobernar a todas las naciones, pero sí hay un organismo de genios que un día emergerá, cuando el mundo esté listo para su liderazgo.

Lunático. Fanático. Imbécil. Cualquiera de estas palabras le venían como anillo al dedo. Terri repasó todo lo que había dicho, pero no obtuvo una respuesta clara. No eran un grupo terrorista. No eran una nación en particular. ¿Qué querían?

Se abrió la puerta que tenía detrás y ella se quedó helada.

—No dispares, Teto —gritó Duff—. Está apuntando a los viales con la pistola.

Entonces oyó los sollozos de su abuela. Las lágrimas amenazaban con desbordarse por el miedo que debía de tener. Que Dios la perdonara, pero quería que murieran esos hombres.

Oyó las pisadas acercándose por detrás pero luego el hombre pasó por su izquierda y se fue hacia Duff. El hispano, que llevaba vaqueros y una camiseta de camuflaje, se acercó a Duff para susurrarle algo al oído. Éste último sonrió y dijo:

—¿Lo tienes todo preparado?

—Sí.

Duff se dio la vuelta y miró a Terri.

—Tenemos compañía.

Nathan se detuvo dentro del límite forestal y observó con el monocular de visión nocturna la explanada llena de malas hierbas que otrora fuera el patio de la escuela que tenía delante. El sol se había puesto hacía rato y dejó el mundo teñido en penumbra. Stoner miraba a través de unos binoculares, que desplazaba horizontalmente.

—Saben que estoy aquí. —Reconocía una trampa cuando la veía.

—Sí. ¿Estás listo?

Nathan se metió la mano en el bolsillo y sacó la moneda del ejército y se la tendió a Stoner.

—Esta vez, quédatela.

Stoner bajó los binoculares, miró la moneda y sacudió la cabeza.

—Aun no. Creo que te tiene guardada una vida más. Llamaré a Carlos en cuanto tenga a Terri y a su abuela.

Nathan volvió a guardarse la moneda en el bolsillo.

—Espero que tengas razón sobre la moneda pero sea como sea, sácalas de ahí.

Esperar más no iba a reducir las probabilidades de que le dispararan de camino a la escuela. Señaló a la derecha y Stoner desapareció en el bosque. Si no le daban una paliza cuando entrara, se reuniría con Stoner junto a la puerta de entrada, que estaba abierta de par en par.

Estuvo agachado todo el tiempo, zigzagueando el campo hasta alcanzar la puerta. Un minuto más tarde, llegó Stoner con el monocular en su sitio. Nathan encabezó la marcha hacia el interior del oscuro edificio. Salía luz de una puerta. Cuando llegó hasta allí, echó un vistazo desde el umbral para captar bien la escena.

Terri estaba de pie, de espaldas, en medio de la sala. Había dos hombres junto a la pizarra mirándola, con la abuela entre ambos.

Nathan se levantó el monocular y se dejó ver.

—Ya he llegado. Dejad que se marchen.

Todo el mundo se puso tenso excepto la abuela, cuyos labios temblaban.

—A su debido tiempo. —Habló el que sujetaba a la anciana—. Baja la pistola.

Nathan la dejó sobre el pupitre más cercano.

—¿Quién eres?

—¿Yo? Soy Duff. —Sonrió—. Y este es mi compañero, Teto. ¿Quieres presentarnos al tuyo?

—¿Qué quieres? —preguntó sin dejar de mirar a Terri, que no había movido ni un solo músculo.

—Terri sabe lo que quiero, ¿verdad?

Ella asintió.

—Tráenos las ampollas y haremos un trato, tal como habíamos prometido.

Cuando se movió, Terri levantó los dos viales del pupitre de enfrente. En la otra mano llevaba la SIG.

Nathan se dio cuenta de que los había mantenido a raya amenazándolos con disparar a las ampollas. El corazón le daba un vuelco con cada paso, pero no podía moverse y arriesgarse a que le pegaran un tiro a ella.

Cuando Terri llegó hasta ellos, levantó las ampollas y se apuntó la mano con el arma.

—Me volaré la mano como intentéis engañarme. Soltad a mi abuela primero.

—Terri, no lo hagas, te…

—Lo sé, Nathan. Por favor, llévate a mi abuela de aquí.

—Como quieras. —Duff la guio por el brazo hasta el pasillo central y luego le dijo que caminara hacia adelante.

Cuando llegó hasta Nathan, éste la cogió por el brazo y le susurró:

—Mi amigo Stoner se ocupará de usted. No me iré de aquí sin Terri.

Las lágrimas resbalaron por su rostro marchito y se echó a temblar. La ayudó a salir por la puerta hasta Stoner, que estaba lo bastante cerca para oírlo todo. Entonces Nathan se dio la vuelta y miró a Duff. En aquel momento se dio cuenta de que ella estaba dispuesta a dar su vida para liberarle a él y a su abuela.

—Marseaux me quiere a mí, no a Terri. Vendré de buena gana si la dejáis marchar.

—¡No, Nathan! —gritó ella—. Soltaron el virus en Chicago…

Duff levantó su magnum 357 a la altura del hombro y apuntó a Nathan.

—Dale las ampollas a Teto o morirá ahora mismo.

Ella se las entregó.

Duff la cogió entonces por el cuello y se lo apretó. Cuando Terri calló, bajó el cañón hasta su garganta.

—Marseaux no forma parte de esto. Es una marioneta que utilizamos cuando nos conviene. Le das demasiada importancia. —Siguió mirando a Nathan aunque sus palabras iban dirigidas a su compañero—. Comprueba las ampollas para asegurarnos de que estén marcadas correctamente y no las haya mezclado, y luego prepárate para irnos.

Teto asintió y se dio la vuelta hacia una caja de madera sobre la mesa, en un lateral.

—Entregarte a Marseaux no es recompensa suficiente por hacerme quedar mal en la orden —le dijo a Nathan—. Y por muchas ganas que tenga de vengarme, no puedo hacerlo sin permiso. Todo el mundo en la orden, incluyéndome a mí, debe seguir unas normas o es un caos.

—¿Qué orden?

—Fratelli de il Sovrano, por supuesto.

La F y la S de la nota de Jamie. Nathan no sabía qué narices estaba diciendo y, sinceramente, no le importaba. Lo importante era ponerse entre Terri y esa pistola.

—¿Entonces qué quieres?

—Ya tienes las ampollas, déjale marchar —le rogó Terri a Duff.

Nathan sacudió la cabeza.

—Si tienes sed de venganza, mátame a mí, no a ella.

Duff soltó una carcajada.

—¿Es que creéis que esto es negociable? No, no, no. Os tengo exactamente donde quería: en medio de la nada.

Y hablaba más de la cuenta, lo que le decía que estos dos pensaban matarle a él, a Terri… y a su abuela, algo que incluiría a Stoner. Así pues, decidió seguir tanteándole.

—¿Por qué vais a soltar el virus? ¿Qué esperáis ganar con eso? —Nathan cambió de postura pero, con cada movimiento, se adelantaba un poco más.

—Tú no lo entenderías. —Duff miró por las ventanas rotas como si esperara a alguien.

—¿Por qué no lo entendería? —Quería atraer su atención.

—No tienes la inteligencia necesaria, no como tu hermano. Él hubiera comprendido el significado de nuestra obra.

—¿Jamie? —Apretó los puños—. ¿Qué sabes de él?

—Que este mundo le venía grande. Era demasiado blando e ingenuo. De hecho, era demasiado estúpido para vivir. Fue entonces cuando me di cuenta de que no podía ser el hermano con formación militar.

Le pareció que la sala se le hacía más pequeña. Habían usado a su hermano como un títere en un plan descabellado y sabía, sin lugar a dudas, que se encontraba delante del asesino de Jamie. Quería averiguar más, matar a este animal, pero no con la vida de Terri en juego. Había perdido a todas las personas a las que había amado.

Menudo momento para darse cuenta de que quería a Terri y no podía perderla.

¿Por qué estaba Duff hablando tanto? Se le erizó el vello de la nuca, como le sucedía siempre que presentía que algo no iba bien.

—¿A qué estás esperando?

—A las órdenes siguientes, por supuesto. —Duff soltó a Terri y luego añadió—: Como te muevas un pelo, Teto le pegará un tiro a tu novio.

Nathan reconoció el sonido inconfundible de un helicóptero que se acercaba. Carlos era más rápido de lo que esperaba, y mucho más cerca de lo que creía que iba a llegar.

Para ganar algo de tiempo y ocultar el ruido, preguntó:

—¿Por qué mataste a mi hermano?

—Necesitaba un cadáver y él estaba a mano. Pero después de todas las molestias para robarle la pistola a Brady y disparar con ella a tu hermano, tu novia dejó que desapareciera el cuerpo antes de colgarle el muerto a Brady, y nunca mejor dicho. Mi vida hubiera sido más fácil las dos últimas semanas si ella hubiera hecho bien su trabajo.

Ese maldito cabrón de mierda tenía que morir. La decisión más dura de Nathan sería escoger de qué manera matar a este animal para causarle el mayor sufrimiento posible.

Las aspas del helicóptero sonaron aún más fuerte.

Nathan no terminaba de creer que la agencia para la que trabajaba Terri hubiera aterrizado en el exterior y nadie hubiera hecho entrar a ningún equipo al edificio.

—Ahí está mi vehículo —canturreó Duff. Prendió el arma al cinturón y se fue a la mesa a buscar algo, luego se dirigió a Terri—: No busques a tu colega Stoner. ¿No creerías de verdad que iba a permitir que se marchara con tu abuela?

—¡Cabronazo! —gritó ella, intentando zafarse de él, pero la tenía bien sujeta.

—Detrás de todo gran general hay un buen encubridor que va limpiando los rastros. Él se encargará de que ni tú ni Drake salgáis de aquí. Además, tendréis trabajo en cuanto ejecute mi última orden para los dos.

—¿Haciendo qué?

Duff la agarró por el brazo, la atrajo hacia él y le clavó una aguja hipodérmica en la espalda.

—Luchando por tu vida.

—¡Dios mío, el virus! —gritó Terri, intentando llegarse a la espalda y andando hacia atrás.

—¡No! —Nathan se abalanzó hacia ella.

La pistola de Teto se disparó.

Una bala le acertó en el abdomen y le hizo darse la vuelta. El pecho le dolía enormemente. Cayó sobre un pupitre y después aterrizó en el suelo, pero se incorporó como pudo y se fue hacia Terri.

Ella también se tambaleaba hacia él.

Duff y su compañero salieron corriendo del aula.

Nathan llegó hasta ella, le quitó la aguja y la abrazó con fuerza.

—BAD ha enviado un helicóptero. Espera un poco.

El helicóptero que había fuera despegó.

Terri se echó a temblar y luego empezó a sacudirse.

—Coge... a Duff. —Empezó a jadear, luchando por respirar.

—No hables. —La cogió en brazos y se dirigió hacia la puerta.

—Stoner ha llamado... —Por favor, Dios, que haya podido llamar de verdad. Nathan tuvo que coger aire. El plomo no le había atravesado el chaleco antibalas, pero podía tener una costilla rota—. Va de camino a un lugar seguro con tu abuela. Ha llamado a Carlos. Tu agencia viene para aquí. —Ojalá fuera cierto, pero quería hacerle creer que su abuela estaba a salvo.

—A mí no pueden salvarme.

—No digas eso.

—Nathan. —Le costaba pronunciar cada palabra—. Por favor, escúchame. Yo... yo... —Terri se aferró a su camisa, con unos ojos desorbitados por el miedo y esforzándose por hablar.

—Cariño, ahorra tu energía. —La llevó al exterior y se detuvo en medio del patio desierto; dividía su atención entre ella y cualquier sonido de helicóptero. El exterior inhóspito del edificio parecía tan desolado como se sentía él.

¿Dónde estaba el maldito helicóptero?

—No, escúchame. Siento haberte pedido que te entregaras. —Tragó saliva y el rostro se le contrajo de dolor—. Tenías razón con lo de Jamie —dijo casi sin voz—. Ahora lo entiendo.

Mirando el rostro de la mujer a la que amaba vio lo que la venganza le había costado. Debería de haberse dado cuenta de cómo iba a terminar todo.

—No, estaba equivocado. Tendría que haberme esforzado más por protegerte. —Lo único que le preocupaba ahora era cómo mantenerla con vida.

Aguzó bien el oído al captar el dulce sonido de un helicóptero acercándose.

—Estarás bien.

—Es imposible. —Se le estabilizó la respiración y eso le dio esperanzas renovadas a Nathan. Terri levantó una mano hacia su mejilla—. Te quiero.

—Nada es imposible. No voy a perder a nadie más a quien ame. —Nathan sonrió y empezó a besarla cuando empezó a convulsionarse y a gritar de dolor. Él se esforzó por sujetarla en brazos.

El helicóptero aterrizó. Empezaron a salir hombres armados y con las pistolas apuntándole.

—Déjala, Drake. Quedas detenido —ordenó Carlos.

—Voy desarmado y voy a entregarme —gritó por encima del ruido de las paletas del helicóptero—. Le han inyectado el virus. Ayudadla —rogó con los ojos inundados de lágrimas.

Duff subió por las escaleras en lugar de usar el ascensor, tal como le dijo el cónsul Vestavia en su último mensaje de texto. Fra Bacchus le había dicho que obedeciera las instrucciones de Vestavia al pie de la letra. El Fra estaría orgulloso. Duff había llevado a cabo sus órdenes exactamente como Vestavia le había dicho que tratara a Mitchell y a Drake.

No siempre entendía el propósito de los encargos, pero había demostrado con creces que era uno de los mejores generales de los *fratelli*.

Salió del ascensor en la cuarta planta de un edificio de oficinas en Canal Street. Los Fratelli de il Sovrano debían de ser los dueños. Maldita sea, no se había cruzado con un alma por el camino y ninguna de las puertas que veía al pasar llevaban identificación alguna. En la última oficina a la izquierda, entró a una sala con una sola ventana, pero era una pared interior; no daba al exterior.

Las persianas al otro lado de la ventana ocultaban lo que había en la sala contigua.

Lo que le resultó particularmente extraño fue la sensación de funcionalidad de las cuatro paredes blancas, una mesa y una silla en el centro de la habitación. Solían preferir un estilo más elegante y llamativo que esto.

En el centro de una mesa metálica y sencilla de color gris había una caja negra del mismo tamaño que un estuche de bolígrafos.

—Por favor, toma asiento, Duff. —La voz metálica provenía de un altavoz que vio sobre la ventana.

Se oyó un *clic* como si le hubieran echado el cerrojo a la puerta.

Duff miró el pomo y luego la ventana.

—¿Qué pasa aquí?

—Soy el cónsul Vestavia. ¿Tienes el vial?

—Sí.

—¿Le has inyectado el otro a la mujer?

—Por supuesto —contestó él, algo cansado del juego—. Hice exactamente lo que se me ordenó.

—Bien, pero lamento informarte que hay un problema.

—¿Qué tipo de problema?

—Hemos encontrado un caso de infección por aire. Ha tardado un tiempo en manifestarse.

—¡Qué! —A Duff se le salieron los ojos de las órbitas y se le secó la boca.

—Sí, pero no te asustes. Por eso estamos en dos salas distintas, sólo como método de precaución. Y por eso te he hecho venir tan rápido.

Gotas de sudor le resbalaban a Duff por el cuello.

—Mereces los contenidos del vial que llevas encima. Hay una jeringuilla en la mesa. Tienes mi permiso para inyectártelo.

El antídoto. Con las piernas débiles, Duff cogió la ampolla que guardaba en el bolsillo, se sentó en la mesa y alargó una mano temblorosa para abrir la caja negra. En ese momento, la jeringuilla que había dentro valía más que el oro.

Quiso clavar la aguja en el extremo sellado con goma del vial pero no atinó. Soltó un improperio, volvió a intentarlo y sacó el líquido con la jeringuilla. Estiró el brazo, aliviado de encontrar una vena hinchada. Duff se clavó la aguja y se inyectó el líquido, apretando los dientes por el escozor.

Los jadeos que oía eran los suyos. Estaba hiperventilando.

—Tranquilo. Notarás algo de incomodidad por recibir una dosis tan fuerte en lugar de una diluida con agua.

—Sí, señor. —Pensó en Teto. No debía de tener un rango tan importante para que le salvaran. Una lástima…

—Has servido bien a la orden con este proyecto.

Duff intentó calmarse y dejar que funcionara la medicina.

—Aún no he terminado pero estaré bien. No os preocupéis, entregaré los otros dos viales a las ciudades en cuanto me digáis dónde ir. Llegaré a tiempo para la votación. —Notaba comezón en la piel y tenía muy mal sabor de boca.

—No será necesario. Siempre lo hemos tenido todo muy bien planeado para asegurar el resultado del voto de la empresa farmacéutica en el Senado por anticipado.

—Pero el Fra dijo que…

—Fra Bacchus ya no está al cargo de esta operación.

Duff tembló.

—¿Usted es ahora un *fra*?

—Soy más poderoso que un hermano. Te dirigirás a mí como Padre.

Duff retrocedió, estupefacto. Se rascó la piel y le rugía el estómago.

—Nadie en los Fratelli de il Sovrano tiene más poder que un *fra*. Esto es una blasfemia.

Al otro lado de la ventana, el cónsul Vestavia, un descendiente directo de genios desde hacía más de doscientos años, pulsó un botón. Esperó hasta que la ventana se hizo transparente en ambos lados.

Duff se le quedó mirando con la boca abierta.

—Imposible.

Vestavia se recostó en su silla; disfrutaba de la expresión en el rostro de Duff.

—¿Estás sorprendido de verme? Nada es imposible para nosotros. La blasfemia de verdad es que tú y Fra Bacchus habéis hecho vuestros tejemanejes y habéis puesto a la orden en peligro. ¿En serio creías que nadie descubriría vuestros proyectos?

—Hice lo que se me pidió. Yo…

—Sí, seguiste instrucciones. Pero mataste a Jamie Drake a pesar de que sabías de qué hermano se trataba. Le di a Jamie mi palabra de que estaría a salvo, que estaba bajo mi protección. Asesinaste a una mente brillante que nosotros, los *angeli*, no tuvimos oportunidad de explotar. Los Fratelli de il Sovrano han sobrevivido setecientos años sólo gracias a los *angeli*, los realmente iluminados. Los *fratelli* son meros criados. No se dan cuenta de que todos vosotros acabaréis sirviéndonos.

A Duff se le descompuso el rostro.

—No lo entiendo. ¿Y qué hay de…? —Tosió—. ¿…el Renacimiento?

—Está de camino. Los *fratelli* llevan a cabo cada paso hacia el Renacimiento que creen está en su poder, de momento. Como uno de los diez *angeli*, me aseguraré de que cada *fratelli* de este continente siga los pasos como es debido. Los atentados en zonas remotas han sido pruebas para ver el nivel de respuesta de las diferentes naciones. Este ataque en suelo estadounidense es una prueba más. Somos metódicos y pacientes. Lleva mucho tiempo echar abajo los muros de un enemigo. Los ciudadanos perderán la fe en sus gobiernos cuando fomentemos el miedo por la guerra biológica y minemos las instituciones financieras. Con dos mil cien hombres alrededor del mundo en posiciones prominentes, los *fratelli* son imbatibles. Y, al final, los *angeli* emergerán de entre las sombras para ocupar su lugar como gobernantes.

—No... no sabía nada de vosotros pero puedo serviros ahora. —Duff tosió más fuerte y tembló. El sudor empapaba su rostro y sus brazos.

—Has roto demasiadas reglas, pero dos en particular. El pecado de la carne y las muertes innecesarias. ¿De verdad pensabas que nadie se enteraría de las mujeres que llevabas de paseo en barco y que nunca regresaban?

Duff se agarró la cabeza con ambas manos.

—El suero me está poniendo enfermo.

—Y es lo que debe hacer. Verás, supe lo que Fra Bacchus y tú intentabais hacerme. El virus no se transmite por aire. Acabas de inyectarte el virus directamente por vena. Ahora te convertirás en el mayor sacrificio como advertencia para cualquiera que se atreva a incumplir las reglas.

Duff se retorció de dolor en la silla, cayó al suelo y empezó a tener convulsiones.

—¡No! ¡Déme el antídoto, por favooor! —gritaba y se sacudía. El cuerpo se le doblaba de una forma antinatural. Sus gritos inundaron los altavoces.

Vestavia sonrió y desprendió la placa del traje que le identificaba como al Agente Especial Brady y la dejó en la mesa, a su derecha. Se abrió la puerta del pasillo.

—Hola cariño. Me imaginé que estarías listo para celebrarlo.

Vestavia miró a Josie, que traía dos Martini. Le dio uno y se sentó en un brazo de la butaca.

—Ha sido un plan brillante envenenar el vino de Fra Bacchus y enviarle el mensaje a Duff. No hay nada mejor que un criado predecible.

—Gracias, querida. Duff creyó que nunca sabría que me había robado el arma para matar a Jamie. Considero eso como una limpieza del banco genético. —Escudriñó las facciones inmaculadas de Josie. Tenía que reconocer que los *fratelli* no tenían igual a la hora de seleccionar a las mujeres que servían a la orden. Pero fue él quien había visto el potencial en esta mujer para convertirla en algo más que una mera criada para el viejo *fratelli*.

Duff se retorcía de dolor, gritaba y se arañaba la piel.

Josie arrugó la nariz del asco que le producía.

—¿Cuánto va a tardar, Brady?

—Padre —le corrigió.

Ella se llevó la mano a la garganta.

—Lo siento, Padre. No era mi intención faltarle al respeto.

Él la atrajo hacia su regazo y le acarició un pecho.

—No pasa nada. Tendrás toda la noche para hacer penitencia mientras el resto del plan termina de encajar.

—Como siempre, soy una sierva leal de los *angeli*. —Le sonrió de una forma seductora.

—Tu familia te educó muy bien y su lealtad será recompensada.

—La recompensa de servirle a usted es generosa —le dijo y le miró la entrepierna.

—Más que eso, vas a ser ascendida.

—¿De verdad? Es todo un honor, Padre. ¿Y cuándo va a ser?

—En cuanto yo reciba mi ascenso y a ti se te den órdenes para que me arrestes.

Nathan daba vueltas en su cuarto. Si iban a entregarle al sistema penal de Louisiana, ¿a qué estaban esperando?

Entonces tuvo un oscuro presentimiento. ¿Estarían esperando a que muriera Terri? Habían pasado casi veinticuatro horas. «Por favor, Dios, dime que sigue con vida.» Había sobrevivido al vuelo hacia Kenner, pero a él se lo habían llevado esposado en cuanto aterrizaron. Nadie había dicho nada más. Lo extraño era que le habían dado ropa y artículos de aseo, y luego le encerraron en un cuarto con lavabo y ducha. Este edificio de tres pisos estaba tan cerca del aeropuerto que oía el tráfico aéreo que aterrizaba y despegaba.

Se abrió la puerta y entró Carlos.

Debía de ser la hora de irse, pero no estaba dispuesto a salir hasta que alguien le dijera cómo estaba ella.

—¿Cómo está?

—Descúbrelo por ti mismo —le dijo Carlos, y salió de la habitación.

Nathan detuvo la puerta antes de que se cerrara y le siguió. Carlos le llevó por un pasillo con puertas a cada lado y subieron por unas escaleras que llevaban a un equivalente de una pequeña sala de hospital.

Se detuvo ante una ventana de cristal. Terri estaba al otro lado. Estaba viva. Solamente un tubo la conectaba a un gotero. Vio que Carlos esperaba junto a una puerta abierta e iba a entrar.

Cuando Nathan se le adelantó, éste le dijo:

—No creas que esto significa que vas a ser libre. No intentes escapar.

—Dije que me iba a entregar y eso es lo que haré. No voy a oponer resistencia.

Carlos frunció el ceño con cierta curiosidad.

—Interesante.

Nathan se acercó a Terri y le cogió la mano, que notó pequeña y fría. Le acarició el pelo y se inclinó para besarla, sin importarle quién estuviera mirando desde fuera.

La puerta se abrió de repente. Un tipo fornido con una bata blanca entró y comprobó los órganos vitales.

—Tienes mejor aspecto esta mañana.

Nathan se dio la vuelta y le miró con preocupación.

—¿Se pondrá mejor?

—Creo que sí.

—¿Cómo va a sobrevivir si los otros no han podido? —preguntó él.

—Sí, ¿cómo es eso? —preguntó Terri, medio inconsciente.

Él la miró y vio que le sonreía. Nada hubiera podido reanimarle el corazón salvo esa sonrisa.

El doctor tomó algunos apuntes.

—Lo mejor que puedo decir es que le inyectaron los anticuerpos, no el virus. Si no le hubieran inyectado una dosis tan alta no hubiera enfermado tanto.

Carlos entró en aquel momento.

—Entonces, ¿va a estar bien, Mako?

—¿Mi doctor se llama Mako, como un tipo de tiburón? —dijo ella.

—Va a ponerse bien, sí —le dijo Mako a Carlos, y luego la miró—: Es el nombre de la agencia y no te creas nada de lo que te digan sobre mí.

—Tienes una hora, luego vuelve a tu cuarto —le dijo Carlos a Nathan.

—¿Cuarto? Querrás decir celda —replicó él.

—Llámalo como quieras, pero volveré dentro de una hora.

Stoner pasó junto a Carlos cuando entró. Sonrió a Terri y le estrechó la mano a Nathan.

—Tienes mejor aspecto que ayer.

—Gracias, Stoner. ¿Cómo está mi abuela? ¿Está muy preocupada?

—Tranquila. Tu abuela está perfectamente. Estuvo bastante asustada hasta que le dije que estabas a salvo, luego me la llevé a casa de mi abuela. Vive sola y no suelen caerle bien los extraños, pero tu abuela sí. Esta mañana estaban hablando animadamente cuando llamé para ver cómo estaba. Por supuesto, quiere saber cómo terminaste en esa escuela con el loco de Duff.

—Ya lo sé. Tengo mucho que explicar —repuso Terri—. Pero al menos la tendré a mi lado para contárselo.

Stoner sacudió la cabeza.

—No sé por qué Duff le inyectó el antídoto.

Nathan resopló.

—No creo que supiera que era el antídoto. El imbécil debió de mezclar los viales y pensó que te estaba inyectando el virus.

Stoner cogió el mando a distancia y señaló el televisor que había en un rincón.

—Por cierto, tienes que ver lo que sale por televisión.

La imagen cobró vida y apareció un locutor anodino:

Zolono Pharmaceutical Corporation ha sorprendido a todo el mundo con un antídoto apenas veinte horas después del brote vírico en Chicago. El CDC ha recibido cierta información anónima, que han pasado a la DEA y que ha resultado en un informe escandaloso que relata que Zolono había creado el virus como parte de un plan elaborado para ganarse el apoyo necesario para conseguir el voto en el Senado.

Entonces se vieron las imágenes de un arresto.

Terri levantó la cabeza.

—Sube el volumen.

... La agente de la DEA Josephine Silversteen, hija del dueño de la prestigiosa empresa bancaria Silversteen, ha arrestado hoy al director general y al científico principal de Zolono tras recibir el soplo de que el atentado en Chicago estaba relacionado con las próximas elecciones al Senado de cara a una adquisición potencial. La DEA ha actuado en base a lo que ha definido como pruebas incuestionables que recibieron en sus oficinas de Nueva Orleans y que llevaron al descubrimiento de un vial del virus en los laboratorios de Zolono. Al mismo tiempo, en DC, Parker Jones, miembro de un importante lobby, fue arrestado por orquestar este atentado terrorista «de guante blanco» con 1,5 millones de dólares que Zolono le había transferido para asegurar el voto. Gerencia niega tener conocimiento de este crimen atroz.

En otro orden de cosas, el inversor internacional y coleccionista de vinos Victor Bacchanalia fue encontrado muerto anoche en su habitación de hotel de un posible ataque al corazón...

Stoner bajó el volumen.

Terri estaba aturdida.

—Nunca me ha gustado Josie, pero hay que reconocer que es buena en su trabajo. —Miró a Nathan—. ¿Habrá arrastrado a Brady consigo?

Él se encogió de hombros.

—Me han tenido desinformado desde que llegué.

Stoner movió la cabeza y se encogió también de hombros para que entendiera que no había podido verle hasta entonces.

—Carlos me dijo que se lo habían dicho a la DEA, pero eso fue lo único que pude sacarle. Me dijo que Joe y Tee te informarían.

—De acuerdo. —Terri le apretó la mano a Nathan.

Él le sonrió.

—Sí, lo sé —dijo Stoner, que se dio la vuelta y echó la persiana—. Le dije a Carlos que se hiciera un favor y os dejara hablar. Dijo que te daría una hora así que me voy a ir antes de que se termine. —Apagó el televisor y luego puso la mano en el pomo.

—¿Stoner?

Se detuvo.

—¿Qué?

Nathan se acercó y le tendió la mano.

—Gracias por todo. Yo no estaría aquí ni Terri seguiría con vida sin ti. Espero volver a verte en diez años.

Él sonrió.

—Ya lo veremos —contestó y salió de la habitación.

—¿Diez años? ¿Qué quieres decir con eso? —Terri se incorporó apoyándose en los codos.

—Acuéstate y ponte cómoda —se quejó él.

—Estoy bien. Siento que puedo empezar a comer ya comida de verdad. —Ella cambió de postura cuando se le acercó.

Se sentó a su lado y le puso el brazo sobre los hombros, atrayéndola hacia sí.

—Me alegra oír eso. Tienes que ponerte bien.

—¿De qué iba eso de los diez años?

Sabía que no lo dejaría estar.

—Pues que me he entregado.

—¡No!

—Sí. Les dije que me entregaría sin oponerme para que te dieran asistencia médica.

—Pero Nathan, si no has hecho nada malo.

—La policía cree que he matado a gente. Como no lo he hecho, no encontrarán pruebas, pero de todos modos he incumplido la condicional.

—¿Y qué pasa con Duff? Admitió haber matado a Jamie.

—Te vi morir ante mis ojos y juré que dejaría de buscar venganza si sobrevivías. Una vez me preguntaste que querría Jamie que hiciera. En su última carta decía que esperaba que consiguiera encontrar la paz al final y fuera feliz. Primero pensé que quería decir que encontraría paz cuando hiciera pagar a su asesino, pero en el fondo sabía que se refería a que lo dejara correr e hiciera algo bueno para el mundo. Así era él.

Tendré que esperar a salir de la cárcel para tener la oportunidad de vivir a su manera.

—Ay, Nathan, ¿qué vamos a hacer? —Se incorporó y le besó antes de que pudiera responder. Él la abrazó con fuerza y sintió que su mundo sólo cobraba sentido con estos segundos que vivía en ese momento.

La besó y saboreó todos y cada uno de los besos que iba a perderse.

Cuando despegó los labios de los suyos, se perdió en esos ojos que amaba tanto y le dolió el corazón por la sola idea de tener que abandonarla. Por una vez en la vida le gustaría hacer las cosas bien. La besó y siguió abrazándola un buen rato, pidiendo lo imposible. Pero en sus cartas estaba escrito que nunca iba a tener una vida propia.

—No puedes pasar los próximos diez años esperándome —le dijo él al final.

—Y no los pasaré en silencio. No te van a llevar a la cárcel hasta que haya agotado todas las vías para mantenerte fuera de ella. Te quiero.

Él le acarició la mejilla con el pulgar.

—Yo también te quiero. Te quiero tanto que no dejaré que me esperes. Ya le he dicho a Carlos que entraré voluntariamente y no voy a apelar la sentencia. Le he dado mi palabra.

Los doce miembros del consejo que llevaban las riendas de los Fratelli de il Sovrano en Estados Unidos estaban reunidos alrededor de una mesa de ónix negro en un hotel de Phoenix, propiedad de un miembro.

Fra Diablo los mandó callar.

—Me gustaría dar la bienvenida a nuestro nuevo miembro aprobado por unanimidad. Fra Vestavia consiguió encontrar al traidor dentro de la orden. Hemos informado a todas las órdenes internacionales de la penitencia que se ha exigido. Aunque antaño fue un general venerado para nosotros, Duff fue sacrificado como ejemplo para todos los que engañen a la orden. Cometió el pecado del desafío, el pecado de la carne y el de cometer muertes innecesarias. Nuestro éxito depende de la disciplina, por parte de todos. Por ese motivo y por el asiento que inesperadamente ha dejado vacío Fra Bacchus, Fra Vestavia se unirá a la mesa como miembro del consejo.

Fra Vestavia, que había estado de pie junto a la puerta, tomó asiento en la butaca vacía.

—Gracias a todos, hermanos. Este ascenso es un gran honor para mí si bien hoy lloramos la pérdida de Fra Bacchus, que lamentablemente sufrió un ataque de corazón mientras dormía. Que descanse en paz. Anton Marseaux no pudo controlar a su gente así que ya no podemos apoyarle en Nueva Orleans. Pronto tendremos a un sustituto que ocupe su lugar.

Su último comentario suscitó comentarios y Fra Diablo añadió:

—Por favor, comparte con nosotros lo que has ido averiguando mientras buscabas al traidor.

Fra Vestavia extrajo unos papeles del maletín y pasó a cada miembro un informe.

—La primera ronda de pruebas con el virus ha tenido mucho éxito. Cuando hayamos concluido el estudio sobre la respuesta de la defensa nacional podremos pasar a la segunda fase. Mientras, he encontrado una oportunidad fascinante que deberíamos explorar ahora que aún tenemos seis meses antes de las elecciones presidenciales y el dólar en recesión con Canadá. Podemos llevar a cabo algunas acciones quirúrgicas que tengan fuerte repercusión en el mundo y conviertan a los aliados en enemigos.

Epílogo

Terri repiqueteaba los dedos sobre el brazo de la butaca, cansada de esperar a que Joe y Tee dieran inicio a la reunión. Joe le había dicho que estuviera en las oficinas centrales en Nashville, Tennessee a las 13:30 horas y según su reloj eran las 13:35. La tuvieron en la enfermería dos días más, y luego la enviaron a casa otros cuatro más… sin ver a Nathan.

«Necesitas descansar, Terri.» Había oído eso demasiadas veces. Estaba bien, mejor que bien, y estaba lista para dejarles las cosas claras a algunos. Se echó hacia delante en la butaca para levantarse cuando se abriera la puerta.

Carlos la mantuvo abierta y Nathan entró en la sala, con el pelo mojado recogido en una coleta. Parecía cansado.

Se había pasado todo el viaje a Nashville pensando cómo iba a cantarles las cuarenta a todos —Nathan incluido— por no tenerla informada. Ahora lo único que quería era abrazarle y convencerle para que luchara contra el sistema una vez más.

Joe entró por el despacho contiguo que pertenecía a Tee, que le iba a la zaga. Igual que Nathan, Joe llevaba el pelo largo y negro en una coleta. Sus ojos azules y fríos como el acero examinaban con precisión todo lo que veían. Llevaba puesta una camisa blanca con el cuello de botones, una corbata roja y unos pantalones de color azul marino; su apariencia era muy profesional.

Tee era diminuta y para la mayoría, la impresión de que era inofensiva, pero tenía un aura de peligro que sólo igualaba el aire amenazador de Joe. El traje blanco con la blusa azul claro acentuaba a la perfección su piel vietnamita. Era una mujer hermosa con una melena lisa y negra que le caía por encima de los hombros.

Joe le hizo una mueca amenazadora a Carlos.

—No esperaba a Nathan. No he tenido la ocasión de hablar con Terri primero así que, Nathan, ¿te importaría esperar fuera?

Terri apretó los puños pero mantuvo la compostura.

—Si no te parece mal, me gustaría que oyera todo lo que digamos.

Nathan no la miró. Se quedó ahí de pie, con las manos en los bolsillos, esperando el veredicto final.

Joe se quedo pensativo un momento antes de asentir.

—Siéntate, Nathan. —Luego se presentó a sí mismo y a Tee.

Tee ladeó la cabeza hacia Terri.

—La paciencia es una virtud.

Joe resopló.

—Disculpa, sartén, ¿podrías dejar de meterte con el cazo?

Ella le lanzó una mirada que le prometía que se arrepentiría de ese comentario más tarde.

Él hizo caso omiso de esa mirada amenazadora y miró a Terri.

—Pensé que te gustaría saber que la DEA ha dictaminado que no tuviste la culpa en la muerte de Conroy.

Terri aún no estaba preparada para sentirse aliviada.

—¿Estás seguro?

Joe fue hasta su mesa y apoyó la cadera.

—Seguro. Parece que Brady os tendió una trampa. —Joe dejó caer una carpeta delante de ella—. Al hablar con un socio en la DEA sobre el pacto que Brady tenía con Jamie —que, por cierto, él creía que era Nathan—, resulta que la DEA no estaba al corriente. Uno de los motivos por los cuales esperé para venir a verte era para darle tiempo para ponerse en contacto conmigo. Ahora, la DEA cree que Brady era el que le filtraba la información a Marseaux y le contó lo de la emboscada. Después de examinar con detenimiento su historial, han descubierto que sus ancestros se cambiaron de apellido cuando emigraron a este país. Su tatarabuelo se llamaba Vestavio Braido, de una familia italiana sospechosa de dar refugio y entrenar asesinos durante un par de décadas.

—Me gustaría matar a ese capullo —murmuró Terri con un deje de amenaza.

Nathan, que había estado sentado tan quieto como una estatua, se dio la vuelta y arqueó una ceja.

Ella le lanzó una mirada como diciéndole: «¿Qué pasa?». Decirlo en voz alta no sería conveniente. Odiaba el rostro inexpresivo de Nathan. «Lucha por tu libertad, ¡joder!»

Joe ignoró esa interacción silenciosa y prosiguió.

—Tienen que encontrarle primero. Brady ha desaparecido y nos consta que está entre los diez fugitivos prioritarios. Han encontrado el cadáver de Marseaux acribillado de balas en el muelle, con la silueta dibujada con pintura en *spray*. Eso significa que ya no está, pero no sabemos quieén ha ocupado su cargo ahora.

—¿Y qué se sabe de Duff? —Ella también se imaginaba una muerte dolorosa para él.

—Lo encontraron muerto hará unos cinco días. Le habían inoculado el virus. No era una imagen muy agradable.

Eso estaba a la cabeza de su peor plan. Miró a Nathan.

—¿Estás enfadado por no haber tenido la oportunidad de terminar con Duff tú mismo?

Él sacudió la cabeza y tragó saliva, pero no la miró cuando dijo:

—No. No voy a buscar venganza nunca más. He tenido mucho tiempo para pensar en eso y en base a lo que he oído, la muerte de Jamie ya ha sido vengada. Lo único que quiero hacer ahora es ir a la cárcel para poder empezar a cumplir la condena. Quiero que todo esto termine de una vez.

Ella apretó los puños, quería gritarle. Acababa de borrar de un plumazo su futuro juntos.

Como si pudiera oír lo que pensaba, Nathan se dio la vuelta y le sonrió.

—La vida es una mierda, Terri. Lamento que nos haya salpicado a nosotros. —Se quedó callado y sus labios dibujaron una triste sonrisa.

Joe carraspeó.

—Has sobrepasado los límites del BAD mientras trabajabas en este caso, Terri —dijo para atraer su atención—. ¿Has aprendido algo?

Se refería al hecho de trabajar sin compañero, pero ella no estaba de humor para complacerle. Pensó en su pregunta un rato antes de contestar.

—Sí. He aprendido que los tipos malos no son siempre malos, y que los buenos no son siempre buenos y, citando las palabras de Barbossa, el capitán de los piratas: los parámetros son como las reglas, en gran parte directrices. Y que hace falta ser un poco malo para luchar contra la maldad del mundo.

Tee inclinó la cabeza en un gesto de respeto.

—Al final pueden aprender y todo. ¿Quién lo hubiera dicho?

—También he descubierto que no quiero seguir haciendo trabajo de campo —añadió ella.

Nathan se incorporó en la silla.

—¿De verdad? ¿Serías capaz de dejar la calle?

—De verdad. —Le sonrió—. La abuela y tú me necesitáis. Ninguno de los dos sabe mantenerse lejos de los problemas sin mí.

Él sacudió la cabeza y la emoción se borró de su mirada.

—Va a pasar un tiempo hasta que tenga la mínima oportunidad de meterme en líos. Pienso pedirle al celador McLaughlin que interceda por mí, pero decía en serio lo de que sigas adelante con tu vida.

Terri alargó el brazo para cogerle la mano. Sabía lo duro que le resultaba pedirle ayuda a nadie. Ojalá se diera cuenta de que ella no le iba a fallar nunca. No le iba a abandonar como habían hecho todos los demás.

Joe se rascó la barbilla.

—Por cierto, sobre eso de la cárcel… no cuentes con ello.

Nathan le miró.

—¿De qué hablas?

Se encogió de hombros.

—Tu hermano hizo un pacto con el que, en aquel momento, era un representante legítimo y de buena fe de la DEA. Él cumplió su parte y la DEA te debe un expediente limpio. No hay cosa que más me fastidie en esta vida que un cabrón mentiroso, así que me he asegurado de que hicieran lo que debían. Eso incluye la baja honorífica del ejército.

Tee le dedicó una mirada casi cálida.

—Eres un hombre libre, Drake, sea cual sea la identidad que escojas. Y ya que estamos, ¿por qué no eliges otra? Hemos mirado en tu expediente y con tu formación y tu valor…

—…nos gustaría que trabajaras para el BAD —dijo Joe, terminando la frase.

Terri le apretó la mano. Nathan la miró a los ojos y les dijo:

—Dejadme que lo piense y ya os lo diré.

—Sí, dentro de un par de semanas, ya que de momento sigo de baja, técnicamente —añadió Terri.

Tee repiqueteó en la mesa con las uñas.

—Tienes veinticuatro horas para decidir y te conviene decirnos que sí. No queremos a civiles por ahí que estén al corriente de lo que hacemos. ¿Entiendes?

Nathan le lanzó una sonrisa engreída.

—¿Menudo conejito feroz, no?

Joe se echó a reír.

—Peor que eso. Un conejo puede ser de peluche, pero ella va siempre a la yugular. Créeme. Soy su compañero y ya me ha disparado tres veces.

Tee puso los ojos en blanco.

—Eres un llorón.

—Deja que casi te vuele un testículo y a ver qué te parece.

—No tendrías que haberte movido, Joe. Fue culpa tuya.

—Sí, claro. Todo es culpa mía.

Tee le guiñó un ojo.

—¿Ves? Estamos de acuerdo.

Joe se frotó la frente y luego miró a Nathan. Éste inclinó la cabeza a modo de saludo que debía interpretar como una respuesta afirmativa. Era un guerrero que le daba su palabra a otro en silencio.

—Bien. Nos veremos dentro de dos semanas.

—Gracias Joe y Tee. Ya que estas serán las únicas vacaciones que tendremos en un tiempo, vámonos. —Terri cogió a Nathan de la mano y se apresuró hacia la puerta.

Stoner les esperaba en el pasillo y estrechó la mano de su ex compañero.

—He firmado con esta gente como contratista. Como no te hayan convencido para que te quedes, necesitaré esa moneda tuya de vudú.

—De momento me la quedo —repuso él.

Carlos se acercó por detrás de Terri y le dio un abrazo.

—Me alegro de que estés bien.

Nathan la cogió por el brazo y la atrajo hacia sí.

Carlos levantó las manos.

—Oye, relájate —le espetó.

Nathan dijo algo entre dientes que Terri entendió a duras penas como que tendrían que hablar sobre si ella debería seguir trabajando allí.

Ella se echó a reír mientras salían a Commerce Street. Se oía el zumbido del tráfico de Nashville al mismo tiempo que los turistas entraban y salían de las tiendas y restaurantes, empapándose del hogar de la música country.

Terri miró a Nathan.

—¿Qué quieres hacer?

—Algo que pensé que nunca volvería a suceder. —Le cogió la mano y la llevó hasta el pequeño jardín que había a un lado del edificio. La abrazó y la besó.

Ella se quedó inmóvil y le miró a los ojos.

—¿Pensabas que no volverías a besarme?

—Eso y, además, que nunca podría pedirte que te casaras conmigo. Te mereces más que un hombre con mi historial, pero te encontré y quiero tenerte conmigo toda la vida.

—Trato hecho. —Su alma irradiaba felicidad—. Yo también te quiero para siempre. Tendrás que regalarme un anillo pronto.

—Pienso conseguir que ese dedo lleve uno esta misma tarde.

—Bien, porque yo ya tengo tu regalo de compromiso.

Él arqueó las cejas.

—¿Incluye eso una cama mullida, sábanas cálidas y una noche interminable?

—Bueno, eso será parte del plan de beneficios. —Le guiñó el ojo. Él la besó y ella se preguntó cuánto tardarían en encontrar la cama mullida y las sábanas cálidas para que empezara su noche interminable. Cuanto antes mejor.

Ella rompió el beso y le cogió la mano.

—Ven conmigo.

Le llevó hasta una calle y levantó el brazo como si quisiera hacer parar un taxi. En treinta segundos, un coche negro brillante que inspiraba velocidad y no tenía pinta de taxi aparcó junto al bordillo.

Una morena de piernas largas con un pelo muy corto, botas, vaqueros y un jersey rojo que se ajustaba a su esbelta figura salió del coche.

—Una vuelta excepcional. Aquí tienes las llaves, cariño. —Se las lanzó a Nathan, que las cogió al vuelo.

—Gracias, Rae —dijo Terri—. Volveré en un par de semanas.

—Genial. —Rae le echó un vistazo a Nathan y luego miró a Terri—. Buen ejemplar te has agenciado. Intenta no hacerte daño en estas dos semanas de descanso. —Y se fue andando.

—¿Cómo has...? —Nathan miraba absorto el Javelin, y luego la miró, asombrado.

—Llamé a la policía en cuanto Stoner me dijo lo del coche. Philborn estaba agradecido por ayudarles a descifrar este caso y me preguntó qué podía hacer. Le dije dónde estaba el coche y fue a buscarlo. Nadie lo había tocado siquiera.

—Gracias. —Tragó saliva y miró al futuro a la cara—. Voy a pasarme el resto de la vida buscando mil maneras de demostrarte lo mucho que me importas.

—Si enciendes este coche y buscas un hotel, estoy dispuesta a aceptar tu primer intento.

Agradecimientos

De Sherrilyn Kenyon

Gracias a Diana por ser tan buena persona y hacerme reír tanto. Nunca pensé que pudiera escribir nada conjuntamente, pero dado que compartimos un mismo cerebro (jajaja) no sólo lo hiciste fácil sino también divertido. Muchísimas gracias por tu ayuda.

Gracias a Kim, Jacs, Brenda y a Retta por leer todos los manuscritos y hacer grandes comentarios. Y no olvidemos a Jack, Carl, Eddie, Aimee, Judy, Soteria y a todos los demás que hacen que mi foro sea una comunidad viva donde todo el mundo es bienvenido. Muchas gracias, queridos admiradores, por volver día tras día. ¡Sois fantásticos!

A mi marido, por ser mi refugio en la tormenta. Eres mi roca y doy gracias por cada día que dije sí cuando me pediste que fuéramos a ver una película que no soportaba. A mis hijos, que son siempre mi consuelo y un gran motivo de orgullo. Que Dios os bendiga a todos.

De Dianna Love

Me gustaría darle las gracias a Sherrilyn Kenyon por la oportunidad de colaborar y por ser una compañera de escritura maravillosa que ha conseguido que esta experiencia sea digna de repetir. Después de poner en común las ideas y crear este libro aún respeto más sus habilidades literarias. Y, además de todo eso, eres una gran amiga.

También quiero darle las gracias a mi marido Karl, que me lo pone más fácil a la hora de seguir mis sueños y siempre está a mi lado para animarme. Nunca he querido a nadie así y estoy contenta de que esté en mi vida. Y por si eso fuera poco, Karl nos ofreció una réplica fantástica para el personaje de Terri. Cuando la encuentres te echarás a reír y probablemente acabes usando esa frase. Mucho amor y muchas gracias a nuestras familias y amigos cuyo apoyo lo es todo para mí.

De parte de las dos

Agradecemos a Lauren McKenna su apoyo y su fe en nuestras habilidades para escribir conjuntamente este libro. Además de ser una editora excepcional, es una animadora increíble que siempre tiene una palabra positiva en los labios. A Merrilee Heifetz por todo su gran trabajo en nuestro nombre.

Muchas gracias a la escritora Mary Buckham, que nos dio algunas ideas y fue una de nuestras primeras lectoras y, además, consiguió que su marido Jim nos ayudara cuando quisimos ahondar en la historia de Italia. A Cassondra Murray, una escritora de gran talento también, por leernos y ofrecernos los comentarios que tanto necesitábamos de una parte objetiva. Gracias al marido de Cassondra, Steve Doyle, que nos dio consejos de experto acerca de las operaciones de las Unidades Especiales y de las armas. Leyó la historia entera y le encantó, confirmando así nuestras esperanzas de que tanto lectoras como lectores disfruten de esta aventura.

A las mujeres del foro de RBL: muchas gracias por vuestra ayuda, las risas y los martinis. ¡Sois la bomba!

Nos encantan nuestros lectores y nos entusiasmó que Hope Williams nos hiciera una primera lectura objetiva. Sus comentarios fueron muy valiosos. Vosotros, los lectores, sois el motivo por el cual trabajamos tanto para crear un libro. Muchísimas gracias a todos los que nos habéis enviado notas de ánimo, entusiasmados ante nuestra primera colaboración, y que leéis nuestros libros, permitiéndonos hacer lo que más nos gusta: escribir historias. ¡Sois los mejores!

Sherrilyn Kenyon

Sherrilyn Kenyon, que también escribe bajo el seudónimo de Kinley MacGregor, es autora de series como Los Dark-Hunters, Los MacAllisters o Agentes secretos, cuyo primer título, Actitud provocadora, ha sido publicado en esta colección.
www.sherrilynkenyon.com.